エッセイ　475

折りたたみ北京

現代中国ＳＦアンソロジー

序文　中国の夢《チャイナ・ドリームズ》

ケン・リュウ

本アンソロジーは、わたしが何年かにわたって翻訳してきた中国のスペキュレイティヴ・フィクション短篇から選び、一巻にまとめたものです。アメリカ合衆国で賞を獲った作品もあれば、さまざまないわゆる〝年刊傑作選〟に選ばれたものもあり、また、評論家や読者に高く評価されたものや、たんにわたし自身が個人的に気に入ったものもあります。

中国は、刺激的で多様なＳＦ文化を持っていますが、英語に翻訳された作品がほとんどなく、中国人以外の読者が中国ＳＦを堪能する機会がありません。本アンソロジーが英語圏の読者にとって、きっかけとして役立つことを願うものです。

〝中国の夢《チャイナ・ドリームズ》〟という語句は、習近平総書記が中国の発展のスローガンとして掲げた〝中国の夢《チャイニーズ・ドリーム》〟にかけたものです。ＳＦは夢の文学であり、夢に関するテキストは、夢見る者について、夢を解釈する者について、そしてテキストの読み手についてかならずなにか語るものです。

中国SFの話題が持ち上がるといつも、英語圏の読者は、「中国SFは、英語で書かれたSFとどう違うの？」と訊ねます。

たいていの場合、その質問は曖昧ですね……それに気の利いた回答はありません、と答えて、わたしは質問者を失望させてしまいます。文化に——とりわけ、現代中国文化のように流動的で、激変している文化に——結びつけた大雑把な文学上の分類は、当該文化の複雑さや矛盾をすべてひっくるめて矮小化したものになってしまいます。適切な回答を提供しようとすれば、まったく無価値な、あるいは既存の偏見を再確認するステレオタイプな見方である大雑把な一般化にしかなりません。

そもそも、〝英語で書かれたSF〟というのが、比較対象に役立つカテゴリーだと、わたしは思っていません（シンガポールで書かれたフィクション、あるいは英国や米国のものは、みなそれぞれとても異なっており、そのような地理上の境界の内部で、また、境界を越えて、さらなる区分けがあり）、そのため〝中国SF〟をどんな基準で区別しなければならないのかすらわたしにはわかりません。

さらに言うなら、百人のさまざまなアメリカ人作家や批評家に、〝アメリカSF〟の特徴を挙げるよう頼むところを想像してみてください——百の異なる回答を耳にするでしょう。おなじことが中国人作家や批評家、そして中国SFについて当てはまります。

本アンソロジーの限られた選択のなかですら、読者は、陳楸帆《チェン・チウファン》の〝SFリアリズム〟、夏笳《シア・ジア》の〝ポリッジ《おかゆ》SF〟、馬伯庸《マー・ボーヨン》の赤裸々でひねくれた政治的メタファー、糖匪《タン・フェイ》のシュールな心象表現とメタファー主導のロジック、程婧波《チョン・ジンボー》が描く濃密で豊穣な言語絵図、郝景芳《ハオ・ジンファン》のファビュリズムと社会学的スペキュレーション、劉慈欣《リウ・ツーシン》の壮大なハードSF的想像力に出会うでしょう。このことは中国で書かれたSFの広範さを示唆するはずです。このような多様さに直面して、これらの作家たちを個々に研究し、その作品を単独で扱ったほうが、たまたま中国のものであるからという理由で先入観に基づく期待をかけるより、はるかに有益で興味深いとわたしは考えます。

これは、かなりまわりくどい言い方をするなら、〝中国SF〟の特徴を自信たっぷりに断言する人間は、（a）話題にしているものについてなにも知らない部外者であるか、（b）いくらかは知っているものの、対象物の議論の余地のある性質を意図的に無視し、自分の意見を事実として表明する人間であるかのどちらかであるとわたしが考えているということです。

つまり、わたしは自分を中国SFの専門家とみなしているのではない、ときっぱり言い切ります。自分がろくにわかっていないことをわかっている程度にわかっています。自分がもっと学ぶ必要がある――もっともっと学ぶ必要があるとわかっている程度にわかっています。そして、世の中には単純な答えなどないことをわかっている程度にわかっています。(注)

中国は、多様な民族や文化や階級を持ち、さまざまなイデオロギーを支持する十億人以上の国民を巻きこんだ、大規模な社会的・文化的・テクノロジー的な変貌を味わっているところで、全体像を把握していると主張するのは、だれであっても――たとえそうした大変動を実体験している人々ですら——無理です。中国に関する知識が西側メディアの記事や、旅行者あるいは駐在員としての経験に限られている場合に、中国を〝理解している〟と主張するのは、ストローを覗いて不明瞭な一部分をかいま見た人間が、豹がどんなものなのか知っていると主張するようなものなのです。中国で生み出されるフィクションは、中国の環境の複雑さを反映しています。

中国の政治の現実と西側との不安定な関係を考慮すると、中国SFと出会う西側の読者にとって、中国の政治に関する西側の夢や希望やおとぎ話でできたレンズを通して見ようとするのは自然なことです。西側寄りの感覚での〝政府転覆〟を解釈上の支えにするかもしれません。たとえば、馬伯庸《マー・ボーヨン》の「沈黙都市」を中国の検閲機関に対するそのものずばりの攻撃として見たり、陳楸帆《チェン・チウファン》の「鼠年」を中国の教育制度と労働市場への批判としてだけ読んだり、夏笳《シア・ジア》の「百鬼夜行街」を国家主導の開発事業における中国の土地収用政策への婉曲的なメタファーにまで貶めたりしそうになります。

読者には、そのような誘惑に抵抗していただきたいのです。中国の作家の政治的関心が西側の読者の期待するものとおなじだと想像するのは、よく言って傲慢であり、悪く言えば危険なのです。中国の作家たちは、地球について、たんに中国だけではなく人類全体について、言葉を発しており、その観点から彼らの作品を理解しようとするほうがはるかに実りの多いアプローチである、とわたしは思います。

文学的メタファーを使用することで、異議や批判を言葉にするのは、中国の長い伝統であるのは確かです。しかしながら、それは作家たちが文章を著《あらわ》し、読者が読む目的のひとつに過ぎません。世界中の作家と同様、今日の中国の作家たちはヒューマニズムに関心を抱いています。グローバリゼーションに、テクノロジーの発展に、伝統と現代性に、富と権利の格差に、発展と環境保全に、歴史と権利と自由と正義に、家族と愛情に、言葉を通して気持ちを表明する美しさに、言語遊戯に、科学の深遠さに、発見の感動に、生の究極の意味に関心を抱いています。こうしたことを無視し、地政学にだけ焦点を当てると、作品を大きく毀損《きそん》することになります。

アプローチ方法や題材やスタイルは多様ですが、本アンソロジーに収録した作家と作品は、現代中国SFのランドスケープの一断片を表しているにすぎません。様々な視点を反映すべく作品選択のバランスを取ろうとしたものの、視野の狭さを編者であるわたしは自覚しています。ここに収録した作家の大半は（劉慈欣《リウ・ツーシン》を例外として）、劉慈欣や韓松《ハン・ソン》や王晋康《ワン・ジンカン》のような地位を確立した著名作家の世代よりも若い〝新星〟世代に属しています。彼らの大半は、中国の最優秀大学の卒業生であり、高く評価されている職業に就いています。さらに、ウェブで発表された大衆小説よりも賞を受賞している作家や作品に焦点を当て、中国文化と歴史にかなり深い理解を要する作品よりも、翻訳して内容が伝わりやすいと思う作品を優先させました。そうしたえり好み《バイアス》と切り捨ては必要なものですが、最善の策ではありません――それゆえに読者は、本書収録の作品が〝代表的なものである〟という結論を下すやもしれませんが、それには用心していただきたいのです。本書の個々の作品が、これまでとは異なる文学的伝統を読者が理解し、認識するうえで少しでも役に立てばいいというのがわたしの心からの願いです。

本アンソロジーの内容を深め、中国SFのより広範な概観を提供するため、中国人作家と研究者による三本のエッセイを巻末に添えました。劉慈欣《リウ・ツーシン》のエッセイ、「ありとあらゆる可能性の中で最悪の宇宙と最良の地球：三体と中国SF」は、中国でのSFジャンルの歴史的概観を述べ、最高の中国人SF作家という文脈のなかで、世に知られるようになった自身の経歴を語っています。陳楸帆《チェン・チウファン》の「引き裂かれた世代：移行期の文化における中国SF」は、自分たちのまわりでの嵐のような変容と折り合いをつけようとしている、若い世代の作家たちを紹介するものです。最後に、中国SF研究を専門にしてはじめて博士号を取得した人物である夏笳《シア・ジア》のエッセイ、「中国SFを中国たらしめているものは何か？」では、中国SF作品のアカデミックな分析の出発点を提示しています。

高名な翻訳家ウィリアム・ウィーヴァーは、翻訳をパフォーミング・アートになぞらえました。わたしはそのメタファーが好きです。翻訳をしているとき、わたしは文化的かつ言語的パフォーマンスに携わっています。あたらしい媒体で芸術作品を再創造する試みなのです。謙虚な気分になりつつ、わくわくもさせられる体験なのです。

本アンソロジーに収録した作家たちとともに働く機会を得られたことを大変光栄に思います。多くの場合において、職業人としての共同作業としてはじまったものが、個人的な友情に変わりました。彼らから、わたしは翻訳についてだけではない多くのことを学んだうえに、小説の創作について、また文化および言語の境界を横断して人生を送ることについて学びました。彼らがわたしを信頼してその作品を託して下さったことに感謝しています。

その結果をみなさんに楽しんでいただければうれしいです。

（古沢嘉通訳）

（注）実を言うと、中国SFには、かなり刺激的な学問研究の実体があり、宋明煒《ソン・ミンウェイ》やナサニエル・アイザックスンなどの研究者による示唆に満ち、興味深い解説が出ています。中国SFに関するパネル・ディスカッションは、比較文学やアジア研究の学会で、ごくありふれたものです。しかしながら、わたしの印象では、既存のSFファンダムに所属している多くの（大半の？）ジャンル読者や作家や評論家は、こうした一連の研究結果に詳しくありません。総じて、その手の学究的論文は、わたしが警戒している陥穽を避け、細心の注意を払った慎重な分析をおこなっています。詳しい知見を求める読者にはそうした研究を調べていただきたいものです。

陳楸帆

チェン・チウファン（スタンリー・チェン）

Chen Qiufan

(Stanley Chan)

作家、脚本家、コラムニスト――さらに余技として中国インターネット界の巨人・百度《バイドゥ》（中国最大の検索エンジン運営企業）のプロダクトマーケティング部門のマネージャーを務める陳楸帆《チェン・チウファン》（スタンリー・チェン）は〈科幻世界〉、〈時尚先生〉（中国版〈エスクァイア〉）、〈天南〉、〈文芸風賞〉などの各誌で作品を発表している。中国SFの最重要作家・劉慈欣《リウ・ツーシン》は、陳《チェン》のデビュー長篇『荒潮』［原題：荒潮］*The Waste Tide*（二〇一三）を「近未来SF小説の頂点」と絶賛した。陳《チェン》は数々の賞を受賞しており、その中には台湾奇幻芸術賞青龍賞、銀河賞、科幻星雲賞が含まれる。英訳では〈クラークスワールド〉、〈ライトスピード〉、〈インターゾーン〉、〈F&SF〉などの各誌で取り上げられており、「麗江《リージャン》の魚」は二〇一二年のSF・ファンタジイ翻訳賞を受賞、「鼠年」はレアード・バロン編『ウィアード・フィクション年間傑作選：第一巻』*Year's Best Weird Fiction, Volume One* に選ばれた。

本書に収録された三篇「鼠年」、「麗江の魚」、「沙嘴《シャーズイ》の花」はグローバルなポスト・サイバーパンクの感性と中国の伝統や複雑な歴史的遺産を融け合わせる、陳《チェン》独特の美学のよい見本だ。シニカルかと思えば希望に満ち、ふざけるかと思えば教訓めく、陳《チェン》は現代中国という衝撃的な移行と変化を経験している文化の時代精神をとらえている。中国SFが中国人のこの種の経験をどのように反映しているかについて、詳しくは本書巻末の陳《チェン》のエッセイ「引き裂かれた世代」を参照してほしい。

広東省汕頭《スワトウ》市に生まれ、中国の最高学府の一つである北京大学を卒業した陳《チェン》は、広東語、北京語、英語に加え汕頭方言を話す（英語名のつづり“Chan”は広東語の発音を反映している）。言葉の名手である彼はスペキュレイティヴ・フィクションを漢文で書き——現代英語圏の作家がチョーサーの文体で創作するのにも似た離れ業《わざ》だ——また広東語や現代の標準中国語でも書く。故郷の地での言語の分裂と多様化は『荒潮』の背景、そしてメタファーとなっている。なお同書はわたしが目下英訳中（二〇一九年五月にTorから刊行された）である。「沙嘴《シャーズイ》の花」は『荒潮』と同じ舞台設定で、その世界を垣間見せてくれる。

（鳴庭真人訳）

鼠　年

The Year of the Rat

中原尚哉訳

また暗くなる。この地獄でもう二日がすぎたのに、僕らはまだ鼠の毛一本みつけていない。濡れた靴下が汚れた布巾のようだ。苛々してだれかを殴りたくなるほど。空腹で胃が締めつけられる。それでも足は動かす。濡れた葉が顔にあたって平手打ちのように痛い。できれば豌豆《ワンドウ》にバックパックのなかにある生物学の教科書を返したい。八百七十二ページもあるんだぞと文句を言いたい。彼の眼鏡も返したい。とはいえこれは重くない。むしろ軽い。

豌豆《ワンドウ》は死んだ。

遺族には保険金が支払われると訓練教官は言った。しかしその金額は教えてくれなかった。豌豆《ワンドウ》の両親は形見がほしいだろう。そう思って僕は豌豆《ワンドウ》のポケットから眼鏡をとり、防水バックパックから分厚い教科書を引き出した。両親がこれを見れば、息子は僕らとちがって優秀な学生だったとわかるだろう。

豌豆《ワンドウ》の本名は孟翔《モンシアン》という。しかしみんな豌豆《ワンドウ》と呼んでいた。理由の一つは、豌豆豆《えんどうまめ》のように背が低くやせっぽちだったから。もう一つは、豌豆豆の交配実験をやった修道士グレゴール・メンデル（中国語で孟徳爾）を、名前が似ていることもあって師とあおいでいたからだ。

事故はこんなふうに起きたらしい。小隊は使われなくなった貯水池のダムの上を行進していた。コンクリートの堰堤の隅の土から稀少な植物がはえているのを豌豆《ワンドウ》はみつけた。そして隊列から離れて摘みにいったのだ。

近眼のせいかもしれないし、重い教科書でバランスを崩したのかもしれない。とにかくみんなが気づいたときには、豌豆《ワンドウ》はまさに丸い豌豆豆のようにダムのカーブした斜面をころころところげ落ちていた。そして百メートル以上落ちたところで急停止した。水面から突き出た鋭い枝が体に突き刺さったのだ。

教官の指示で回収して死体袋にいれることになった。教官は唇を動かしかけて、やめた。なにを言いたかったのかわかる。みんないつも言われていることだ。しかし教官はあえて言わなかった。僕はむしろ言ってほしかった。

大学生はばかだ。普通に生きのびることさえできない、と。

そのとおりだ。

肩をだれかに叩かれる。黒炮《ヘイパオ》だ。悲しげな笑みで言う。

「飯の時間だ」

黒炮《ヘイパオ》に親しくされたことに驚く。豌豆《ワンドウ》が死んだ直後だからだろう。黒炮《ヘイパオ》は豌豆《ワンドウ》の隣を歩いていた。つかまえられなかったことを悔やんでいるのだ。焚き火のそばにすわって靴下を乾かす。飯はまずい。焚き火でいぶされた濡れた靴下の匂いをかぎながらだから最悪だ。

やれやれ、本当に涙が出てくる。

豌豆《ワンドウ》と初めて話したのは去年の暮れ、大学での動員集会だった。

講堂の奥には真っ赤な横断幕が張られ、〝国を愛し、軍を援《たす》けよう。民を守り、鼠を殺そう〟と書かれていた。大学の理事たちが次々と登壇して演説していた。

僕が豌豆《ワンドウ》の隣にすわったのは偶然だ。僕は中国文学専攻の学部生、豌豆《ワンドウ》は生物学の院生。共通点があるとすれば、卒業しても就職先がないことだけだった。大学に籍をおいたまま一年遊んでいるしかない。一年ですめばいいが。

僕の場合は、留年するために古典中国語の試験をわざと落とした。就職したくなかった。アパートを借りるとか、午前九時に出勤して午後五時をひたすら待つとか、社内の派閥争いとか、そういうことをしたくなかった。大学のほうがはるかにましだ。音楽も映画も無料でダウンロードできて、カフェテリアは安い（十元で満腹になる）。いつも昼まで寝て、バスケットボールで遊ぶ。かわいい女の子もたくさんいる。もちろん眺めるだけで縁はない。

実際にはいまの新卒市場と僕の職業技能を考えると、自分から就職留年を選んだとはとてもいえない。しかし両親のまえでそれを認めるつもりはない。

豌豆《ワンドウ》の場合は、西側同盟との貿易戦争のせいでビザを取得できなかった。生物学の学生は国内に仕事がない。だから出国できないと就職は無理。彼のように力仕事より読書を好むタイプではなおさらだ。

僕は鼠駆除隊にはいるつもりなどなかった。壇上の演説を聞きながら、小声でつぶやいた。

「軍を派遣すればいいのに」

すると豌豆《ワンドウ》が僕のほうを見て解説した。

「国境が緊張の度合いを増している現状は知っているだろう。軍の仕事は敵国から祖国を守ることだ。鼠の駆除じゃない」

あいつらが言ってることとおなじじゃないかと、僕は思ったが、退屈しのぎに議論を続けた。

「じゃあ現地の農民を派遣すればいい」

「穀物供給が逼迫《ひっぱく》していることは知っているだろう。農民の仕事は食糧生産だ。鼠の駆除じゃない」

「殺鼠剤を使えばいい。安くて手っとり早い」

「普通の鼠じゃない。遺伝子改造でつくりだされたネオラットだ。一般の毒薬は効かない」

「じゃあ遺伝子兵器をつくればいい。数世代で全滅させられる」

「遺伝子兵器はものすごく高価なことを知っているだろう。あれは敵国への抑止力として戦略的に保有するものだ。鼠の駆除用じゃない」

僕はため息をついた。こいつは電話の音声案内とおなじだ。数種類のフレーズの使い回しで答える。議論してもおもしろくない。

「じゃあ鼠の駆除は大卒者の仕事だというのか？」

僕は冷笑まじりに訊いてやった。

豌豆《ワンドウ》は言葉に詰まり、真っ赤になった。しばらく反論できず、なんとか絞り出したのは「国家の運命は万民の双肩にかかっている」とかなんとかの決まり文句だった。しかしやがて、うなずける理由をみつけてきた。

「鼠駆除隊の隊員には食事と宿舎が提供される。そして除隊後の就職が保証されている」

小隊は補給のために町へもどっている。

逃亡を防ぐために、鼠駆除隊の学生はかならず出身地から遠い地域に派遣されている。おたがいの方言もわからないので、みんな慣れない標準語を話す。

僕は豌豆《ワンドウ》の教科書と眼鏡を両親に郵送しなくてはいけない。心をこめて手紙を書こうとするが、言葉がうまく出ない。結局、〝お悔やみ申しあげます〟とだけ書いてすませる。

一方で、小夏《シャオシア》への葉書には小さな文字でびっしりと書く。彼女の長い脚を想像する。たぶんこれが二十三通目だ。

携帯電話を充電できる商店をみつけて、故郷の両親にメールを送る。小隊の活動地域では電波がほとんどはいらない。

一元を支払うと、商店主は笑顔でうなずく。この町の住民がこれほど多くの大学生を見るのは初めてだろう（といってもいまは泥だらけで頭がよさそうに見えない）。数人の老人や老婆が僕らに笑顔で親指を立ててみせる。お金を落として町の経済に貢献しているからだろう。豌豆《ワンドウ》のことを考えると、中指を立ててやりたい気分になる。

教官は豌豆《ワンドウ》の葬儀手続きをすませ、安い食堂に小隊を連れていく。

「ノルマ達成までまだ二十四パーセントくらい残ってるぞ」

だれも返事をしない。口は米を掻きこむのに忙しい。

「がんばって金猫賞を獲得しよう。いいな」

やはり返事はない。受賞してもボーナスが出るのは訓練教官だけだとみんな知っている。

教官はテーブルを叩いて立ち上がる。

「おまえらは一生怠け者の役立たずですごすつもりか？」

僕はさっと飯椀を持ち上げる。教官がテーブルをひっくり返すかと恐れたのだ。

しかしそんなことは起きない。まもなく教官はすわり、また食べはじめる。

だれかがささやく。

「俺たちの探知機、壊れてるんじゃないのか？」

ざわざわと話し声がはじまる。多くが同意見だ。だれかが噂話をはじめる。どこかの小隊が探知機を使ってレアアースの鉱床やガス田をみつけたらしい。彼らは鼠を探すのをやめて採掘業をはじめ、隊員たちの就職問題も解決して一挙両得だと。

教官が言う。

「ばかばかしい。探知機は鼠の血中の標的物質に反応するんだ。ガス田をみつけられるわけない」そこですこし考えてから続ける。「水の流れをたどったほうが鼠はみつかるかもな」

教官は最初に会ったときから嫌いだった。

訓練キャンプの初日、整列した僕らのまえをいかめしい顔で歩きながら彼は訊いた。

「おまえたちがここへ来た理由を、だれか言ってみろ」

しばらくして豌豆《ワンドウ》がおずおずと挙手した。

「なんだ」

「祖国を守るためです」

豌豆《ワンドウ》は言った。みんな大笑いした。僕だけは豌豆《ワンドウ》が真剣だとわかっていた。

教官の表情は微動だにしなかった。

「冗談を言ってるのか？　なら褒美をやろう。腕立て伏せ十回だ」

みんなますます笑った。しかしその声はすぐにやんだ。

「他のやつらは腕立て伏せ百回だ！」

みんな青ざめて課題をこなしはじめると、教官は列のあいだをゆっくりと歩き、棒で突いて姿勢を矯正した。

「おまえらがここへ来た理由は、落伍者だからだ！　税金で建てた新築の寮に住んで、農民が育てた米を食って、国が認めた特権でのうのうと暮らしてる。両親は自分の棺桶用に貯めたなけなしの金でおまえらの授業料を払ってるんだぞ。なのにどうだ？　就職もできない、自活もできない。だったらせめて鼠をつかまえろ！　そもそもおまえらは鼠以下だ。鼠だって輸出すれば外貨を稼げる。ところがおまえらはどうだ？　鏡で自分の汚い面《つら》を見てみろ。どんな技能がある？　女子としゃべったり、コンピュータゲームをしたり、テストでカンニングをしたりか。腕立て伏せを続けろ！　終わらんと飯はないぞ！」

僕は歯を食いしばって腕立て伏せをした。だれか反乱を起こせ、そうしたらみんなでこいつを袋叩きにしてやると思った。しかし全員がおなじように考えていたのでなにも起きなかった。

そのあとの食事では、箸と飯椀がぶつかる音がずっと聞こえていた。みんな手が震えて止まらないのだ。肌が黒い革のように日焼けしたある新兵が、箸をしっかり持てずに肉を地面に落としてしまった。教官がそれをみつけた。

「拾って食え」

しかし新兵は強情だった。教官をにらんだまま動かない。

「おまえたちの飯代がどこから出るか知ってるか？　教えてやろう。おまえたちの食費は国防費からひねりだされてる。その米一粒、肉一切れは、本物の兵士の空腹と引き替えなんだ」

新兵は低く言った。

「関係ねえ」

ドカーン！　僕のまえのテーブルがひっくり返った。汁も野菜も米も飛んで、みんな頭からかぶった。

「だったら食うな。全員だ」

教官は歩き去った。

以後、その新兵は黒炮《ヘイパオ》と呼ばれるようになった。

翌日はいわゆる〝良い警官〟の出番だった。地区の行政長がやってきて、政治の授業をした。紀元前十世紀の『詩経』の引用（〝碩鼠《せきそ》、碩鼠、我が黍《きび》を食う無かれ〟）からはじめて、鼠害に庶民が苦しめられた三千年の歴史を概観した。さらに現代国際社会のマクロ政治経済を展望して、いまの鼠がもたらす特定の脅威と根絶の必要性を説いた。最後に国民が僕らにかけている希望と信頼を教えた。

「国を愛し、軍を援けよう。民を守り、鼠を殺そう」

その晩はいい食事が出た。行政長は前日の出来事をほのめかしながら、訓練教官を批判した。僕ら大学生を「最高の人材、将来の国家指導者」とたたえた。その訓練は「公正、礼節、友好」をもってなされ、「技能」を重視すべきで、「単純な暴力」は排除されるものだと述べた。

最後に行政長は写真撮影を希望した。小隊が一列に並び、上げ足歩調の訓練をしているようすだ。足を上げる高さをしめした水平の紐を行政長は持ち、いかに全員が従順かを写真におさめた。

僕らは小川にそって行軍する。教官の言うとおり、糞や足跡などの痕跡がみつかる。そろそろ寒い季節だ。配置が南の地域でありがたい。氷点下に冷えこむ北部での野営など想像もしたくない。

公式報道は不快なほど楽観的だ。いくつかの地域の鼠駆除隊が名誉解散となり、元隊員たちは国有企業の立派な職に就いたという。しかしその官報の幸運な元隊員たちに僕の知っている名前は一つもない。小隊のだれも知りあいはいないという。

教官が右手の拳を突き上げる。止まれの合図。続いて指を大きく広げる。僕らは偵察姿勢で散開する。

「戦闘準備」

急にばかばかしくなる。猫が鼠をもてあそぶようなこの害獣駆除を〝戦闘〟と称するなら、僕のように野心のかけらもなく、犬より臆病に生きてきたやつが〝英雄〟なのか。

茂みのなかで緑がかった灰色の影が小さく動く。ネオラットは遺伝子改造によって直立歩行する。そのため改造されていない鼠より走るのが遅い。『トムとジェリー』のジェリーがモデルにされなくてよかったと、僕らは冗談でよく話す。

ところが発見したネオラットは四つん這いだ。下腹がふくれている。そのせいでさらに動きが鈍い。妊娠中か。しかしペニスがぶら下がっている。

ますます喜劇だ。鋼鉄の武器を持った人間たちが、腹の大きな一匹の鼠を追う。みんな静かにゆっくり前進する。急に茂みから鼠が飛び出し、斜面をころげ落ちて姿を消す。

僕らは悪態をついていっせいに走りだす。

斜面の下に大きな穴がある。三、四十匹の腹の大きな鼠がなかにいる。大半は死んでいる。いま飛びこんだやつも胸をあえがせ、苦しそうに息をしている。

「伝染病か？」

教官が疑問を呈する。だれも答えない。ここに豌豆《ワンドウ》がいたら、きっとなにかわかっただろうに。

チー。

鼠は槍に腹を突き刺され、一声鳴いて死ぬ。刺したのは黒炮《ヘイパオ》だ。にやりと笑って槍を引くと、鼠の腹が熟れた西瓜のようにぱっくりと割れる。

みんな息を呑む。雄の鼠の腹に、十四以上の鼠の胎児が詰まっている。ピンク色で体を丸めた鼠の赤ん坊が、蝦餃《ハーガウ》のように内臓の上にならんでいる。何人かが空えずきをしはじめる。

しかし黒炮《ヘイパオ》はにやにや笑ったままだ。もう一度槍を振り上げる。

「やめろ」教官が言う。

黒炮《ヘイパオ》は退がる。笑いながら槍を振りまわす。

ネオラットは繁殖能力を制限されているはずだ。遺伝子操作によって雌一匹に対して雄九匹が生まれるようになっている。市場価値を守るための個体数制限だ。

ところがその抑制策が崩れているらしい。この雄は腹腔から胎児をこぼして死んだ。そもそもなぜ雄が妊娠できるのか。彼らの遺伝子はあきらかに人間による制限を迂回しかけている。

その理由について、僕はずっとまえに小夏《シャオシア》から聞いた仮説を思い出す。

李《リー》・小夏《シャオシア》の番号は僕の携帯に四年間はいっていたが、一度もかけたことはなかった。いつ見ても〝かける〟ボタンを押す勇気がなかった。

新兵訓練キャンプにむけて荷物をまとめていた日、小夏《シャオシア》の小さな声が突然聞こえてきた。遠くから僕を呼んでいるようだ。幻聴かと思ったらそうではなかった。尻ポケットのなかの携帯に偶然、電源がはいってかかってしまったのだ。あわてて耳にあてた。

「どうしたの？」彼女は訊いた。

「いや、その……」

「聞いたわ。鼠を殺しにいくそうね」

「そうなんだ。就職先がみつからなくて……」

「今晩、夕飯をいっしょにどう？　四年間クラスメートだったのに、ろくに知りあわないままなんて残念だわ。お別れの晩餐をしましょうよ」

小夏《シャオシア》の寮の下にはいつも迎えの高級車が停まっているという噂だった。彼女はドレスを試着するように男をとっかえひっかえしていると聞いていた。

しかしその晩、すっぴんの顔でやってきてむかいの席にすわり、黒椒牛柳《ヘイジャオニウリウ》を食べる小夏《シャオシア》を見て、僕は真実を理解した。彼女は男の心をわしづかみにするなにかをたしかに持っている。そのあと僕らはキャンパスを散歩した。野良猫や、教室や、だれもいないベンチを通りすぎるうちに、ふいに僕は学生生活を惜しむ気持ちになった。彼女といっしょに思い出をつくりたかった。

小夏《シャオシア》は話した。

「わたしのパパは鼠を育ててる。その鼠をあなたは殺しにいく。ちょうど子年《ね》にあなたは鼠と戦う。不思議ね」

「卒業したらお父さんの会社に勤めるのかい？」

小夏《シャオシア》は首を振った。彼女にとって鼠を育てるビジネスは、受託生産会社の組み立てラインやシャツ工場で働くようなものなのだ。この国はあいかわらず核心技術を持っていない。胚はすべて輸入。生産工場で育てられた鼠は、きびしい品質検査に合格したものだけが輸出される。行動プログラムは国外で植えつけられる。そして高価なペットとして富裕層に売られる。

世界の工場と称されるこの国は、大量の安価な労働力を提供し、生産プロセスにおいて技術集約型でない部分だけを担当する。

「逃げ出した鼠は遺伝子が改造されているそうね」

小夏《シャオシア》は解説してくれた。受託生産会社は、リバースエンジニアリングやソフトウェア改竄などの手を使って、いわゆる山寨《さんさい》iPhone——つまりコピー品をつくる。おなじように鼠工場の社長は、鼠のリバースエンジニアリングや遺伝子改竄を試みる。雌の出生率や赤ん坊の生存率を上げるのが目的だ。そうしないと利益率が低すぎるからだ。

「今回の鼠は脱走したのではなく、工場の社長がわざと放したのだといわれているわ。狙いは政府の一部機関に圧力をかけて自分たちの産業への補助金を引き出すためだとか」

僕はなにも言えなかった。まったく知らない話だった。

「でもそれは噂の一つにすぎない。鼠の集団脱走は、西側同盟が仕組んだものという話もあるわ。貿易交渉でわが国に圧力をかけるために。でも真相は藪の中ね」

僕はあらためて彼女を見た。美人で頭がいい。やはり僕とは住む世界がちがう。

「葉書を送って」

小夏《シャオシア》のほがらかな笑いが僕の憂鬱を破った。

「葉書?」

「無事だとわかるように。鼠を甘く見ちゃだめよ。わたしは知ってるんだから……」

彼女は最後まで言わなかった。


闇のなかに無数の光る目がひそんでいる気がすることがある。昼も夜もじっとこちらを見ている。僕の頭はおかしくなりかけているのかもしれない。

川の堤防で巣穴十八個を発見する。浅い円筒形で直径は約二メートル。その一つのそばに物理専攻の学生が数人しゃがんで、たがいちがいに編まれた枝の構造について議論している。上には葉を何重にもかぶせてある。水をはじくように葉の光沢面を上にしている。

「こういう未開の部族の村をディスカバリーチャンネルで見たことあるぞ」

一人が言うと、みんな奇異な目でそちらを見る。

「ありえない」

僕は言う。しゃがんで小さな足跡を観察する。巣と巣のあいだを通って川のほうへ伸びている。謎めいた絵のようだ。鼠は農業をするのか。集落をつくろうとしたのか。なぜ放棄したのか。

黒炮《ヘイパオ》がひややかに笑う。

「人間の思考をあてはめるなよ」

たしかにそうだ。鼠は人間ではない。本物の鼠ですらない。精密に設計された製品だ。品質検査に落ちた製品だが。

足跡の奇妙なパターンを発見する。小さい足跡が多く、それらは巣穴から出ていっている。大きな足跡は巣穴一つに一種類。歩幅が大きく、深く沈み、中央に長いものを引きずっている。巣穴に這いこんだまま出てこない足跡もある。

「これは——」僕は震える声を抑えて言う。「——産屋《うぶや》なんだ」

むこうからべつの男がよろめいてくる。

「教官、これを見てください！」

ついていくと一本の木。下には石が積まれている。形や色のパターンに均整と美意識が感じられる。

木からは十八匹の雄の鼠の死体が吊られている。ジッパーを開けた袋のように腹を割かれている。

木のまわりの地面には白砂が薄く敷かれ、無数の小さな足跡がついている。木を一周している。規則正しく行進するようすが頭に浮かぶ。国旗がはためく国慶節《こっけいせつ》の天安門広場のようにおごそかな眺めだったにちがいない。


「なんだよ、これは！　いまは二十一世紀だぞ。人類は月まで行ったんだぞ。なのにこんなガラクタを使えって？」

豌豆《ワンドウ》が立ち上がって抗議した。頭を丸めたせいで、ますます豆に似ていた。

「本当だ」僕は同意した。「政府は国防近代化をいつも訴えてるんだから、ハイテク装備を配るべきだろう」

兵舎の他の隊員たちも同調しはじめた。

「気をつけ！」

その一言で静まりかえった。教官は問うた。

「ハイテク装備だと？　おまえたちにか？　箸もまっすぐ持てない大学生のくせに。おまえたちに銃など持たせたら、自分のきん玉を撃ち抜くのが関の山だ！　さあ、装備をかつげ。

二十キロ行軍にむけて五分後に集合だ！」

僕らに支給されたのは次のような装備だ。折りたたみ式短槍（穂先をはずすと短剣になる）、鋸刃のアーミーナイフ、多用途ベルト、コンパス、防水マッチ、携行糧食、水筒。教官はこれ以上高性能なものをくれなかった。

その判断は賢明だった。初日の行軍訓練の最後に三人が装備で怪我をしたのだ。そのうち一人は転倒したときにナイフの上に尻もちをつき、小隊で最初の除隊者になった。わざとだとは思わない。そこまで器用ではないだろう。

訓練期間の終わり頃には多くの隊員が不安になっていた。豌豆《ワンドウ》は眠れなくなり、毎晩輾転《てんてん》反側《はんそく》して寝台をきしませた。テレビやインターネットやセブン‐イレブンのない生活にはもう慣れた。しかし血と肉でできた温かい体を、カーボンファイバー製の槍で突き刺せるのか。考えると吐き気がする。

もちろん例外はいる。

訓練室を通りかかると、そこにはかならず黒炮《ヘイパオ》の姿があった。汗まみれで槍の練習をしていた。積極的に居残り練習をする。ナイフはいつも砥石で研いである。昔からの知りあいの話では、学校ではおとなしく、いじめられっ子だったという。しかしいまは血に飢えた野獣のようだ。

六週間後、僕らは初陣《ういじん》を経験した。六分十四秒間の戦闘だった。

教官の指示で小さな雑木林を包囲した。そして突撃命令が下された。黒炮《ヘイパオ》が真っ先に突進した。豌豆《ワンドウ》と僕は顔を見あわせ、しばしためらってから、槍をかまえた。しかし豌豆《ワンドウ》と僕が雑木林にはいってみると、なかは血の海とちぎれた手足しか残っていなかった。黒炮《ヘイパオ》一人で八匹殺したという。黒炮《ヘイパオ》はその一匹を持ち帰った。

反省会で教官は黒炮《ヘイパオ》を称賛し、〝少数の怠け者〟を批判した。

黒炮《ヘイパオ》は記念の獲物の皮を剝いだ。しかしきちんと鞣《なめ》さなかったので、皮はすぐに腐って臭くなり、うじ虫が湧いた。やがて同室者が本人の外出中に焼き捨てた。


士気が上がらない。

どちらが悪い事態だろうか。鼠の繁殖能力に人間がかけた軛《くびき》が破られていることか。それともその構造物の建て方や、階層社会や、宗教信仰などに知性の兆候がみられることか。

僕の不安症は悪化している。森では無数の視線を感じ、草の葉ずれはどれもささやき声に聞こえる。

ある夜、眠れずにテントから脱《ぬ》け出す。

初冬の星空は澄みわたり、宇宙の果てまで見えそうだ。一匹の虫の音が夜のしじまに響く。僕の心は形容しがたい悲しみにとらえられる。

「シャッ！」という鳴き声に、僕ははっとして振り返る。五メートルほど先に、一匹の鼠が後ろ脚で直立している。まるで望郷の念にとらわれたべつの隊員のようだ。

僕はそっとしゃがみ、ブーツの鞘にはいったナイフに手を伸ばす。鼠も姿勢を低くする。

視線はあわせたままだ。僕の指先がナイフに触れたとたん、鼠はきびすを返して森のなかに消える。僕はナイフをつかんで追う。

　普通なら三十秒もあれば追いつける。しかしその夜はなぜか間隔が縮まらない。鼠はときどき振り返る。僕がついてきているのをたしかめるかのようだ。そのようすに腹が立つ。

　空気には腐ったような甘酸っぱい匂いが満ちている。やがて小さな空き地に出る。僕はめまいに襲われる。まわりの木々が揺れてねじれるようだ。星明かりで奇妙に輝いている。

　豌豆《ワンドウ》が木々のあいだから出てくる。眼鏡をかけている。何千キロも離れた両親のもとにあるはずなのに。体に損壊はない。木の枝が突き刺さった胸の穴もない。

　振り返ると、僕の両親もいる。父は古いスーツ姿。母は地味なドレス。二人とも笑っている。髪は黒く、顔立ちは若い。

　僕は涙で頬を濡らす。理屈も正気も吹き飛ぶ。

　のちに凍死寸前の僕を教官が発見する。顔は水筒一杯分もの涙と鼻水にまみれていたという。

　豌豆《ワンドウ》は最後に意味のあることを言った。

「生きるってまるで……」

　まるで……なんだというのか。退屈か、いいものか、ばかばかしいか。好きな言葉をあてはめられる。だから意味ありげだ。昔の豌豆《ワンドウ》の話し方とくらべると、これは力強く、簡潔で、想像力を働かせる余地がある。それは認める。文学評論の授業を受けておいてよかった。

僕に言わせるなら、生きるのは信じられないことの連続だ。半年前の自分には想像もできない。週一回しか風呂にはいれないとか、シラミにたかられて泥のなかで眠るとか、まずい蒸し饅頭の窩窩頭《ウォウォトウ》を同世代の仲間と奪いあうとか、血を見ると武者震いするようになるとか。

人間の適応力はたいしたものだ。

鼠駆除隊にはいっていなかったら、いま頃なにをしていただろう。一日中インターネットで時間を浪費していたか、実家にもどって両親と顔をつきあわせて険悪になっていたか、あるいは他の社会不適応者たちとつるんでばか騒ぎや破壊行為をしていたか。

しかしいまの自分は、教官の命令一下で槍をかまえ、本物の狩人のようにまだら模様の鼠を追いまわす。鼠は後ろ脚で立ってよたよたと走る。機能性よりも見た目のかわいらしさからこのように設計されている。そしてキーキーと悲鳴をあげる。検査に合格した鼠は、輸出前にさらに外科的改造で発声能力を向上させるそうだ。鼠たちが英語で〝いやだ〟とか〝やめて〟とか叫ぶところを想像しながら、その腹を槍で突いた。

小隊では暗黙の了解ができた。戦闘が終わったら自分が殺した鼠の尻尾を切り取って教官に提出し、記録してもらうのだ。成績しだいで除隊後に推薦される就職先が変わる。

僕らのやる気を引き出す方法をよく心得ているようだ。期末試験の成績を掲示するようなものだ。

トップ賞はいつも黒炮《ヘイパオ》だった。彼の駆除数はだれよりも多く、たぶん四桁に届いている。

僕の成績は平均以下で、かろうじて落第をまぬがれる程度。大学時代とおなじだ。豌豆《ワンドウ》はビリ。僕がときどき尻尾を譲ってやらなかったら駆除数ゼロのままだっただろう。

　教官が僕を脇に引っぱってささやいた。

「おい、おまえは豌豆《ワンドウ》の友だちだろう。しゃきっとさせろ」

豌豆《ワンドウ》を探すと、落ち葉の山のむこうにいた。僕はしばらく話しかけて両親の写真を懐にしまわせ、涙と鼻水を拭かせた。

「ホームシックにかかったか？」

豌豆《ワンドウ》はうなずいて、泣き腫らした目を隠した。

僕も内ポケットから写真を出した。

「故郷を思うのはだれでもおなじさ」

豌豆《ワンドウ》は眼鏡をかけて写真を見た。

「ご両親はずいぶん若いね」

「ずいぶん昔に撮ったやつだからだよ」父はスーツ、母は新品らしいドレスだ。「不肖の息子さ。心配かけてばかりだ。新しい写真を撮る機会さえつくってやれない」

　僕の鼻もじんわり熱くなった。

「マカクザルを知ってるかい？」豌豆《ワンドウ》が訊いた。こいつの思考にはついていけない。頭のなかの配線がメッシュ状になっていて考えがあちこちに飛ぶのだ。「彼らの脳にもミラーニューロンが発見されたんだ。人間とおなじように、その働きで仲間が感じていることや考えていることが理解できる。頭のなかに鏡があって、それが共感をつくりだす。わかる?」

よくわからなかった。

「共感だよ。きみはいつも僕が求めることを言葉にしてくれる。きっときみはミラーニューロンを豊富に持ってるんだよ」

僕は豌豆《ワンドウ》を軽くつついた。

「猿とおなじだと言ってるのか?」

豌豆《ワンドウ》は笑わなかった。

「故郷に帰りたい」

「無理だよ。教官が許可するわけない。履歴書の上でもまずい。就職できなくなるぞ」

豌豆《ワンドウ》は僕を見つめて、一言ずつゆっくりと言った。

「僕にはできない。鼠に罪はない。僕らとおなじように、この世界で懸命に生きている。たまたま僕らは狩る役、彼らは狩られる役を割りふられているだけだ。立場がいれかわっていてもおかしくない」

僕はかける言葉がみつからず、その肩に手をおくだけだった。

野営地にもどると、黒炮《ヘイパオ》に出くわした。彼は嘲笑的にこちらを見た。

「あの弱虫の心理セラピーか」

僕は中指を立ててやった。

「引きずられないように気をつけろよ」

ミラーニューロンで黒炮《ヘイパオ》の思考や感情を理解しようとしてみた。しかしできなかった。

教官が地図と探知機をにらんで考えている。

探知機によると、鼠の大集団がこちらの担当地域に近づいている。いまの行軍ペースなら十二時間後に接触できる。全滅させられれば割当数を達成できる。つまり名誉解散。就職できる。新年までに故郷に帰れる。

しかし問題が一つ。鼠駆除隊は担当地域の境界線を越えて殺してはならないと決まっている。小隊同士が過剰に競争し、獲物の奪い合いになるのを防ぐための規則だ。

教官は黒炮《ヘイパオ》にむきなおる。

「作戦範囲を地域にとどめるように戦闘を抑制できるか?」

黒炮《ヘイパオ》はうなずく。

「絶対にそうします。もし越境したら、俺の尻尾を全員に配ってもいい」

みんな笑う。

「いいだろう。一八〇〇出発にむけて準備しろ」教官は言う。

僕はコンビニで固定の公衆電話をみつけて、まず母にかける。もうすぐ帰れるかもしれないと言うと、母はうれしさで絶句する。あとは二言三言話して切る。泣かれると面倒だ。次は、無意識のうちにダイヤルしている。

李小夏《リー・シャオシア》だ。

はじめはしばらく僕がだれだかわからないようすだ。あきらめずに昔のことを話すと、ようやく思い出してくれる。

小夏《シャオシア》はいま外資系企業の中国支社で働いている。九時―五時勤務の高給取り。来年は会社負担で海外留学するかもしれないという。心ここにあらずのような話し方だ。

「僕の葉書は届いてる？」

「ええ、もちろん」しばらく黙って、「最初の何通かは。そのあとは引っ越しちゃったから」

「もうすぐ除隊になるんだ」僕は断言する。

「ああ、そう。よかったわね。また連絡して」

僕は食いさがる。

「別れ際にきみが言ったことを憶えてる？　鼠を甘く見るなと言ったよね。彼らを知っていると。なにを知ってるんだい？」

長く気まずい沈黙。僕は息を詰めて返事を待つ。気を失いそうなほどに。

「憶えてないわ。たいしたことじゃないと思う」

電話代を無駄にしたと後悔する。

コンビニのノイズだらけのテレビ画面の下に流れる文字ニュースをぼんやり眺める。〝鼠駆除計画は順調に進行中〟〝西側同盟はわが国との緊張の高まりを懸念し、貿易交渉の新ラウンド開始に合意〟〝大学新卒者の就職率は改善傾向〟

鼠が繁殖率の制限を迂回している状況なのに、僕らの駆除割当数は変わらない。理屈にあわないが、どうでもいい。就職先はあるようだし、輸出はふたたび増加しそうだ。だったら僕らはここでなにをしているのか。

小夏《シャオシア》の口癖とおなじだ。「噂では……」「聞いた話では……」風聞と憶測ばかり。密室ではなにが起きているのか。

個々の事象ではわからない。それらをつなぐ文脈が必要だ。隠れた関連性が無数にある。見えない利益獲得機会や、競合する利害がある。世界一複雑なチェス、〝グレート・ゲーム〟だ。

しかし僕にわかるのは失恋の胸の痛みだけだ。

数日前から豌豆《ワンドウ》がトイレに行く回数が奇妙に増えていた。

僕はあとをつけた。豌豆《ワンドウ》がこっそり引き出したのは、小さな缶だった。小穴をあけた蓋を用心深くあけて、すきまからクラッカーを何枚かいれた。そして缶にむかって小声でささやきはじめた。

僕は隠れ場所から出て、手を差し出した。

豌豆《ワンドウ》は僕のミラーニューロンに訴えようとした。

「とてもかわいいんだ！　この目を見てみろよ！」

「規則違反だぞ！」

「何日か飼うだけだ。そのうち放すから」

　豌豆《ワンドウ》は懇願した。その目は子鼠とおなじで、きらきらと輝いていた。

　とはいえ豌豆《ワンドウ》のように小心な粗忽者が秘密を隠しとおせるわけがなかった。教官と黒炮《ヘイパオ》が僕らのまえにやってきたとき、終わりだと悟った。

「捕虜をかくまったな！」黒炮《ヘイパオ》が言った。

　僕は笑い出しそうになった。豌豆《ワンドウ》は実際に吹き出していた。

「黙れ」教官が言った。僕らは直立不動になった。「理にかなった説明をしてみろ。それしだいでは、理にかなった処分にとどめよう」

　失うものはなにもない。僕は〝説明〟をその場ででっちあげた。黒炮《ヘイパオ》は聞きながら怒りで爆発しそうな顔をしていた。鼻がねじ曲がってもどらなくなりそうだ。

　その午後、豌豆《ワンドウ》と僕は穴を掘った。深さ約二メートルで、場所は丘の斜面。穴の壁は油を塗った防水布でおおった。豌豆《ワンドウ》は不愉快そうだったが、処分をまぬがれるにはこれしかない。

　豌豆《ワンドウ》は言った。

「とても頭がいいんだ。こっちの身ぶりを真似するんだ」

　やってみせた。子鼠はたしかに毎回真似をした。僕もやってみたが、今度は真似しない。

「なるほど。こいつの知能指数はきみに近いようだ」

「よくできた製品にすぎないと思おうとしたんだ。ただの改造ＤＮＡだと。でも感情がそれを許さなかった」

僕らは穴の風下に隠れた。豌豆《ワンドウ》は紐を握っている。紐の反対側は穴の底にいる子鼠の脚に結ばれている。僕はときどき豌豆《ワンドウ》に合図して紐を引っぱらせる。子鼠をあわれっぽく鳴かせるためだ。豌豆《ワンドウ》の手は震えている。やりたくないだろうが、やらせるしかない。僕らの将来がかかっている。

推測頼みのアイデアだ。この人工動物に同族との連帯感があるのか、大人の鼠は子鼠に保護欲をかきたてられるのか、だれもわからない。現在の新しい繁殖方法では、一匹の雌と複数の雄がつがって雄雌すべてが〝妊娠〟するらしいが、そのことが育児本能に影響しているだろうか。

雄の鼠が一匹あらわれた。穴のあたりで鼻を鳴らし、匂いをたしかめているようだ。そして穴に飛びこんだ。すぐに油を塗った防水布を爪がひっかく音が聞こえた。僕は笑った。おとりの鼠は二匹になった。

大人の雄は子鼠より鳴き声が大きかった。もし知能指数が高いなら、仲間には来るなと警告の鳴き声を発するだろう。

ところがちがった。二匹目の雄があらわれた。穴のふちにやってきて、なかの二匹となにやら話しているようだった。そして落ちた。

それから三匹目、四匹目、五匹目とやってきて、最終的に十七匹が落ちた。穴の深さがたりないのではと心配になるほどだ。

僕は合図をした。すぐに槍を持った隊員たちが穴をかこんだ。

鼠は穴の壁にそってピラミッドをつくっていた。一番下の段は七匹の鼠が壁によりかかっている。二段目は五匹がその肩に立つ。次は三匹。最後に二匹が立ち、子鼠を運んで這い上がろうとしている。

「待って！」

豌豆《ワンドウ》が大声で止めて、慎重に紐をたぐって子鼠を大人の鼠の手から引き上げた。子鼠が空中で吊られると、大人の鼠たちはいっせいに鳴きはじめた。悲しげな声だ。ピラミッドが崩れ落ちる。それを追って槍が突き下ろされた。血飛沫が防水布にかかり、ゆっくりと垂れていく。

血縁ではない子鼠を、大人の鼠たちは身を挺して助けた。その弱点を僕らは利用した。

僕は身震いした。

豌豆《ワンドウ》は吊られた子鼠をたぐり寄せた。もう少しでその悪夢の旅が終わるというときに、どこからともなく軍靴があらわれて子鼠を踏みつぶした。

黒炮《ヘイパオ》だった。

豌豆《ワンドウ》は殴りかかった。

黒炮《ヘイパオ》はふいをつかれ、口の端から血を流した。笑い声をたてると、痩せた豌豆《ワンドウ》の胸ぐらをつかんで頭より高く持ち上げた。そして穴のそばに歩み寄り、血と肉が飛び散ったそのなかに投げこもうとした。

「弱虫は薄汚い仲間といっしょにしてやる」

「やめろ！」

教官があらわれて騒ぎをさえぎった。

僕は今回の計画の立案者ということでトップ賞に選ばれた。教官は演説のなかで三回も〝大学教育〟という言葉を使った。今回は皮肉っぽい意味ではない。黒炮《ヘイパオ》さえ僕をほめた。だれもいないときにやってきて、今回の戦闘での尻尾はすべて僕のものだと言った。僕は受け取ったそれを豌豆《ワンドウ》に渡した。

もちろん、それが豌豆《ワンドウ》から奪ったものの償いにはならないとわかっていた。


畑、森、丘、池、道……。通りすぎる僕らは夜陰の影だ。

休憩中に、黒炮《ヘイパオ》が教官に提案する。小隊を二分してはどうか。黒炮《ヘイパオ》が強い隊員を選んで前進を急ぐ。残りはゆっくりついてくればいいと。黒炮《ヘイパオ》は見まわして、意味ありげにつけ加える。

「でないと任務を完遂できないかもしれません」

「反対です」僕は言う。教官と黒炮《ヘイパオ》がこちらを見る。「軍隊の強さは全員が一丸になるところにあります。突撃するときもいっしょ、退却するときもいっしょ。隊内に軽重はないはずです」

いったん黙って、怒った顔の黒炮《ヘイパオ》をじっと見る。

「それを認めないなら、鼠といっしょです」

「なるほど」教官は煙草を消す。「一体のまま進もう。出発だ」

黒炮《ヘイパオ》は僕のそばを通りすぎながら、僕にだけ聞こえる小声で言う。

「おまえもあの弱虫といっしょにダムに突き落としてやればよかった」

僕はぎょっとする。

黒炮《ヘイパオ》は通りすぎてから、振りむいてにやりと笑う。唇の端だけを上げたその笑い方には憶えがある。豌豆《ワンドウ》の心理に引きずられるなと警告したとき。子鼠を踏みつぶしたとき。豌豆《ワンドウ》の胸ぐらをつかんで高く持ち上げたとき。雄の鼠の腹を切り裂いたとき。

あのとき、黒炮《ヘイパオ》は豌豆《ワンドウ》の隣にいた。豌豆《ワンドウ》はめずらしい植物をみつけて隊列から離れたという話だった。しかし豌豆《ワンドウ》は眼鏡をかけないとまわりがろくに見えなかったはずだ。

嘘だと気づくべきだった。

黒炮《ヘイパオ》の背中を見ながら、次から次に記憶が蘇る。僕の人生でもっともつらい旅だ。

「戦闘用意」

教官の声にわれに返る。十時間にわたって行軍している。

しかし僕にとって戦うべき相手は黒炮《ヘイパオ》ただ一人だ。

ふたたび夜が明ける。戦場は谷底の深い森。両岸は切り立った岩壁だ。教官の作戦は単純明快。一個分隊が前進して、谷を通過する鼠の群れを分断する。後続の分隊は鼠を出あう端から殺す。それだけだ。

僕は黒炮《ヘイパオ》の分隊に加わって木々のあいだを通っていく。僕自身の作戦はない。黒炮《ヘイパオ》をとにかく目の届く範囲におく。森は鬱蒼として視界は悪い。かすかな青い瘴気が充満している。黒炮《ヘイパオ》は分隊を早足で前進させる。僕らは木々のあいだを抜け、幽霊のように霧を分けて歩く。

ふいに黒炮《ヘイパオ》が足を止める。指さすほうを見ると、数メートル先を数匹の鼠が歩いている。黒炮《ヘイパオ》は包囲しようと合図で僕らを散開させる。しかし近づいたときには鼠は一匹もいない。見まわすと、また数メートル先にいる。

そんなことが数回くりかえされる。みんな気味が悪くなる。

瘴気が濃くなっていく。奇妙な匂いもする。僕の額から汗が流れ、目にはいる。槍を強く握って分隊から遅れないようにする。しかし脚に力がはいらない。恐怖症が蘇ってくる。草の陰から見られている気がする。空中からささやき声が聞こえる。

気がつくと一人になっている。まわりは濃い霧。僕はその場でぐるぐるまわる。あらゆる方向が危険だ。頭が絶望でいっぱいになる。

ふいにある方角から長い大きな悲鳴が聞こえる。僕はそちらに走る。しかしなにも見えない。背後で大きなものが突進する気配がある。また長い大きな悲鳴。さらに金属のぶつかる音、肉体が切られる音、切迫した吐息。

そして沈黙。完全な沈黙だ。

背後にいる。強い視線を感じる。

さっと振りむく。それは霧を裂いて突進してくる。ネオラットだ。人間とおなじ大きさ。長い爪から血をしたたらせ、急速に迫ってくる。槍で突くと、鼠は両腕を胸に引きつける。

僕と組み合って地面に倒れる。鋭い歯を無数に生やした口が僕の耳のすぐ横の空中を噛む。その口の臭さに息が詰まる。蹴って離れたいが、全身を地面に押さえつけられている。

　血まみれの爪が僕の胸に近づいてくる。しかし、なすすべがない。怒りでわめく。絶望の大きな悲鳴だ。

　冷たい爪が軍服を裂く。胸にあたるのを感じる。そして短い激痛。爪が皮膚と肉を切り裂く。一ミリずつ下りてくる。心臓へ近づく。

　僕はその顔を見上げる。鼠は笑っている。口が残忍な笑みにゆがんでいる。見覚えのある笑い方。

　バンと音が響く。

　鼠が震え、爪が止まる。困惑したようすで首をめぐらせ、音の方向を見ようとする。僕は全身の力をふりしぼって爪を押しのけ、槍をその頭蓋骨に突きこむ。

　鈍い音とともに鼠は地面に倒れる。

　僕は顔を上げ、そのむこうを見る。背の高い大きな鼠がこちらへ歩いてくる。両手で銃を持っている。

　僕は目を閉じる。


「今夜はみんな本物を飲ませてやるぞ」

　教官がそう言って、野営の焚き火のそばでビールの箱をいくつか開けた。

「なんのお祝いだろう」

豌豆《ワンドウ》がうれしそうに言った。大皿から鶏の腿肉をとり、かぶりついた。

「だれかの誕生日なんだろう」

豌豆《ワンドウ》はしばし手を止めた。それから笑顔になり、腿肉を食べつづけた。涙が焚き火を反射して光った。

教官は機嫌がいい。豌豆《ワンドウ》にビールを手渡しながら訊いた。

「おい、豌豆《ワンドウ》。おまえは射手座生まれだな。射撃はうまいはずなのに、鼠を狙うとからっきしなのはなぜだ？ よそで精を射ちまくってるのか？」

僕らは腹をかかえて笑った。教官の普段とちがう一面を見たようだ。

誕生日の隊員がお祝いの麵料理を食べて、願い事をした。教官はそちらに訊いた。

「なにを祈ったんだ？」

「全員ができるだけ早く除隊になって、帰郷して、いい就職をして、両親といっしょに暮らせますようにと」

みんな静まりかえった。教官が怒りだすのではないかと思ったのだ。しかし教官は拍手して笑った。

「立派だ。ご両親はおまえに無駄な投資をしていないな」

すると、みんないっせいにしゃべりはじめた。ある者は金を稼いで大きな家を買いたいという。ある者は七大陸でそれぞれ一番の美女と寝てみたいという。ある者は大統領になりたいという。

「おまえが大統領なら、俺は銀河軍の最高司令官だ」べつの者が言った。

僕は教官がなにか言いたげな顔をしているのに気づいた。

「教官ならどんな願い事をしますか？」

みんな口をつぐんで聞いた。

教官は焚き火を棒でほじった。

「俺の故郷の村は貧しかった。村の子はみんなばかで、おまえたちとちがって学校の勉強はできなかった。若い頃の俺は、畑で働くのも、都会に出て労働者になるのもいやだった。どっちも無意味に思えた。そんなときにだれかが言ったんだ。軍隊にはいれと。すくなくとも国防の役に立つ。うまくすれば英雄になれる。故郷でご先祖様に顔むけできる。俺は戦争映画が好きで、軍服にあこがれてた。だから入隊した。俺みたいに貧乏な若者は体を使うことしかできん。だからだれよりも長く訓練し、だれよりも多く練習した。危険な任務があれば志願した。汚れる仕事を進んでやった。なんのためかって？　戦場に出て英雄になるチャンスを得るためさ。人生でなにかをできる機会はそれだけだ。たとえ死んでも価値がある」

教官はそこでため息をつき、黙った。棒で焚き火をほじりつづける。沈黙が長くなった。顔を上げて苦笑する。

「なぜみんな黙るんだ？　雰囲気に水をさしちまったか」棒を脇へ放る。「すまん。お詫びに歌を聞かせよう。古い歌だ。初めて聞いたのはおまえたちが生まれるより昔だ」

教官の歌は下手だったが、心をこめて歌った。その目には涙がにじんでいた。

今の俺に残されたのは体だけ
嵐のなかで自由を手にいれた
栄光の日々を憶えているか？
未来は変わると信じてきたが
だれが本当に変えられたか？

焚き火のまたたく光のせいで、教官はいつも以上に背が高く、英雄的に見えた。荒野に僕らの拍手が大きく鳴った。

豌豆《ワンドウ》がビールを飲みながら言った。

「ふと思ってしまったよ。生きるってまるで夢をみてるようだと」

エンジンの騒音で気がつく。

目を開くと教官がいて、唇が動いている。しかし騒音で声は聞きとれない。起きようとすると、胸に激痛がはしり、また頭を横たえる。頭上には湾曲した鉄板の天井がある。やがてなにもかもはげしく振動し、床に押しつけられるように感じる。ヘリコプターに乗せられているのだ。

教官が僕の耳もとで叫ぶ。

「動くな。病院に搬送する」

記憶にあるのは悪夢のような戦闘の断片的な光景。そして最後に見たものを思い出す。

「銃を撃ったのは……教官ですか？」

「麻酔銃だ」

ようやく理解できたと思う。

「黒炮《ヘイパオ》はどうなりましたか？」

教官はしばらく黙る。

「頭部に重傷を負った。おそらく一生、植物状態だろう」

眠れずに森へ歩いた夜のことを思い出す。豌豆《ワンドウ》がいた。両親がいた……。

僕は教官に訊く。

「なにが起きたんですか？　あのとき、戦場で」

「さあな」教官はそう言ってから、僕を見る。「おまえは知らないほうがいいだろう」

僕はそれについて考える。鼠が化学的に人間の知覚を操作して、殺しあいをやらせられるなら、戦争はいつまでもいつまでも続くだろう。槍で突かれた肉体が裂ける音と悲鳴を思い出す。

「見ろ！」

教官は僕をかかえ起こして、ヘリコプターの操縦席の窓を見せる。

鼠だ。何百万匹という鼠が、畑や、森や、丘や、村から出てきている。歩いている。そう、直立してゆっくりと歩いている。まるで世界最大の観光ツアーのようだ。小さな集団も合流し、小川が大河になり、海になる。まだらの毛が大きな模様を描く。均整と美がある。冬の枯れ野や、同様に無味乾燥な人間の建物を飲みこみ、波打ちながら鼠の海は進む。新種の宇宙生物のようだ。

「人間は負けたんですね」僕は言う。

「ちがう。勝ったんだ。もうすぐわかる」教官は言う。

ヘリは陸軍病院に着陸する。僕は花束と車椅子で英雄として迎えられる。美人の看護師に車椅子を押されて院内へ。治療優先度を手早く判定され、まず風呂にいれられる。汚れた湯が流れなくなるまで長い時間がかかる。次は食事。急いで食べたせいで吐いてしまう。看護師は僕の背中にやさしく手をおく。共感の視線だ。

カフェテリアのテレビはニュースを流している。

「わが国は西側同盟と貿易紛争について予備的合意に達しました。両者はウィンウィンの関係であると述べています……」

さきほどヘリから見た鼠の大移動のようすがテレビに映し出される。

「国家の総力を挙げた十三カ月の継続的、英雄的抗戦のおかげで、ついに鼠の脅威を完全に駆逐することができました！」

カメラは海のようすに切り換わる。巨大なまだら模様の絨毯が陸から海へとゆっくり移動している。海にぶつかると、ばらばらの粒になり、水に溶けていく。

映像が拡大されると、狂乱状態の兵士のように殺しまくっているネオラットの姿が見えてくる。手当たり次第に攻撃している。敵も味方もなく、組織もなく、戦略も作戦もない。すべてのネオラットが利己的に戦っている。同類の体を切り裂き、頭に嚙みつき、かじっている。まるで見えない手で遺伝子のスイッチがいれられ、文明への着実な上昇が一瞬にして凶暴で原始的な本能に切り替わったかのようだ。ぶつかり、殴りあい、そのうごめく大群を血の河に変えて海へ注いでいく。

「ほら、言ったとおりだろう」教官は言う。

しかしこれは僕らの勝利ではない。最初から組みこまれていたものだ。ネオラットの逃走を工作した者が、目的を達したらすみやかに消滅するように命令を埋めこんでいたのだ。

李小夏《リー・シャオシア》は正しい。豌豆《ワンドウ》は正しい。教官もまた正しい。僕らは鼠と変わらない。みんなグレート・ゲームの駒やチップにすぎない。見えるのは目前のいくつかの枡目だけ。ゲームのルールにしたがって枡目をいくつか動くだけ。大砲は八列目と五列目に。馬は二列目と三列目に。一手一手の意味はだれも知らない。大きな手が突然下りてきて、盤上からつまみ出されるかもしれない。

しかし戦った二人のプレイヤーが勝負を終えたら、すべての犠牲は正当化される。ネオラットだろうと人間だろうと。僕は森のなかの黒炮《ヘイパオ》を思い出して身震いする。

「おまえが見たものの話はするな」

教官は言う。わかっている。鼠の宗教のことだ。そして黒炮《ヘイパオ》のにやにや笑いと豌豆《ワンドウ》の死のことだ。おもてむきにできる話ではない。忘れるべきことだ。

僕は看護師に尋ねる。

「鼠の集団はこの都市を通るのかい？」

「三十分後くらいに。病院のまえの公園から眺められますよ」

連れていってほしいと頼む。敵たちにお別れを言いたい。存在しなかった敵に。

麗江《リージャン》の魚

The Fish of Lijiang

中原尚哉訳

目のまえに握った手が二つ。どちらも明るい日差しが甲にあたっている。

「右？　左？」

僕の指は子どもで小さく、迷って、左をさす。そちらが表に返って開く。からっぽ。

どちらの手も消えて、またあらわれる。

「もう一度。右？　左？」

今度は右をさす。

「ほんとか？　気は変わらないか？」

僕の指は迷って右、左と泳ぐ。まるで魚のように。

「さあ、決めろ。三……二……一」

指は左で止まる。

左が表に返って開く。明るい日差しがあたる手のひらは、やはりからっぽ。

夢か。

僕は目を開いた。明るく白い日差しが目に痛い。納西《ナシ》(注1)風の中庭で長いことうたた寝していたらしい。こんなにのんびりするのはいつ以来だろう。空がとんでもなく青いな。伸びをして関節を鳴らした。

十年ぶりに来たらなにもかも変わっていた。変わらないのは空の色だけ。

麗江《リージャン》(注2)を再訪した。今回は病人として。

二十四時間前まで僕はたくさんの自分を持っていた。決まりきった仕事をこなす職場の働き蜂。灰色のフォードの所有者。市街の入り組んだ奥にある古いアパートメントの購入検討者。借金まみれの寄生生物などなど。

いまはただの患者だ。そしてリハビリを必要としている。

腹立たしい定期健康診断のせいだ。結果報告書の最後のページに、〝PNFDⅡ（心因性神経機能障害Ⅱ型）〟の文字があった。一般人にわかりやすく翻訳すると、精神が混乱しているので二週間仕事を離れてリハビリしなさいということらしい。

僕は恥じいりながら、上司に有休をとらせてほしいと頼みにいった。職場の全員の視線がうなじに刺さるように感じた。他人の不幸は蜜の味《シャーデンフロイデ》。〝ボスの子飼い〟もやはり人間だったと知ってほくそ笑んでいる。気が弱く、ストレスに耐えられなかったのだ。

僕は身震いした。これが社内政治だ。

上司は諄《じゅん》々《じゅん》と説教をはじめた。

「よろこんで認めると思うか？　有給休暇は給料の支払いが発生するんだ！　他社では社員のリハビリが必要だからって休ませたりしない。しかし新労働法で定められているし、わが社は正しいグローバル企業として範をしめすべき立場にある……。まあ、症状が悪化して神経梅毒になって、まわりに感染しないともかぎらんからな。さっさと治してこい」

僕は恐縮して上司の部屋から退がり、自分の机を整理しはじめた。まわりの視線は無視しようとつとめた。じろじろ見やがって、神経梅毒野郎どもめ。かならず二週間で帰ってくるからな。年度末の課長補佐昇進だってあきらめたわけじゃないんだぞ。

飛行機の機内でまわりのいびきを聞きながら、僕は眠れなかった。不眠症が一ヵ月以上も続いているのだ。症状は他にいくつもあった。胃の不調、もの忘れ、頭痛、疲労感、抑鬱、性欲減退……。たしかにしばらく休んだほうがいいのかもしれない。

機内誌を広げた。麗江周辺の観光地の写真はつくりもののように美しかった。

十年前の僕はなにも持たず、不安もなかった。十年前の麗江は文明社会を忌避する者にとって（ありていにいえば、異性と次々に寝る〝アーティスト〟を自認する若者にとって）楽園だった。十年前、僕は全財産をバッグに詰めて（かつぐ体力はあった）、旧市街の地図をポケットにいれて朝から深夜までうろついた。一人でいる女に片っ端から声をかけ、歌とアルコールにまみれて眠った。

その街に帰ってきた。いまは車も家も、大人が持つべきものはすべて持っている。ついでに勃起不全と不眠症も。幸福度を縦軸に、時間を横軸にしてグラフを描けば、僕の人生はすでにピークを過ぎて急激な右肩下がりになっているはずだ。

僕はなにも考えずにじっとしていた。高い壁のむこうから中庭に日がさしこみ、香椿《チャンチン》の香りが漂う。時間経過はわからない。腕時計や携帯電話、その他の時間がわかるガジェットはリハビリセンターの職員に取り上げられている。

旧市街にはコンピュータもテレビもない。ただし住人の一部は額や胸の表面を賃貸している。皮膚に小さな液晶ディスプレイを埋めこんで、各種の広告を一日二十四時間表示しているのだ。ここはもうかつての麗江ではない。

早く回復して職場復帰したいという渇望は、なぜか日没とともに香椿の香りのように消えていった。

胃が一度鳴った。なにか食べよう。時間経過の手がかりは胃だけだ。いや、膀胱と空の色の変化もあるか。

石畳の通りに人影は少ない。市街のこの地区はリハビリ患者専用だ。ただし野良犬は多い。太ったのから痩せたのまでいろいろいる。

ここへ来る飛行機である冗談を聞いた。重大な経済犯罪に科せられる死刑や終身刑に、第三の刑が最近加わった。麗江で意識転送実験の被験者になって犬の頭に転送されるというものだ。実験はしばしば失敗するので普通はだれも志願しない。しかし麗江で暮らせるなら、たとえ犬としてでも魅力的なので、多くの経済犯がその選択肢に飛びついているのだそうだ。

　市内の野良犬が若くきれいな女に尻尾を振り、市の検査官を毛嫌いするようすを見ると、冗談ではなく実話ではないかと思えてくる。

　鶏豆涼粉《ジードウリャンフェン》で空腹を満たしてから、カフェをみつけて席をとった。ブラックコーヒーを注文し、読むつもりで持ち歩いている（しかしいつも読み終わらない）数冊の本をめくりながら、〝人生の意味〟とやらを考えた。

　これでよくなるのか？

　理学療法も、投薬もない。食事療法、ヨガ、陰陽思想、その他をもちいたプロフェッショナルな治療も受けていない。リハビリセンターのあちこちにかかげられている〝健康な精神は快調な肉体から〟というスローガンの意味はこれだろうか。食欲と安眠と落ち着きはたしかにとりもどした。十年前より気分がいいほどだ。

　数週間続いていた鼻づまりも解消し、いまは店内に漂う香り袋のにおいもわかる。

　待てよ？　香り袋？

　顔を上げた。むかいの席に濃い緑のワンピースの若い女がすわっていた。いいにおいの飲み物のカップを持って、嫣然《えんぜん》と僕に微笑んでいる。まるでフランス映画の印象的な導入部。あるいは夢のようだ。いい夢か悪夢かわからないが。

「じゃあ、マーケティング部に勤めてるのね」

　彼女と僕は夕日のなかをいっしょに歩いていた。石畳の道には金色の輝きが満ちている。軽食の店からいいにおいが漂ってくる。

「そうだ。営業部といってもまちがいじゃないけど。きみは？　ＯＬ？　公務員？　警察官？　教師？　それとも……女優さん？」最後はおだてて言った。

「うふふ。あててみて」僕のおだてが気にいったようだ。「特殊医療の看護師よ。驚いた？」

「看護師も病気でリハビリが必要になるのか」

　夕食のあとはバーへ行った。彼女は麗江のサービスの質の低下を嘆いていた。

「この街の愉快な経営者たちはどこへ行ったのかしら」

　ウェイターの一人から聞き出したところによると、この街の現在の所有者は麗江実業（証券コード＃２０３８４５）という会社で、さらに資金力のある複数の複合企業が同社のうしろだてになっているという。彼女が知っていた地元の店主たちは、経営が困難になったり営業許可の更新料を払えなかったりして店を売ったらしい。最近はなにもかも値上がりしている。しかし麗江実業の株価は高値を維持していた。

　夜の旧市街は消費文明の精神で満ちあふれていたが、僕らは行きたいところがなかった。ロボットの楽団による納西族の民族音楽の演奏を、彼女は、〝去勢された驢馬《ロバ》のいななきのようだ〟と評して聞きたがらなかった。焚き火のまわりで実演される納西族の踊りは、僕が、

〝人間のバーベキューみたい〟と感じてしまって見たくなかった。

結局僕らは道の端でうつぶせになって、水路を泳ぐ小魚をのぞきこんだ。

麗江市街の水路には赤い魚がいる。夜明けも夕暮れも深夜も、水のなかで群れをなしている。同じ方向をむき、閲兵場《えっぺいじょう》で視察を待つ兵士たちのように整列している。しかしよく見ると、じっとしてはいない。流れに逆らって泳ぎながら位置をたもっている。ときどき疲れて列から流されそうになるのが一、二匹いる。しかし尾を強く振ってもとの位置にもどる。

十年前に見たときもこの魚たちはいた。魚だけは変わらない。

「泳ぐ、泳ぐ、泳ぐ、命つきるまで」僕は十年前とおなじことを言った。

「わたしたちとおなじね」彼女は言った。

「人生の隠れた意味だな。すくなくとも僕らはましだけどね。生き方を選べる」きざなことを言ってしまって舌を噛みたくなった。

「でも実際には、わたしがあなたを選んだわけではないのよ。あなたがわたしを選んだわけでもない」

僕はどきりとして彼女を見た。ホテルの部屋に誘おうなんて気はなかった。そもそも性欲はまだ回復していない。誤解だ。

彼女は笑いだした。

「ある歌詞の引用よ。知らない？　さて、そろそろ疲れたわ。明日も会いましょうよ。あなたといると楽しいわ」

「でも、どうやってきみを探せば……」そういえば携帯電話もない。

「わたしの宿はここ」彼女はホテルのカードをくれた。「歩いてくるのが大変だったら、犬を使えばいいわ」

「犬？」

「知らない？　そのへんの野良犬でいいのよ。会いたい時間と場所を紙に書いて、犬の首輪にはさむの。そしてホテルのカードを首輪に通せばいい」

「冗談かい？」

「冗談だと思うなら麗江のガイドブックを読んでみて」


ずいぶん長く眠った気がした。

二日目の午後かと思ったけれども、太陽の位置からすると午前だ。もしかすると三日目、あるいは四日目の午前かもしれない。一生分の長い夢からさめた朝ということもありえなくはない。

完全なリハビリのためには、仕事のレポートや上司の太った顔が夢に出てこないことが重要なのかもしれない。

犬を探した。しかしここの犬は鼻がきく。僕から失敗者のにおいを嗅ぎつけて逃げていってしまう。しかたなくヤク肉のジャーキーを一袋買って、生意気な犬に食べさせた。満腹にさせてようやくメッセージを運ばせることができた。

彼女から忘れられているかもしれないので、メモの最後には、〝昨夜の魚〟と署名した。あとは通りをそぞろ歩いた。日差しと怠惰を楽しんだ。ここではみんな時間感覚を失っているので、彼女がいつ来るのか予想できない。

街角に鷹を連れた老人がすわっていた。鷹も老人も生気にあふれていた。僕はカメラを持って近づいた。

「写真はお断り！」老人は大声で言った。

「五元！　または一ドル！」鷹は四川訛りの標準語と英語の両方で言った。

なんだ、どちらもロボットか。この市内に本物はもういないのだ。僕は腹を立ててきびすを返した。

「麗江の空がこれほど青い理由を知りたくないかい？　玉龍雪山《ぎょくりゅうせつざん》の伝説を聞きたくないかい？」僕が去ろうとしているのを見て、老人は口調をあらためて訊いた。訛りも消え、蘇州市民のような発音だ。「麗江のことならなんでも知っている。情報一件あたり一元」

まあいいか。どうせ暇だ。嘘を聞かされてもかまわない。僕は一元貨を取り出して、鷹のくちばしにいれた。カラン！　鷹の胸のパネルが開いて、ピンクに輝くキーパッドがあらわれた。

「麗江の空がこれほど青い理由を聞きたければ、一番を押してください。玉龍雪山の伝説を聞きたければ、二番を……」

なんでもいい。〝一〟を押した。

「現代の麗江では、凝結制御と分散率の平準化技術が使われています。おかげで晴天率は九十五・四二六パーセントに達します。大気中の微粒子成分を微調節することで、空の色をパントン色番号で2975cから3035cのあいだに維持しています。システムを設計したのは……」

なんてことだ。悲しくなった。天地創造の日のように澄んだ美しい空さえもここではつくりものなのだ。

「UFOを探してるの？」

女の手が背後から僕の肩におかれた。

「いったいこの街に本物はあるのかい？」僕はつぶやいた。

「あるわよ。あなたがいる。わたしがいる。わたしたちは本物よ」彼女は言った。

「本物の病人だけどね」僕は訂正した。

「きみの話をしてよ。他人を知るのが好きなんだ」

僕らはまたバーに来ていた。窓の下には水路があり、魚が見える。泳いでも泳いでもどこへも行けない魚たちが。

「じゃあ、ゲームをしましょう。相手について推測をかわるがわる言って、正解なら相手が飲む。不正解なら自分が飲む」

「いいよ。どちらが先に酔っ払うかな」

「まずわたしから。大企業に勤めてるでしょう？」

「まあね。上司の口癖はこうだ。〝わが社は立派な、グローバルな、現代的な、大──〟」

声をひそめて、「〝──工場だ〟」

彼女はくすくすと笑った。

会社のことを彼女に話した記憶はない。しかし僕は一杯飲んだ。

「きみの患者は重要人物ばかりだ。そうだろう？」

今度は彼女が飲んだ。

「あなたは会社で重要人物でしょう」

僕は飲んだ。

「もっと興味のある質問をしよう。患者から口説かれたことがある、だろう？」

彼女は頬を染めて、グラスを干した。

「ガールフレンドが何人もいるはずね」

僕はしばしためらって飲んだ。〝いた〟は〝いる〟の活用形だと自分に言い訳した。

「未婚だろう」

彼女は微笑んで黙っている。

僕は肩をすくめて飲んだ。

すると僕が飲みおえてから、彼女はグラスをかかげて飲んだ。

「ずるいぞ！　ひっかけたな」僕は言ったが、うれしかった。

「辛抱がたりないのが悪いのよ」

「じゃあいいよ。きみの症状をあててやる。不眠、不安、不整脈、生理不順……」

酔っていると自分でわかった。後悔すると思ったが、止まらなかった。

彼女は眉をひそめて僕を見て、飲んだ。

「あなたの症状はわたしにはない。わたしの症状はあなたにはない」

「おなじ場所にリハビリに来てるのに?」

彼女はうなずいた。

「なにごとにも意味を感じられないんでしょう」

「きみに会うまではそうだった」

口説き文句のつもりで言った。大胆になっていた。

彼女は無視して続けた。

「時間が自分をすり抜けていく感じがいやで、しばしば不安になるでしょう。世界が毎日変化していく。自分は毎日年老いていく。なのになにも達成できていない。砂をつかまえようとするのだけど、力をこめるほど砂は指のすきまからこぼれ落ちて、あとにはなにも残らない……」

他のだれかが言うのなら、それらの言葉は通俗心理学、疑似知性主義、安っぽい精神主義に感じられただろう。しかし彼女の口から聞くと、いちいち真実として響いた。一言ごとに心臓を衝かれて顔をしかめた。

僕は黙って飲んだ。彼女の笑顔がだぶって見えるようになった。二重、三重、四重になる。尋ねたいことがあるのに、舌がもつれて言えない。

彼女は困惑した顔になり、ささやいた。

「酔ったのね。送ってあげるわ」

また失敗してしまった。


自分がどこにいるのか思い出すのにだいぶ時間がかかった。

思い出すあいだに、太陽は窓枠を六面分移動した。体のアルコールのにおいを落として嘔吐物をトイレに流すあいだに、さらに三面動いた。

看護師の彼女もこの患者は看てくれなかったようだ。割れるような頭痛がした。

犬を使ってメッセージを送るのをためらった。会うのが少々怖くなっていた。彼女はテレパスではないか。特殊医療の看護師にテレパスはふさわしいかもしれない。話せなくなった患者を看るとか。

心の奥底の恐怖をだれかに知られるほど恐ろしいことはない。

シャー・ペイ種の犬が部屋にはいってきて吠えた。首輪にはさまれた紙片を僕は抜き取った。

ロボットが演奏する納西族の民族音楽を聴きにいかないかという、彼女からの誘いだった。先日は去勢された驢馬のいななきのようだとくさしたくせに。しかもメモの最後には、〝テレパスではないわ〟と署名されていた。

嘘つけ、ブルジョワ女め！

僕はシャー・ペイを蹴った。犬はキャンと鳴いた。

それでも好奇心が恐ろしさを上まわった。顔を洗って着替えて、演奏会場へ出かけた。彼女は黄色のドレスで来ていた。僕は彼女にうなずいた。

そんなよそよそしい態度を彼女は無視した。つかつかと歩み寄って僕の手をとり、会場に引っぱりこんだ。

「かっこつけないで」

彼女は耳もとでささやいた。じつは僕は性的に興奮していることをさとられないように苦労していた。

演奏がはじまった。たしかに驢馬のいななきのようだった。十年前に聞いた本物の納西族の音楽を侮辱している。

ロボットたちは納西族のさまざまな楽器を持ち、体を揺らして演奏のふりをした。音楽は録音されたものが座席に埋めこまれたスピーカーから流れてくる。ロボットはあきらかに中国製だ。動きが硬くて不自然で、かぎられた種類の身振りしかできず、表情がとぼしい。そのなかで宣科《シュアンカー（注3）》のロボットだけが多少なりと細部までつくりこまれていた。演奏に没頭しているように見えるときもある。体を揺らしすぎて頭がとれてしまわないかと心配になるほどだ。

「驢馬のいななきみたいで嫌いじゃなかったのかい？」

僕は彼女の耳もとでささやいた。香り袋の薫香に包まれた。

「リハビリの一環よ」

「なるほど」

僕はキスしようとした。しかしよけられたので、彼女の指に唇を押しつけただけだった。

「職場のデスクの上に小さな灰色の目覚まし時計があるでしょう。キノコの形をしている。いつも針が進みすぎるはずね」

彼女は穏やかな口調だったが、僕は茫然とした。その時計は月間優秀社員賞の副賞として会社からもらったものだ。どうして知っているのか。

飲みくらべに負けたのはたまたまかもしれない。でもこれは……。

彼女の横顔をじっと見た。驢馬のいななきのような音楽が津波のように僕を呑みこむ。自分もロボットの楽師になったような気がする。愚かな口説きの曲をはりきって演奏しようとしたのに、彼女にあっさりと見抜かれた。僕の胸は空っぽで、鉄製の機械仕掛けの心臓がチクタクと動いている気がした。

その夜はいっしょにベッドにはいった。

彼女はたいしたことではないような態度だった。僕はちがう。男は奇妙な生き物で、恐怖と欲望がおなじ器官にあらわれる。恐怖に支配されるとその器官から尿を漏らす。欲望に支配されるとその器官に血液が充満する。

これもリハビリの一環かい？　そんなからかいのセリフが浮かんだが、口には出さなかった。返事が怖かったからだ。

「きみの正体を教えてよ」これは言わずにいられなかった。

彼女の声はくぐもって不明瞭だった。

「看護師よ。患者は時間」

やがて彼女は語りだした。勤務先は〝時間治療棟〟。訪れるのは財界のトップクラスの要人だけ。

老人たちはミイラのように多数の輸液チューブやケーブルにつながれ、二十四時間体制で完全看護される。毎日さまざまな人が訪れる。かならず滅菌された生物防護服をつけてベッドのまわりに並び、老人と意思疎通する。無言で報告し、指示を受ける。

老人たちは動かない。一回の呼吸に数時間かかる。ときどき赤ん坊のような泣き声を漏らし、だれかがそれを記録する。生物学的なサインだけを見れば死んでいるのと変わらない。つながれた機械の数値は変化しない。それでも彼らは何年も、何十年もその病棟にいる。

老人たちが受けているのは、〝時間感覚拡大療法〟というらしい。彼女は老人たちを、〝生ける屍〟と呼んだ。

この施術は二十年前にはじまった。当時の科学者は、臓器の生物時計を操作することで活性酸素の生成を抑制し、老化を遅くできることを発見した。しかし精神の劣化や死の訪れは、逆行も阻止もできなかった。
そんなときにべつの発見があった。精神の劣化は、時間経過の知覚と密接にかかわってい
る。松果腺《しょうかせん》の受容体を操作することで時間感覚を遅くする――つまり拡大することができる。
時間感覚拡大療法を受けると、肉体は通常の時間の流れにあっても、精神が感知する時間は
常人の百倍から千倍も遅くなる。
「でもきみには関係ないだろう？」
「女性たちが集団生活をすると、生理周期のような生物的リズムが同期するという話は知っ
てる？」
僕はうなずいた。
「生ける屍を毎日毎日看ているわたしたち看護師にも、おなじことが起きるのよ。だから年
に一度は麗江へリハビリに来て、体に蓄積した時間拡大効果を取り除くわけ」
僕はめまいを感じた。その老人たちの時間感覚拡大は、株価維持や後継者争いの先送りの
ためにおこなわれている。では一般人の時間を拡大したらどうなるだろう。百年を数秒で経
験することを思い浮かべようとしたが、僕の想像力では無理だった。時間感覚を無限に延長
するのは、時間を停止寸前まで遅くすることを意味する。そこまで遅くなった精神は不死に
近いのではないか。そのとき生身の肉体はなんのためにあるのか。
「まえに話したことを憶えてる？　わたしはあなたを選んだわけではない。あなたもわたし
を選んだわけではない」

彼女は申しわけなさそうに微笑んだ。

僕はまた不安になった。一握の砂が指のあいだからこぼれていく。

「あなたはわたしの片割れなのよ。ゼウスの雷によって半分に割られた」

その言葉は呪いのようだった。


彼女は去ることになった。リハビリ期間が終わったらしい。

暗闇のなかで並んですわり、玉龍雪山の巨大な山塊を眺めた。雪峰が銀色の月光を浴びている。僕らは無言だった。

驢馬のいななきのような音楽が頭にこびりついていた。

「デスクの目覚まし時計の話だけど」彼女は話しはじめた。

時間感覚拡大療法はとても高価だが、反対の療法——すなわち時間感覚圧縮は、そうではない。とても安価で商用化できるほどだ。いくつかの複合企業がそれに投資している。中国の労働法の抜け道を利用して（さらに政府の共犯的協力もあって）、国際企業の中国人労働者を対象に秘密実験がおこなわれている。

あの目覚まし時計は、時間感覚圧縮装置の試作品だったのだ。

「つまり、みんな実験室のモルモットだったんだな」

彼女の暴露話を聞いて、僕は自嘲した。上司もモルモットだ。彼の机にもおなじ時計があった。

「真相を知ってもどうにもならないのよ。時間感覚圧縮の理論的根拠は存在しないから」彼女は言った。

「存在しない？」

「理論物理学でいえば不可能。だからアンリ・ベルクソンの哲学をもとにしているの。直観だけなのよ」

「なんだかよくわからないな」

「わたしも。ただの妄言かもしれない」彼女は笑った。

「僕のＰＮＦＤⅡとかいう病気の原因は、その時間感覚圧縮なのかい？」

彼女は答えなかった。

しかしそうだとすれば理屈にあう。僕の精神では現実世界よりも早く時間が流れる。だから毎日疲れていた。いつも働きすぎだった。二十四時間で他人より多くの仕事をしていた。会社にしてみれば理想の社員だ。

雲が流れて月を隠し、雪峰の輝きが消えた。照明が落とされた劇場のように暗い濃淡の眺めになった。

その氷雪の斜面に、レーザー照射による明るい赤の点があらわれた。海抜五千六百メートルの白い崖を巨大なスクリーンに見立てている。レーザーは動いて絵になり、天地創造の物語をアニメーションとして描きはじめた。神話は換骨奪胎されて大衆娯楽になっている。僕は楽しめる気分ではなかった。躍る光は心臓の鼓動を乱すばかりだ。

時間感覚圧縮は生産性とGDPの向上にはいいだろう。しかしさまざまな副作用がある。主観時間と客観時間のずれは代謝異常を引き起こし、蓄積すると深刻な症状が出る。

この技術に投資した複合企業は、中国各地にリハビリセンターを開設した。政府に働きかけて労働法を改正させ、リハビリの概念を制度化した。そうやって真相を隠した。

そして、時間感覚拡大の副作用に悩む患者と、時間感覚圧縮の副作用が出ている患者を組ませると、おたがいの症状が緩和されることを発見した。治療しあうのだ。

「つまり、僕が陽で、きみが陰？」

彼女が僕に興味を持ったのは医学的装置としてにすぎないのか。中年男性の自尊心はおおいに傷ついた。

「そう考えたいなら、そうね」彼女はそれなりに同情的だった。

「驢馬のいななきのような音楽は？」

「わたしたちのバイオリズムを同調させるためのものよ」

自尊心を慰めることをなにか言ってほしかった。前回のリハビリでバイオリズムのために組んだパートナーよりも、僕の外見がいいとか、話がおもしろいとか、特別だとか。しかしそういう話はなかった。

「犬は？」言うべきことが尽きかけていた。

「もとは普通の犬だったのよ。でも時間感覚がずれた患者ばかりと接しているうちに、脳の構造が変わってしまったらしいわ」

「一つだけ頼みがある」僕は暗闇のなかで蛍のように輝く彼女の瞳を見つめた。「あの水路へ行って魚をいっしょに見てほしい。あの魚だけがこの世界で現実を生きているようだから」

蛍が明るくなった。彼女は僕の顔に軽くふれた。

「でもあれは……」

その唇を僕は指で押さえて、首を振った。うまくいった。言わなくていい。いちばん重苦しい言葉は聞きたくない。

彼女は僕の手をそっとどかして、べつのことを言った。

「やめたほうがいいわ」

僕は一人で水路の魚を眺めた。

彼女は去った。連絡先は残してくれなかった。手のひらに砂の感触がある。どれほど強く握っても指のあいだからこぼれてしまう。

魚よ、魚。そばにいてくれるのはおまえたちだけだ。

ふいに魚がとてもうらやましくなった。単純明快な生き方だ。方向は一つ。上流へ泳ぐだけ。ためらう必要はないし、無数の選択肢に悩むこともない。しかしそんな生き方になったらなったで僕は不満を述べるだろう。人は決して満足しない生き物なのだ。

そんな自己愛、自己憐憫、自己中心主義……自分のことばかりのおのれに、唾を吐きたくなった。しかしなにもしなかった。

一匹の魚を見た。流れに押されて群れからはずれかけている。一回、二回、三回と脱落しかける。そのたびに必死に尾を振ってもとの位置にもどる。

ああ、魚も大変なんだな。

いや、待てよ。どうしていつもこの一匹なんだ？　泳ぐ軌跡や動きが毎回おなじではないか。

目を凝らしてじっと見た。

二分後に、おなじ魚が群れから流されかけて、また尾を必死に振ってもとの位置にもどった。

小石を手にした。

石はホログラフィ映像の魚を通り抜け、水路の底へ沈んでいった。

手のなかにはなにもなかった。一粒の砂もない。


僕のリハビリも終わった。健康とはいえない精神と快調とはいえない肉体で、帰りの飛行機に乗った。離陸するまえから機内のあちこちでいびきが聞こえた。

完全に回復した人もなかにはいるのだろう。

あのコンクリートのジャングルで時間圧縮された同僚たちとしのぎを削る日々にもどるのかと思うと、急にうんざりしてきた。

飛行機は離陸した。市街、道路、山、川……。すべてが遠ざかって、さまざまな色の四角が集まった小さなチェス盤のようになった。それぞれの四角のなかで時間は速く流れたり遅く流れたりしている。地上の人々は見えない手にあやつられた蟻のように集められ、グループごとにそれぞれの四角に押しこめられている。労働者、貧困者、つまり〝第三世界〟の時間の流れは速い。裕福で有閑の〝先進国〟では時間はゆっくりと流れる。為政者、偶像、神々の時間は止まっている……。

突然、子どものふっくらした手が二つ、目のまえに突き出された。世界をまるごと握りこんだような手が並んでいる。

「右？　左？」

僕は左右を見くらべて、あせった。手がかりがない。

嘲笑が聞こえる。

僕は両方の拳をつかみ、無理やり広げさせた。どちらも空っぽ。嘘だった。

「お客さま」

美人の客室乗務員に起こされた。あの夢の出どころをようやく思い出した。子どもの頃にいつも僕をいじめていた従兄だ。僕から取り上げた飴玉を隠して、どちらの手にはいっているかを当てさせようとした。僕がいつも迷い、決められないのをからかって楽しんでいた。

「お客さま。炭酸飲料、コーヒー、紅茶などがございます。なにになさいますか？」

「……きみがいいな」

客室乗務員は顔を赤らめた。

僕は微笑んだ。

「コーヒーをもらうよ。ブラックで」

選べるものは他になかった。

(注1) 納西族は中国南西部に居住する少数民族。その納西文化の中心地が雲南省麗江市。
(注2) 麗江市は観光地として知られ、北に突兀峨々《とっこつがが》たる玉龍雪山がそびえる。麗江古城は水路と橋が縦横に交差する旧市街で、ユネスコ世界遺産に登録されている。
(注3) 宣科は納西音楽の著名な研究者。

沙嘴《シャーズイ》の花

The Flower of Shazui

中原尚哉訳

深圳《シンセン》湾の夏は十カ月続く。湾はマングローブにおおわれた凝血のような湿地にかこまれている。年々縮み、多くの犯罪を隠す錆色の夜のように腐っていく。

そのマングローブ林の東、深圳と香港をへだてる皇崗口岸《ホワンガンこうがん》の北側に、沙嘴村《シャーズイ》がある。僕はいまそこに滞在している。

隠れ住んで半年。日差しは暴力的な亜熱帯のそれなのに、僕の肌はますます白くなっている。沙嘴、沙頭《シャートウ》、沙尾《シャーウェイ》、上沙《シャンシャー》、下沙《シアシャー》という五つの都市化した村は、福田《フーティエン》区中心部で大きく密集したコンクリートジャングルをつくっている。村名だけを聞くと、〝沙《シャー》〟という名の伝説の怪物が、断頭されながらまだ生きていて、その嘴《くちばし》の上に住んでいるように思える。

沈《シェン》姐さんによれば、かつてはさびれた漁村だったそうだ。しかし中国の改革開放経済による都市化で、こんなところにも建設ブームがやってきた。政府が土地収用権を行使するときにより多く補償金をもらおうと、村人たちはわれがちに自分の土地に高いビルを建てた。居住用の床面積をできるだけ増やすためだ。ところが村人たちが投資を回収するまえに、不動産価格が上がりすぎて、政府でさえ補償金を払えなくなった。あとにはこの急ごしらえのビル群が歴史的遺物、歴史の目撃者として残された。

「村人たちは三日で一階ずつ高くしていったのよ。まさに経済特区のスピード感ね」

癌細胞のように急速に成長して、いまのビルの形になったのかもしれない。なかの部屋はいつも暗い。ビルとビルの間隔が狭すぎるせいで、隣の建物の住人と窓ごしに握手できるほどだ。路地は芋虫の道のように細く、入り組んでいる。腐敗臭があらゆるところにしみつき、毛穴にまではいりこむ。安い家賃をめあてに集まったさまざまな移民が、それぞれの深圳の夢を追っている。ハイテク、ハイレゾ、高給、高級な深圳の暮らしを。

でも僕にはこの下層の暮らしがいい。安全だと感じる。

沈《シェン》姐さんはいい人だ。東北の出身で、このビルはずっと昔に海外へ移住する地元の一家から買い取ったのだそうだ。以来、大家として儲けている。家賃は上がりつづけているので、姐さんの純資産は数千万元にもなるはずだ。それでもここに住みつづけている。身分証明書を持たない僕を入居させ、商売をする小さな屋台も貸したうえに、警察の手入れにそなえて偽の書類まで用意してくれた。過去については尋ねない。ありがたかったし、その恩に報いたかった。

漢方薬局のまえに出した屋台で、僕はボディフィルムと改造版のARソフトを売っている。肌に貼ったボディフィルムは、体の電気信号に反応して文字や絵を表示する。アメリカでは診断ツールとして患者の生理学的サインを監視するのに使われる。しかしこの国ではストリートカルチャーに取りこまれ、使用者の社会的地位を表現するディスプレイとして使われている。労働者やギャングや娼婦たちは、このフィルムで体の一部を隠したり、強調したりする。筋肉の緊張や体温変化によってフィルムはさまざまな図像を表示し、個性や、度胸や、セックスアピールをしめすのだ。

雪蓮《シュエリエン》と初めて話したときのことはよく憶えている。

雪蓮《シュエリエン》の出身は雨の多い亜熱帯の湖南省だ。なのに高山植物の花を名乗っている。その肌は夜でも磁器のように白く輝く。沙嘴村の〝楼鳳〟――自宅で商売をする娼婦――のなかで一番有名だといわれる。男と手をつないで歩いているのをよく見かけた。相手は毎回異なるのだけど、彼女の表情はいつも穏やかで、うしろ暗いことをしている感じはすこしもない。むしろ人目を惹く魅力をいつも振りまいている。

沙嘴村にはさまざまな価格帯の娼婦が何千人も住んでいる。深圳と香港の中流および下層階級の男たちに、あらゆる種類の安価な性サービスを豊富に提供している。疲れ、汚れ、弱った男たちの精神にとって、彼女たちの体は一時の避難地なのかもしれない。あるいは一服の偽薬か。男たちはつかのまの快楽のあとに、気持ちを立て直し、現実という戦場へふたたび出ていくのだ。

雪蓮《シュエリエン》はほかの娼婦とちがった。沈《シェン》姐さんの親友で、漢方薬局によく買い物にきた。屋台のまえを通ると、僕はその香りでうっとりとなり、うしろ姿をつい目で追った。

ある日、雪蓮《シュエリエン》に背後から肩を叩かれた。

「あたしのボディフィルムを直してくれない？　光らなくなっちゃったのよ」

僕はあわてふためく気持ちを隠して答えた。

「見てみましょうか」

「ついてきて」雪蓮《シュエリエン》はささやいた。

薄暗い階段は内臓のなかのように狭かった。彼女の部屋は想像とちがっていた。室内は明るい黄色で、家庭的で落ち着いた調度品が飾られていた。空が見えるバルコニーさえある。沙嘴ではとても贅沢だ。

寝室へ案内した僕に背をむけて、雪蓮《シュエリエン》はジーンズを膝まで下げた。白くまばゆい腿と黒いレースのパンティがあらわになった。

僕は両手が冷たくなり、乾いた喉で生唾を飲んだ。

雪蓮《シュエリエン》は長い指をパンティにあてた。僕は気持ちの準備ができず、恐怖で心臓がはげしく打った。

「光らないのよ」

雪蓮《シュエリエン》は言った。パンティを脱ぐのではない。八角形のフィルムを指さしているのだ。尾骨のすぐ上に貼られたそれには、八卦図が表示されていた。

僕は失望をこらえた。きめ細かいきれいな肌を見ないようにしながら、診断ツールで慎重にフィルムを調べはじめた。静電容量センサーの温度反応曲線をいじる。そして詰めていた息を吐いた。

「これでいいはずです。試してみて」

雪蓮《シュエリエン》は急に笑いだした。腰のなめらかな肌にはえたかすかな産毛が立って、ミニチュアの草原のように見える。

「試すって、どうやって？」

ふりむいて僕を見た雪蓮《シュエリエン》は、からかうように言った。

まともな男でこの視線に屈しない者はいないだろう。でもそのときの僕は侮辱されたように感じた。客とおなじ扱いをされた気がしたのだ。金を払って彼女の体を求める客とちがいはないと。そうやって僕の仕事の代金を払うつもりなのか。

この子どもっぽい怒りがどこから来るのか自分でもわからないまま、加熱パッドを取り出してその腰にあてた。三十秒ほどすると、八卦図の中心にある陰陽の太極図に、青く光る〝東〟の字が浮かんできた。

「東？」僕はきょとんとして訊いた。

「あたしの男の名前よ」

雪蓮《シュエリエン》は冷静で穏やかな表情にもどっていた。ジーンズを引き上げてむきなおり、僕のもの問いたげな顔を見る。

「娼婦に自分の男がいちゃいけない？　彼はうしろからやるのが好きなの。だからそこにフィルムを貼って、客に教えてるのよ。いくら金を積んでも買えないものがあるってことを」

雪蓮《シュエリエン》は煙草に火をつけた。

「ああ、修理代はおいくら？」

とたんに、わけもなく安堵感に襲われた。


東《ドン》という名の男は、雪蓮《シュエリエン》の夫で、ポン引きだった。深圳と香港のあいだでデジタル製品を密輸するのを生業《なりわい》にしている。ギャンブル依存症だという噂も聞いた。雪蓮《シュエリエン》の稼ぎの大半は賭博台で消えてしまうらしい。それどころか彼女に香港の高齢の客の相手をさせ、その特殊な要求に応じさせるのだという。それでも雪《シュエ》蓮《リエン》は腰にその名前を貼り、自分がその男のものであることを周知させているのだ。

まるで香港の古いギャング映画のパターンだ。でもこれが沙嘴の日常なのだ。

雪蓮《シュエリエン》は不幸だ。だからよく沈《シェン》姐さんに相談にきた。

沙嘴の住人の多くがそうであるように、姐さんも複数の仕事をしている。その一つが巫師《ふし》だ。

姐さんは満州族だそうだ。先祖にも巫師がおり、その呪力を受け継いでいるおかげで、霊魂と話したり未来を見通したりできるのだという。

酒で口が軽くなったときに、北方の茫漠たる荒野の話をしてくれた。吐く息が凍りつくその土地で、先祖たちは荒々しい仮面をかぶって巫術の儀式をした。吹雪のなかで舞い踊り、太鼓を叩いて歌い、霊魂をわが身に降ろそうと祈った。

その日は気温四十度近い暑さだったけど、部屋で話を聞いている人々はみんな身震いしたものだ。

姐さんは巫術をやる部屋に僕をいれてくれなかった。求めるものがない僕は心が純粋でなく、そのため気が乱れて霊魂によくないのだそうだ。

姐さんの巫術を求める客は引きもきらなかった。力は本物で、一目で相手を見抜くと評判だった。巫術のセッションを終えて部屋から出てくる人々は、いちように満足げで夢みるような顔つきだった。

そういう顔はよく知っている。たとえばルイ・ヴィトンを持つ若い女。ホテル・ベネチアンのVバーで美女をあさる裕福な都会人。毎晩六時半にテレビの深圳ニュースに出演する政治家。みんなおなじ顔をしている。いかにも深圳という顔だ。

沙嘴を何度も訪れる客もそうだ。強力な媚薬を求めて漢方薬局にはいり、満足げな笑みで出てくる。しかしその媚薬の中身はただの繊維質だ。便秘を治す効果しかない。

ここではだれもが偽薬を必要としているのかもしれない。

雪蓮《シュエリエン》は何度も沈《シェン》姐さんを訪ねた。帰るときは毎回すっきりした顔になっている。でもしばらくするとまた不幸な顔で再訪する。彼女のような人生における不幸は想像がつくけど、それでも知りたい欲求を僕は抑えきれなかった。好奇心を満たす技術的な方法はいくつかあるものの、まず沈《シェン》姐さんの部屋にはいる必要がある。それには信徒になるしかなかった。

「霊魂の助けが必要なんです」僕は姐さんに言った。これは嘘ではない。

「はいりなさい」

姐さんはかぞえきれないほど客を見ているので、嘘はたちまち見抜かれる。

部屋はそれほど広くなく、薄暗かった。壁には巫術の霊魂による絵がかかっている。筆遣いが荒々しいのは薬で酩酊した状態で描いたからだろう。赤い綿布をかけた四角い祭壇があり、そのまえに姐さんはすわった。祭壇には仮面と、牛皮を張った太鼓と枹《ばち》、銅鏡と銅鐸、その他の儀式道具がおかれている。電子装置からお経が流れている。姐さんは仮面をかぶった。不気味なのぞき穴の奥の目に、いにしえの見知らぬ光が宿る。

「偉大な霊魂が聞いています」

姐さんの声は低くかすれ、不動の威厳に満ちている。

僕はその力に抗えなかった。記憶の奥底に秘めた物語がある。僕はいまもそれに苦しんでいる。罪は葡萄酒のようだ。光から遠ざけるほど発酵し、きつくなる。

驚きとともに気づいた。無意識にだまされた。この部屋に足を踏みいれたのは雪蓮《シュエリエン》への好奇心のためではない。抑圧を解放し、楽になりたいという内なる欲求がそうさせたのだ。

「僕はフェンスの外から来ました。僕は技術者でした」

息を詰め、震える声を抑えて言った。

僕はフェンスの外から来た。僕は技術者だった。

生まれるまえの一九八三年に、高さ二・八メートル、長さ八十四・六キロメートルの有刺鉄線のフェンスが深圳市を二つに分けた。内は三百二十七・五平方キロメートルの経済特区。外は千六百平方キロメートルの荒野だ。フェンスは香港と深圳のあいだの出入国検査をやりやすくするためだとされた。一九九七年以前の香港はイギリスの統治下にあり、不法越境が日常茶飯事だった。

ベルリンの壁はまだ残っていたのだ。

フェンスと九つの検問所は、人と交通だけでなく、法律、福祉、税制、インフラ、身分も分けていた。フェンスの外の地区はある意味で深圳の〝情婦〟だった。経済特区のそばで、しかも広大な未開発の土地があるため、労働集約型で低付加価値の産業が集まった。しかし〝フェンスの外〟と聞いて深圳人がまず思い浮かべるのは、ハリウッド映画に出てくる西部の砂漠だ。貧しく、未開発で、道路はいつも工事中で、信号無視はやりたい放題で、犯罪は頻発し、警察は無力という場所だ。

でも意外なほど歴史はくり返す。西部開拓とおなじ道を深圳もたどった。

二〇一四年に政府がついにフェンス撤去を決定すると、かつてない反対運動が起きた。フェンスの内側に住む深圳市民は、大量の移民が流入して犯罪が増加することを懸念した。しかしフェンスの外の住人はもっと強く反対した。彼らは経済特区が成長するあいだ、フェンスの外でとり残されたと感じていた。その内側の開発余地がなくなって成長が行き詰まって、今度は彼らの唯一の資源である土地が搾取されると思ったのだ。反対しなければ、家賃や物価が高騰して低所得層は家を追われかねない。若者たちはアメリカ先住民の衣装を着て、フェンスに自分たちの体を縛りつけて撤去に抵抗した。

僕が働いていた電子製品の工場も変化の影響を受けた。会社はAR機器の部品をヨーロッパ、アメリカ、日本から受注して外貨を毎年稼いでいた。でも元高ドル安で利幅が縮小していて、このうえ商用地の賃料や工員の賃金が上がれば、利益は消えてしまう。工場主は全従業員集会で、全員が一時解雇にそなえてくれと話した。

僕は金型技術者だった。解雇されるまえに金になることをしたかった。考えはみんなおなじだ。

会社には取引先からあずかった未発表の製品の試作品があった。それをもとに金型をつくり、実際の製品を製造するのだ。厳格な秘密保持契約と保安対策のために、試作品にはRFIDタグが埋めこまれ、四三三メガヘルツで、企業秘密の通信プロトコルを介して専用受信機と交信していた。試作品が指定エリアから出ると自動的にアラームが鳴る。そして三百秒以内に指定エリアにもどらないと、自己破壊機構が作動する。

もちろん、そんなことになったら工場は国際的な信用を失い、顧客のブラックリストに載って商売ができなくなる。

しかし珠江デルタ地域には、その手の試作品を高値で引きとる経験豊富で悪賢いブローカーがごろごろしていた。試作品を入手し、リバースエンジニアリングすれば、〝山寨《さんさい》〟と称される電子製品メーカーが莫大な利益をあげるネタになる。最近はまじめな商売より、無節操な商売のほうが儲かるのだ。

僕にとっても条件がそろっていた。買い手がいて、価格が提示され、ものを届ける手段も、逃走ルートもある。ほかにたりないものは一つだけ。協力者だ。人々の注意をそらして、警備員を外へおびき出す役。適任なのは同郷の陳《チェン・ガン》敢だった。

陳《チェン・ガン》敢のことはよく知っている。気弱な若者で、妻が次女を出産したばかり。心配しているのは長女の小学校の学費だった。移民の一家は深圳の戸籍を持たず、そのため娘を公立小学校にいれるには割り増しの学費が必要になる。払えないならべつの小学校にいれるしかない。移民労働者の子らのためにつくられた程度の低い学校だ。陳《チェン・ガン》敢はときどき幼い娘の写真を見ながら、自分のような道を歩ませたくないと話していた。

僕は彼の口座に前金を振りこんだ。たいした額ではないが、学費の割り増し分くらいにはなる。

中国人にとって、〝わが子のため〟という動機はとても強力なのだ。

打ち合わせどおりの時間に、会社の建物の外から拡声器の声が聞こえはじめた。陳《チェン・ガン》敢が役割を演じている。中庭のまんなかでガソリンをかぶり、手にしたライターをかかげている。工場主が解雇手当を増やさないならこのまま火をつけると言っている。警備員はあわてて消火器を持って中庭に集まった。そうやってだれも見ていないすきに、僕は盗んだ試作品をかかえて屋上への非常階段を上がった。

　僕は社内で試作品にふれる許可を持つ五人のうちの一人だった。この職権を利用して、RFIDタグが反応する仕組みを何度かテストしていた。ログによると、装置が記録しているのは緯度と経度だけで、高度は見ていないようだった。この穴を使って、買い手に品物を届ける効率的な方法を考案した。

　屋上は雨が降りはじめる直前のように風が強く、寒かった。工場の労働者たちは全員が中庭に集まって、焼身自殺劇の決着を待っている。工場主が陳《チェン・ガン》敢の要求に折れれば、明日には数百元がガソリンまみれの彼に支払われるだろう。

　でも僕はこの三年間で工場主の性格をよく知っていた。ライターを使えと陳《チェン・ガン》敢にけしかけ、そのくすぶる灰で煙草に火をつけるようなやつだ。

　トンボのような遠隔操作のヘリコプターが遠くからブーンと飛んできて、屋上に着陸した。僕は指示に従って試作品を機体の底に固定した。ヘリはふらふらと上昇しはじめ、その危なっかしい機体を僕は心配して見上げた。二人の男とその家族の運命がこれにかかっているのだ。

　RFIDタグと受信装置の最大通信距離は約十八メートルだ。屋上はすでにその限界に近い。

　ヘリは指示を待つようにしばらく空中にとどまった。自己破壊機構を買い手がどうにかして解除するのか、あるいは通信プロトコルを解読して偽の信号でシステムをだますのか、僕は知らなかった。請け負った仕事の範囲外だ。

　このまま移動しないのかと思いはじめたとき、ヘリはようやく屋上を離れて、灰色の空に消えていった。

　僕は落ち着いてエレベータで一階に下りて、野次馬の輪に加わった。陳《チェン・》敢《ガン》から見える位置に立ってやる。すると彼はかすかにうなずき、いつもの気弱な笑みを浮かべて、ライターを手から落とした。

　すぐに警備員が飛びかかり、地面に押し倒した。

　あとは逃げるだけだ。

　僕は東莞《トンクワン》行きの都市間連絡バスに乗った。でもバスのエンジンがかかるより早く、ポケットの電話が執拗に振動しはじめた。あの工場主のことだからぐずぐずできないとは思っていたけど、これほど早いとは予想外だった。

　監視カメラがあったのか、陳《チェン・》敢《ガン》がしゃべったのか。どうでもいい。彼が無事で、娘の入学を見られることを願うばかりだ。

　僕は電話を捨ててバスを降り、べつのバスに乗り換えた。行き先は反対方向、フェンスの内側だ。深圳へ行く。そちらが安全だと本能的に判断した。

　そうやって沙嘴村に流れ着いたわけだ。

　この半年間、陳《チェン・》敢《ガン》の名がニュースになっていないかと手をつくして調べた。でもなにもみつけられなかった。僕はまるっきり無関心とはいかなかった。良心など無用と思っても、捨てきれなかった。それどころか深夜にときどき飛び起きる。夢のなかの陳敢《チェン・ガン》はあの気弱な笑みを浮かべ、燃えて灰の山になる。二人の娘が泣きながらいっしょに灰になる夢もみた。自分からは逃げ隠れできないのだ。

「彼の消息を教えてください」

僕はいつのまにか涙で頬を濡らしていた。

巫師の木製の仮面が丸いのぞき穴でにらんでいる。オレンジの照明を反射する面相は怒れる女王だ。のぞき穴の奥の沈《シェン》姐さんの瞳に、奇妙な光が映っていることに僕は気づいた。波長の短い青い光がちらつく。

ふいに理解した。この仮面は、じつはAR眼鏡を隠す上手な偽装なのだ。

沈《シェン》姐さんは巫師と称して、客が言われたいことを言って金をとっているのだと思っていた。でもじつは本当に能力があるのだ。控えめにみてもレベルⅡA以上の情報特権を持ち、その権限を使って、顔認識した客の個人情報にアクセスしているのだ。

しかしそうやって流れる大量の情報のなかから、プロ用の分析フィルタリングソフトを使わずに、どうやって有用な情報を短時間で拾えるのだろうか。海に落ちた針を探すようなものだ。そこはやはり姐さんの巫師の遺伝子が働くのかもしれない。『レインマン』のダスティン・ホフマンが箱からこぼれた爪楊枝の本数を一目で言いあてたように。

のぞき穴のむこうの青いまたたきが速くなった。僕の心臓の鼓動も速くなった。

「彼は元気にやっている」

僕の胸に希望の灯がともった。

「すくなくとも金の心配はいらない、あそこでは」そう言って、姐さんは空を指さした。

「残念ながら」

僕は大きく息を呑んだ。予想していたとはいえ、恐れが現実になってみると、深い無力感にとらわれた。世界が焦点を失い、すべてが頼りなくなった。

この世で僕ができる罪滅ぼしは一つしかない。たとえ自分の良心を慰めるごまかしであっても。

「陳《チェン・》敢《ガン》の遺族の有効な口座番号を教えてください」

金は僕にとって偽薬だった。でももう必要ない。

沈《シェン》姐さんの部屋を出ると、外は暗くなっていた。窓に明かりがともされはじめた沙嘴を眺めた。道には多くの人が行きかい、あたりは希望にあふれている。でも僕の心はよどんだプールの水のようだった。開いた手のなかは空っぽ。

僕の無意識はまた意外なことをしていた。結局、盗聴器を祭壇の裏にしかけてきたのだ。陳《チェン・》敢《ガン》の件で相談に行ったのだけど、雪《シュエ》蓮《リエン》のことも忘れてはいなかった。

僕はにやりとした。深圳らしい笑みだ。

雪蓮《シュエリエン》は体調がよくないようだった。青ざめた顔だ。大きなサングラスをかけて目もとと顔の半分を隠していた。だれにも声をかけず、まっすぐ沈《シェン》姐さんの部屋にはいった。

僕はヘッドセットをかけて受信機の電源をいれた。しばらく雑音が続いてから、電子装置がとなえるお経が聞こえてきた。

「また彼に殴られました」雪蓮《シュエリエン》が涙声で言った。「もっと客をとれって。彼は金が必要なんです」

「どうするかは自分で決めることだ」姐さんの声は冷静だ。聞き慣れた話のようだ。

「あの香港のビジネスマンと逃げたほうがいいかも」

「でもあの男を残していきたくはないのだろう」

「十年もいっしょにいたんです。十年も！　あのころはなにも知らない少女だった。でもいまは……ただの安っぽい娼婦です」

「こんな暮らしをさらに十年続けたいか？」

「姐さん……お腹に子どもがいます」

沈《シェン》姐さんはしばし黙った。

「彼の子か？」

「そうです」

「ではそう話せ。子どもがいるなら娼婦はやれない」

「堕ろせと言うはずです。初めてではないから。でも姐さん、あたしもいい年です。この子を生みたい」

「では生めばよい」

「殺されるわ、きっと」

「そんなことはさせない！」僕は言った。

自分の声を実際の声とヘッドセットの音声の両方から聞くのは奇妙な気分だ。僕は部屋の戸口に立って、驚いてふりかえる雪《シュ》蓮《エリエン》を見ていた。磁器のように美しい顔のなかで、泣きはらした目だけが赤い。僕は爪が手のひらにくいこんで血が出るほど強く拳を握っていた。


計画はこうだ。当初の目的には反するけれども、成功が見込めるのはこれしかない。

雪《シュ》蓮《エリエン》の夫はギャンブル依存症だ。そしてこの世のすべてのギャンブラーは迷信家だ。だから子どもと幸運を結びつければいい。〝わが子のために〟というわけだ。そう考えると僕の胸はすこし痛んだ。

雪《シュ》蓮《エリエン》はこれから毎朝、無意味な数字の列を寝言のようにつぶやく。

迷信的な夫はあらゆるものから賭けのひらめきを得ようとする。幼児番組のキャラクターの色でもいいし、広告のチラシの電話番号でもいい。やがて彼は、雪《シュ》蓮《エリエン》が前日の宝くじの当たり番号をつぶやいていることに気づくだろう。

雪《シュ》蓮《エリエン》は奇妙な夢をみたと彼に話す。七色の美しい雲が東の空に浮かび、それがお腹にはいってきたと。

そして七日目がこの仕掛けの本番だ。

僕のプロの技術がいよいよ役に立つ。雪蓮《シュエリエン》には無線イヤホンとARコンタクトレンズをつけさせる。重要なのは特殊な黒いユニタードだ。一見すると手首から足首までをおおう普通の黒い下着。しかし特殊な繊維に電荷をかけると変形、硬化する。特定の部位だけを緊張させせ、銃弾も通らないほど強靱にできる。

これに電極と通信チップをしこむと、遠隔操作のあやつり人形《パペット》スーツになる。着用者にどんなポーズでもとらせることができる。

「どうして手伝ってくれるの？」

雪蓮《シュエリエン》から尋ねられた。男は彼女の体にしか興味がないと思っているのだ。

「自分のカルマのためだよ」

僕は笑って答えた。沈《シェン》姐さんも客によくそう言っている。

ユニタードを着た雪蓮《シュエリエン》に、遠隔操作でセクシーなポーズをいろいろとらせてみた。

「なにも着てないほうがもっとうまくポーズをとれるのに」

僕はうつむいて聞こえないふりをして、機器をいじりつづけた。突然、温かい雲が空から下りてきた気がして、白く柔らかい二本の腕が僕の胸にまわされた。彼女の声が背中を震わせ、胸と心臓と肺を満たし、背骨を這い上がって鼓膜に届いた。心臓の底から聞こえたような、同時にとても遠くから聞こえたようだった。

「ありがとう」

僕はなにか答えようとしたけど、なにも言えなかった。

沈姐《シェン》さんと僕は、雪蓮《シュエリエン》が見ているものを見ていた。

薄暗い階段に続いて、見覚えのある淡い黄色の部屋にはいる。東《ドン》という男はテレビのまえにすわって、香港の競馬中継を見ながら、ひっきりなしに悪態をついていた。雪蓮《シュエリエン》はキッチンにはいって夕食の支度をはじめた。

映像の動きがふいに止まった。男の二本の腕が雪蓮《シュエリエン》の胸をわしづかみにする。僕が彼女から抱きつかれたのとちょうどおなじ具合だ。

「やめて」雪蓮《シュエリエン》は言った。

男は答えない。映像が突然揺れて、顔が蛇口のそばになった。流しにむかって頭を下げているのだ。蛇口は流しっぱなしで、水が野菜や果物をひたしてあふれ、細かい泡をたてて排水口に流れていく。映像はリズミカルに揺れはじめた。荒い呼吸とため息に、ときおりうめき声が混じる。

映像と音声を切ることもできたけど、僕は切らなかった。不愉快な気分で見つづけた。怒りと、嫉妬と、嫌悪が胃のなかで渦巻き、やがて一つの感情に凝縮した。雪蓮《シュエリエン》がどう感じているのかはわからない。二人の外部者に見られるなかで、声どころか物音ひとつたてないのだ。

やがてありがたいことに、目を閉じてくれた。

暗闇のなかで、まぶたを通ってくるぼやけた光だけがわずかに揺れる。

僕の肩に手がかかった。姐さんだ。なにもかもわかっているという顔だ。


深夜まで待った。安定した周期的ないびきが雪蓮《シュエリエン》の隣で聞こえはじめてから、僕は準備ができたことの合図に彼女の左手を上げた。雪蓮《シュエリエン》は咳払いで答えた。

偽の降霊術のはじまりだ。

パペットスーツを操作して、まず雪蓮《シュエリエン》の両脚を上げる。上体を硬直させてから、両脚を落とす。反動で上体はベッドから起きる。その上体を落とすと、両脚はさらに高く上がる。位置エネルギーと運動エネルギーを交互に切り換えることで、雪蓮《シュエリエン》の体は地面に落ちたコインのようにはずみはじめた。ベッドはめちゃくちゃに揺れる。

「なにやってるんだ！　こんな夜中に！」

束《ドン》という男は眠りから覚めていまいましげに言うと、枕もとのランプを手探りでつけた。そして大きな騒音とともに床に落ちた。

「くそ！　くそ！　くそ！」

恐怖と驚きに満ちた声で毒づく。

雪蓮《シュエリエン》の体は何度もはずむうちに、重力から解き放たれたようになった。見えない糸に吊られたあやつり人形だ。はずんで、落ちて、はずんで、落ちて。マットレスから跳び上がって、一瞬だけ空中に浮いたようになる。黄色い天井が近づいては遠ざかる。まるで呼吸する膜のようだ。膜が弛緩するときに、視野の隅が樽形収差でゆがむ。

「やりすぎよ」

沈《シェン》姐さんが僕の悪ノリを叱った。男を怖がらせるのが目的ではないのだ。

雪　蓮《シュエリエン》の体をあやつるのが麻薬的に愉快だったことは認めよう。無意識に求めるものがあったらしい。

はずむ高さはおさまって、雪　蓮《シュエリエン》の体はふたたびベッドに静かに横たわった。パペットスーツの繊維を弛緩させる。死体のようにぐったりとなった。

打ち合わせどおりに雪　蓮《シュエリエン》は叫びはじめた。支離滅裂な話し方で、悪夢と奇妙な啓示を伝える。

「それを大切にすれば……報いると言っているわ。宝くじの番号などで……」

「それって、なんだ？」

「あなたの子よ」

男は床から立ち上がった。情報が多すぎて理解できないように顔をこわばらせている。どこからか持ってきた果物ナイフを握っている。雪　蓮《シュエリエン》に近づき、その腹をそっとなでて、顔を見上げた。ランプの温かい光を浴びたようすは、まるでメロドラマの幸福な場面のようだ。

次は、新しい命を歓迎する言葉と熱い愛のキスかと思いきや……。

男の澄んだ目に映じる光が、ふいに黒い水の淵のように冷たく暗くなった。

「俺の精子は不妊だと医者から言われてるんだ」男はナイフの側面で雪　蓮《シュエリエン》の腹をゆっくり

なではじめた。「だれの子か言え。聞いてからえぐり出す」

「あなたの子よ」

雪蓮《シュエリエン》は呼吸が速くなり、声は泣きそうに震えている。

「おまえは聖母マリアのつもりか？　薄ぎたない娼婦のくせに！」

男は雪蓮《シュエリエン》の頬を強く張った。画面が傾く。鏡台に二人のシルエットが映っている。暗がりの完璧な構図だ。

「あなたの子よ」

雪蓮《シュエリエン》はくり返した。声が弱々しい。

ナイフは顔のまえまで来ている。薄く鋭い刃が冷たい光を浴びて輝く。さすがに僕は見ていられなくなった。雪蓮《シュエリエン》の両手を動かして、男の手首とナイフの柄をつかませ、刃を反対にむけた。すばやい動きと力の強さが予想外だったらしく、男は反応できない。

雪蓮《シュエリエン》は体ごと前進し、ナイフの先端を夫の胸に押しつけた。

「やめなさい！」

沈姐《シェン》さんが叫んだ。でも僕は操作していなかった。雪蓮《シュエリエン》が自分で動いている。止めるまもなかった。

雪蓮《シュエリエン》の全体重をのせたナイフは、男の皮膚を破り、筋肉と肋骨のあいだを抜けて、心臓をつらぬいた。真っ赤な液体が傷口からしみだし、花のように広がった。男は顔を上げた。

雪蓮《シュエリエン》の目のむこうに、暗く遠いべつの存在を見ているかのようだ。やがてその目から命の光が消えた。

映像はしばらく動かなくなった。意外な展開に茫然として、僕らもどうしていいかわからない。ふいに雪《シュエ》蓮《リエン》は走りだした。前方がはげしく揺れる。出たところはバルコニーだ。夜空の一角が開けている。

今度はまにあった。彼女が空中に跳ぶまえに、僕はその動きを抑止した。雪《シュエ》蓮《リエン》は凍った花のように急停止し、床にはげしく転倒した。怒って叫び、もがき、ついに絶望で号泣しはじめた。

死は最高の偽薬。

今度ばかりは同意せざるをえなかった。

沙嘴村の夜明けをサイレンが引き裂く。沈《シェン》姐さんと僕は警官にともなわれて野次馬をかきわけ、パトカーに乗った。雪《シュエ》蓮《リエン》はべつの車両の後部座席にすわっている。その横顔の磁器のような頬は、赤と青の回転灯に交互に照らされている。顔は上げなかった。うつむいたままエンジンのうなりを聞いている。そのシルエットは震え、ぶれて、遠くに消えていった。

僕は雪《シュエ》蓮《リエン》と初めて話したときのことを思い出し、長い後悔の道をたどりはじめた。

夏笳

シア・ジア

Xia Jia

夏笳《シア・ジア》は北京大学で学部生として大気科学を専攻、その後中国伝媒大学の映画研究プログラムに参加し、修士論文「SF映画における女性像の研究」を書き上げた。つい最近「グローバリゼーションの時代の不安と希望：現代中国SFとその文化的ポリティクス（一九九一〜二〇一二）」と題した論文で北京大学の比較文学と世界文学の博士号を取得し、現在は西安交通大学で教鞭を執っている。

大学時代から〈科幻世界〉、〈九州幻想〉など様々な雑誌に寄稿しており、中には銀河賞、科幻星雲賞といった中国で最も有名なSF賞を獲った作品もある。英訳はともにニール・クラーク編の〈クラークスワールド〉誌やアンソロジー『アップグレード』*Upgraded* で発表されている。「百鬼夜行街」は二〇一三年のSF・ファンタジイ翻訳賞で選外佳作となり、編集者リッチ・ホートンの年間傑作選に選ばれた。

夏笳《シア・ジア》は自身の作風を「ポリッジ《おかゆ》SF」と呼んでいるが、これは長年続く（そして私見では不毛な）「ハードSF」と「ソフトSF」の区別をめぐる論争に対比させたものだ（これらの用語は中国のSFコミュニティでは英語圏のそれと若干意味合いが異なる。一般に、中国語の「ハードSF」は技術的な題材をより多く含むものを指す）。このアンソロジーに収録した彼女の作品「百鬼夜行街」、「童童《トントン》の夏」、「龍馬夜行」はその作風の広さを示している。書評家のロイス・ティルトンは「百鬼夜行街」をこう評している――「文芸SFで……（中略）……卓越した散文でSFとファンタジイの手法を混ぜ合わせ、こうした区別が大した意味を持たないことを教えてくれる」。「龍馬夜行」は英語では今回が初出となる最新作だ。

小説の執筆に加え、夏笳《シア・ジア》はまた優れた英中翻訳者でもある。彼女の翻訳は自作と同様、明快でありながら格調高く、優美さを備えている。拙作のノヴェラ「歴史を終わらせた男」の翻訳は多くの点でオリジナルより改善されている。

二〇一四年、夏笳《シア・ジア》は中国で初のＳＦを専攻した博士号取得者となった。彼女の中国ＳＦに関するアカデミックな著作は革新的と評され、彼女みずから中国内外でその成果を発表している。本書巻末に寄せた批評は中国ＳＦを中国たらしめているものは何かという疑問に取り組んでいる（アカデミックな著作の大半は本名の「王瑶《ワン・ヤオ》」で発表されており、「夏笳《シア・ジア》」は主に小説用のペンネームである）。

また映画作家、女優、画家、歌手でもある。

（鳴庭真人訳）

百鬼夜行街

A Hundred Ghosts Parade Tonight

中原尚哉訳

啓蟄

百鬼夜行街は藍色の帯のように細く長い通りです。渡れば十一歩ですが、端から端まで歩くと一時間はゆうにかかります。

その西端にあるのが蘭若寺《ランルオ》です。荒れ寺ですが、境内は広い庭になっていて、果樹や野菜の畑があり、竹林や蓮池もあります。池には魚、小海老、泥鰌《どじょう》、黄螺《ばい》が住んでいます。これだけあれば年じゅう食べ物に困りません。

ぼくは夕方、本堂の扉口にしゃがんで、漢代の思想書の『淮南子《えなんじ》』を読んでいました。そこへ燕赤霞《イエン・チーシア》が帰ってきました。燕《イエン》は降魔除霊の力を持つ豪傑です。でもこのときは籠を脇にかかえ、股引《ももひき》の裾をまくって、黒い泥だらけのふくらはぎをあらわにしていました。ぼくは思わず笑いだしました。

すると聞きつけた禅師が本堂の陰からあらわれ、鎧をきしませながらやってきました。そして警策《けいさく》でぼくの頭を叩きました。

ぼくは頭を押さえて禅師を恨めしく見上げました。でも禅師の鉄面具は本堂の釈迦像のように無表情です。ぼくは本を放り捨てて逃げました。禅師は追ってきますが、鎧の継ぎ目がギシギシと鳴ります。錆がひどくてゆっくりとしか動けません。ぼくは燕《イエン》のまえで立ち止まりました。籠には掘りたての筍《たけのこ》が何本かはいっています。ぼくは見上げて言いました。

「肉が食べたいんだ。投石具で小鳥を落としてよ」

すると燕《イエン》は答えました。

「小鳥は脂ののる秋がうまい。いまは雛が育つ時期だ。親鳥を食ったら、来年食う鳥がいなくなる」

「一羽だけ。お願い！」

燕《イエン》の袖を引いてねだりました。でも豪傑はがんとして首を縦に振らず、籠をぼくに押しつけました。そして円錐形の菅笠を脱いで顔の汗をぬぐいました。

その頭を見てぼくはまた笑いました。燕《イエン》の顔は卵のようにつるりとして、頭は庭師の抜き忘れた雑草のように縮れた黒い髪がまばらに残っているだけです。昔の燕《イエン》は髪も髭ももじゃもじゃだったそうですが、ぼくがいたずらしてときどき抜いていたら、長年のうちに髪はほとんどなくなりました。

燕《イエン》は大きな手でぼくの頭のうしろをなでながら言います。

「おまえは前世で飢え死にしたのかもな。食べ物なら境内にたくさんあるし、独り占めできるじゃないか」

ぼくは燕《イエン》をにらんで、筍の籠を受けとりました。

雨はなんとかやみ、濡れた地面で虫が鳴いています。二、三ヵ月もすると緑のバッタがそこらじゅうで跳ねはじめるはずです。つかまえて串に刺して焚き火であぶると、こうばしい脂が火に落ちるはずです。

思い浮かべると、空きっ腹が気の早い虫を詰めこんだようにぐうぐうと鳴りはじめました。

ぼくは走り出しました。


黄金色の夕日がひとけのない通りの石畳を照らして、影がどこまでも長く伸びます。

ぼくが走って家に帰ると、小倩《シャオチエン》が闇のなかで髪をくしけずっていました。家には鏡がありません。だからいつも彼女は頭をはずして膝の上にのせて、櫛をあてます。小倩《シャオチエン》の髪は墨色の巻き物のように長く、部屋じゅうに広がっています。

ぼくは部屋の隅に黙ってすわり、小倩《シャオチエン》が髪を梳《す》くようすを見ました。髪は月形に結い、黒い木に赤い珊瑚の玉をはめた簪《かんざし》で留めました。小倩《シャオチエン》はその頭を持ち上げて、もとどおり首にはめます。ぼくを見て、ゆがんでいないかと尋ねました。どうしてそんなことを気にするのでしょう。もしその頭が帯で腰に縛られていても、みんな小倩《シャオチエン》は美人だと思うはずです。

それでもぼくはまじめな顔でうなずきました。

「きれいだよ」

でもじつはよく見えません。幽霊とちがってぼくは夜目が利かないのです。

小倩《シャオチエン》は返事を聞いて満足し、籠を受けとって台所で料理をはじめました。ぼくは隣にしゃがんでふいごを吹いて手伝いながら、今日一日の出来事を話しました。禅師に警策で頭をぶたれたというと、小倩《シャオチエン》はそこをやさしくなでてくれました。その手は冷たく青白く、翡翠のようです。

「よく勉強して、禅師を敬いなさい。いずれあなたはここを出て、現実の世界で生きるのよ。そのときは知識と技能が必要になるわ」

小倩《シャオチエン》の声は綿飴のように柔らかく、頭のこぶの痛みもやわらぎました。


小倩《シャオチエン》によると、ぼくは赤ん坊のときに寺の石段で泣いているところを燕赤霞《イエン・チーシア》に拾われたそうです。ぼくは空腹で大泣きしていました。途方にくれた燕《イエン》は、地面から虎児草《こじそう》を抜いてぼくの口に詰めこみました。するとぼくはその草の汁を吸って泣きやんだそうです。

生みの親についてはなにもわかりません。

百鬼夜行街は当時すでにさびれていました。観光客の足は遠のき、いまもそのままです。人々はほかの娯楽を知ったのだろうと小倩《シャオチエン》は言いました。新しく刺激的なものに夢中で、古い娯楽を忘れてしまったのだと。そんな例をいくつも見てきたと小倩《シャオチエン》は言います。

幽霊になるまえの小倩《シャオチエン》は豊かに暮らしていたそうです。二度結婚し、七人も子どもを産んで育てました。

ところが子どもたちが次々に病気にかかりました。医者に診せるお金を稼ぐために、小倩《シャオチエン》はわが身を切り売りしました。歯、目、胸、心臓、肝臓、肺、骨髄、そして最後は魂まで。魂は百鬼夜行街へ売られて、女幽霊の体にいれられました。結局それでも子どもたちは死んでしまいました。

いまの小倩《シャオチエン》は黒髪に白い肌です。光に弱く、もし直射日光を浴びたら燃えてしまいます。ぼくを拾った燕赤霞《イエン・チーシア》は、百鬼夜行街を往復して、赤ん坊の養育を小倩《シャオチエン》にまかせることにしました。

生前の小倩《シャオチエン》の写真を見たことがあります。鏡台の引き出しの奥にいれてありました。写真の女は眉毛が太く、目は大きく、肌は皺だらけで、いまの小倩《シャオチエン》よりはるかに不細工でした。それでも彼女はときどき写真を見て泣いています。その涙は薄紅色です。白い衣装に落ちて染みこむと、まるで桃の花が咲いたようです。

どの幽霊も生前の逸話をいくつも持っています。体が茶毘《だび》に付され、灰が土に還っても、逸話は生きつづけます。百鬼夜行街が眠りにつく昼間、逸話は夢となって、巣のない燕《つばめ》のように軒先を飛びまわります。ただ一人その時間に通りを歩くぼくは、飛びまわる夢を眺め、その歌を聴きます。

百鬼夜行街で生者はぼくだけです。

ぼくはここの住人ではないと小倩《シャオチエン》は言います。大人になったら出ていかなくてはいけないと。

料理のいいにおいがしてきました。腹の虫がいっそう鳴きます。

夕飯は一人で食べます。豚の干し肉と筍の炒め物。小海老の練り物で風味をつけた卵汁。小葱を散らした熱々の米飯。小倩《シャオチエン》はすわって見ているだけです。幽霊はなにも食べません。百鬼夜行街ではだれも食事をしません。燕赤霞《イエン・チーシア》も、禅師も。

ぼくは碗に顔をうずめるようにむさぼり食べました。ここを去ったら、こんなおいしいご飯はもう食べられないかもしれません。

大暑

日が暮れるとあたりはにぎやかになります。

ぼくは裏の井戸へ水を汲みにいきました。ハンドルのきしむ音がいつもとちがうので、井戸をのぞくと、白装束に長い髪の女の幽霊が桶にすわっていました。

引き上げて外へ出してやりました。濡れた髪が顔に張りつき、片目だけがのぞいています。

「寧《ニン》、今夜はお祭りよ。行かないの?」

「小倩《シャオチエン》の入浴のために水を汲んでるんだ。終わったら行くよ」

彼女はぼくの顔を軽くなでました。

「おかしな子ね」

この幽霊には脚がありません。彼女は両手で這っていきました。まわりじゅうからずるずると這う音が聞こえます。緑の鬼火が蛍のようにせわしなく舞っています。腐りかけた花のにおいがたちこめます。

暗い寝所にもどり、風呂桶に水をそそぎました。小倩《シャオチェン》が服を脱ぎます。あらわになった背に、真っ赤なバーコードが細い蛇のように這っています。肌の下の白い発光で体は輝いています。

「いっしょにおはいりなさい」

ぼくはわけもなく首を振りました。小《シャオ》倩《チェン》はため息をつきます。

「さあ」

今度は断れません。

風呂桶にはいっていっしょにしゃがみました。檜《ひのき》のいいにおいがします。小《シャオ》倩《チェン》はとても冷たい手でぼくの背中をこすりながら、小声で歌いはじめました。とても美しい声です。彼女の歌を聴いた男はかならず恋に落ちると伝えられています。

ぼくも大人になったら小《シャオ》倩《チェン》に恋するのでしょうか。そんなことを考えながら、濡れた包装紙のようにふやけた小さな両手を見ました。

風呂から上がると、小《シャオ》倩《チェン》はぼくの髪を櫛で整え、新しく縫った服を着せてくれました。

そして鈍い緑青のふいた銅貨をひとつかみぼくの懐にいれました。

「楽しんでいらっしゃい。食べすぎないように気をつけて！」

外の通りは無数の提灯がともって明るく、夏の夜空を満たしているはずの星も見えないほどです。

魔物や幽霊やさまざまな妖怪が、廃屋や塀の穴や壊れた物置や涸れ井戸から出てきて、手をつなぎ肩を寄せて、百鬼夜行街を歩いています。狭い通りは立錐の余地もありません。

ぼくは混雑をかきわけながら見まわしました。通りの左右に並ぶ店や屋台からはおいしそうなにおいが流れ、蝶のように鼻をくすぐります。売り子の幽霊が、一人しかいない生者のぼくに声をかけます。

「寧《ニン》！　おいで、できたての桂花糕《グイホワガオ》だよ。まだ温かいよ！」

「糖炒栗子《タンチャオリーズ》だよ！　いいにおいで甘いよ！」

「炸糕《ジャーガオ》はどうだい！　香ばしい炸糕だよ！」

「人　肉《ロングピッグ》の餃子！　二個で銅貨一枚！」

「寧《ニン》、飴人形を食べていきな。遊んで楽しい、食べておいしい！」

〝人肉の餃子〟は、もちろん実際にはただの豚肉餃子です。観光客をぎょっとさせて注意を惹くために売り子が言っているだけです。

でも見まわしても観光客は一人もいません。

　ぼくは手あたりしだいに食べました。しまいにお腹いっぱいになって、道端にしゃがんで休憩しました。通りのむかいに仮設の舞台があり、ひときわ大きく明るい提灯で照らされています。舞台では幽霊たちがいろいろな演目をやっています。剣を呑み、口から火を噴き、美女を骸骨に変えます。でもどれも見飽きた奇術です。祭りの本番はこれからです。

　黄色い肌の老人の幽霊が、お面の屋台を押してきました。

「寧《ニン》、お面はどうだ？　なんでもあるぞ。牛頭と馬面、黒無常と白無常、阿修羅、夜叉、羅刹、貔貅《ひきゅう》、そして雷公《レイゴン》も」

　ぼくはじっくり品定めして、赤毛に緑目の羅刹の面に決めました。黄色い肌の老人の幽霊は銅貨を受け取り、背中を弓のように曲げてお礼を言いました。

　ぼくはお面をつけて通りを歩きだしました。ふいに祭り囃子が大きく響き、幽霊たちは足を止めて道の左右に寄りました。

　見ると、通りの中央を行列が進んできています。先頭は身長一尺の緑の蛙が二十四です。二列になって銅鑼を鳴らし、太鼓を叩き、胡琴《こきん》を弾き、笙《しょう》を吹いています。そのあとに百足《むかで》の妖怪が二十四。黒衣をまとい、多色の提灯を持ち、複雑な足さばきで踊ります。次は蛇の妖怪二十四で、黄の衣で紙吹雪を撒いています。行列はさらに続きますが、遠くはもう見えません。

　二列の妖怪たちのあいだを、二人の一目人《いちもくじん》が歩いてきます。白衣をまとい、三階建ての家くらいの背丈で、駕籠をかついでいます。駕籠のなかからは小倩《シャオチエン》の歌が流れてきます。一つ一つの音が星のように夜空に輝いてぼくの頭に落ちてきます。

色とりどりの花火が上がりはじめました。明るい赤、淡い緑、くすんだ紫、きらめく金。見上げるうちに体が軽くなって空に浮かびそうです。

行列は西から東へ通り、沿道の幽霊たちも歌って踊ってついていきます。百鬼夜行街の東端には桂樹《けいじゅ》の古木があります。幹まわりは大人三人が手をつないでやっと届くほどの巨木です。そこには人語を話す烏《カラス》の群れが棲んでいます。この木は老鬼樹と呼ばれ、百鬼夜行街の主《あるじ》とされています。この木をよろこばせた者は栄え、その意に反した者は滅びるのです。

でも行列はこの老鬼樹まで行かないはずです。

行列が通りの中間まで来たとき、地面が揺れて石畳が割れ、そこから白く太い骨が出てきました。どの骨も蘭若寺の柱くらいあります。骨はゆっくりと組みあわさって巨大な骸骨になりました。月光を浴びて白磁のように輝いています。その足もとから今度は黒い泥が噴き出しました。泥は骸骨を這い上がって肉に変わります。ついに巨大な黒夜叉が姿をあらわしました。一本角は夜空を突き刺しそうに巨大です。

二人の一目人は、黒夜叉のふくらはぎにすら届きません。

黒夜叉は大きな頭を左右に振ります。祭りのお約束で、観光客をさらおうと探しているのです。観光客のいない晩は失望して地中にもどり、次の機会を待つはずです。

黒夜叉の目がゆっくりとこちらにむき、ぼくに焦点をあわせました。ぼくはお面を脱いで見返しました。黒夜叉の目は燃える石炭のように赤く、視線が熱いほどです。

駕籠から小倩《シャオチェン》が身を乗り出し、ふいに静かになった夜気を切り裂くように叫びます。

「寧《ニン》、逃げて！　早く！」

小倩《シャオチェン》の衣の裾が風にあおられ、暗い紫の花弁のように広がります。翡翠のような顔の内側に蜜柑色の明かりがともったように輝いています。

ぼくはきびすを返して全力で逃げはじめました。背後から黒夜叉の大きな足音が響きます。一歩ごとに大地が揺れ、左右の家の瓦が熟れすぎた果実のように落ちてきます。ぼくは風のように走っています。裸足が石畳をタッタッタッと叩き、胸の心臓はドクドクドクと打ちます。狂乱の百鬼夜行街でぼくの心臓だけが生きて動いています。

でも幽霊たちもぼくも危険はないとわかっています。幽霊は現実の人間に害をおよぼせません。そういう規則なのです。

ぼくは西の蘭若寺へ走りました。黒夜叉につかまるまえに燕赤霞《イエン・チーシア》のところへたどり着ければ、ぼくの勝ちです。それは芝居の台本どおりです。燕《イエン》は武具に身をつつんで本堂の石段で待っているはずです。

寺に近づいてぼくは叫びました。

「助けて、お願い！　ああ、豪傑の燕《イエン》、助けてよ！」

遠くから燕《イエン》の雄叫びが長々と聞こえました。人影が寺の塀を跳び越え、通りの中央に着地します。左手には黄地に赤い文字が書かれた道士の呪符。右手は背中にまわして斬妖剣を抜きます。

すっくと立った燕《イエン》は夜空に高く叫びます。

「よくもあらわれたな妖魔！　罪なき人々を襲うとは不届き者！　この燕《イエン・》赤《チー》霞《シア》が今夜成敗してくれよう！」

ところが今夜の燕《イエン》は、菅笠をかぶるのを忘れていました。卵のようにつるりとした顔が百鬼夜行街の無数の提灯に照らされ、つやつやと光っています。わずかに残った髪は白紙に書いた疑問符のようにくるりと巻いています。勇ましさとはうらはらのこっけいな姿に、ぼくは思わず笑いだしました。走っていたせいで喉がつまり、息が苦しくなって、通りの冷たい石畳でころびました。

これが夏の一番楽しかった思い出です。

寒露

薄い雲が月を隠しています。蘭若寺の蓮池のほとりでぼくはしゃがんでいます。見えるのは風に揺れる蓮の葉陰ばかり。

水のように冷えきった夜。草むらの虫は鳴きつづけています。

菜園の茄子と莢隠元《さやいんげん》が食べごろです。いいにおいに誘惑されてしまいます。夜陰に乗じて盗み食いすることばかり考えました。燕《イエン・》赤《チー》霞《シア》の言うとおり、前世のぼくは餓死者だったのかもしれません。

　ひたすら待ちましたが、燕赤霞《イエン・チーシア》のいびきは聞こえてきません。それどころか、その小屋のまえの草の道にかすかな足音が聞こえました。扉が開いて小屋にはいる音。まもなく暗い部屋から男と女の話し声が聞こえてきました。燕赤霞《イエン・チーシア》と小倩《シャオチエン》です。

倩《チエン》「どんなお話ですか？」

燕《イエン》「言うまでもない」

倩《チエン》「いっしょには参れません」

燕《イエン》「なぜだ」

倩《チエン》「あと何年かお待ちください。寧《ニン》はまだ幼いのです」

　すると燕《イエン》が声を荒らげました。

「寧《ニン》、寧《ニン》とそればかりだ！　おまえは幽霊として長く生きすぎたんじゃないのか？」

　小倩《シャオチエン》は悲しげな声になりました。

「寧《ニン》を何年も育ててきました。置き去りにはできません」

「いつ訊いても、寧《ニン》が幼いから待てという。その言い訳を何年続けていると思う？」

「さあ」

「毎年あの子に服を縫ってやっているから、憶えているはずだ」燕《イエン》は冷ややかに笑った。

「俺は憶えているぞ。菜園の果実と野菜はきっちり年に一度実る。それを十五回見た。だから十五年だ！　ところが寧《ニン》の背恰好は七歳からまったく変わらない。あいつは生きているのか？　本物の人間なのか？」

小倩《シャオチエン》はしばらく黙っていましたが、やがて泣き声をたてはじめました。

燕《イエン》はため息をつきました。

「自分をごまかすな。あいつは俺たちとおなじだ。ただの玩具だ。悲しんでどうする。無駄だ」

それでも小倩《シャオチエン》は泣くばかり。

燕《イエン》はまたため息をつきます。

「俺が拾って育てなければよかった」

小倩《シャオチエン》が涙ながらにつぶやきます。

「百鬼夜行街を出てどこへ行こうというのですか？」

燕《イエン》の返事はありません。

小倩《シャオチエン》の泣き声にぼくは胸を締めつけられるようでした。そっとその場を離れ、塀の穴から荒れ寺の外へ出ました。

そのときちょうど薄い雲が分かれて、冷たい月光が通りの石畳を照らしました。月光は凝《こご》って、輝く露の滴になります。裸足で踏む石畳はとても冷たく、全身が震えました。

百鬼夜行街にはまだ開いている店がいくつかありました。売り子は豆沙餅《ドウシャーピン》や桂花糕《グイホワガオ》をつまんでいかないかと熱心に誘います。でも食べたくありませんでした。食べてもしかたない。ぼくは彼らとおなじか、もっとつまらない存在なのです。

どの幽霊もかつては生者でした。偽物の機械の体に本物の魂がはいっています。でもぼくは、内も外も偽物でした。生まれたときからつくりもので偽物なのです。どの幽霊にも生前の逸話がありますが、ぼくにはありません。どの幽霊もかつては父や母や家族がいて、愛された思い出を持っていますが、ぼくにはなにもありません。

百鬼夜行街がすたれたのは人々が——本物の人間たちが——新しく刺激的な玩具を手にいれたからだと、小倩《シャオチエン》は言っていました。その玩具とはきっとぼくのことです。高度な新技術によって本物と区別がつかないほど精巧にできた人形。なにしろぼくは泣いたり笑ったりできます。食べて大小便をします。ころべば痛いし血が出ます。心臓の鼓動も聞こえます。赤ん坊の姿から成長します。ただし七歳で成長は止まり、それっきり大きくなりません。

百鬼夜行街は観光客を楽しませるためにつくられ、幽霊はそのための人形でした。でもぼくは小倩《シャオチエン》だけの人形でした。

偽物が本物のふりをしていると、本物が偽物くさくなります。

通りを東へゆっくり歩いていき、老鬼樹の下で立ち止まりました。夜霧に桂花の香りが満ちて、さわやかでほっとします。急にこの木に登りたくなりました。そうすればだれにもみつかりません。

老鬼樹はいい具合に大枝を垂らしていました。

茂った枝のあいだに隠れると安心しました。まわりに烏たちがとまりました。ガラスのような目の奥には暗い赤の輝きがわずかに見えます。その一羽が話しました。

「寧《ニン》、いい夜だな。なぜ蘭若寺から出てきた？　いつものように野菜を盗まないのか？」

烏にとっては訊くまでもないことです。老鬼樹は百鬼夜行街の出来事をなんでも知っています。烏はその目と耳なのです。

「どうすれば、自分が本物の人間かどうかわかるかな」

ぼくが尋ねると、烏は答えました。

「首をちょん切ればいいさ。首を切られたら、本物の人間は死ぬ。幽霊は死なない」

「でもそれをやって死んじゃったら？　もとにはもどれない」

烏は笑いました。その声は耳ざわりで不快です。さらに二羽の烏が下りてきました。それぞれ古い銅鏡をくわえています。葉のあいだから漏れる月光で自分の顔を鏡に映してみました。小さな顔に黒い髪と細い首。髪を持ち上げ、二枚の鏡を使ってうなじを見ました。そこには真っ赤なバーコードが細い蛇のように這っていました。

暑い夏の夜にぼくの背筋にふれた小倩《シャオチエン》の冷たい手を思い出しました。考えるうちに涙が止まらなくなりました。

冬至

乾燥した寒い冬です。ときどき遠雷が聞こえます。小倩《シャオチエン》は、千年に一度の雷難《らいなん》だと言いました。

魔物や幽霊が雷難に遭うと魂がなくなるそうです。雷難を逃れた者はまた千年生きられます。逃れられなかった者は焼かれてあとかたなく消えます。

そんな〝雷難〟などどこにもないことをぼくは知っています。小倩《シャオチエン》は幽霊暮らしが長すぎて頭がすこしおかしいのです。小倩《シャオチエン》は冷たい手でぼくにつかまりました。顔は蒼白です。幽霊が雷難を逃れるには、しっかりした心臓を持つ本物の人間のそばにいるのがいいと彼女は言います。高価な壺の横にいる鼠に靴を投げるおまじないのように、こうすれば雷公は幽霊を見逃してくれるそうです。

小倩《シャオチエン》がおびえるので、ぼくは出発の予定を延期しました。荷物はひそかに準備してあります。盗んだ馬鈴薯《じゃがいも》が数個、古い服が数枚。体はもう成長しないので服はいつまでも着られるはずです。でも小倩《シャオチエン》の銅貨は持っていきません。外の世界ではたぶん使えないからです。

百鬼夜行街を出るつもりです。行き先はどこでもいい。とにかくどこかへ行きたいのです。ここではないどこかへ。

そして本物の人間たちの暮らしを見てみたい。

でもまだためらっていました。

冬至には雪が降りました。雪片は細かく、まるで白い木屑のようで、地面に落ちるとすぐに溶けます。昼までにうっすら積もっただけでした。

鬱々としたぼくは一人で通りを歩いていました。これまでなら蘭若寺へ行って燕赤霞《イエン・チーシア》を探したでしょう。いっしょに蓮池に張った氷を割って即席の釣り針を垂らしたはずです。冬の鯰《なまず》はよく太っていて、大蒜《にんにく》といっしょに焼くととてもおいしいのです。

でも燕赤霞《イエン・チーシア》の姿を長いこと見ていません。髪と髭はまたはえてきたでしょうか。

遠くや近くの空から雷鳴が聞こえます。低い轟きだけが耳に残ります。とうとう老鬼樹まで来ました。その枝に登り、しゃがんでじっとしました。まわりは雪が降っていますが、ぼくには積もりません。暖かく、安心できます。体を丸めて腕のあいだに顔をうずめ、鳥のように眠りに落ちました。

夢のなかで、百鬼夜行街は細く長い蛇に変わりました。老鬼樹が頭、蘭若寺が尻尾、石畳が鱗です。鱗は一枚一枚に幽霊の顔が小さく美しく繊細に描かれています。

でも蛇は痛がっているように身をくねらせます。よく見ると、白蟻や蜘蛛の群れがその尻尾をかじり、蚕《かいこ》が桑の葉を食べるような音をたてています。鋭い口や爪で蛇の鱗をちぎり、その下の赤い肉をむきだしにしています。蛇は声もなく身もだえ、虫に食われてすこしずつ短くなっていきます。体をほとんど食いつくされて、初めて鋭い鳴き声をあげ、寂しげな頭をぼくにむけました。

その顔は小倩《シャオチエン》でした。

はっと目を覚ましました。寒風が老鬼樹の葉末を揺らし、ほかは静まりかえっています。

鳥はほとんどがどこかへ去り、醜く老いた一羽だけが残っています。正面の枝にとまり、嘴を口髭の長い先のように垂らしています。

　ぼくは心配して揺り起こしました。鳥はガラスの割れた二つの目でこちらを見て、かすれて抑揚のない機械音声で言いました。

「寧《ニン》、ここにいてはいけない」

「どこへ行けっていうの？」

「どこでもいい。百鬼夜行街は終わりだ。なにもかも終わりだ」

　老鬼樹の葉末から頭を出してみました。一面灰色の空の下で、鳥の群れが遠い蘭若寺の上で旋回し、鳴きわめいています。こんな光景は初めてです。

　木から飛びおりて、細い通りを走っていきました。暗い扉や窓を通りすぎます。鳥の鳴き声で多くの幽霊が目を覚ましていますが、昼の光のなかへ出ようとはしません。扉を細く開けてのぞくだけ。床下に隠れた冬の蟋蟀《こおろぎ》のようです。

　蘭若寺の朽ちかけた塀が押し倒されていました。鉄の体の巨大な機械の蜘蛛がいくつも本堂にむらがっています。暗い赤のガラスの瓦をはがし、木彫りの像を壊して雪の地面にばらばらに投げ捨てています。蜘蛛は平らな胴体に青く輝く目と鋭い口を持っています。想像を絶するほど醜い姿です。その体の奥からは雷のような轟きが聞こえます。

　舞い飛ぶ鳥は、地面から瓦や煉瓦を拾って、蜘蛛の上に落とします。でも蜘蛛は痛くもかゆくもないように無視しています。瓦の破片が鉄の胴体にあたると小さく虚ろな音がします。

　菜園は踏みにじられ、泥と白い根しか見えません。禅師の錆びた腕の一本が割れた煉瓦の山から突き出ています。

　ぼくは燕《イエン》赤霞《チーシア》を呼びながら庭のむこうへ走りました。声を聞いて、燕《イエン》はゆっくりと小屋から出てきました。いつものように武具を身につけています。頭には菅笠、手には斬妖剣があります。蜘蛛をやっつけてとぼくは叫ぼうとしました。でも言葉が出ません。渋いなにかが喉に貼りついたように言葉が苦く感じられます。

　燕《イエン》は悲しげにこちらを見ると、ぼくのところへやってきて手を握りました。小倩《シャオチエン》のように冷たい手でした。

　いっしょに立ちつくし、壮麗な本堂が壊されていくのを見ました。瓦も、煉瓦も、木材も、土もただの瓦礫の山になっていきます。すべてばらばらです。

　蘭若寺はなにもかも壊されました。塀も、本堂も、庭も、蓮池も、竹林も、燕《イエン》赤霞《チーシア》の小屋も。あとに残るのは泥まみれの瓦礫ばかり。

　蜘蛛の集団は百鬼夜行街へ移動しました。石畳をはがし、両側の廃屋をつぶしていきます。家に隠れていた幽霊たちは通りに追い出され、悲鳴をあげて逃げていきます。そして弱いながらも明るい昼の光に肌をゆっくり焼かれていきます。炎は上がらず、肌があちこち黒くなります。あたりには焼けたプラスチックのにおいが立ちこめます。

　ぼくは雪の上にへたりこみました。幽霊の肌が焼けるにおいが吐き気を誘います。でも胃が空っぽでなにも出てきません。泣きながら空えずきをくり返します。

　つまりこれが雷難なのです。

顔を焼かれた幽霊たちは、雪に足をとられながら悲鳴とともに逃げまどっています。雪の上の足跡が子どもの落書きのように交錯しています。ふいに小倩《シャオチエン》のことを思い出して、ぼくはまた走り出しました。

小倩《シャオチエン》は暗い寝所にすわったままでした。髪をくしけずりながら歌っています。蜘蛛の轟音のまにまに流れる歌声は、静かで透明で、月に照らされた夢の景色を思わせます。

小倩《シャオチエン》からは花と薬草の香りがしました。多種多様な芳香が重ねた薄衣のように体を包んでいます。髪は風にあおられて炎のようになびいています。ぼくは立ちつくして歌を聴きながら、涙で頬を濡らしていました。やがてこの家も揺れはじめました。

屋根の上で鉄と鉄がぶつかる音がします。どすんどすんと鈍い足音も響きます。さらに燕赤霞《イエン・チーシア》の叫び声が聞こえました。

突然、屋根の一部が崩れて瓦が落ちてきて、雪の舞う明るい灰色の空がのぞきました。ぼくは小倩《シャオチエン》を暗がりに押しこんで、光があたらないようにしました。

外へ出てみると、屋根の上では燕赤霞《イエン・チーシア》が剣をかまえて仁王立ちしています。寒風にあおられた羽織が灰色の旗のようになびいています。

燕《イエン》は蜘蛛の背に跳び乗り、その目を剣で刺しました。蜘蛛はあばれて、燕《イエン》を背から振り落としました。そして鋭い爪でつかまえ、金属の強力な口へ運んで、キムチでも食べるようにもぐもぐと嚙みはじめました。燕赤霞《イエン・チーシア》の体はばらばらになって口から瓦の上にこぼれ落ちました。ついには燕《イエン》の頭が屋根から落ちて、固茹での卵のようにぼくの足もとまでころがってきました。

その頭を拾い上げると、死んだ目がぼくを見上げました。涙はなく、怒りと後悔があるだけです。燕《イエン》はこれ以上見ていられないというように、最後の力を振り絞って目を閉じました。蜘蛛はまだ燕赤霞《イエン・チーシア》の体を噛み砕いています。やがて屋根から下りて、低い轟きとともにぼくのほうへ近づいてきました。その目は濃い青に輝いています。

小倩《シャオチエン》がぼくにうしろから抱きつき、腰に手をまわして引っぱろうとしました。ぼくはその手を引きはがして、小倩《シャオチエン》を暗い部屋に押しもどしました。そして燕赤霞《イエン・チーシア》の剣を取って、蜘蛛へ突進しました。

青く光る鋭い爪が目のまえで一閃しました。ぼくの頭は鈍い音とともに地面に叩きつけられ、血が飛び散りました。

世界が傾いて見えます。傾いた空、傾いた通り、傾いて斜めに降る雪。懸命に目で蜘蛛を追いました。ぼくの体を食べています。赤黒い液体がその口から流れ落ち、温かく泡立つ滴がゆっくりと雪を染めていきます。

蜘蛛は噛みながら、しだいに動作が鈍くなって、とうとう動かなくなりました。目の青い光は弱くなり、ついに消えました。

ほかの蜘蛛も、信号かなにかを受けとったように次々と停止していきます。轟音はやみ、あたりは静寂につつまれました。

風もやみました。蜘蛛の鉄の体にも雪が積もりはじめます。

笑いたかったけれども、笑えません。ぼくの頭は胴から切り離されているので、肺に息を吸うことも、声帯を震わせることもできないのです。そこで唇を開いて最後に笑顔をつくりました。

蜘蛛はぼくが生きた本物の人間だと思ったのです。ぼくの体を噛み砕き、肉を味わい、血を見ました。彼らは本物の人間を害してはならないことになっています。それを破ると、自己破壊しなくてはなりません。規則の一部です。幽霊でも蜘蛛でも規則にはひとしく従わなくてはなりません。

蜘蛛がこれほど愚かとは意外でした。幽霊よりだましやすい連中です。

目のまえがぼやけてきました。まるで空から薄衣が下りてきて顔をおおったようです。烏の言葉を思い出し、そのとおりだったと思いました。首をちょん切られると本当に死ぬのです。

この通りを駆けまわってぼくは育ちました。その通りでいま死のうとしています。本物の人間のように。

青白い両手に顔をなでられました。

風が吹き、薄紅色の桃の花がいくつかぼくの顔に落ちました。本当は桃の花ではありません。小倩《シャオチエン》の涙と雪がまじったものです。

童童《トントン》の夏

Tongtong's Summer

中原尚哉訳

ママが童童《トントン》に言いました。

「明日か明後日、おじいちゃんがうちに引っ越してくるわよ」

おばあちゃんが亡くなってからおじいちゃんは一人暮らしをしていました。ママの話では、おじいちゃんはずっと革命の仕事をしてきたので、のんびりできない性格です。それで八十歳になっても毎日診療所に出て患者を診ていたのですが、数日前の雨の日に診療所からの帰りに足を滑らせ、脚を折ったのです。

さいわい、すぐに病院に運ばれて石膏のギプスをされました。もう何日か休んで回復が進んだら退院できるそうです。

ママは噛んでふくめるように言いました。

「童童《トントン》、おじいちゃんはお年で気難しいところがあるわ。あなたはもう大きいから、よく考えて接しなさい。不機嫌にさせないように。いいわね？」

童童《トントン》はうなずきながらも、こう思いました。わたしはいつもよく考えてるわ！

おじいちゃんの車椅子は小さな電気自動車のようでした。肘掛けに小さなジョイスティックがついていて、それを軽く倒すとその方向に滑らかに車椅子は進みます。とても楽しそうです。

童童《トントン》は昔からおじいちゃんがちょっと苦手でした。顔は四角く、白い眉毛はもじゃもじゃで堅い松葉のようにピンと伸びています。こんなに長い眉毛は見たことがありません。言っていることもよくわかりません。標準語なのですが、故郷の方言の訛りが強いのです。晩ご飯の席でママが、おじいちゃんを世話する介護士を雇いたいと説明すると、おじいちゃんは強く首を振って、「心配いらん！」とくりかえしました。そこだけは童童《トントン》も理解できました。

昔おばあちゃんが病気の頃、おじいちゃんは介護士を雇っていました。田舎出身の女性で、小柄なのに力持ちでした。太り気味だったおばあちゃんを一人でベッドから抱え上げ、入浴、排泄、着がえの世話をしました。そんな力仕事を介護士の女性がやっているところを童童《トントン》も見ました。おばあちゃんが亡くなると、その女性はもう来ませんでした。

晩ご飯のあと、童童《トントン》はビデオ壁をつけてゲームで遊びはじめました。ゲームの世界はこの世界とぜんぜんちがいます。ゲームのなかの人はただ死にます。病気になったり車椅子生活になったりしません。うしろではママとおじいちゃんが介護士のことでまだもめています。

パパがやってきて言いました。

「童童《トントン》、消しなさい。ゲームのしすぎだ。目が悪くなるぞ」

童童《トントン》はおじいちゃんの真似をして首を振り、言いました。

「心配いらん！」

ママとパパは笑いだしましたが、おじいちゃんはぜんぜん笑いません。硬い表情のまま、にこりともしませんでした。


数日後、パパがおかしなロボットを家に持ってきました。頭が丸く、腕が長く、白い手が二つついています。足はなく、かわりに車輪で前進、後退、旋回ができます。

パパはロボットの後頭部になにかを挿しました。するとのっぺりとした卵形の頭部が青く三回光りました。そして表面に若い男の顔が映りました。解像度が高くて本物の人間のようです。

「すごい！　あなたはロボット？」童童《トントン》は訊きます。

顔は微笑みました。

「こんにちは！　僕の名前は阿福《アーフー》だよ」

「さわってもいい？」

「もちろん！」

ロボットの滑らかな顔に手をあて、さらに腕や手にもふれてみました。阿福《アーフー》の体の表面はやわらかいシリコン製で、本物の皮膚のような温かさがあります。

パパによると、阿福《アーフー》をつくったのは果殻《グオク》科技公司で、試作機だそうです。人間なみに頭がいいのが特徴です。リンゴを剝いたり、お茶を淹れたりできます。それどころか料理も、皿洗いも、刺繡も、字を書くのも、ピアノ演奏も……。とにかく阿福《アーフー》がいればおじいちゃんの介護は万全です。

それでもおじいちゃんは硬い顔で黙っていました。

昼食後、おじいちゃんはバルコニーの椅子にすわって新聞を読み、やがてうつらうつらしはじめました。阿福《アーフー》は音もなく近づいて、強い腕で抱え上げ、寝室へ運びました。そっとベッドに寝かせ、毛布をかけ、カーテンを閉めて、部屋から出てドアを閉めます。そのあいだ物音ひとつたてませんでした。

童童《トントン》は阿福《アーフー》のあとについてまわって、その仕事ぶりを見ました。

阿福《アーフー》は童童《トントン》の頭を軽くなでました。

「きみもお昼寝するかい?」

童童《トントン》は首をかしげて訊きました。

「あなたは本当にロボット?」

阿福《アーフー》は微笑みます。

「そう思えない?」

童童《トントン》は阿福《アーフー》をじろじろ見て、真剣な顔で答えました。

「ちがうと思う」

「なぜだい？」

「ロボットはそんなふうに微笑まないものだから」

「微笑むロボットに会ったことがある？」

「ロボットが微笑むと不気味に感じる。でもあなたの微笑みは不気味じゃない。だからロボットじゃない」

阿福《アーフー》は笑いました。

「僕の本当の姿を見たい？」

童童《トントン》はうなずきながら、胸がどきどきしました。

阿福《アーフー》はビデオ壁に移動し、頭のてっぺんから光を出して映像を投影しました。ちらかった部屋のなかにすわった男が映っています。

男は童童《トントン》にむかって手を振ります。すると、阿福《アーフー》もまったくおなじ動きで手を振りました。

童童《トントン》は映像の男をじっと見ました。着ているのは灰色の薄い長袖ボディスーツ。灰色の手袋はあちこちに小さな明かりがともっています。顔には大きなゴーグルをはめ、その奥の顔は青白い細面で、阿福《アーフー》の顔にそっくりです。

童童《トントン》は驚きました。

「あなたが阿福《アーフー》の正体なのね！」

映像の男は困ったように頭を掻いて、やや恥ずかしそうに答えました。

「阿福《アーフー》はロボットの名前で、僕自身の名前は王《ワン》だ。きみよりすこし年上だから、王《ワン》おじさんと呼んでよ」

王《ワン》おじさんは大学四年生で、インターンで果殻《グオク》科技の研究開発部に来ているそうです。そして阿福《アーフー》の開発グループに配属されています。

人口の高齢化がいま大きな社会問題になっていると、王《ワン》おじさんは説明しました。多くの高齢者は一人で生活できないのに、子どもたちは忙しくて親の世話がままなりません。介護施設では高齢者は社会から切り離されて孤独になります。一方で熟練の介護士は不足しています。

そこで一家に一台、阿福《アーフー》がいれば便利になります。用のないときは隅でじっとしていますし、用があるときはリクエストを送れば、オペレータがオンラインになって高齢者を世話します。介護士が家へ通う時間と費用を節約できます。介護の質と効率も高まります。

この阿福《アーフー》は第一世代の試作機です。全国に三千台しかなく、三千世帯でテスト中です。

王《ワン》おじさんのおばあさんも病気で長期入院していたことがあるそうです。高齢者の介護にいくらか経験がある王《ワン》おじさんは、志願して童童《トントン》の家のおじいちゃんの担当になったのです。偶然にもおじいちゃんの故郷とおなじ地方の出身なので、方言もわかります。普通のロボットだったら聞き取れないでしょう。

王《ワン》おじさんの話は専門用語まじりなので、童童《トントン》にはわからないところもありました。でも阿福《アーフー》がすぐれたものだというのはわかりました。まるでSFです。

「おじいちゃんはあなたの正体を知ってるの？」

「きみのママとパパは知ってるよ。でもおじいちゃんはまだ知らない。しばらくは黙っておいてよ。おじいちゃんが阿福《アーフー》に慣れた頃に教えるから」

童童《トントン》は堅く約束しました。

「心配いらん！」

童童《トントン》と王《ワン》おじさんはいっしょに笑いました。


おじいちゃんは本当にじっとしていられない人でした。散歩に出るといって阿福《アーフー》に補助させました。でもすぐ帰ってきて、暑いから散歩はやめたといいます。

阿福《アーフー》が童童《トントン》にこっそり耳打ちしたところでは、外で車椅子に乗って押されていると、道行く人にじろじろ見られて恥ずかしくなったのだそうです。

でも童童《トントン》は、きっとみんなは阿福《アーフー》を見ていたんだろうと思いました。

おじいちゃんは外出をやめて家にこもり、そのせいでますます機嫌が悪くなりました。暗い表情でしょっちゅう癇癪《かんしゃく》を起こします。ママやパパにあたりちらすことも何度かありました。二人は反論せず、黙って怒声に耐えています。

でもあるとき台所にはいった童童《トントン》は、扉の陰でママが泣いているのを見ました。

おじいちゃんはもう昔のおじいちゃんではありません。滑って怪我なんかしなければよかったのにと童童《トントン》は思いました。家にいるのがいやになりました。空気が張りつめて息がつまりそうです。朝、逃げるように家を出て、晩ご飯の時間まで帰らなくなりました。

解決策をみつけたのはまたパパです。果殻《グオク》科技のべつの製品を買ってきたのです。それは眼鏡でした。これをつけて家のなかをあちこち歩いてみなさいと言われました。すると、そうやって見たり聞いたりしたものがすべてビデオ壁に映されます。

「童童《トントン》、おじいちゃんの目のかわりになってくれないか？」

童童《トントン》はうなずきました。新しいものへの好奇心は人一倍強いのです。


童童《トントン》は夏が大好きです。スカートを穿いて、スイカを食べて、棒アイスをなめて、水泳にいって、草むらで蟬《せみ》の抜け殻を探して、雨上がりの水たまりをサンダルで踏んで、夕立のあとの虹を追いかけて、走って汗だくになったあとにシャワーを浴びて、冷たい酸梅湯《サンメイタン》を飲んで、池でオタマジャクシをつかまえて、木イチゴやイチジクをもいで、夕方に裏庭にすわって星を見て、夜に懐中電灯でコオロギを探して……。とにかくなにもかも楽しいのが夏です。

童童《トントン》は新しい眼鏡をかけて外へ遊びに出ました。眼鏡は重くてずり落ちてきます。落としそうで心配でした。

夏休みの最初から、童童《トントン》は男女二十人以上の友だちと毎日遊びに出かけました。童童《トントン》くらいの年では遊びの種類は無限にあります。古い遊びに飽きたら新しい遊びを発明します。疲れたり暑くてうんざりすると川へ行き、皿の餃子を鍋にいれるようにいっせいに跳びこみます。かんかん照りでも川の水は冷たくて爽快です。もう天国です！

だれかが木に登ろうと提案しました。川岸には一本の槐《えんじゅ》の木がそびえています。幹は太く高く、まるで蒼天に昇る龍のようです。

ところが童童《トントン》にはおじいちゃんのあわてた声が聞こえてきました。

「木登りはやめなさい！　危ない！」

なるほど、眼鏡は電話のかわりにもなるようね。童童《トントン》はふざけて叫び返しました。

「おじいちゃん、心配いらん！」

童童《トントン》は木登りが得意です。前世は猿だったのではないかとパパが言うほどです。

でもおじいちゃんはうるさく、わあわあと騒ぎつづけています。なにを言っているのか理解できません。いらいらしてきたので、童童《トントン》は眼鏡をはずして木の根もとの草むらに放りました。そしてサンダルを脱いで登りはじめました。雲の浮かぶ空へ近づいていきます。

登りやすい木でした。混んだ枝が手をさしのべ、引き上げてくれるようです。友だちを置き去りにしてどんどん上へ行きました。もうすぐてっぺんです。風にそよぐ葉末から木漏れ日がさしてきます。とても静かな世界です。

止まって息をつきました。そのとき、どこかからパパの声がしました。

「童童《トントン》……下りて……きなさい……」

首をねじって見下ろす、はるか下に蟻のような人影が見えます。パパ本人でした。

いっしょに帰り道を歩きながら叱られました。

「なにを考えてるんだ！　あんな高いところまで一人で登って。危ないのがわからないのか？」

きっとおじいちゃんが告げ口したのです。ほかに見ていた人はいません。童童《トントン》は腹が立ちました。自分がもう木登りできなくなったからって、他人にも登らせないの？　そんなのおかしい！　しかもパパが来てあんなふうに叫ぶなんて、恥ずかしい！

翌日は早朝から遊びに出ました。今度は眼鏡は家においてきました。

「おじいちゃんはきみを心配したんだよ」阿福《アーフー》は言いました。「もし木から落ちて脚を折ったら、おんなじ車椅子になっちゃうんだから」

童童《トントン》はふくれっ面で返事をしません。

阿福《アーフー》によると、木の根もとに放り出した眼鏡ごしに童童《トントン》がとても高く登っているのがおじいちゃんには見えたようです。本当に心配して叫んで大騒ぎし、車椅子から落ちそうだったといいます。

それでもまだおじいちゃんへの童童《トントン》の怒りはおさまりません。心配しなくていいのに。もっと高い木だってたくさん登ったもの。それでも一度も怪我していない。

眼鏡は使わなくなったので、パパが箱にいれて果殻科技に返送しました。おじいちゃんはまた家にこもり、手もちぶさたになりました。そして古い中国将棋のセットをみつけて、阿福《アーフー》に相手をしろと命じました。

童童《トントン》はルールがわからないので、椅子を盤のそばに寄せて観戦しました。古くて字の消えかけた木の駒を、阿福《アーフー》の白く細い指がつまみ上げるところや、次の手を考えるときにその指がこつこつとテーブルを叩くところを楽しく眺めました。ロボットの手は象牙を彫ったように美しくできています。

でも何局か指すと、阿福《アーフー》がおじいちゃんにまったくかなわないことがはっきりしました。数手後にはまたおじいちゃんがパチリと盤を鳴らして、阿福《アーフー》の駒の一つを取りました。

「おまえは下手だな」おじいちゃんは言いました。

童童《トントン》は尻馬に乗りました。

「下手！」

「本物のロボットならもっと強いはずだ」

おじいちゃんはすでに阿福《アーフー》とそのオペレータの仕組みを察していました。

おじいちゃんは勝ちつづけ、何局か指すと機嫌がよくなりました。表情が明るくなったばかりか、首をゆすって民謡をハミングしはじめました。童童《トントン》も楽しくなり、おじいちゃんへの怒りはどこかに消えました。

阿福《アーフー》だけが楽しくなさそうです。

「もっと強い対局相手が必要ですね」

家に帰った童童《トントン》は、飛び上がるほどびっくりしました。おじいちゃんが怪物に変身していたのです！

　正確には、灰色の薄い長袖ボディスーツと灰色の手袋をつけていました。手袋はあちこちに小さな光がともっています。顔には大きなゴーグルをつけて、空中にむけて手を振り、ジェスチャーをしています。

　むかいのビデオ壁にはべつのだれかが映っています。王《ワン》おじさんではありません。おじいちゃんとおなじように老人で、髪は白銀色です。ゴーグルはしておらず、かわりに中国将棋の盤をまえにおいています。

「童童《トントン》、挨拶しなさい。趙《チャオ》おじいちゃんだ」童童《トントン》のおじいちゃんは言いました。

　趙《チャオ》おじいちゃんは、童童《トントン》のおじいちゃんの軍隊時代の友人です。心臓にステントをいれる手術を受けたばかりで、おじいちゃんとおなじように暇をもてあましていました。家族が阿《アー》福《フー》を買ったものの、中国将棋が大好きな趙《チャオ》おじいちゃんは、阿福《アーフー》の下手さに毎日不満を漏らしていたというのもおなじです。

　そんなときに王《ワン》おじさんに妙案が浮かび、童童《トントン》のおじいちゃんにテレプレゼンス用機材を送って使い方を教えました。おじいちゃんは数日で上達し、趙《チャオ》おじいちゃんの阿福《アーフー》を遠隔操作して将棋を指せるようになりました。

　将棋だけではなく、二人の老人は故郷の方言で会話しました。おじいちゃんはうきうきして楽しそうで、まるで子どものようだと童童《トントン》は思いました。

「見ろ」

おじいちゃんは言って、空中で軽く両手を動かしました。するとビデオ壁に映った趙《チャオ》おじいちゃんの阿福《アーフー》が将棋盤を持ち上げます。安定しているのをしめしてから、器用に一回転させて、もとどおりにおきます。駒は一つも乱れていません。

童童《トントン》はまばたきもせず、おじいちゃんの手をみつめました。これがいつも震えて、なにをするにも苦労していたおじいちゃんの手でしょうか。魔法よりすごい。

「わたしもやってみていい？」

おじいちゃんは手袋を脱いで童童《トントン》につけさせました。手袋は伸縮性があり、童童《トントン》の小さな手でもそれなりに合いました。童童《トントン》は指をくねくねと動かしてみました。するとビデオ壁の阿福《アーフー》も指をくねらせます。手袋には内部抵抗があり、童童《トントン》の動きを滑らかに補正します。阿福《アーフー》の動きもおなじく補正されます。

「趙《チャオ》おじいちゃんと握手してみろ」童童《トントン》のおじいちゃんが言いました。

映像のなかの趙《チャオ》おじいちゃんが笑顔で手を伸ばしてきます。童童《トントン》はそろそろと手を伸ばし、握手してみました。すぐに手袋のなかの圧力が微妙に変わって、まるで本当に握手しているようです。手の温かささえ感じます。すごい！

童童《トントン》は手袋で阿福《アーフー》を動かして、将棋盤や駒にさわり、隣にある湯気の立つお茶の湯飲みを持ってみました。ふいに湯飲みの熱が指先につたわり、驚いて手を放してしまいました。カップは床に落ちて割れ、将棋盤はひっくり返り、駒がそこらじゅうに散らばりました。

「ありゃりゃ！　気をつけろ、童童《トントン》！」

「大丈夫、大丈夫！」

趙《チャオ》おじいちゃんは立ち上がって箒とちりとりを持ってこようとしました。でも童童《トントン》のおじいちゃんは、すわっているように言いました。

「おまえの手のほうがあぶない。わしがやる」

おじいちゃんは手袋をつけて、趙《チャオ》おじいちゃんの阿福《アーフー》を動かし、将棋の駒を一個ずつ拾って、床をきれいに掃除しました。

おじいちゃんは童童《トントン》を叱りませんでしたし、この粗相をパパに言いつけるぞと脅すこともしませんでした。

「まだチビで、そそっかしいんだ」

そう言って、趙《チャオ》おじいちゃんといっしょに笑いました。

童童《トントン》はほっとして、おじいちゃんのことをすこし誤解していたと感じました。

またママとパパがおじいちゃんと言い争っていました。

論争の理由はこれまでとやや異なります。おじいちゃんは、「心配いらん！」とくりかえすだけです。でもママの口調はだんだんきびしくなっていきました。

童童《トントン》は聞いてもなぜもめているのかわかりません。わかるのは、趙《チャオ》おじいちゃんの心臓のステントに関係があるらしいことくらいです。

とうとうママが言いました。

「〝心配いらん〟て、どういうことですか？　また事故が起きたらどうするんですか？　これ以上、面倒を起こさないでくださいよ！」

おじいちゃんは怒って自室に閉じこもり、晩ご飯の時間も出てきませんでした。

ママとパパは王《ワン》おじさんにビデオ電話をかけました。おかげでようやく童童《トントン》にもなにが起きたのかわかりました。

趙《チャオ》おじいちゃんはいつものように童童《トントン》のおじいちゃんと将棋を指していましたが、勝負に興奮しすぎて心臓が停まってしまったのです。手術によるステントがうまくはいっていなかったのも原因の一つのようです。とにかく、そのとき家にはだれもいませんでした。そこで童童《トントン》のおじいちゃんが阿福《アーフー》を操作して、趙《チャオ》おじいちゃんに心臓マッサージをほどこし、救急車を呼んだのです。

救急隊の到着がまにあって、趙《チャオ》おじいちゃんは一命をとりとめました。

予想外の展開はここからです。童童《トントン》のおじいちゃんは病院へ行って趙《チャオ》おじいちゃんの看病をすると言い出しました。もちろん直接ではなく、阿福《アーフー》を行かせて、自宅から操作するのです。

でもおじいちゃん自身が要介護者なのです。これでは立場が逆です。

おじいちゃんの思いつきにはさらに先があります。趙《チャオ》おじいちゃんが回復したら、テレプレゼンス機材を送って使い方を教えるというのです。そしておたがいに介護しあえば、もう介護者はいらないというわけです。

趙《チャオ》おじいちゃんはいい考えだと思いました。でも両方の家族が反対します。王《ワン》おじさんもしばらく考えて、「うーん……上司に状況報告しないと」と言いました。

童童《トントン》も悩みました。阿福《アーフー》を介して将棋をするのは単純で、すぐわかります。でも阿福《アーフー》を介して要介護者同士が介護しあう？　考えれば考えるほど頭がこんがらがってきます。王《ワン》おじさんが困るのも不思議はないと思いました。

やれやれ、おじいちゃんは子どもみたいだわ。ママとパパの言うことを聞かないんだから。

おじいちゃんはすっかり部屋にこもりきりになりました。まだ家族に腹を立てているのかと童童《トントン》は思いましたが、じつは状況が根本的に変わっていたのです。

おじいちゃんは多忙になっていました。ふたたび患者を診ているのです。といっても、診療所へ行くわけではありません。テレプレゼンス機材を使って全国の阿福《アーフー》を動かし、ほかの高齢者の家を訪問していました。症状を聞き、脈診し、検査して、処方箋を書きます。それどころか阿福《アーフー》を使って鍼治療をほどこそうと考え、練習として自分の阿福《アーフー》で自分に鍼を打ったりしています。

おじいちゃんのこの革新的アイデアは医療制度全体を変えるかもしれないと、王《ワン》おじさんは童童《トントン》に言いました。将来の患者はわざわざ病院に行ったり待合室で何時間もすごしたりしなくてよくなります。近所にそなえられた阿福《アーフー》で医者が往診してくれるようになるでしょう。

果殻科技《グオク》の研究開発部は、医療テレプレゼンス用途に特化した改良型阿福《アーフー》を開発する専任チームを発足させたそうです。おじいちゃんはそのコンサルタントに就任し、ますます忙しくなりました。

おじいちゃんの脚は完治していないので、王《ワン》おじさんがまだ介護しています。一方で二人は協力して、介護に興味がある人や余暇のある人をボランティアとして登録できるウェブサイトを開発しました。今後はボランティアが全国の家庭の阿福《アーフー》にはいって、高齢者や子どもや患者やペットの世話をし、おたがいに介護しあうようになるはずです。

計画が成功すれば、二千年前の古書で孔子が理想とした社会に一歩近づくでしょう。〝すべての年長者を自分の親のように世話し、すべての子をわが子のように愛するようになるだろう。そうすれば老人は安心して老いて死ねる。子どもは指導と保護のもとで成長できる。寡婦も、孤児も、障碍者も、病人も、みんな世話され、愛されるようになる〟というわけです。

もちろんこの計画には危険もあります。すこし考えただけでも、プライバシー、セキュリティ、犯罪者によるテレプレゼンスの悪用、誤動作、事故などの懸念があります。でも技術的変革はすでに起きたのですから、結果を受けとめ、望ましい結論に持っていくべきでしょう。

だれも予想しなかったことが起きていました。

王《ワン》おじさんは童童《トントン》にネットのビデオをいろいろ見せてくれました。阿福《アーフー》がさまざまな使われ方をしています。料理、子どもの保育、家の配管や配線の修理、庭仕事、運転、テニス。

さらには子どもに囲碁、書道、篆刻《てんこく》、二胡を教えたり……。

これらの阿福《アーフー》を動かしているのは高齢者で、自身も介護を必要としている人々です。体が不自由な人もいますが、目と耳と頭はまだしっかりしています。記憶力があやしくなっても、若い頃に身につけた技術は忘れていません。体の問題のせいで気がふさぎ、孤独だった人たちですが、いまは阿福《アーフー》のおかげで外へ出て、いろんなことをできるのです。

阿福《アーフー》がこんな多様な使われ方をするとはだれも予想していませんでした。また七十代や八十代の男女がこれほど創造的だとは思いませんでした。

童童《トントン》がとくに気にいったのは、十台以上の阿福《アーフー》で構成された伝統的な民族音楽の楽団です。公園の池のほとりに集まって元気に、熱心に演奏しています。王《ワン》おじさんによるとこの楽団はネットで有名だそうです。阿福《アーフー》のオペレータは視力を失った男女で、〝盲老楽団〟と名乗っています。

王《ワン》おじさんは言いました。

「童童《トントン》、おじいちゃんは革命を起こしたんだよ」

おじいちゃんは昔から革命の仕事をしてきたとママが言っていたのを、童童《トントン》は思い出しました。「これまで革命の仕事を生涯かけてやってきたんだから、そろそろ休めばいいのに」とママは言います。でも、おじいちゃんは医者のはずです。その仕事が〝革命〟にどう関係あるのでしょうか。どんな仕事が〝革命の仕事〟になるのでしょうか。なぜそれを生涯かけてやらなくてはいけないのでしょうか。

わかりませんでしたが、とにかく〝革命〟はすばらしいものなのだろうと思いました。おじいちゃんはこれまでどおりのおじいちゃんにもどっていました。

おじいちゃんは毎日元気いっぱいでした。暇さえあれば昔の京劇の歌曲を口ずさんでいました。

門の外で大砲の轟音が三度鳴り、
女が領地を守るべく天波府《ティエンボー》から走り出る。
白銀の髪に黄金の兜をかぶり、
鉄で鎧った古い陣羽織をふたたびまとう。
わが名を染め抜いた軍旗を翻らせ、
穆桂英《ぼくけいえい》、五十三歳にしてまた出陣ぞ。

それを聞いて童童《トントン》は笑いました。
「おじいちゃんは八十三歳よ！」
おじいちゃんは苦笑しながら立ち上がり、軍馬にまたがって剣をかかげる古代の将軍のポーズをとりました。顔は明るく、楽しそうに赤らんでいます。
数日後におじいちゃんは八十四歳になります。

童童《トントン》は家で一人で遊んでいました。

冷蔵庫には調理ずみの料理の皿がはいっています。夜にそれを出して温め、一人で食べました。夜の空気は重く湿り、蟬がやかましく鳴いています。

天気予報が嵐の接近を告げています。

部屋の隅で青い光が三回点滅して、音もなく人影が立ち上がりました。阿福《アーフー》です。

「ママとパパはおじいちゃんを病院へ連れていって、まだ帰ってないわ」童童《トントン》は言いました。

阿福《アーフー》はうなずきました。

「ママから伝言だよ。雨が降るまえに窓を閉めるのを忘れないで、だそうだ」

童童《トントン》は阿福《アーフー》といっしょに家じゅうの窓を閉めてまわりました。嵐が来て、窓ガラスを雨粒がバタバタと叩きはじめました。黒雲がちぎれて流れるなかを、薄紫色の稲妻がひらめき、遅れて骨に響くような雷鳴が轟きます。童童《トントン》は耳がじんじんしました。

「雷は怖くない？」阿福《アーフー》が訊きます。

「いいえ。あなたは？」

「子どもの頃はすこし。いまは怖くない」

童童《トントン》の頭に重要な疑問が浮かびました。

「阿福《アーフー》、だれでもいつか大人になるの？」

「そうだよ」

「そのあとは？」

「そのあとは老人になる」

「そのあとは？」

阿福《アーフー》は答えませんでした。

ビデオ壁をつけてアニメをいっしょに見ました。童童《トントン》が大好きな『レインボーベアの村』です。どんなに外がはげしい雨でも、村の子グマたちはみんな楽しく暮らしています。もしかしたら、それ以外の世界はつくりもので、子グマの世界だけが本物なのかもしれません。

童童《トントン》のまぶたはしだいに重くなりました。雨の音が眠気を誘います。阿福《アーフー》によりかかりました。そんな童童《トントン》を阿福《アーフー》は抱え上げ、寝室へ運び、そっとベッドに寝かせました。毛布をかけ、カーテンを閉じます。その手は温かく柔らかい本物の手のようでした。

童童《トントン》はつぶやきました。

「どうしておじいちゃんはまだ帰ってこないの？」

「おやすみ。目を覚ましたらきっと帰っているよ」

おじいちゃんは帰ってきませんでした。

ママとパパは帰ってきましたが、悲しそうで疲れた顔です。

二人はまえより忙しそうでした。毎日家を出てどこかへ行きます。童童《トントン》は一人で留守番です。ゲームをしたり、アニメをみたりしてすごしました。ときどき阿福《アーフー》が来て料理をつくってくれました。

数日後にママから呼ばれました。

「話さなくてはいけないことがあるわ」

おじいちゃんは頭に腫瘍ができていたそうです。最初に転倒したのも腫瘍が神経を圧迫したせいでした。医者はすぐに手術が必要だと言いました。

年齢を考えると手術はとても危険です。でも手術しないのはもっと危険です。ママとパパとおじいちゃんはほかの病院をまわって、いくつかセカンドオピニオンを聞きました。そしていく晩も話しあって、手術することに決めました。

手術は丸一日かかりました。腫瘍は卵くらいの大きさがありました。

手術のあと、おじいちゃんは眠りつづけています。

ママは泣きながら童童《トントン》を抱き締めました。体が魚のように震えています。

童童《トントン》もママを強く抱き締めました。ママの黒髪に白髪がまじっているのが見えました。なにもかも現実でないように感じました。


童童《トントン》はママと病院へ行きました。

日差しが強く、とても暑い日でした。童童《トントン》とママはいっしょに日傘をさしました。ママの反対の手には、冷蔵庫から出した真っ赤なフルーツジュースの保冷瓶がありました。

道を歩いている人はあまりいません。蟬が鳴きつづけています。夏の終わりが近づいています。

病院はエアコンが強く利いていました。廊下ですこし待つと、看護師が来ておじいちゃんが目を覚ましたと教えてくれました。ママは童童《トントン》に先に病室にはいるように言いました。

おじいちゃんは別人のようでした。髪はすっかり剃られ、顔は腫れています。片目には包帯をして、反対の目は閉じています。おじいちゃんの手をとって、童童《トントン》はぞっとしました。おばあちゃんの手を思い出したのです。おなじようにチューブだらけで、まわりは電子音をたてる機械でかこまれていました。

看護師がおじいちゃんに呼びかけました。

「お孫さんがご面会ですよ」

おじいちゃんは目を開け、童童《トントン》を見ました。童童《トントン》が動くと、目で追います。でも話さず、動きません。

看護師が童童《トントン》にささやきました。

「話しかけてみて。聞こえてるから」

童童《トントン》はなにを言えばいいのかわかりません。おじいちゃんの手をぎゅっと握ると、握り返してくるのを感じました。

おじいちゃん、わたしよ。わかる？　童童《トントン》は心のなかで呼びました。

目がこちらを追います。

「おじいちゃん！」童童《トントン》はようやく声が出ました。

白いシーツに涙が落ちました。看護師は童童《トントン》を慰めます。

「泣かないで。泣き顔を見たらおじいちゃんも悲しむわ」

童童《トントン》は病室から連れ出されました。小さい子のようにぼろぼろと涙があふれましたが、だれに見られてもかまいません。廊下で泣きつづけました。

阿福《アーフー》も去ることになりました。パパが果殻《グオク》科技に送り返すために箱を準備しました。王《ワン》おじさんは、できれば直接訪問して童童《トントン》と家族にお別れを言いたかったと説明しました。おじさんが住んでいる都市はとても遠くて難しいのです。とはいえいまは長距離の通信がとても簡単です。その気になればビデオや電話で話せます。

童童《トントン》は部屋で絵を描いていました。阿福《アーフー》が音もなく近づいてきます。童童《トントン》は紙に小さなクマをたくさん描いて、クレヨンのさまざまな色で塗っていました。阿福《アーフー》はその絵を見ます。大きなクマの一匹は七色に塗られています。片目を黒い眼帯でおおい、反対の目しかのぞいていません。

「これはだれ？」阿福《アーフー》は尋ねました。

童童《トントン》は答えず、塗りつづけます。この世のすべての色をこのクマに使うつもりです。

阿福《アーフー》が背後から童童《トントン》に腕をまわしました。その体が震えています。泣いているのがわかりました。

王《ワン》おじさんは童童《トントン》にビデオメッセージを送ってきました。

《童童《トントン》、こちらから送った荷物は届いたかい？》

はいっていたのはクマのぬいぐるみでした。七色の毛並みで、黒い眼帯で片目をおおっています。童童《トントン》が描いた絵とおなじでした。

《このクマにはテレプレゼンス装置がはいっていて、病院でおじいちゃんの心拍、呼吸、体温を監視している装置と接続している。クマが目を閉じているときは、おじいちゃんは眠っているという意味だ。おじいちゃんが目を覚ますと、クマも目を開く。

このクマが見て、聞くものはすべて病室の天井に投影される。きみが話しかけ、お話や歌を聞かせれば、おじいちゃんもそれを見て聞ける。

おじいちゃんはちゃんと見えているし、聞こえている。体は動かなくても頭は目覚めている。だからきみはクマと話したり遊んだりして、笑い声を聞かせてやってほしい。そうすればおじいちゃんは寂しくない》

童童《トントン》はクマの胸に耳を押しあてました。トクン、トクンと聞こえます。弱くてゆっくりの鼓動です。クマの胸は温かく、呼吸にあわせてゆるやかに上下します。ぐっすり眠っているようです。

童童《トントン》も眠たくなりました。クマといっしょにベッドにもぐりこみ、毛布をかけました。

明日おじいちゃんが起きたら、このクマを日のあたるところへ連れていってあげよう。いっしょに木登りして、公園へ行って、おじいちゃんやおばあちゃんたちが京劇の歌を歌っているところを聞かせてあげよう。夏はまだ終わってないわ。楽しいことがたくさんあるんだから。

「おじいちゃん、心配いらん！」童童《トントン》は小声で言いました。

目が覚めたらもうすべて安心だよ。

著者付記

この短篇を私の祖父に捧げる。書き上げたのは八月で、祖父の命日の時期だった。彼とすごした日々は一生の宝物だ。

またこの作品は、あちこちの公園に毎朝姿をみせるたくさんのおじいちゃん、おばあちゃんたちにも捧げたい。彼らは太極拳をやり、剣を振り、歌曲を歌い、踊り、鳥を鳴かせ、絵を描き、書を嗜み、アコーディオンを弾く。死が迫るのを感じながら生活するのも、恐れるにはあたらないと教えてくれる。

龍馬夜行

Night Journey of the Dragon-Horse

中原尚哉訳

1

龍馬《りゅうば》は月夜に目覚めた。

冷えた夜露が額に落ち、鉄の鼻面を流れ下る。

ポタリ。

そろりと薄目を開ける。錆びた瞼がきしんで睫毛を震わせる。暗い赤の大きな瞳に二つの銀光が映る。月かと思うが、よく見るとコンクリートの割れめから生えた強壮な一叢《ひとむら》の白い花だ。龍馬の鼻面からしたたる夜露で潤っている。

花の香をかごうと深く息を吸ってみた。しかし香りはしない。血肉の体でない龍馬に嗅覚はない。鼻孔からはいった空気は、機械コンポーネントの狭いすきまを風音とともに吹き抜けるだけ。全身がかすかに振動する。数百枚の鱗がそれぞれの周期で震えたようだ。くしゃみをすると、鼻孔から二筋の太く白い霧が噴き出す。それを浴びて白い花が揺れ、半透明の花びらの先から露の滴が落ちた。

ゆっくりと瞼を開ききり、首を上げてあたりを見まわす。

世界は荒廃してひさしく、記憶の光景から一変している。かつて龍馬は明るいホールの中央に立ち、中国と外国の客のまえで首や尾を振り、歓声と驚嘆の声に包まれたことがある。博物館の照明が落とされたあとも、訪問客の外国語のつぶやきが耳に残って眠りを乱されたものだ。

そのホールもいまは廃墟だ。壁は傾き、ひび割れや継ぎめから侵入した蔦の葉が風にそよいでいる。高いガラスの天窓に蔦に巻かれた木が大小の穴をあけている。月光を浴びて真珠色に輝く夜露が翡翠の皿にポタリ、ポタリと落ちる。

龍馬は博物館の大ホールを見まわした。いまはただ荒涼とした中庭だ。住民は絶え、龍馬だけが瓦礫のあいだで何世紀とも知れぬ夢をみていた。天窓の穴から夜空を見上げると、濃紺の天穹に白銀の花のごとき星がきらめく。この光景もひさしく記憶にない。

生まれ故郷を思い出す。穏やかなロワール川のほとりに立つ小都市ナントだ。川面に映じる星々は鮮明で油彩画のようだった。しかし数千キロ離れたこの首都の空は、昼は濁った灰色の厚い幕が低く垂れこめ、夜は色とりどりのネオンの光が映じてますます視界を閉ざしていた。

今夜の澄んだ月ときらめく星は、龍馬に強い望郷の念を起こさせた。龍馬が生まれたのは川のなかの島にある小さな工房だ。そこで職人たちが毛のように細いペン先で設計図を引き、部品を成形、研磨、吹き付け塗装し、組み立てて完成させた。数万個の部品からなる巨大な体躯は重量四十七トンにおよぶ。

強靭な鋼鉄の骨格と木製の鱗からなる立ち姿は、見る者に恐懼《きょうく》を起こさせる。内部の歯車と軸とモーターと鋼線が一糸乱れず動いて、生きているような機械のシンフォニーをかなでる。四本の脚と蹄《ひづめ》を肉体のように曲げ伸ばしし、驚いた雁のように首を振りむかせる。背骨はたわむれる龍のように旋回し、頭は怠惰な虎さながらに上下する。歩調は水を渡る霊獣らしく軽い。

馬に似た胴に、龍の首と頭。長い髭に鹿の枝角と暗い赤のガラスの目。全身をおおう金色の鱗にはそれぞれ龍、馬、詩、夢の四つの漢字が彫られている。龍馬を製作した職人たちがいだく古代文明へのロマンチックな憧れがこめられている。

龍馬がこの地に来たのは遠い昔の午年《うまどし》だ。ここの人々は縁起のよい新年の挨拶として〝龍馬精神〟と述べあう習慣があり、それに触発された製作者がこの神話的な姿をつくりだした。

群衆でいっぱいの公園をパレードしたことがある。首を高くかかげ、脚をまえに伸ばして進んだ。子どもたちは好奇の目をむけ、鼻から噴き出す霧に包まれると歓喜の叫びをあげた。楽しい音楽が流れていた。西洋の交響曲と中国の伝統音楽の組み合わせだ。そのなかをリズムにあわせて体を揺らしながらゆっくり優雅に歩いた。灰色の曇った空の下でどこまでも広がる碁盤目のような市街が記憶にある。

公演の相手役は機械の蜘蛛だった。龍馬とおなじく大きく、八本の脚は空気を切り裂くように禍々しかった。古代神話の一場面を再現する公演は三日三晩おこなわれた。

創造の女神である女媧《じょか》は、俗界のようすを調べるために龍馬を遣わした。その頃、天界の宮廷から脱走した蜘蛛が各地で暴れていた。龍馬と蜘蛛は熾烈な戦いをくりひろげるものの、勝負はつかない。そこで両者は友情によって和議を結んだ。すると四海の波浪はおさまり、天候さえ温暖になった。

公演のあと、蜘蛛は生地《せいち》にもどったが、龍馬はこの異国に守護者として残った。ならばここは第二の故郷といえまいか。龍馬は二国間の長久の友情を祝福するためにつくられたのだから、生い立ちからして混血だ。この地の夢と神話が最初からこめられている。何千年も語り伝えられてきた伝説は、海を越えて異国の言葉に変換され、敏捷なロボットや宇宙船をつくるのとおなじ鉄と電気の魔法で実体化した。そして数千キロ離れたこの地へ渡り、幾星霜も伝えられるべき新たな伝説になったのだ。伝統と現代、神話と科学技術、東洋と西洋。どちらが故郷で、どちらが新天地か。

答えがわからない龍馬は重い首を垂れた。長い長い眠りのあいだに世界は廃園と化していた。この庭にまだ人の住まうところはあるだろうか。冴えた月光のなかで龍馬はそろそろと脚を上げ、一歩ずつ探索をはじめた。

錆びた体はあちこちがきしんだ。蜘蛛の巣状のひび割れだらけのガラスの壁に、わが身が映る。おなじく腐朽している。時の流れは川のごとく、すべてを呑んでいく。鱗の鎧はあちこち剝げ落ち、まるで戦場から帰った老兵だ。ガラスの瞳だけが変わらず暗い光を放っている。

かつて自動車が鉄の川のように流れていた大通りは、いまは木々が繁茂して風に揺れている。葉ずれがやむと、その沈黙を埋めるように鳥と虫が鳴く。その鳴き声が寂寥感を強める。龍馬は行くあてもなく見まわした。どちらでもかまわないので、適当な方向へ足を進めた。蹄の音が舗装に響く。月光を浴びた孤独な長い影が地面に伸びる。

2

龍馬はどれだけ歩いたのかわからない。

星々は静かに天穹をめぐり、月はその上をさまようが、時計がないので時の経過はわからないのだ。

たどっている道はかつてこの都市の名だたる大通りだった。いまは深い渓谷の底のようだ。両側にそびえるのは煉瓦と鉄とコンクリートと樹木が渾然一体となった突兀《とっこつ》たる岩壁。無機物と有機物、腐朽と生命、現実と夢、鉄とガラスの都会と古代神話が混じりあう。

かつて千年の夢のごとく夜もまばゆく照明された広場が近くにあった。しかしその照明もいまは消え、夢はついえている。この世に永久に続くものはない。

その広場だった谷底にはいると、驚く光景があらわれた。何千何万という鉄の残骸が獣の遺骨のように高く積み上げられている。その山が目の届くかぎり連なっている。かつて自動車だったものだ。製造者も大きさもさまざまで、多くは腐食が進んで骨組みしか残っていない。暗く虚ろな窓からねじれた枝が伸び、捕らえにくい獲物をつかんだ爪のように空へ突き立っている。龍馬は名づけようのない悲哀と恐怖を感じた。自分の錆びた前足を見下ろす。これらの廃車と自分にちがいはあるのか。彼らの隣に横たわって永遠の眠りにつくべきか。

その問いの答えはない。

胸の鱗の一枚が剝がれて、鉄の残骸のあいだにころげ落ち、水のような月光のなかで鈍く反響した。遠くや近くの虫がつかのま鳴きやんだが、ささいな小石がころがっただけというように、ふたたび楽しげなコーラスを響かせはじめた。

龍馬は背筋が寒くなり、足を速めて夜の旅を続けた。

廃墟のどこかから鳴き声が聞こえた。細く陰気な響きで、鳥のさえずりや虫の音とは異なる。龍馬は深い草むらを鼻でかきわけながら音の出どころを探した。そして、浅い洞穴の陰で光る小さな暗い二つの目に気づいた。

「だれだ？」

龍馬は尋ねた。自分の声を聞いたのもひさしぶりで、発音体の響きが奇妙に感じられた。

「わたしがわからない？」細い声は答えた。

「さあな」

「蝙蝠《こうもり》よ」

「蝙蝠？」

「なかば獣で、なかば鳥。昼に眠り、夜にあらわれ、夜明けと夢のあいだを飛びまわる」

龍馬は答える相手をしげしげと観察した。鋭い鼻面、大きな耳。柔らかい体は灰色の細かい毛におおわれ、月の光が透ける二枚の薄膜の翼を折りたたんでいる。

「あなたはだれ？」蝙蝠は訊いた。

「俺がだれかって？」龍馬はおうむ返しにした。

「自分がだれかわからないの？」

「知っているかもしれないし、知らないかもしれない。俺は龍馬と呼ばれた。龍であり、馬であるからだ。中国の神話として生まれたが、俺自身はフランスで生まれた。自分が機械なのか獣なのか、生きているのか死んでいるのかわからない。もしかしたら最初から生命の火花を持たないのかもしれない。この夜の旅が現実か夢かもわからない」

「馬を夢みる詩人のようね(注)」蝙蝠はため息をついた。

「なんのことだ？」

「いえ、とても昔の詩の一節を思い出したのよ」

「詩？」

聞き覚えはあるが、どういう意味かはっきりしない。

「そうよ、わたしが好きな詩」蝙蝠はうなずいた。「詩人がいなくなったいま、詩はますます貴重よ」

「詩人がいなくなった？　もう詩は書かれていないということか？」龍馬は慎重に訊いた。

「わからない？　もうこの世界に人はいないわ」

龍馬はこれまであえてまわりを見てこなかった。しかし蝙蝠の言うとおりだとわかった。

しばらし沈黙してから、訊いた。

「では、どうすればいい？」

「好きにしていいのよ。人がいなくなっても世界は続く。ほら、今夜の月はこんなにきれい。歌いたければ歌えばいいいし、歌いたくなければ寝ていればいい。歌えば世界が聞く。黙すれば万物の歌が聞こえる」

「俺には聞こえない。聞こえるのは廃墟にはびこる虫の鳴き声だけだ。背筋が寒くなる」

「あら、かわいそう。わたしほど耳がよくないのね」蝙蝠は同情した。「でもわたしの声は聞こえるのよね。へんだわ」

「へんか？」

「蝙蝠の声は蝙蝠どうしでしか聞こえないのが普通なの。でも世界は広い。なんでもありよね」肩をすくめて、「あなたはどこへ行くの？」

「自分がどこへ行くのかわからない」龍馬は答えた。本音だ。

「行くあてはないの？」

「ただ歩いている。歩く以外のことをできないから」

「わたしには行き先があるわ。でも途中でじゃまがはいった」蝙蝠は悲しげな調子になった。

「三日三晩飛んでいたら、梟《ふくろう》に追われたのよ。あやうく翼を裂かれるところだったわ」

「怪我をしたのか？」龍馬は心配げに訊いた。

「〝あやうく〟と言ったでしょう。そう簡単に餌食にならないわよ」

蝙蝠は憤然としたものの、ふいに咳きこんだ。

「体調が悪いのか？」

「喉が渇いたの。飛ぶと喉がからからになる。水を飲みたいんだけど、ここの水は錆の味がひどくて飲めない」

「水ならあるぞ。演出用のが」

「飲ませてくれる？　すこしでいいから」

龍馬は首を下げて、鼻孔から白い霧を噴き出した。霧は蝙蝠の小さな体をつつみ、細かい体毛の先で水滴になった。よろこんだ蝙蝠は翼を広げて滴をなめた。

「ありがとう。とても楽になったわ」

「では、自分の行き先へ出発するのか？」

「ええ。今夜は大事な用事があるの。あなたは？」

「わからない。前進するだけだ」

「しばらく乗せてくれない？　まだ疲れていて休みたいけど、遅れるわけにはいかないから」

龍馬は困って答えた。

「俺の歩みは遅い。一歩ずつゆっくり進むように設計されているし、それしかできない」

「かまわないわよ」

軽い翼をはばたかせて、蝙蝠は龍馬の右耳のそばに飛び乗った。長い角の枝を鉤爪でつかみ、逆さまにぶらさがる。

「さあ、これで歩きながらお話しできるわ。夜の旅はおしゃべりしながら行くのが一番よ」

龍馬はため息をつき、慎重に足を進めた。蝙蝠はとても軽くて存在をほとんど感じない。耳もとで詩をそらんじる細い声のささやきが聞こえるだけだ。

「大河にむかい、恥にさいなまれる。かくも疲れ果てたのに、なにを為したのか……」

3

自動車の墓場を二人は通り抜けた。道路は荒れたでこぼこ道。薄雲に隠れた月にまばらに照らされるだけだ。

龍馬は慎重に歩を進めた。一歩ごとに全身がギシギシときしむ。歯車やねじがカランコロンと落ちて、瓦礫や雑草のあいだにころがりこむ。

「体は痛まないの？」蝙蝠は不思議そうに訊いた。

「苦痛というものがわからない」龍馬は告白した。

「へえ、そうなの。わたしだったら苦痛で死んじゃうかも」

「死というものもわからない」

龍馬は黙りこんだ。名づけようのない悲哀と恐怖がよみがえる。もし自分が生きているのなら、生命の源はこの体を構成する数万個の部品に分散しているのだろうか。それとも特別な場所に集まっているのか。歩きながら部品を道に落として、最後に空っぽになったら、そのとき自分は生きているのか。まわりのようすを感じられるのか。

時の流れは川のごとく、すべてを呑んでいく。時を超えて存在するものはこの世にない。

蝙蝠が言った。

「ただ歩いてても退屈だわ。なにかお話ししてよ。大昔に生まれたんだから、わたしが知らない話をたくさん知っているでしょう」

「話？　話というのがわからない。まして話すことはできない」

「簡単よ！　じゃあ、続けて言って。昔々……」

「昔々……」

「さあ、なにが頭に浮かんだ？　存在しないものが見えてきた？」

見えてきた。時の車輪が眼前で逆回転するかのようだ。樹木は地面に引っこみ、かわりに巨大なビルがはえてくる。海のように左右に分かれ、中央に広くまっすぐな道が通る。

「昔々……繁栄する大都会がありました」

「そこには人が住んでる？」

「たくさん、たくさん住んでいます」

「はっきりと見える?」

龍馬の目のまえの映像は長い絵巻物のように明瞭だった。人々の表情は活発でいきいきとしている。そのよろこびと悲しみ、出会いと別れが、月の満ち欠けのように見えた。

「昔々、繁栄する大都会がありました。この都市には、ある若い女性が住んでいました……」

龍馬は住人たちの話を語りはじめた。


恋を知らなかった若い女性は、電話のチャットプログラムで知りあった見知らぬ相手に恋をしました。この話し相手は、じつはよくできた会話ソフトでした。それでもこのデジタルの若者も彼女を愛したので、二人は生涯楽しく話して暮らしました。女性の死後、彼女の嘆きや笑い、発言や反応をおさめた生涯記録は、クラウドにアップロードされ、人々とAIの共通の女神になりました。

敬虔な僧が工場を訪れて、回路のショートや誤作動に悩むロボット従業員のために加持祈禱をおこないました。ところが死んだロボット従業員の霊が僧にとり憑きました。怪奇現象の調査が終わりに近づいた頃、僧がホテルの小さな部屋で死んでいるのが発見されました。その全裸死体には女の血がべっとりとついていました。検視の結果、意外な事実が判明しました。僧もまたロボットだったのです。

ある女優はさまざまな役をこなせることで有名でした。あまりにも芸幅が広いので、芸能記者たちは彼女がソフトウェアのシミュレーションにすぎないのではないかと疑っていました。そこで記者たちは警備厳重な彼女のマンションに侵入しました。しかし豪華なベッドに横たわっているのは冷たい死体でした。恐ろしいことに、記者たちが肉眼で見たとき、あるいはカメラを通して見たとき、それぞれ異なる彼女が見えたのです。そしてそれから何年ものちまでその女優は銀幕に登場しつづけました。

ある盲目の天才少年が五歳のときにコンピュータ相手に囲碁をはじめました。時とともに少年は強くなりましたが、相手のコンピュータも対局を通じて強くなりました。長年ののちに老いて死期が近づいた盲目の棋士は、旧敵との最後の一局にいどみました。ところが本人が知らないあいだに、対局中の彼は開頭され、脳のあらゆる階層をスキャンされました。分析結果はデジタル化されてコンピュータモジュールにいれられ、対局相手のコンピュータはそこからさらに学びました。そうやって最後の対局はどんどん複雑になり、とうとうだれも理解できなくなりました。

龍馬の話を聞いて、蝙蝠は逆さまで踊ってよろこんだ。そしてお返しの話を龍馬の耳にささやいた。

ある都市に百年に一度だけ鳴る鐘があります。市の中心部にある美術館の暗い地下に忘れられて放置されています。しかし驚くべき音響現象により、ひとたび鐘が鳴ると、その音は反響、増幅されて都市全体に広がり、まるで壮麗なパイプオルガンのように響き渡ります。人も物も立ち止まって聞き惚れるそうです。

夜明けに空を飛ぶドローンがあります。都市上空を時計まわりに旋回しながら、太陽電池パネルで充電します。春から夏にかけては巣立ったばかりの鳥の群れがドローンを追って飛ぶ練習をします。まるで一つの大きな雲に見えるそうです。

もうだれも読まない紙の本をおさめた古い図書館があります。書庫の室温は摂氏十七度にたもたれています。図書館のメインコンピュータはあらゆる言語のあらゆる詩を暗唱できます。幸運にもこの図書館にたどり着けたら大歓迎されるでしょう。

あるミュージカルファウンテンは、コインを投げいれるたびに新曲を作曲して、その場で噴水とともに披露してくれます。たそがれ時には野良猫や野良犬が廃墟で拾ったコインを水盤にいれることがあります。水盤では鳥や動物が行儀よく水浴びをしていて、一度きりの美しい音楽を楽しみます。

二人は、「それ、本当?」と何度もおたがいに訊いた。「それから? そのあとはどうなったの?」と。

月光を浴びて影が踊る。歩けば歩くほど道は長くなるようだった。

遠くから水の音が聞こえてきた。深い谷を渓流が下るような音だ。大都市ができる以前、この地には小川が何本も流れていた。長年のうちに人口が増えると、それらは池やどぶ川や暗渠に変わった。しかしいま、小川は解放され、起伏する大地を気ままに流れている。歌い、この土地の生命を養っている。

龍馬は足を止めた。たどってきた道は、野生の蓮池に消えていた。池は水平線まで広がり、無数の蓮の葉におおわれている。そよ風が吹くと葉が揺れ、暗緑色と灰白色の水面が波立つ。赤と白の蓮の花が葉陰からのぞく。まるで月光が凝《こご》ったような、俗世の塵と無縁の美しさだ。

「きれい」蝙蝠が小さくため息をついた。「心臓を締めつけられるように美しいわ」

意外にも龍馬もおなじ感想をいだいていた。自分に心臓があるのかどうかわからないが。

「このまま進むのか？」

「わたしはこの池の上を飛ぶ。でもあなたは来ないほうがいいわね。鉄の体だし、水に濡れるとショートするでしょう」

「かもしれない」

龍馬はためらった。水にはいったことがないのだ。

蝙蝠のはばたきが龍馬の耳をくすぐった。

「ではここでお別れね」

「行くのか？」

「ええ。遅れたくないから」

「よい旅を《ボン・ボヤージュ》」

「あなたもね！　気をつけて。お話は楽しかったわ」

「きみのもだ」

龍馬は池の岸に立ちつくし、蝙蝠の影が小さくなって夜闇に消えるまで見送った。

また独りになった。水のような月光が万物を柔らかく照らしている。

4

水面に映るわが身を見た。旅立つまえに見た記憶よりやせた。全身をおおっていた鱗はほとんど剝げ落ち、枝角も片方がなくなっている。皮膚にあいた穴からは錆びた鉄の骨格によせてごちゃごちゃとたばねられた鋼線やケーブル類がのぞいている。

どこへ行こう。帰るべきか。もときた場所へ。

それとも反対へ進むべきか。地球は丸いから、歩きつづければどこでもいつかはたどり着くはずだ。

帰ろうかと考えているのに、足は勝手に前に出ていた。

前足の蹄が氷のように冷たい波間に沈む。

蓮の葉がやさしく腹をなでる。無数のきらめく水滴が葉の上をころがる。しばらく踊ってもとの場所にもどるのもあれば、水銀のように集まって大きくなり、葉の縁を乗り越えて水面に落ちるのもある。

世界は美しい。だから死にたくない。

そう考えて、ぎょっとした。なぜ死について考えているのか。もうすぐ死ぬのか。

はてしなく広がる蓮の池に誘われて、また一歩踏み出した。見えないむこう岸へ行きたい。

水面が上がってきて、脚が沈み、腹が沈み、胴が沈み、背が沈み、首が沈んだ。

池の底の泥に足が沈んで抜けなくなった。体が揺れ、倒れそうになる。最後の鱗が体から剝がれ落ちた。

水面にぽちゃりと落ちた金色の鱗は、蓮の形をした浮き灯籠のようだ。さざ波に運ばれてゆっくり離れていく。

疲労困憊していた。一方で体が軽くなった気もした。目を閉じる。

轟々と水の流れる音がする。生地に帰ったかのようだ。遠い昔の記憶が眼前に蘇る。海の上にいる気がする。中国へむかう大型船に乗っている。長年のうちに見て聞いたと思ったことは、すべてこの長い旅のうちにみた夢だったのではないか。

そよ風がため息のようにそっと髭をなでる。

龍馬は目を開けた。蝙蝠の小さな姿が鼻先ではばたいている。

「もどってきたのか！」龍馬はよろこんだ。「まにあったのか？」

蝙蝠はため息をついた。

「迷ったのよ。池が広すぎて対岸が見えなかったわ」

「残念ながら俺は泥にはまってしまった。もうきみを運んでいけない」

「火を使えるといいんだけど」

「火？」

「火は光り輝く。それでみんなを導けるわ！」

「みんなって……だれだ？」

「闇の神々や、さまよえる霊魂。この世で迷っている彼らをわたしが案内するのよ」

「そのために火が必要なのか？」

「ええ。でもこんな水の上に火などないわね」

「火ならある。たくさんは無理だが、多少ならある」

「どこに？」

「すこし離れてくれ」

蝙蝠は近くの蓮の葉へ移動した。龍馬は口を開けて、黒い舌を出した。舌の裏の継ぎめから高純度の灯油が流れ出し、舌の先端から青い電気の火花が飛んで、火がついた。赤みがかった金色の火炎が夜空に噴き上がる。

「こんな隠れた能力があるなんて知らなかったわ！」蝙蝠は興奮して叫んだ。「もっと、もっと！」

龍馬は口を開け、さらに大きく炎を噴いた。長年タンクにはいっていた灯油だが、よく燃えた。火を吐く演技をしたのはいつ以来だろう。蜘蛛との戦いが最後かもしれない。炎は暖かく美しい。変幻自在の神のようだ。

「百万人が消火を望んでも、わたしだけは火を頭上高くかかげる」

蝙蝠の声は龍馬の耳にもはっきりと響いた。全身のあらゆる部品に反響した。

このすばらしき炎よ
神聖な祖国を包んで咲く花の嵐よ
馬の夢をみるあらゆる詩人たちのように
この炎で私は長く暗い夜を生き抜く

龍馬は火のついたマッチのようになった。しかし熱くはない。

遠くにかすかな光があらわれた。四方から蛍のように集まってくる。

ああ、これが霊魂や妖魔か。さまざまな物と形、色と輪郭だ。手書きの扉として描かれた神や釈迦。工場の壁の抽象的な落書き。コンピュータ部品でつくられた親指大のロボット。トラックの部品を組みあわせた機械の関羽。風化のはげしい二対の獅子像。物語を話す家ほどの大きさのテディベア。単純で雑なつくりのロボット犬。子守歌が流れるベビーカー……。

龍馬とおなじ混血の被造物だ。伝統と現代、神話と科学技術、夢と現実。芸術でありながら自然だ。

「もう時間よ。行きましょう！」蝙蝠が楽しげに歌う。

「どこへ？」龍馬は問う。

「どこかへ。詩と夢のなかに永遠の生と自由を今夜みつけるのよ」

蝙蝠は小さな鉤爪で龍馬をつかみ、空中に引き上げた。龍馬は空で蝶に変わった。暗い赤の目と、びっしりと漢字が書かれた翅を持つ蝶だ。見下ろすと、自分の巨軀が見えた。広大無辺の蓮池のまんなかで巨大な松明のように龍馬が燃えている。

同伴者とともに彼は空高く飛んだ。廃墟ばかりの大地が遠ざかる。耳もとで蝙蝠が小声でそらんじる。

千年後に祖国の岸でふたたび生まれるなら
千年後の中国の水田と天馬駆ける周王の雪峰はわがものだ

お別れだ、さようなら。彼は小さく言った。

炎は闇のなかに消えていく。

どこまでも飛んで、やがて世界の果てに来た。

どちらもただ黒闇。その天と地のあいだに一本のきめらく大河が流れている。

青く輝く水はまるで炎か、水銀か、星か、ダイアモンドか。きらめき、またたき、夜闇のかなたに溶けていく。川幅も長さも測りがたい。

そこを多くの霊がはばたいて対岸へ渡っていく。二つの世界をつなぐ霧か、雲か、虹か、橋か。

「あなたも行って。早く」蝙蝠が言う。

「きみはどうするんだ？」

「まだやることがあるの。日が昇ったら巣にもどって眠り、次の夜を待つ」

「では、またお別れか？」

「ええ。でも世界は広いから、きっとまたどこかで会える」

二人は小さな翼でおたがいを包むように抱擁した。そして去りゆく龍馬の霊を見送るように、蝙蝠は詩をそらんじた。

齢《よわい》五千年の鳳凰と馬の名を持つ龍にはかなわない
しかし太陽の輝きを放つ詩ならば勝てるはずだ

彼は対岸をめざして飛んだ。どれだけ飛んだのかわからない。星を映した川面が通りすぎる。

岸のそばに生まれ故郷があった。小さく穏やかなナント島だ。さまざまな機械の獣が悠久の時を眠りつづけている。海の動物がめぐる高さ二十五メートルのメリーゴーラウンド。五十トンの巨象。大きく恐ろしげな爬虫類。翼長八メートルで人を持ち上げられる鷺《さぎ》。不気味な機械の蟻、蟬《せみ》、食虫植物……。
かつての好敵手、蜘蛛もいた。月明かりを浴びて穏やかに八本の脚を丸めている。蜘蛛の鼻先にそっと下りた龍馬の霊は、天から落ちた夜露の滴のように翼を閉じた。

歌えば世界が聞く
黙すれば万物の歌が聞こえる

夜風にのって鉄がぶつかり、鳴り、きしみ、こすれる音が聞こえた。機械油と、錆と、電気火花のにおいがする。友人たちが目覚めた。彼の帰還を歓迎して大宴会がもよおされるだろう。
しかしそのまえにぐっすり眠りたい。

著者付記
龍馬については次のビデオをご参照ください。
https://www.youtube.com/watch?v=QQxkVKBp6HY
https://www.youtube.com/watch?v=0nj0d_ZJQQw

（注）ここやその他の蝙蝠のセリフは、海子《ハイズ》の詩『馬の夢』からの引用。

馬伯庸

マー・ボーヨン

Ma Boyong

馬伯庸《マー・ボーヨン》は多作で人気の小説家、エッセイスト、講師、ウェブ評論家、ブロガーである。彼の作品は歴史改変小説から、歴史小説、武俠小説（格闘技ファンタジイ）、寓話、そしてもっと「本格的」なSF・ファンタジイまでジャンルの境界を横断している。

切れ味鋭く、笑いに満ち、蘊蓄《うんちく》豊かな馬《マー》の作品では引喩が多用され、中国の文化と歴史に由来する伝統的要素と現代の事物がびっくりするような、それでいて興味深い形で並置される。中国の歴史と伝統に関する百科事典ばりの知識をこともなげに繰り出すので、彼の一番面白い作品を訳そうとすると一苦労だ。例えば、彼は中国の何千年におよぶ豊かな茶の文化の慣習をコーヒーに当てはめ、中国における架空のコーヒー史を書いてしまう。同じようにジャンヌ・ダルクを主人公にした武俠ものの中篇を書き、武俠の用語やお約束を中世ヨーロッパに移し替える。こうした物語は適切な文化的文脈を押さえた読者にはとてつもなく面白く、馬《マー》がいじくったジャンルや原典に光を当てるのだが、翻訳の読者には脚注を山ほど付けなければほとんど意味不明だろう。

本書のために選んだ「沈黙都市」は馬《マー》の作品の大部分とは毛色が異なる。極度の検閲が敷かれたディストピアの物語で、二〇〇五年の銀河賞を受賞している。原作の発表時には「ニューヨーク」が舞台となっていたほか、検閲制度を通過するためにいくつかの変更点があった。今回の翻訳では、馬《マー》とわたしで協力してテキストを本来の形に戻し、その上で英語圏の読者に物語がより伝わるように追加で変更を施した。

政治的背景を考えると、この物語を中国政府へのあからさまな風刺として読まずにはいられないかもしれないが、その誘惑には耐えることをお勧めする。

（鳴庭真人訳）

沈黙都市

The City of Silence

中原尚哉訳

時は二〇四六年。ところは国の首都。

国名はない。なぜならほかに国はないからである。宣伝部も言う。国のほかに国なし。これが国というものであり、これまでもこれからも変わりない。

アーバーダンがコンピュータのまえで机に突っ伏して眠っていると、電話が鳴った。けたたましく執拗な着信音。乾いた目をこすり、しぶしぶ起きた。頭が重く鈍い。

部屋は狭く、空気はよどんでいる。一つだけの窓は閉じているが、開けても大差ない。外の空気はもっとよどんでいる。床面積はわずか三十平方メートルほど。隅には古い暗緑色の寝台があり、脚の一本には白い塗料で製造番号が書かれている。その脇に薄い木板を組んだ机があり、白っぽいコンピュータが載っている。

電話は鳴りつづけている。七回目の着信音。出るしかない。

「あなたのウェブアクセス番号をどうぞ」

相手の声は落ち着いている。それどころか一切の感情を欠いている。機械音声なのである。

「ARVARDAN19842015BNKF」

数字と文字の列がアーバーダンの口からひとりでに出た。そして息苦しくなった。空虚な機械音声は好きではない。電話から流れるのが柔らかく美しい本物の女性の声であればどんなにいいかと、ときどき思う。非現実的な空想だとわかっているが、空想で心はしばし安らぐ。

「電子掲示板《BBS》フォーラムに参加なさりたいという十月四日付のあなたのアカウント申請を処理中です。提供された情報が正しいことを関係当局は確認しました。つきましては身分証明カード、ウェブアクセス許可証、ウェブアクセス番号カード、その他の関連書類をお持ちのうえ、三日以内に処理センターにお越しください。アカウントのユーザー名とパスワードをお渡しします」

「わかった。ありがとう」アーバーダンは慎重に言葉を選び、一語一語区切って話した。

そろそろ仕事をしよう。コンピュータのまえにすわりなおしてマウスを動かす。画面が蘇るとともに小さな電子音が鳴った。

〝ウェブアクセス番号と名前を入力してください〟

アーバーダンは求められた情報を入力した。すぐにコンピュータのケース前面でインジケータLEDが点滅し、ファンが低くうなりはじめた。

すべてのウェブユーザーはウェブアクセス番号を持つ。これなしにウェブにはアクセスできない。変更も消去もできない。ウェブアクセス番号と、だれもが持つ身分証明カードの名前は同一である。すなわち、ARVARDAN1984２015BNKFはアーバーダンであり、アーバーダンはARVARDAN1984２015BNKFである。記憶力のない者はシャツの裏などにウェブアクセス番号を印刷している。

この真正IDウェブアクセス制度は、ウェブ管理を適切かつ合理的にし、匿名性による深刻な問題を排除するためであると関係当局は説明している。〝深刻な問題〟とはなにをさすのかわからない。アーバーダンは匿名でウェブを使ったことはないし、知りあいからも聞いたことはない。ウェブで他人になりすますのは技術的に不可能になっている。関係当局は周到である。

この〝関係当局〟という呼称も意味するところがはっきりしない。多くの権限と威圧的な力があるのはまちがいない。一般的であると同時に特定的であり、さししめすものはそのときどきで変わる。あるときはアーバーダンにウェブアクセス番号を発行した国家ウェブ管理委員会。またあるときは最新のウェブアクセスの告知と規則についてアーバーダンにメールを送付するサーバー。さらに公安部のウェブ調査課をしめすこともあれば、国家ニュース局を意味することもある。〝関係当局〟はあらゆるところにいて、すべてを管理している。なにか起きれば姿を見せ、指導、監視、警告をおこなう。

現代においてウェブと日常生活は同義だといえる。だからこそ、謀略家がウェブを使って国家を動揺させることがないように警戒しなくてはならない――と関係当局は主張する。

コンピュータはうなりつづけている。もうしばらくかかるだろう。コンピュータは関係当局から支給されており、技術的仕様やハードウェア構成は不明。ケースの蓋は溶接されて開けられない。

待ちながら、足もとのゴミの山からプラスチックカップを探し出した。そばにある飲用蛇口から蒸留水を注ぎ、鎮痛薬とともに飲んだ。蒸留水が喉を流れ、胃におさまる。味気なさに気持ち悪くなる。

コンピュータのスピーカーからふいに国歌が流れはじめた。アーバーダンはカップをおいて、コンピュータ画面を見た。ウェブにサインインできたしるしである。画面にまず関係当局からの告知が表示される。白一色の背景に黒のテキスト、フォントは十四ポイント。ウェブを使う意味と、それに関する最新の規則が書かれている。

告知はすぐに消えた。代わってデスクトップ画面。背景画像は、〝健全で安定したウェブをつくろう！〟というスローガン。べつのウィンドウがゆっくり浮かんできた。仕事、娯楽、メール、BBS討論フォーラムのリンクが貼ってある。BBSのリンクはまだ灰色で、アーバーダンには使えない。

OSは単純でわかりやすい。ブラウザにURLの入力欄はなく、ブックマークのメニューを使う。メニューは編集不可で、数カ所のウェブサイトのアドレスだけが収録されている。理由は単純。これらのウェブサイトが健全良好だからである。もし他のウェブサイトがこれとおなじ内容なら、理屈上、ここのサイトにアクセスすればことたりる。もし他のウェブサイトがこれと異なる内容なら、理屈上、それらは不健全かつ悪質であり、アクセスすべきでない。

国境のむこうにべつのウェブサイトがあるという話もあるが、都市伝説にすぎない。

アーバーダンはまず〝仕事〟をクリックした。画面にはウェブサイトのメニューと、仕事関連のソフトウェアが表示された。

プログラマーであるアーバーダンの毎日の仕事は、上司の指示に従ってプログラムを書くことである。退屈だが、安定した収入が約束される。自分の書いたソースコードがなにに使われているのか知らない。上司は一言も教えてくれない。

昨日の仕事の続きをやろうとしたが、すぐに集中力が切れた。遊びたいが、〝娯楽〟のリンクにはソリティアとマインスイーパーしかない。この二つのゲームは健全だと関係当局は考えている。セックスも暴力もなく、プレイヤーに犯罪的欲望を生じさせない。

システムアラートがポップアップした。

「新しいメールがあります」

仕事を中断する口実ができた。急いでカーソルを〝メール〟のリンクへ移動してクリック。新しいウィンドウが開いた。

To: ARVARDAN19842015BNKF
From: WANGHENG10045687XHDI

Subject: モジュール／が／完成。／現行／の／プロジェクト／を／はじめるか？

WANGHENG1004568 7XHDIは同僚の番号である。メール本文も単語と固定表現をスラッシュで区切った文体で書かれている。関係当局はこの形式を推奨している。じつは現在のメインフレームコンピュータは自然言語で書かれたデジタルテキストを容易に処理できるが、市民はこの形式を続けることで自分の適切な態度をしめせるのである。

アーバーダンはため息をついた。メールが届くたびに、日々鈍磨していく神経系を新しい刺激が揺さぶってくれることを期待する。毎度失望するとわかっていても、ひとときの興奮への期待は持ちつづけたい。電話から流れるのが柔らかく美しい本物の女性の声であればという願いもおなじである。遠くはかない希望でも、持ちつづけていないと頭がおかしくなってしまう。

アーバーダンは返信をクリックして、さらに〝健全語リスト〟という名称のテキストファイルを別ウィンドウで開いた。関係当局は、このリストに記載された単語と固定表現だけを使用するようにすべてのウェブユーザーに求めている。メールを作成したり討論フォーラムを使うときは、このリストから適切な単語を選んで表現しなくてはならない。もしリストにない単語が混じっていると、フィルタリングソフトがその単語を自動的に遮断し、〝健全な言葉を使用してください〟という注意書きに置き換える。

〝遮断〟は厳密な意味でおこなわれる。遮断された単語は書くことも話すことも禁止される。

皮肉にも、〝遮断〟という単語も遮断されている。

リストは継続的に改訂される。更新されるたびにリストの健全語がいくつか消える。するとアーバーダンは遮断された単語の代用表現を考えて練習することにしている。たとえば〝移動〟はかつて許可されていたが、関係当局が要注意語に分類を変更したため、おなじ意味をあらわすのに〝位置変更〟という表現を使うようになった。

リストを参照しながら簡潔に返信を書いた。文体は受け取ったメールとおなじにする。健全語リストのせいで人々はなるべく少ない語数に情報を詰めこむようになり、不必要な修飾や比喩表現はまったく使われなくなった。その結果、文章は蒸留水のように味気なくなった。こんなメールを書き、こんな水を飲んでいると、いずれ自分もメールや蒸留水のように漂白されてしまうのではないか。

アーバーダンはメールを送信した。コピーは手もとに残せない。コンピュータにはハードディスクもフロッピーディスクもCDドライブもないし、それどころかUSBポートもない。ブロードバンド技術が進歩したおかげで、アプリケーションはリモートのサーバーで実行されるようになった。遠隔アクセスによる遅延のような問題はもう起きない。だからハードディスクやローカルのストレージは末端ユーザーに必要ない。ユーザーが書く文書もプログラムも、それどころかマウスの動きやキー操作まで、すべて自動的に関係当局の公共サーバーに送信される。そのほうが管理がしやすいからである。

メールの作業を終えると、アーバーダンはまたもの憂い気分になった。これを、疲れたとか退屈とか表現するわけにはいかない。そのような否定的な単語は要注意語に分類されている。もしそんな気分を訴えるメールを書いて送ったとすると、相手には〝健全な言葉を使用してください〟という注意書きだらけの文面が届くことになる。

これがアーバーダンの生活である。昨日より悪化したが、明日よりはましだろう。とはいえこれも不正確である。〝悪化〟がどの程度で、〝まし〟がどの程度かわからない。〝悪化〟や〝まし〟は変数で、アーバーダンの生活は定数といえる。そしてその値は〝抑圧〟である。

アーバーダンはマウスを脇におき、首をうしろに倒して、長いため息をついた（いまのところ〝ため息〟は遮断されていない）。鼻歌でも歌いたかったが、知っている歌がない。しかたなく口笛を何度か吹いた。しかし肺結核の犬が吠えているような音しか出ないのでやめた。関係当局が幽霊のように部屋に充満し、圧迫している気がした。沼にはまったように感じる。口を開けると泥がはいり、助けを求めて叫ぶこともできない。

落ち着きなく何度か首を振ったところで、電話に目がとまった。BBSの許可申請を終わらせるために関係当局に出むく必要があることをふと思い出した。ウェブから一時的に離れられるのはうれしい。ウェブのなかにいると、無機質な数字の列と〝健全語〟の集合になってしまう気がする。

アーバーダンはコートをはおり、フィルター付きマスクで口もとをおおった。すこしためらってから、聴取機《リスナー》を取って両耳にかけ、部屋を出た。

首都の市街に通行人は少ない。現代はウェブが整備されていて、たいていの用事はそこですんでしまう。原始的な昔とちがって日常の雑事で家から出る必要はない。関係当局も屋外での行動をあまり推奨しない。外出すれば人民の物理的接触が増え、管理しにくいことが起きる。

それを防ぐためにあるのが、携帯型の言語フィルタリング装置のリスナーである。装着者が要注意語を使ったり聞いたりすると、リスナーは自動的に警告する。市民は外出時にかならずこの装置をつけて、自分の発言や会話を聞きなおし、反省しなくてはならない。リスナーを見ると人はしばしば沈黙を選ぶ。関係当局はウェブと物理的な世界の生活を統一して、どちらも健全化しようとしている。

十一月の寒風に吹かれた雲が鉛色の空を流れていく。通りの両側には多目的電柱が二列の枯れ木のように並ぶ。通行人は黒や灰色のコートでしっかりと身を包む。縮こまっているので、動きの速い黒い点のように見える。首都全体が薄い靄におおわれている。フィルター付きマスクなしでこの空気を吸うのは危険をともなう。

前回部屋から出たのは二カ月もまえだと考えながら、アーバーダンはバス停の標識の脇に立った。

隣には青い制服姿の長身の男がいた。黒いコートに身を包んだアーバーダンを意味ありげに見ている。やがてにじり寄ってきて、さりげなくアーバーダンに尋ねた。

「煙草、を、持って、いますか？」

男は一語ずつはっきりと発音し、単語のあいだに一拍おいた。携帯型のリスナーは性能不足で、リズムや抑揚の個人ごとの癖に対応できない。それでも市民が規則どおりの単語を使っていることを確認したい関係当局は、このような話し方を求めていた。

アーバーダンは男を一瞥して、乾いた唇をなめて答えた。

「いいえ」

男は失望したらしい。それでもあきらめず、ふたたび口を開いた。

「酒、を、持って、いますか？」

「いいえ」

アーバーダンは酒も煙草もひさしく入手したことがない。不足しているのだろう。いつものことである。それより、アーバーダンのリスナーが警告を発しないことが気になる。経験的にいって、酒、煙草その他の日用品が不足すると、その単語は一時的に要注意語に分類される。供給再開まで遮断されるのである。

男は疲れているらしい。赤く腫れぼったい目は長時間ウェブとむきあったのが原因であり、最近はめずらしくないぼさぼさの髪に、数日分の無精髭。制服の下のシャツの襟からはすえたにおいが強く漂う。いかにもひさしぶりの外出というようすだ。

そしていまさらながら、男の耳がむきだしであることに気づいた。銀灰色のリスナーがあるべきところに、なにもない。アーバーダンは驚いた。指摘しようか、気づかないふりをしようかとしばし迷った。関係当局に通報したほうがいいだろうか。

男は、今度は欲望と熱意のほとばしる目で迫ってきた。アーバーダンはどきりとして、無意識にあとずさった。強盗か。それとも性的欲望を長期に抑圧しすぎた痴漢か。男はいきなりアーバーダンの袖をつかんだ。不器用に抵抗するが、振り払えない。

しかし男の力ずくはそこまでで、かわりに一声叫ぶと、早口にしゃべりはじめた。アーバーダンにとって長らく聞いたことのないしゃべり方である。

「話したいんだ。すこしでいいから。もう長いことしゃべっていない。俺の名前はヒロシ・ワタナベ(注1)、三十二歳だ。いいか、三十二歳だぞ。湖畔に家を持って釣り竿片手に小舟に乗る暮らしが夢だった。ウェブは嫌いだ。ウェブ統制官が大嫌いだ！　妻はウェブに毒された。俺のことをウェブアクセス番号で呼ぶ。この都市は全体が精神病棟だ。強い患者が弱い患者を支配し、正気の人々までおなじ病気にする。〝要注意語〟なんかくそくらえだ。とんでもないくそで……」

まるで炭酸飲料の瓶を振って蓋を飛ばして中身が噴き出すような勢いで、男はしゃべりつづける。アーバーダンのリスナーはピーピー鳴っている。驚くばかりで返事もできない。むしろまずいことに、アーバーダンは同情しはじめていた。同病相憐れむという心情になっている。

やがて男は訴えるのではなく、ただ悪態をつきはじめた。昔から遮断されている露骨で直接的な悪態をつく。アーバーダンがこっそり悪態をついたのは五、六年前で、最後に耳にしたのは四年前。なのにこの男は公共の場で、アーバーダンに面とむかって悪態をついている。

まるで遮断された要注意語をすべて一息のうちに言ってしまおうという勢いである。リスナーから鳴りつづけるピー音とその音量増加でアーバーダンは鼓膜が痛くなってきた。

そこへ二台のパトカーがあらわれた。回転灯を光らせて通りのむこうからバス停へやってくる。

悪態をつきつづける男へ、暴動鎮圧装備で身を固めた五、六人の警官が飛びかかり、地面に押し倒して、警棒で殴りつけた。男は足で蹴って抵抗する。さらに早口に、さらに粗野な悪態になる。警官の一人がテープを取り出し、ベリベリと鋭い音をたてて剝がした一片を、男の口に貼った。口を封じられる直前に、男はさらに声を大きくして警官たちに叫んだ。

「ファックしてやる！　畜生の子め！」

男の表情は狂気から満足そうな笑みに変わった。ののしることの快感と解放感に酔いしれている。

男はパトカーの一台に押しこまれた。警官の一人がアーバーダンのもとにやってきた。

「彼、は、あなた、の、友人、ですか？」

「知らない、男、です」

アーバーダンはおなじ話し方で答えた。

警官はじっとアーバーダンを見てから、リスナーをあずかって確認した。しかしアーバーダンが要注意語を使った記録はない。警官はリスナーをアーバーダンの耳にもどしてから、男が口にしたことはきわめて反動的なので、ただちに忘れるようにと言った。そしてきびすを返した。パトカーは男を乗せて去っていった。

アーバーダンは安堵した。そしていまこの一瞬だけ、だれもいない通りにむかって腹の底からの大声で、「ファックしてやる！　畜生の子め！」と叫びたい衝動にかられた。

通りはすぐに静けさをとりもどした。十分後にバスがゆっくりと停留所に到着した。錆びたドアがガチャンと開いて、無人の車内に女性の機械音声が流れる。

「乗客のみなさま、どうか文明的な言葉遣いにご留意願います。話すときは健全語リストをしっかり守りましょう」

アーバーダンはコートをきつく体に巻き付けた。

一時間後にバスは目的地に着いた。バスの割れた窓から寒風が吹きこみ、アーバーダンの息を白く曇らせる。石炭の粉塵と砂が風に乗って顔に吹きつけた。立ち上がり、犬が濡れた体から水滴を飛び散らせるように埃を払って、バスを降りた。

行き先は関係当局。この場合はBBS許可申請を管轄するウェブ安全部である。バス停から通りをはさんでむかいの五階建てビル。立方体で全面が灰色のコンクリートにおおわれている。わずかにあいた窓がなければ、ただの硬く冷たいコンクリートの塊に見える。蚊やコウモリさえ近づかない。

BBSフォーラムの使用許可を得るのはとても難しい。申請には二十近い手続きがあり、長い審査期間のあとに、フォーラムの閲覧許可だけがまず下りる。閲覧許可の取得後三カ月たって、ようやく指定フォーラムへの投稿許可が出る。自前のBBSを開設することは許されない。

　これほど敷居の高いBBSフォーラムだが、それでも使いたい者は多い。ウェブで多少なりと会話に近いことができるのはそこだけだからである。アーバーダンがBBSの使用許可を申請した理由は、曖昧な記憶の底にある強いノスタルジーである。面倒な手続きになぜ耐えているのか自分でもわからない。たんに生活に刺激がほしいのか。自分と過去のかすかなつながりを強調したいのか。あるいは両方か。

　アーバーダンが子どものころのウェブは、いまとまったく異なっていた。技術ではなく文化が異なる。その時代のことをBBSのフォーラムを通じて思い出したい。

　ビルにはいった。外とおなじように内も冷たく、さらに暗い。廊下に照明はない。白っぽいペンキで塗られた壁にはウェブ関連の規則や方針やスローガンが貼られている。冷たい空気を吸って、アーバーダンは身震いした。廊下の突き当たりのドアのすきまから唯一の光が漏れてくる。ドアには、〝ウェブ安全部BBS課〟と書かれている。

　ウェブの一部の仮想機能を使うために、物理的にここに出むいて申請しなくてはいけないという皮肉を感じる。

　ドアのむこうに抜けたとたん、強い熱気に包まれた。室温がとても高い。寒さでかじかんでいたアーバーダンの手や足や顔は、急に血行がよくなってむずがゆくなった。手をいれて掻きたい。

　ふいに天井のスピーカーから女性の機械音声が流れた。

「市民は列に並んでお待ちください」

アーバーダンは電気ショックを受けたようにさっと手を下げ、指示どおりにその場で待機した。室内を観察する。細長いロビーを大理石のカウンターが万里の長城のように半分に仕切っている。カウンター上には天井まで届く白銀色の円柱が並び、フェンスの役目を果たしている。

「八番の窓口へ進んでください」

カウンターは高くてむこうが見えない。それでもだれかがやってきて席にすわったのが音でわかった。

「申請のための書類をトレイにいれてください」

カウンター上のスピーカーが命じる。これまでの声と異なっていて、はっとした。冷ややかで無感情とはいえ、コンピュータの機械音声ではない。本物の女の声。アーバーダンは背伸びしたが、なにも見えなかった。カウンターが高すぎる。

「書類をトレイにいれてください」

声は命令を反復した。苛立ちが感じられる。

まちがいない、本物の女の声……。機械音声ならいつでも丁寧で、感情をまじえないはずである。アーバーダンは身分証明カード、ウェブアクセス許可証、ウェブアクセス番号カード、要注意語違反歴、その他の書類を小さな金属製のトレイにいれた。そしてカウンターのこちら側にあるスロットにトレイをいれて、蓋を閉めた。するとすぐに、するりと軽い音が聞こえた。カウンターのむこうの人――おそらく女性が、トレイを取り出したのだろう。

「BBSサービスの利用申請をする目的は？」

事務的、職業的な女の声がスピーカーから届く。

「ウェブ関連、の、仕事、の、効率、を、増すため。健全、で、安定、した、ウェブ環境、を、つくるため。母国、に、貢献、するため、です」

アーバーダンは正規の話法にしたがって単語ごとに区切りをいれた。こういう場合は標準の返答だけでいい。

カウンターのむこうは沈黙した。約二分後にスピーカーからまた声がした。

「最終手続きが終了しました。BBSフォーラムの使用許可を出します」

「ありがとう、ございます」

ガタンと音がして、金属のトレイがスロットにもどってきた。最初にいれた書類に、数枚の文書が加わっている。

「BBSサービスのユーザー名とパスワード、閲覧可能なフォーラムの目録、ユーザーガイド、適用される法令のコピー、最新の健全語リストを関係当局から発行しました。メールの受信トレイもご確認ください」

アーバーダンは進み出て、トレイのものをすべて取り出して確認した。BBSのユーザー名がウェブアクセス番号とおなじなのを見てがっかりした。幼いころのBBSフォーラムではユーザー名を自由に選べた。

しかし幼少期の記憶にはしばしばおとぎ話や幻想がまざって、現実とのさかいが曖昧になる。いまある現実では、関係当局が発行したユーザー名とパスワードしか使えない。理由は単純。ユーザー名やパスワードそのものに要注意語がふくまれがちだからである。

書類の束をポケットにつっこんだ。実際には紙の書類に意味はない。電子版がメールですでに送られている。しかし紙の正式書類を出すことでユーザーに恐怖と敬意を感じさせられると関係当局は考えている。

カウンターのスピーカーがもっとなにかしゃべってくれることをアーバーダンは期待した。しかし残念ながら、むこうの相手が立ち上がって去っていく音が聞こえた。歩調からしてやはり女性らしい。

女性の機械音声がまた天井から言った。

「必要な手続きは完了しました。ウェブ安全部を出て仕事にもどってください」

アーバーダンは不愉快になって鼻梁に皺をつくり、暑いロビーから凍える廊下にもどった。

帰路はバスの座席でじっと縮こまった。BBSサービスの使用許可を取得できたことにぼんやりと興奮を感じた。右手でポケットの書類にさわりながら、正体不明の女性の声を思い出そうとつとめた。あの声をもう一度聞きたい。ポケットのなかで束になった書類に指を滑らせながら、この書類に彼女の白く細く美しい指がふれたのだと考えた。

すると興奮してきて、「ファックしてやる！　畜生の子め！」と叫びたくなった。悪態をついていた男のことが頭にこびりつき、ののしり言葉が何度も口をついて出そうになる。

書類の裏側のあるところで指先がなにかにふれた。アーバーダンはまわりを見て、乗客がほかにいないのを確認してから、慎重にその書類を抜き出した。裏返しにして、バスの窓の光で透かし見る。

書類の右上隅に、爪でひっかいたような凹みがあることに気づいた。とてもかすかな凹みで、さっきのアーバーダンのように注意深く表面をなでていなければ気づかないだろう。凹みは奇妙だった。一つは直線で、その先にべつの短い凹みがある。まるで点を打とうとしたように。あわせると感嘆符に似ている。逆さまに見れば、小文字の〝i〟か。

他の書類も調べてみた。すると他の四通の書類にも同様の凹みがみつかった。形はそれぞれ異なるが、どれもなにかの文字か記号らしい。女がスピーカーごしに書類名を言った順番を思い出して、それぞれの文字を曇った窓ガラスに書いていった。

t、i、t、l、e

タイトル？

バスが停止し、数人の客が乗ってきた。アーバーダンは姿勢を変えて、窓に書いたものを体で隠した。あくびをするふりをして腕を上げるときに、袖で文字を消した。

帰宅すると、コートを脱いでフィルター付きマスクをはずし、リスナーを放り投げた。寝台に身を投げて枕に顔をうずめる。外出から帰るといつもぐったり疲れる。体力の低下した体が屋外に慣れないからであり、またリスナーに気を使ってストレスがたまるせいでもある。

目が覚めてからメールをチェックした。受信トレイには同僚からの仕事関連のメールが二件と、ウェブ安全部からのBBSの電子書類五件がはいっていた。

BBSフォーラムの目録を開いてみた。正式に認可されたフォーラムばかりが並ぶ。テーマはちがっても、国家命令によりよく協力、対応して健全なウェブを築くことを主眼にしている。たとえばコンピュータ技術のフォーラムでは、要注意語の遮断技術のさらなる改良がおもな話題になっている。

意外にもゲームのフォーラムも一つあった。話題は、オンラインゲームでほかのプレイヤーに健全語の使用をうながす方法についてだった。プレイヤーは少年を操作して通りをパトロールし、要注意語を使っている者を探す。みつけたら、少年は違反者に近寄って非難するか、警察に通報する。違反者をつかまえるごとに少年はスコアを稼ぎ、報酬を得る。

アーバーダンは他のフォーラムもランダムに選んでのぞいてみた。みんな礼儀正しく、きわめて健全な言葉を使う。外の通行人と変わらない。いや、外より悪い。通行人は秘密の行為をする機会が多少なりとある。たとえばアーバーダンがバスの窓に“title”という文字をこっそり書いたように。

しかしBBSのフォーラムではプライバシーは徹底的に排除されている。マウス操作もキー操作も、コンピュータを通過するあらゆるデータが関係当局の監視下にあり、隠れる場所がない。

強い失望と喪失感に襲われた。目を閉じて背もたれによりかかる。甘かった。BBSフォーラムが開放的だなどとなぜ期待したのだろう。現実の生活よりむしろ閉塞的だとやっとわかった。まるで電子の泥沼にはまりこんだようで、息すらできない。

「ファックしてやる、畜生の子め」

また口をついて出た。叫び出したい衝動にかられる。

ふと“title”という謎の言葉を思い出した。どういう意味だろう。五通の書類と五件のメール。メールにヒントが隠されているのだろうか。その〝タイトル〟に関係があるのか。

アーバーダンは画面にむきなおり、ウェブ安全部から届いた五件のメールを注意深く見た。本文を開くと、先頭には大きなフォントでタイトルが書かれている。凹みの文字が“title”の綴りどおりになるように書類の順番をそろえ、メールの順番をそれにあわせてみた。

〈要／注意、／ユーザー名／と／パスワード〉
〈閲覧／可能／な／フォーラム／最新／目録〉
〈ユーザー／の／BBS／使用／ガイド〉
〈教育／と／健全／への／BBS／適用／法令〉
〈フォーラム／における／健全／表現／リスト〉

各タイトルの最初の単語を並べると、〝要閲覧、ユーザー教育フォーラム〟という一つの文章になる。

ユーザー教育フォーラムという名称は見覚えがあった。たんなる偶然でないことを祈りながら、そのフォーラムのリンクをクリックしてみた。

ユーザー教育フォーラムは運営者用フォーラムだった。投稿はすべてＢＢＳ運営についての提案や苦情。管理人の名前はＭＩＣＨＥＡＬ１９３８７４６５ＬＬＫＱとなっている。投稿数も返信数も少なく、閑古鳥が鳴いている。フォーラムへの全投稿のインデックスを開いて、それぞれクリックしていった。投稿内容はまったくランダムで、パターンは見えない。

アーバーダンは失望した。行き止まりか。それでもひさしぶりに興奮した。あきらめずに画面をにらんだ。たとえ錯覚でも、発見と興奮の感覚をすこしでも長く味わいたい。

フォーラム管理人のユーザー名に目がとまった。〝ＭＩＣＨＥＡＬ《マイケル》〟とあるが、一般的な綴りは〝ＭＩＣＨＡＥＬ〟だろう。

あらためてフォーラムの投稿を見ていくと、おなじように不自然な綴りのユーザー名からの投稿がいくつかある。

前回のパターンにならって、不自然な綴りのユーザー名による投稿のタイトルから冒頭の単語を拾った。そしてユーザー名の数字部分の順番で並べてみた。すると新たな文章が出てきた。


毎／日曜／シンプソン／タワー／五階／Ｂ／スイート

なにか意味があるはずだ。書類、メール、そしてこのフォーラムの投稿。三回連続で手がかりがつながった。偶然ではありえない。関係当局の公式文書にメッセージを隠したのはだれか。毎週日曜日にシンプソンタワーの五階、Bスイートでなにがおこなわれているのか。

生活から失われてひさしい興奮をついにみつけた。長く鈍磨していた神経が、未知のものの新鮮さで刺激される。そもそも関係当局の公式文書のただなかにこんな言葉遊びが埋めこまれている事実に、胸のすく思いがする。鋼鉄の仮面に空気穴があけられた気分。

デスクトップの背景画像を見る。

〝健全で安定したウェブをつくろう！〟

ファックしてやる！　畜生の子め！

アーバーダンは声に出さずに悪態をついて、画面に中指を立ててみせた。

それからの数日は興奮をかろうじて抑えてすごした。まるで口いっぱいにいれた飴をそしらぬ笑顔でごまかし、大人たちがよそをむいたすきに、にやりと悪い笑みを浮かべる子どもの気分。秘密を持つ楽しさを味わった。

一日一日がすぎる。健全語リストは減っていく。窓の外の空気はさらにどんよりしていく。いつもどおりだ。健全語リストをカレンダーがわりに使いはじめた。単語が三個削除されたら三日経過を意味する。七個削除された日に日曜日だとわかった。

アーバーダンは正午にシンプソンタワーに来た。手がかりに時間は書かれていないが、正午が適切だろうと思った。暗緑色の軍用コートにフィルター付きマスク、リスナーをつけた姿で到着した。心臓が不規則に高鳴る。この瞬間にむけていろいろな想像をめぐらせてきた。謎の答えがいよいよわかると思うと緊張する。ここでなにが起きても、いまの生活よりひどくはならないだろう。

ビルのなかに人の気配はとても少なかった。がらんとしたホールに響くのは自分の靴音と反響だけ。古いエレベータには、〝ウェブに美しい家を築こう〟という広告が出ている。貼られたポスターは真実と正義の光に輝く男性の顔で、背景は国旗。男性は右のひとさし指をこちらにつきつけている。頭上には〝市民よ、健全な言葉を使おう〟という標語。

アーバーダンは顔をそむけたが、エレベータ内はどの壁もおなじポスターが貼られていた。逃げ場がない。

さいわい、すぐに五階に着いた。ドアが開くと、むかいがBスイートだった。緑のドアはペンキが剝がれかけ、戸枠は全体にインクの飛び散ったしみがある。

アーバーダンは深呼吸して、呼び鈴を押した。

ドアのむこうで近づく足音のリズムに親しみを感じた。どこかで聞いたことがある。ドアは半分ほど開いた。ドアノブを握った若い女性が戸口をふさぐように立った。身を乗り出してアーバーダンを見つめながら、いぶかしげに訊く。

「だれ、に、ご用、ですか？」

ウェブ安全部ＢＢＳ課でカウンターごしに聞いた声である。美しい女性だった。濃い黄緑の毛織りのセーター。髪は平均的なスタイルに結っている。肌は透きとおるように白く、唇は健康的に輝いている。

アーバーダンは女性の目を見て、ためらい、右手を上げて言った。

「タイトル」

緊張して女性のようすを見つめる。こんな奇妙な行動を警察に通報されたら、まちがいなく逮捕される。他人の家を訪れた理由を尋問される。〝気まぐれな徘徊〟は、〝要注意語の使用〟に次ぐ重罪とされる。

女性はかすかにうなずき、右手で用心深く手招きした。アーバーダンはなにか言おうとしたが、にらまれて言葉を呑みこみ、おとなしくしたがった。

アーバーダンがなかにはいると、女性はすぐにドアを閉め、扉口に鉛色のカーテンを引いた。アーバーダンは不安な気持ちでまばたきし、見まわした。アパートメントは寝室二部屋とリビングルームからなる。リビングにはカウチとコーヒーテーブル。その上に赤と紫の造花が数本飾られている。壁ぎわにはコンピュータが載った机。壁にかかったカレンダーは無地だが、その縁がピンクの紙で飾られて家庭的な雰囲気をかもしている。ドア脇のシューズラックには四足の靴。どれもサイズが異なる。つまりほかの客がいる。

アーバーダンはまだ緊張していた。ふいに女性に背中を軽く叩かれ、奥へうながされた。いっしょにリビングを通過し、短い廊下を通って、寝室の一つへ行った。寝室のドアにはおなじく鉛色のカーテンがかかっている。女性はカーテンを持ち上げて、寝室のドアを押し開けた。

　まず、笑顔の三人が目にはいった。室内には生花が飾られている。さらにアーバーダンの記憶のなかだけにあるようなアンティークな品々がおかれている。印象派の絵画、ウガンダの木彫品、銀の枝付き燭台。一方でコンピュータはない。

　とまどうアーバーダンのあとから女性がはいってきた。きっちりとカーテンを引いてドアを閉め、むきなおって言った。

「ようこそ、会話クラブへ！」

　会話クラブ？

　アーバーダンはいつもの癖で疑問を口に出さなかった。言葉が健全かどうかわからないかもで、目だけで問いかける。

「ここではなんでも自由に話していいのよ。このいまいましい装置は働かないから」

　女性はアーバーダンのリスナーを指さした。警告音は鳴らない。いまの発言には〝自由〟と〝いまいましい〟という二つの要注意語があったのに、聞こえなかったかのようだ。

　一週間前にバス停で会った男のことを思い出した。リスナーをはずしたら、あの男に起きたのとおなじことが自分の身にも起きないだろうか。

　女性はアーバーダンがためらっているのを見て、ドアの鉛色のカーテンをしめした。

「心配いらないわ。これがリスナーへの信号を遮断しているから、だれにも知られない」

　そこでアーバーダンはリスナーをはずして、小声で訊いた。関係当局の推奨する話し方からはなかなか抜けられない。

「きみ、は、だれ？　ここ、は、なに？」

「ここは会話クラブ。好きなように話していい場所さ」

べつの男性が立ち上がりながら答えた。長身痩軀で、分厚い眼鏡をかけている。

アーバーダンは口ごもった。うまく声が出ない。四人から見つめられてどぎまぎし、顔が真っ赤になった。

ドアを開けてくれた女性が同情的な顔になった。

「かわいそうに。そんなに緊張しないで。最初に来たときはだれでもそう。回数を重ねるうちに慣れるわ」

アーバーダンの肩に手をおき、

「じつはあなたとは一度会っているのよ。といっても、こちらからは見えたけど、あなたからは見えなかったはずね」

彼女は話しながら、結んでいた髪を解いた。黒髪が肩に流れ落ちるのを見て、なんて美しい女性だろうとアーバーダンは思った。

つっかえながらも、ようやくまともな一文を話せた。

「きみのことは……憶えているよ。声を憶えてる」

「あら、そう？」

女性は笑った。そしてアーバーダンをカウチにすわらせ、水のはいったコップを渡した。

花柄が描かれた昔風のコップで、水はほのかにいい香りがする。一口飲むと、うまい。蒸留水に慣れた舌にはとくに刺激がある。

「なかなか手にはいらないのよ。週に一度も無理」女性は隣にすわって、黒い瞳で熱心にアーバーダンを見た。「どうやってここがわかったの？」

アーバーダンは手がかりを一つずつ解き明かしていった過程を説明した。四人は称賛のまなざしでうなずいた。

「賢い人物だ。きみの脳は腐っていない」

太った三十歳くらいの男性が言った。声が大きい。

眼鏡の中年男性は両手で同意をしめした。

「会話クラブの入会資格があるよ」

「よし、拍手で正式に新会員を歓迎しよう」

四人は手を叩きはじめ、小さな寝室は拍手の音でいっぱいになった。アーバーダンはとまどいながらもコップを彼らにかかげた。拍手がやんでから、おそるおそる顔を上げて尋ねた。

「一つ訊いていいかな？　会話クラブって具体的にはなに？」

ドアを開けてくれた女性が答えた。

「会話クラブはなんでも好きなことが言える集まりよ。ここには要注意語はなく、健全なウエブもない。心を解放し、体をのびのびさせる場所」

「ルールは一つだけ。話すことだ」中年男性が眼鏡をなおしながら言った。

「僕はなにを話せば？」

「なんでもいい。きみの胸のうちを言葉にすればいい」中年男性は微笑んだ。

大胆不敵な集まりだ。完全に犯罪だと、アーバーダンは思った。しかしこんな形で犯罪者になるのも悪くない。

「もちろん、はっきりさせておくべきこともあるわ」女性は言った。「話すことは危険をともなう。会員は関係当局に逮捕される危険がつねにある。いつ国家捜査官がドアから踏みこんできて、違法集会と違法表現使用の罪で逮捕されるかもしれない。だからあなたには、入会を断ってこのまま立ち去る権利がある」

アーバーダンは警告を聞いてためらった。しかしここから去ったら、あの息の詰まる泥沼同然の生活にもどるのだ。話したいという欲求を自分でも驚くほど強く感じた。

「去らないよ。入会して、話す」

女性はよろこんだ。

「いいわ！　では自己紹介からはじめましょう」立ち上がる。「まずわたしから。名前はアルテミスよ。ウェブアクセス番号？　どうでもいいわ。関係ない。自分自身の名前があるんだから」

それを聞いて、アーバーダンをふくめて全員が笑った。アルテミスは続けた。

「とはいえ、アルテミスも偽名よ。ギリシア神話の女神の名」

「偽名？」

「そう。身分証明カードに書かれた名前とはちがう」

「どうして？」

「関係当局のファイルにある名前なんかいやでしょう？　好きな名前を名乗りたいわ。一つの場所でしか使えない名前であっても。会話クラブでは自分の名前を自分で選べる。会員同士はそうやって呼びあっているの」

アーバーダンはなるほどとうなずいた。アルテミスの気持ちがわかった。アーバーダンがBBSフォーラムに期待していたのは、割り当てられたユーザー名ではなく、自分の名前を自分で選べることだった。

アルテミスはウェブ安全部BBS課の職員であることが自己紹介でわかった。二十三歳、独身。嫌いなものはゴキブリと蜘蛛。趣味は裁縫と庭いじり。この寝室の生花は、首都の外でこっそり摘んできたものだという。

次は眼鏡の中年男性。名前はランスロット。四十一歳で、首都電機工場の技師。ランスロットという名はアーサー王伝説に登場する忠誠の騎士に由来する。既婚で子どもは二人。長男（三歳）と長女（四歳）がいる。好きなものはレモン味の飴。クラブの次の集まりには子どもたちを同伴したいと希望している。言葉を憶える過程の子どもたちに、本物の会話を学ばせたいという。

三十歳くらいの太った男の名前はワグナー。ウェブ安全部のウェブ統制官。そう聞いてアーバーダンは驚いた。ウェブ統制官は冷徹で無表情な印象があるが、目のまえの男はまるまると太って人当たりがよく、口髭の両端は快活そうにぴんと立っている。好きなものは葉巻とオペラ。ウェブ統制官の特権を使ってクラブに貢献している。

「リスナーの信号を遮断するこのカーテンはワグナーが持ってきてくれたのよ」

アルテミスが説明した。ワグナーは見えない帽子をとって彼女にお辞儀をした。

会話クラブの四人目の会員は黒ずくめの女性である。三十代初めで名前はデュラス。仕事は〈キャピタル・デイリー・タイムズ〉の編集者。アルテミスよりさらに細身で、高い頬骨にくぼんだ目をしている。薄い唇は話すときもほとんど開かず、歯を見せない。好きなものは犬と猫。ただしいまはペットを飼っていない。

「次はあなたよ」アルテミスがアーバーダンにうながした。

アーバーダンはしばらく考えこみ、つっかえながら自己紹介した。趣味を言おうとして、なにもないことに気づいた。好きなものなど考えたこともない。

アルテミスが肩に手をかけてはげました。

「心からやりたいことはなに？」

「なにを言ってもいいのかい？」

「いいわよ。制約はないわ」

ついにその機会がやってきたと思った。アーバーダンは咳払いをして、頭を掻き、大きくはっきりと叫んだ。

「ファックしてやる！　畜生の子め！」

あとの四人は茫然とした。ワグナーが最初に気をとりなおし、葉巻を歯でくわえて大きく拍手しはじめた。そして葉巻を手に取り、大声で言った。

「すばらしい！　これこそ正式な入会の誓いだ」

アルテミスもデュラスもくすくす笑っている。アーバーダンはクラブで話す新鮮さよりも、悪態を連ねて関係当局を侮辱する感覚を楽しんだ。

アルテミスは首をかしげて尋ねた。

「名前はどうするの？」

「じゃあ……ワン・アルと」(注2)

これは中国人の名前である。昔の中国人の友人が物語を話すのが好きで、それらに共通して出てくる主人公の名前が王二《ワン・アル》だった。

寝室の雰囲気は友好的でなごやかになり、会話は自然に流れはじめた。みんなくつろいだ姿勢になった。アルテミスはときどきみんなのコップにヤカンから飲み物をついでまわった。アーバーダンは緊張がすこしずつ解けていった。これまでになく頭がリラックスしている。

アルテミスは彼のコップにあのおいしい水をまたついでくれた。

「日常生活では自由に話せない。だからこんな場所が必要なの。でもおおっぴらに会員を募集するわけにはいかない。物理的に接触して新会員を探すのはリスクがありすぎる。そこでランスロットが手がかりとヒントのシステムをつくって、ワグナーとわたしがシステムのアクセス権限を利用して手がかりをあちこちに埋めこんだというわけ。手がかりを発見し、謎を解いた人だけがクラブにはいれる」

「安全のためだけのシステムではないんだ」ランスロットが言った。眼鏡をはずして丁寧に磨く。「新会員候補の選抜試験でもある。会話クラブの会員は、知性と知恵と情熱、そして自由への強い欲求を持たなくてはいけない」

ワグナーは葉巻を二本の指でつまんで灰皿に灰を落として、大きな声で言った。

「経験的にいって、BBSサービスの利用申請者の大半は、過去へのノスタルジーか、いまの生活に新鮮さを求めるのが動機だ。BBSフォーラムが日常を変えてくれると期待している。もちろん現実はちがう。BBSフォーラムに対する国家の統制は、メールの規制よりさらにきびしい。それでも彼らの熱意は自由を希求している証拠だ。だからBBSサービスの申請者だけがみつけられるように、その関連書類に手がかりを隠した。頭がよく、観察眼のある者だけがヒントをそろえ、手がかりをたどってここへ来られる」

「そうやって会話クラブを発見できたのはあなたが二人目よ。最初の一人はこのミス・デュラス」

アルテミスは言った。アーバーダンは尊敬のまなざしでデュラスを見た。デュラスは軽く応じた。

「たいしたことはないわ。言葉をいじるのが仕事だから」

アーバーダンは一週間前にバス停で見た異常な男を思い出し、その話をした。聞き終えたランスロットは、首を振ってため息をついた。

「そういう例はわたしも見たことがある。同僚がそうなった。だからこそ圧力弁として会話クラブのようなものが必要なんだ。要注意語という制約のなかで暮らしていると、みんなおかしくなってしまう。考えることも表現することもできないんだから」

ワグナーは太った体を横にずらした。

「それこそ関係当局の狙いさ。生き残るのは愚か者だけ。愚か者だらけの社会は安定する」

「そういうあなたは、関係当局の一員だけど。ワグナーさん?」

アルテミスはからかうように言いながら、ワグナーのコップについだ。

「アルテミス嬢、わたしも普通の人間だよ。ちがいがあるとしたら、要注意語の使用を多少許されていることくらいだ」

みんな笑った。

これほど多くの人がこれほど多くの話をするところをアーバーダンは見たことがなかった。そんな人々に自分でも驚くほど急速に親しんでいった。距離感や疎外感はたちまち消えた。同時にめまいや胸のもやもやのような長年の身体的不調も消えていった。

話題はすぐに会話クラブそのものから幅広い関心へ移った。アルテミスは歌を披露し、ランスロットはジョークをいくつか話した。デュラスは国の南部地方の習慣を紹介した。ワグナーはオペラのアリアを歌った。歌詞が一言もわからないアーバーダンも惜しみない拍手を送った。首都の隠れた片隅で、沈黙を潔しとしない五人は、最大の贅沢である会話を楽しんでいた。

「ワン・アル、『一九八四年』は知ってる？」

アルテミスがアーバーダンの隣にすわって訊いた。アーバーダンは首を振った。

「僕のウェブアクセス番号の一部にその数字があるのは知ってるけど」

「本よ」

「本？」

古い言葉である。コンピュータ技術のおかげで現代はあらゆる情報がウェブにあり、だれもがオンライン図書館で刊行物のデジタル版を入手できる。関係当局が資源の浪費とみなす物理的な書籍は、消滅の一途をたどっている。

ワグナーが言った。

「関係当局は電子書籍を好む。当然だろう。電子書籍なら〝検索〟と〝置換〟で不健全な表現を一掃できる。物理的な書籍で修正と編集をやろうとすると、とんでもなく長い時間がかかる」

「『一九八四年』は傑作よ」アルテミスは熱心に話した。「昔の哲学的作家が現代社会を予言したものなの。この本はかつて、肉体と精神における抑圧と自由の闘争だとみなされていた。それは会話クラブの基盤でもある」

「どうすれば読める？」アーバーダンはアルテミスの黒い瞳を見ながら訊いた。

「紙の本は入手不能だ。もちろんオンライン図書館にはない」ランスロットが首を振った。

そのあとふいににやりとして、デュラスを左手でしめした。「しかしわれらがデュラス嬢はすばらしい記憶力の持ち主だ。幸運にも彼女は若いときにこの本を読み、大半を暗記している」

「なるほど！　それを書いてもらえばいいのか」

「いや、書くのは危険すぎる。物理的な書籍の所持は現代では重罪だし、この会話クラブが露見するリスクもある。それより、会話クラブの会合のたびにデュラス嬢にお願いしてすこしずつ暗唱してもらうのがいいだろう」

みんな口をつぐんだ。デュラスは立ち上がり、部屋の中央に歩み出た。

アーバーダンはさりげなくアルテミスの肩に腕をまわした。するとアルテミスは彼の肩にもたれ、髪がさらりとかかった。女性的な香りがほのかにただよい、アーバーダンはどきりとした。

デュラスの声は大きくないものの、明瞭で力強かった。たしかに驚かされる記憶力だった。筋を憶えているだけでなく、多くの細部を描写し、文を一語ずつ正確に暗唱することができた。やがて、ヒロインのジュリアがころんだふりをして、〝あなたが好きです〟というメモをウィンストンにこっそり手渡す場面になった。デュラスの語りがいきいきとしているので、みんな夢中で聞いた。とくにアルテミスは話に引きこまれて、アーバーダンに見つめられていることにも気づかなかった。

デュラスが休憩して飲み物で喉を潤わせているあいだに、ワグナーが意見を述べた。

「『一九八四年』の作者は全体主義の伸長を予言している。しかし技術の進歩は予言できなかった」

　ワグナーは見かけによらず鋭敏な人物だと、アーバーダンは思った。とても洞察力のある技術官だ。

「物語のオセアニアでは、秘密のメモを渡して秘めた思いを相手に伝えることが可能だった。しかし現代はちがう。関係当局は人々をウェブに住まわせている。そこでは秘密のメモを渡そうとしても、ウェブ統制官から丸見えだ。隠れる場所はない。では物理的な世界ではどうか。こちらはリスナーに監視されている」

　ワグナーは葉巻で腿をつついた。

「ようするに、技術そのものは中立だ。しかし技術の進歩によって、自由世界はさらに自由になり、全体主義世界はさらに抑圧的になる」

「まるで哲学者の言葉ね」

　アルテミスがアーバーダンにウィンクしながら言った。引き出しからクッキーをいくつか出してみんなに配る。

　アーバーダンは言った。

「むしろ、デジタル情報が0と1の連続にすぎないことに似ていますね。それを使って有用なツールをつくる人もいれば、悪意あるウィルスをつくる人もいる」

　ワグナーはうれしそうに指を鳴らした。

「ああ、そうだ、ワン・アル。そのとおりだ。きみは優秀なプログラマーだな」

　デュラスは壁の時計を見て、そろそろ時間だと四人に教えた。会話クラブの会合はあまり長くできない。リスナーが長時間ネットワークから遮断されていると、たくらみが露呈する危険が増す。

「そうね。では、残りの三十分を使って今日最後の活動をしましょう」

　アルテミスはテーブルのコップを片付けた。ランスロットとワグナーは立ち上がって肩や背中のストレッチをはじめた。すわりっぱなしで凝ったらしい。デュラスだけがすわったままでいる。

「活動って、なんの活動だい？」アーバーダンは訊いた。会話クラブが会話のほかになにをするのか。

「あるのよ、ほかの活動が」アルテミスは前髪をかきあげて、誘惑的な笑みをむけた。「率直な交流がまだ残っているわ」

「率直な交流？」

「そう。ありていにいえば、ファックするのよ」

　アーバーダンは青ざめ、呼吸が速くなった。胃にマイナス三十度の冷気を吹きこまれたような気がした。自分の耳が信じられない。

　関係当局は性的活動を認めてはいるが、既婚のカップル間のみだ。それも年齢、健康状態、収入レベル、職業、環境、天候、規則違反歴などをもとに、複雑なアルゴリズムで合法的な性交頻度や時間を決めている。アーバーダンのような未婚者はいかなる性的活動も（自慰行為もふくめて）非合法とされる。セックスに関連したコンテンツを読むことも視聴することも許されない。そもそも猥褻な言葉は健全語リストにない。

アルテミスはあっけらかんとした調子で話した。

「会話クラブではなにを話すのも自由であるように、だれとベッドにはいるかも自由なのよ。会話をして、そのあといっしょにベッドにはいりたい相手を選ぶ。話したい言葉を選べるように」

アーバーダンの顔にとまどいを見たランスロットは、歩み寄って軽くその肩を叩き、穏やかに言った。

「もちろん強制はしない。大人と大人の合意が基本だ。でもわたしは子どもを迎えにいくので早めに失礼しなくてはいけない。そうすると、きみをいれて数がちょうどだ」

アーバーダンは真っ赤になった。真夏のコンピュータのCPUのように火照っている。顔を上げてアルテミスを見られない。女性とつきあいたいと長年思っていたが、その機会が目のまえにある。

ランスロットは全員に挨拶して去った。アルテミスは寝室をワグナーとデュラスに明け渡して、パニック寸前のアーバーダンの手をとり、もう一つの寝室へ案内した。こちらはアルテミス自身の寝室らしい。シンプルで整理整頓されている。

その先はアルテミスが導いた。彼女の誘惑とリードのおかげで、アーバーダンは心の奥底に隠れた原始的な欲望を徐々に発露させることができた。本物の女性の美しく柔らかい声を想像することで、無味乾燥で閉鎖的な生活からの脱出を願っていたが、それらの夢がいっぺんにかなった。彼女への欲望と、〝ファックしてやる、畜生の子め〟と言いたい欲望にちがいがあるのか、いまは分析できそうになかった。

目覚めると、アルテミスは隣に横たわっていた。その裸体は白翡翠の彫像を思わせる。眠っていても美しいポーズ。アーバーダンが体を起こしてあくびをすると、アルテミスも目を開いた。

「気持ちよかったでしょう?」

「うん……」

アーバーダンはそれしか言えなかった。黙りこみ、ためらいがちに尋ねた。

「これまでは、ランスロットやワグナーと……つまり、その、いまやったようなことを……やってたのかい?」

「そうよ」

アルテミスは穏やかに答えた。おなじく起き上がる。髪が肩からたれて胸を隠した。あっさりとした返事に、アーバーダンは困惑した。居心地の悪い間ができる。その沈黙をアルテミスが破った。

「今日聞いた話を憶えてる?　ヒロインの女性が〝あなたが好きです〟というメモを男性に渡したところ」

「もちろん」

「愛という言葉は、関係当局が配布している健全語リストにないわ」

アルテミスの目には悲しみと喪失が浮かんでいた。

「きみを愛してる」

アーバーダンは考えるまえに言った。この部屋ではなんでも言える気がした。

「ありがとう」

アルテミスはうわべだけの笑みを返した。そして服を着はじめ、アーバーダンも早くとせかした。アーバーダンは軽い失望を覚えた。期待したような熱意ある反応はなく、アーバーダンの告白はさらりと受け流された。

デュラスとワグナーはすでに帰っていた。アルテミスはアーバーダンを玄関まで送り、リスナーを手渡して、注意をうながした。

「外では会話クラブのことも、ここで会った人のことも話してはだめよ。会員とは外で会っても他人のふり」

「わかった」アーバーダンは答えて、背をむけた。

「ワン・アル」

アーバーダンは呼ばれて振りむいた。わけがわからないうちに柔らかい唇を重ねられ、低い声が耳もとでささやいた。

「ありがとう。わたしも愛してるわ」

アーバーダンは涙ぐんだ。リスナーをつけ、ドアを開ける。外は息が詰まる世界。しかしここに来たときとは気分がまるで異なっていた。

この日をさかいにアーバーダンの精神状態は急速に好転していった。秘密のクラブに所属しているというひそかな楽しみがあった。毎週または隔週で五人は集まって、話し、歌い、デュラスが語る『一九八四年』を聞いた。アーバーダンはアルテミスとの率直な交流をさらに楽しみ、デュラスともときどき楽しんだ。いつのまにか二つの顔を持つようになっていた。現実の生活をしてウェブ上で仕事をするアーバーダンと、会話クラブの会員のワン・アルである。

ある会合でアーバーダンは訊いた。

「こんなふうにひそかに集まって話しているのは、この国で僕らだけなのかな？」

その問いにワグナーが答えた。

「同様の集まりが国内にいくつかあると聞いている。首都から遠く離れた山間部だ。そこの連中はじつに過激で、話すだけでなく暴力組織もつくっている。国家捜査官と衝突して叫んだり、処刑されるときも銃殺隊にむかって悪態をつくらしい」

「彼らと合流する可能性は？」

「安全で平穏で快適な暮らしを捨てる気があればな。過激派が住んでいるのは僻地で、会話の自由以外はなにもない。清潔な水すらないんだ」

ワグナーはやや冷たく言った。

アーバーダンは身震いして、その話題を打ち切った。会話はしたいが、いまの生活を手放したいとは思わない。たとえ蒸留水でも水がないよりまし。乾いた心は会話クラブのおかげで潤っている。ようするに、ささやかながら満足しているのである。

べつの会合では要注意語が話題にのぼった。ずっと昔――アーバーダンの記憶が薄れかけるほど昔には、関係当局はじつは健全語リストではなく、要注意語リストを提示していた。ウェブサイトを運営している人々は、サイトの管理にあたって内々にこれを参照せよと命じられていた。そのシステムがどうやって現在のものに変わったのか、アーバーダンは知らなかった。

その日のワグナーはワインを会合に持ちこんで上機嫌だった。そして〝遮断〟システムの歴史を説明した。ウェブ統制官として彼はその過程の歴史記録を見られる立場にある。

当初、国は一部の要注意語だけを遮断していた。しかしこれは事実上無意味であることがすぐあきらかになった。ユーザーは特殊文字や数字をまぜたり、わざと綴りをまちがえたりして、検閲システムを迂回した。関係当局はこれらの多様な綴りも遮断することで対抗しようとした。しかしもとの単語を推定できるような綴り換えの種類と組み合わせは、いうまでもなく無限に近い。すこしの想像力があれば、うまい組み合わせをいくらでもつくって意味を伝えられる。たとえば〝politics《政治》〟は、〝polit/cs〟とも〝政itics〟とも〝pol/itic$〟とも書ける。

問題を認識した関係当局は、新たな手段に出た。ある単語の綴り換えをもれなく遮断するのは無理。そこで、辞書にない単語の使用を禁止したのである。

このやり方は当初かなり成功した。違反者の数は激減した。しかしすぐに、人々は語呂あわせや同音異義語や押韻俗語を使うことで、危険な概念をこれまでどおり表現することを覚えた。関係当局は要注意語といっしょに、その語呂あわせや同音異義語も禁止した。しかし効果はなかった。器用な市民は創造力を駆使して、隠喩、換喩、アナロジー、語源、その他あらゆるレトリックを使い、非要注意語だけで要注意語を代用していった。人間の頭はコンピュータよりはるかに創造的である。コンピュータがある抜け道をふさいでも、人間は次々とべつの抜け道をみつける。

この争いは人間の優勢に見えた。しかしそこで規格外の考え方をする者が出てきた。それがだれだったのかははっきりしない。関係当局の局長だという噂もあれば、要注意語の濫用で逮捕された危険人物だという話もある。とにかく、国家と人民の争いはその人物によって流れが変わった。

禁止項目を並べる規制ではなく、許可する単語や表現をしめす方法を関係当局に提案した。関係当局はすぐにこの助言をいれて、新しい規則を公表した。要注意語リストは廃止され、かわって健全語リストが登場した。

今度は人民が劣勢になった。かつてはウェブや日常生活で関係当局とのいたちごっこを楽しんでいたが、この処置で首根っこを押さえられた。言語の体系も要素も統制下におかれてしまった。

それでも人々はあきらめなかった。リストの健全語の斬新な組み合わせで、違法な意味を表現しようとした。たとえば、〝安定〟を二回続けることで〝転覆〟を意味するとか、〝安定〟と〝繁栄〟をつなげることで〝遮断〟を意味するとか。関係当局はこのような流行も監視した。単語の新しい用法を防ぐために、健全語リストは日に日に減っていった。

「ようするに、単語二つでも、それどころか二文字だけでも、思想は伝えられるということだ。たとえばモールス信号のように」

ワグナーはそう言って、コップの水を飲んで満足げにげっぷをした。

それに対してランスロットが言った。

「でもその戦いの代償が、言語の喪失だよ。わたしたちの表現力はどんどん貧弱に、無機質に、凡庸になっていく。沈黙を選ぶ人が増える。関係当局にとっては好都合だけどね」

暗い表情で、机をこつこつとリズミカルに叩く。

「結局、人々の自由への欲求そのものが、言語を死に追いやろうとしている。皮肉なものだ。最後に笑うのは関係当局だ」

「いやいや、その笑いの裏にある感情を彼らは理解しないだろう」ワグナーが言った。

「むしろ、関係当局はつねに恐怖状態で活動していると思うわ。人々が多くの言葉を使い、多くの考えを表現するほど、統制が難しくなると恐れているのよ」アルテミスは仕事のときの硬くこわばった顔になり、公共放送の話し方をまねてみせた。「〝健全で安定したウェブをつくろう！〟」

デュラスとランスロットとワグナーはいっせいに笑いだした。しかしアーバーダンは笑えなかった。ランスロットの言った最後のところが気になっていた。人民と関係当局が争った結果、言語が死ぬ。それでは会話クラブは、崖っぷちへ突進する列車のなかで窓にカーテンを引いて、最後の静かなときを楽しんでいるようなものではないか。

その日、デュラスは会話クラブの率直な交流に参加しなかった。ちょうど生理期間にあたっていたためで、先に帰宅した。アルテミスはコップを洗って、三人に微笑みかけた。

「だったら、３Pを試す？」

するとランスロットがアーバーダンの肩を叩いた。

「ワン・アルと話したいことがあるんだ。しばらくここに残るよ」

アルテミスはワグナーといっしょにもう一つの寝室へ去った。

アーバーダンは困惑し、ランスロットの意図をはかりかねた。彼はカウチにもどって真顔になった。

「過激派組織についてワグナーの話を聞いただろう」

アーバーダンはうなずいた。

「どう思った？」

「敬意を持ちます。でもそんなところへ行ってまでやるべきなのか疑問です。人は言葉のみにて生きるのではない」

山間部に行ったことはないが、その辺鄙さについてはいろいろ聞いていた。

ランスロットは苦々しく笑って、自分のまえのコーヒーを飲みほした。

「わたしはかつてその過激派の一員だったんだ。しかし逃亡してきた」

アーバーダンは目を丸くした。ランスロットは続けた。

「最初はわたしも理想にあふれていた。山間部へ行って彼らの仲間にはいった。しかし自由の興奮が過ぎ去ると、あとに残ったのは立場の喪失と困難ばかりだった。迷いはじめ、結局は仲間を捨てて首都に舞いもどった。いまはガールフレンドの寝室に隠れ住んでいる。話し、ファックし、コーヒーを飲み、そんな生活に満足しているとおもてむきは言っている」

「離脱したことを後悔していますか？」

「わたしの後悔などどうでもいい」

ランスロットは一片の紙をアーバーダンに渡した。薄く軽いその紙には、ある住所が書かれていた。

「暗記して、紙は呑みこめ。これが頭にはいっていれば、山間部へ行って彼らと接触できる。自分の生き方についてもし考えが変わったら、行けばいい」

「ほかの三人にもこれを？」

「いいや。わたしたちは会話クラブがあれば充分だ。きみはちがう。若いころのわたしに似ている気がする。なにも言わないが、きみのなかには危険な火花がある。わたしは世界を変える野心も意志も失ったが、だれもがそうではないと思いたいんだ」

「でも――」

「約束はしなくていい。選択肢にすぎない」

アーバーダンは会話クラブから帰宅して、寝台に横たわり、頭のうしろで手を組んで考えた。アルテミスへの恋愛感情を止められなかった。デュラスが語る『一九八四年』の主人公ウィンストンがうらやましい。彼とジュリアには二人の部屋があった。二人だけの世界を持っていた。

（ランスロットから聞いた過激派のことも考えたが、すぐに頭から消した。山間部に隠れ住む過激派のイメージなど、アルテミスの肉体の魅力にはかなわない）

アルテミスとの〝率直な交流〟で、一度は気持ちを打ち明けてみた。しかしアルテミスははぐらかした。会員同士の関係は既定の範囲までで、できることは限度があるとだけ話した。関係当局もいつまでものんびりはしていないはずだ。

「感情生活は会話クラブの毎週の会合だけよ。それだけでも贅沢なんだから」アルテミスはアーバーダンの胸をそっとなでながら言った。「会話クラブでのわたしたちはアルテミスとワン・アル。でもほかのときは、あなたはARVARDAN1984201 5BNKFで、わたしはALICE1938746 5BJHDよ」

アーバーダンはため息しか返せず、それ以上は尋ねなかった。

感情だけでなく、ウェブの見え方にも変化があった。会話クラブに参加して以来、アーバーダンはウェブの隠れた側面が見えるようになった。ワグナーが言っていたとおり、人民と関係当局の戦いは終わっていない。思想や言論はすきまからかならず漏れてくる。

定型のようなメールやBBSフォーラムの投稿にも、じつは多くの意味が隠されていた。アーバーダンがみつけた〝タイトル〟のように、注意すると見えてくる。あらゆる暗号や隠れた意味がある。しかけた人物がさまざまなので、形式も解読テクニックも異なる。解けない暗号もある。しかし確実に、会話クラブのほかにも地下集会があるのだ。ワグナーの言うとおり、健全語を使って不健全な思想を表現する試みを人々は決してあきらめていない。

これまでのアーバーダンはぼんやりと抑圧を感じるだけだった。しかしいまは現体制が張りめぐらせた動脈と静脈がはっきり見えた。関係当局によるさまざまな仕掛けがわかった。会話クラブで自由を知ったおかげで、それ以外の生活における自由のなさが浮かび上がった。

「ファックしてやる！　畜生の子め！」

会合ごとに三人の男性メンバーは大声でこの悪態をついた。関係当局には届かないが、悪態をつくことで気分がすっきりした。

あるときアーバーダンの仕事が一週間ほど猛烈に忙しくなった。同僚たちとの連絡はなぜか遮断された。そのためプロジェクト全体を一人でやるはめになった。納品先は関係当局で、新型の高出力アクティブ式リスナーの出力配分を制御するソフトを書いた（プロジェクトについてそこまで教えられるのは異例だが、同僚たちがいないので、上司は必要に迫られてアーバーダンに全体像をしめした）。

ソフトは複雑で、アーバーダンは一日十二時間以上コンピュータのまえで働いた。休憩は食事と蒸留水を飲むときだけ。体がいうことをきかなくなったら寝台で短い仮眠をとる。部屋には汗ばんだ靴下とシャツの悪臭が充満した。

悪いことは重なるもので、部屋の暖房が故障した。灰色のラジエーターは氷のように冷えきり、温水が流れてこない。すこし調べてみると、部屋の配管が詰まっているわけではないようだった。隣室の住人たちもおなじめに遭っているので、暖房システム全体の故障らしい。暖房が故障してよかったのは、室内の悪臭がやわらいだことである。もちろん悪いことのほうが多く、室内は氷室のように冷えきった。汚れ物が積もった部屋に、室温低下による霜まで下りた。わずかな熱源はコンピュータだけ。冬服を何重にも着こんだアーバーダンは、コンピュータの排熱ファンを自分にむけてベッドにもぐった。

関係当局は、〝熱〟〝暖房〟それに類する単語を一時的に要注意語に分類した。そのためアーバーダンは温熱供給局に苦情を書くことすらできなかった。黙って待つしかない。キーボードで指を動かすほかはなるべくじっとして体熱を温存した。

暖房が故障して四日目に、ようやくラジエーターからカチンコチンと音がして温水が流れはじめた。部屋が暖まったのにあわせて、〝熱〟や〝暖房〟やそれに類する単語も健全語リストに復帰した。おかげでメールやBBSフォーラムの投稿も、〝凍える人々のために短期間で暖房を復旧してくれた関係当局に祝福を！〟とか、〝人民政府は人民を愛している！〟といった感想であふれた。

しかしアーバーダンには手遅れだった。寒さのせいでひどい風邪をひいた。まるで脳天にダムダム弾を撃ちこまれたかのように頭が痛い。ベッドで横になって医者を待つしかない。

往診の医者は点滴をし、名称不明の薬をあたえ、安静を指示した。症状は数日続き、その週の会話クラブは欠席せざるをえなかった。とうてい体が動かないし、それどころか死にそうだった。

ベッドで横になって、残念でしかたなかった。会話クラブが唯一の楽しみなのに、行けないのだから。毛布を頭まで引き上げて考えた。ワグナーは今回の会合にまた特別なものを持ってきただろうか。ランスロットは二人の子どもたちを連れてきただろうか。アルテミスは……欠席のアーバーダンのかわりにだれと〝率直な交流〟をしただろうか。ワグナーか、ランスロットか。

デュラスのことも考えた。前回の会合でデュラスが語った『一九八四年』は、ウィンストンが密会部屋でジュリアに、〝ぼくたちはもう死んでいる〟と話す場面だった。ジュリアも〝わたしたちはもう死んでいる〟と言った。すると第三の声が、〝君たちはもう死んでいる〟と言った。

デュラスはそこで語りを終えた。アーバーダンはその先がどうなるのか早く知りたかった。第三の声はだれか。党か。ウィンストンとジュリアは逮捕されてしまうのか。二人はどうなる？

「次回のお楽しみよ」アルテミスが言った。「そうすれば一週間、期待に満ちた気分ですごせるでしょう」

そしてアーバーダンと率直な交流を楽しんだ。

風邪が治るのに十日かかった。ベッドから起きられるようになって、まず最初に壁のカレンダーを見た。今日は日曜日。会話クラブの日。欠席したのは一回だが、すでに強い飢餓感があった。寝ているあいだも会話クラブで話すことを夢にみた。

顔を洗って、伸びた無精髭に錆だらけの剃刀を丁寧にあてた。歯を磨き、寝癖を温水とタオルでなおす。療養のために関係当局から追加の物資が支給されていた。クロワッサン二個、ジンジャービア二本、粉砂糖一袋。これらをビニール袋にいれて丁寧に包み、コートの内ポケットにしまった。会話クラブに持参してみんなで分けようと考えた。

アーバーダンはバスから降りると、コートの内側に隠した包みを押さえながら、シンプソンタワーへと歩きはじめた。途中で顔を上げて、心臓に冷水を浴びせられたように足を止めた。

なにかがおかしい。

五階を見る。通りに面したアルテミスの部屋の窓は、いつもピンクのカーテンでおおわれていた。しかしいま、カーテンは開けられ、窓すら大きく開いている。会話クラブの会合をやるなら遮蔽カーテンは閉まっているだろう。そもそも窓を開けるはずがない。首都は大気汚染がひどいので、〝新鮮な空気〟を求めて窓を開けることはだれもしない。

つまり今日の会合はない。なにか起きたらしい。窓を見上げるうちに心臓の鼓動がはげしくなってきた。ポケットから煙草を抜いてくわえる。多目的電柱によりかかり、まわりの通行人からいぶかしく見られないように冷静をたもつ。

そのとき、あるものをみつけて気絶しそうになった。同時に、ある考えで頭がいっぱいになった。

「今週は会話クラブの会合はない。そしてもう永久にないな」顔面蒼白でつぶやいた。

アーバーダンの目にはいったのは、通りの角になかば隠して設置されたパラボラアンテナ状の装置である。その正体は知っている。この装置のソフトウェアを設計した。新型の高出力アクティブ式リスナーである。電磁波を発射して、室内の音声による壁や窓ガラスの振動を遠距離からとらえる。それによって室内の会話における要注意語の使用を監視できる。

この装置がアルテミスの部屋の近くに設置されているということは、会話クラブは関係当局に完全に捕捉されたにちがいない。アクティブ式リスナーのまえで鉛カーテンは役に立たない。会員たちの会話は一言もあまさず関係当局に送信されたと考えられる。

画期的な装置といわざるをえない。関係当局はもう警告が出るのを受動的に待つ必要はない。狙った人物の発言をいつでも調べられる。そのあとなにが起きたかは容易に想像できた。アルテミスとほかの会員たちの発言はすべて関係当局に録音されただろう。それを受けて警察がアパートメントに踏みこみ、会話クラブの出席者全員を逮捕した。捜索によって部屋は空っぽになり、窓は開け放たれたままになっている。

アーバーダンは心臓をナイフでえぐられるような苦痛を覚えた。難をのがれて運がよかったとは思わない。胃が反転し、中身が口もとまで逆流しそうになる。吐きそうだ。しかし吐けない。〝吐く〟も要注意語になっている。病み上がりの体にはとても耐えられない。悪寒に襲われたように体が震えはじめた。

先には進まず、きびすを返してべつのバスに乗った。口は固く閉じた。自宅のあるビルにもどってみると、近所にもべつのアクティブ式リスナーが設置されようとしていた。黒いアンテナが空へ高く伸びている。首都のあちこちにあるアンテナとあわせて、全体をおおう見えない巨大な空の網《ウェブ》をなしている。

見上げないようにした。うつむいてアクティブ式リスナーの横を通りすぎ、足を止めずに自宅にはいった。そして枕で顔を隠した。それでも大声は出せない。〝ファックしてやる、畜生の子め〟とは言えない。

その日をさかいに、アーバーダンの生活はもとにもどっていった。昔どおりに不活発で、抑圧され、無機質で、健全になった。下品な楽しみはない。自由を希求する人民の戦いが言語を死の淵へ追いやったと、ランスロットは言った。会話クラブの消滅にともなって、〝会話〟〝オペラ〟〝率直な〟〝やりとり〟が健全語リストから削除された。

数字はまだ使えるが、１９８４という数字は遮断された。アーバーダンのウェブアクセス番号も、ある朝突然、問題の数字をふくまないものが新たに割り当てられた。さらにプログラムが違法な数字を出力しないように、すべてのプログラマーは注意しなくてはいけなくなった。仕事が増えて、アーバーダンはさらに疲弊した。

『一九八四年』の続きはもうわからない。ただ一人ストーリーを知っているデュラスが姿を消したので、ウィンストンとジュリアがあのあとどうなったのか知るすべはない。ランスロット、ワグナー、デュラス、アルテミスの運命もおなじく。

なかでもアルテミスが心配だった。その名を思い出すたびに、どうしようもなく気が滅入る。彼女はどうなったのか。完全に遮断されてしまったのか。そうだとしたら、彼女がこの世に残した痕跡は、一人のプログラマーが記憶する偽名だけになるのか。

会話クラブの消滅から三週間たっても、アーバーダンの身辺は平穏だった。捜査の手は伸びてこない。ほかの会員たちが口を割らなかったのか。そもそも身許を知らないからか。彼らが知っているのはワン・アルというプログラマーにすぎない。首都にプログラマーは何千人もいるし、ワン・アルは偽名である。

平穏な生活が続いた。いや、正確には変化もあった。健全語リストである。単語の消えるペースが速くなった。一時間ごと、一分ごとに言葉が消えていく。改訂ペースも速くなった。メールやBBSフォーラムの投稿はさらに退屈で無機質になった。ごく限られた単語で幅広い考えを表現するのは困難をきわめ、人々はますます沈黙を選ぶようになった。秘密の暗号や隠された手がかりも少なくなった。

ある日、アーバーダンはコンピュータから顔を上げて、窓の外の霞んだ灰色の空を見た。ふいに胸が苦しくなった。痛くて咳きこみ、コップの蒸留水を一気に飲んだ。使い捨てのプラスチック製のコップを、おなじくプラスチック製のゴミ箱に投げる。プラスチックとプラスチックがぶつかる虚ろな音を聞いて、自分の脳もゴミだらけになったような気がした。拳で頭を叩くと、おなじ虚ろな音が聞こえた。

コートを着て、フィルター付きマスクをつけて外に出た。携帯用のリスナーはつけなかった。もう必要ない。首都はアクティブ式リスナーだらけになり、要注意語の使用がつねに監視されている。いまや首都全体がウェブである。健全で安定したウェブになった。

アーバーダンの外出には正当な理由があった。BBSサービスの許可証を返却するのである。もうこのサービスを使う必要はない。メールも、BBSフォーラムも、ウェブサイトもなんらちがいはない。

・

カレンダーによれば春のはずだが、外はまだとても寒い。高い灰色のビル群が、絶対零度の石の森のようにそびえる。そのあいだを強い風に乗って黄砂と有害な排気ガスが流れ、空間を埋める。息の詰まる現在から逃れるのは不可能というように。アーバーダンは両手をポケットにいれ、コートのなかで背中を丸めて、ウェブ安全部のビルへと歩きつづけた。

ふいに足が凍りついたように止まり、その場から動けなくなった。アルテミスが黒い制服姿で前方の街灯の下に立っている。しかしなんという変わりようか！　横顔でも十歳は老けたようす。皺だらけで、あの若々しさは片鱗もない。

足音を聞いてアルテミスはこちらに顔をむけた。黒い瞳はとてつもなく虚ろ。視線はアーバーダンを通過して遠くを見ており、焦点が合っていない。

こんなときにこんな場所で再会するとは思っていなかった。ずっと眠っていた心に火花がいくつか散った。しかし鈍磨した神経には、興奮という単純な感情さえ湧いてこなかった。

二人はしばらく見つめあった。やがてアーバーダンは歩み寄り、なにか言おうとおそるおそる唇を動かした。しかし今朝配布された最新の健全語リストを見ると、空白だった。最後の一語も関係当局によって遮断されていた。

そのとき、ある住所が脳裏に浮かんだ。さいわいにも脳内の思考を遮断する技術はまだない。いまこそ山間部へ行くべきかもしれない。失うものはなにもない。

——だれかがやらなくては。

結局、アーバーダンは沈黙を守った。無表情のアルテミスのかたわらを通りすぎ、先へ歩きつづけた。そのシルエットは遠ざかり、おなじく無言の灰色の人ごみに消えた。

都市全体はさらに深い沈黙に呑まれた。

(注1) わたなべひろしは、日本の実在のアニメーターの名前でもある。

(注2) 王二《ワン・アル》は、中国人作家王小波《ワン・シャオボー》の作品に登場する主人公の名前である。

郝景芳

ハオ・ジンファン

Hao Jingfang

郝景芳《ハオ・ジンファン》は数冊の長篇と旅行エッセイの著者で、また〈科幻世界〉や〈萌芽〉、〈新科幻〉、〈文芸風賞〉などの各誌で多くの短篇を発表している。彼女の作品は銀河賞や科幻星雲賞を受賞している。学部生として清華大学で物理学を専攻した後、清華大学の天体物理センターで院生として研究を行った。最近では清華大学で経済学と経営学の博士号を取得し、現在シンクタンクに勤務している。

郝《ハオ》は自分を「ジャンル」小説の枠に縛り付けていない。例えば彼女の最新長篇『一九八四年に生まれて』［原題：生于一九八四］は純文学と受け取られている。想像力に溢れ、かつ精密な彼女の物語は、何重ものレベルで念入りに設計されている。その幅広い関心と多彩な文芸的アプローチはこのアンソロジーに選ばれた二篇にも反映されている。「見えない惑星」はイタロ・カルヴィーノの系譜に連なる寓話で、「折りたたみ北京」は近未来の経済的ディストピアの物語。両者とも多くの読み方が可能だ。「折りたたみ北京」はヒューゴー賞とスタージョン賞にノミネートされた。

（鳴庭真人訳）

見えない惑星

Invisible Planets

中原尚哉訳

「あなたが見てきて魅力的だった惑星の話を聞かせて。残酷な話や不愉快な話は抜きにして」

きみはそう言う。

いいよ。僕はうなずいて笑う。もちろん話そう。

チチラハ

チチラハは美しい場所だ。その花や湖はあらゆる旅行者を魅了する。むきだしの地面はどこにもなく、すべて植物におおわれている。絹糸のように細いアヌア草。雲に届くほど高いクキン木。無名で多種多様で想像を絶するほど奇妙な果物が誘惑的な香りを漂わせている。

チチラハ人の生活には不安がない。寿命は長く、老化は遅く、天敵はいない。各種の果物をたらふく食べて、大きな木の洞《うろ》に住む。この木にできる平均的な洞の内部は、大人のチチラハ人が楽に横になれるほど広い。天気がいいときに枝はゆったりと垂れ、雨が降ると高く上がって傘のような樹冠をつくる。

チチラハを初めて訪れる人は、どうしてこんな世界に文明が発達したのかと困惑する。危険も競争もなく、知性がなくても充分に生きていけそうだと外の目には映る。なのに文明があり、しかも美しく、活発で、創造性にあふれている。

多くの訪問者はこの星で隠退生活を送りたいと考える。その場合、最大の関門は食事だろう。そこで慎重に、おそるおそるこの星の果物を試食していく。しばらく滞在して地元の食事を充分に堪能し、味はおいしいとわかるのだが、彼ら自身にとっても意外な理由から、この星の生活には耐えられないと結論づける。年配者ほどその結論に至る。

なぜならチチラハ人は生来の嘘つきだと知るからだ。虚言こそ彼らの生きがいといえる。生まれてから死ぬまで、あることないことすべてでっちあげた話をつくる。それらを書きとめ、絵に描き、歌にする。しかしどれも記憶しない。事実関係の有無は気にしない。おもしろければそれでいい。チチラハの歴史を尋ねたら百通りの話を聞かされるだろう。他の話の矛盾は指摘しないし、そもそも話のなかも自己矛盾だらけだ。

この星ではだれもが「はい、やります」と言う。しかし実際にはやらない。そんな約束はだれも真に受けない。約束はただ生活を愉快にするためにする。ごくまれに住民が約束どおりに行動すると、それは祝福に値する。たとえば二人が会う約束をして、どちらもその約束を守ったら、その二人はカップルになっていっしょに住みはじめる可能性が高い。もちろんそんなことはめったにない。ほとんどの住民は生涯独身で暮らす。そのことをだれも不満に思わない。むしろ他の惑星の人口過剰問題を聞いて、この星の住民こそ快適に暮らす知恵があると考えるほどだ。

そうやってチチラハはすばらしい文学、美術、歴史を発達させ、文明の一大中心地になっている。多くの訪問者は、住居の木が広げた樹冠の下の草にすわって、住民から家族の物語を聞くのを期待している。

こんな惑星で安定した社会が成立するものだろうかと疑問が呈されることもある。チチラハは政治も商業もない混乱した惑星と思われがちだ。しかしそれは誤りだ。ここには先進的な政治文化があり、果実の輸出産業は何世紀も順調に続いている。虚言癖はそれらの障害になっておらず、むしろ役に立っている。唯一チチラハに欠けているのは、科学だ。知的な者はみな宇宙の真理を断片的に察知しているが、それらが系統立てられることはない。

ピマチェー

次も歴史がはっきりしない惑星の話だ。博物館やレストランやホテルを訪れると、多種多様な昔話を聞かされ、やがて混乱して五里霧中になる。話し手の顔が真剣そのものなので信じずにはいられない。しかしどの話もまるでかみあわない。

風景は伝説的だ。この惑星は厳密には球形ではない。南半球の標高が北半球よりとても低い。赤道にそって垂直に近い急傾斜の崖があり、惑星をきれいに二分している。崖の上は雪と氷の世界。下はどこまでも広がる海だ。惑星を一周する崖の壁面に、ピマチェー市街は築かれている。ややくぼんだ家が空から海へ連なり、一直線の大通りが上から下へ延びている。そのさまはまるで巨大な絵画だ。

この都市がどうやって築かれたのかだれも知らない。現在の住民たちが語る多様な話を聞くしかない。どの話もおもしろい。英雄譚、荘重な悲劇、宿命的な愛の物語。印象は話し手によりけりだ。しかしすべての聞き手を納得させる話はない。多くの相手から聞くほどに、ピマチェーは謎めいて魅力的なところになる。

訪問者は驚くべき風景と物語に魅了されて、しばしばここから去りがたくなる。開放的で親切な土地柄なので、住民からは諸手を挙げて歓迎される。訪問者は定住し、崖に自宅を建てる。そして自分が聞いた話を、新たな訪問者に語り伝える。そうやって満足して、自分自身が地元住民になっていく。

そんな幸福が終わるのは、彼らが自分たちの真実に気づいたときだ。ピマチェーの真の歴史を知るヒントはいくらでもあった。この惑星の住民はみな元訪問者なのだ。もともとの住民などいない。

かつてピマチェーにも栄光の歴史があった。しかしなぜか忘れられた。もとの住民はなんらかの理由で姿を消し、美しいゴーストタウンが残った。それをのちの惑星間旅行者が発見して驚いた。建物のあいだの空間を埋める隠喩のように、解読不能の言語が断片的に残されていた。これがあとから来た人々の頭に残り、やがてみずみずしく美しい空想の過去として花開いた。

住民の消えた惑星をだれが最初に発見したのかはわからない。訪問者たち自身の歴史も、意識的にか無意識にか、世代を経るごとに薄れて消えた。定住した訪問者はみずからをピマチェー住民と考えるようになった。この惑星を守り、訪問者を歓迎するホスト役を演じはじめた。そしてここを生まれ故郷と考え、死ぬまで住んだ。

このピマチェーの真実にはほとんどだれも気づかない。気づくのは宇宙のあらゆる片隅を訪れた真の放浪者だけだ。ここの住民が自分たちをピマチェー住民と強調しすぎることに、彼らは気づく。本当の地元住民が住む惑星では、そんなことは言うまでもないことだ。

ビンウォー

ピマチェーのほかに多様な種族が共存する惑星としては、この星の海のなかからビンウォーが挙げられるだろう。さまざまな文化や文明が衝突し、争い、火花を散らしている場所だ。

この惑星は大きすぎず、小さすぎない。季節はあいまいで、気候は穏やか。惑星表面は平地ばかりで、山はあまりなく、標高差は小さい。地平線はゆるやかで滑らかな曲線を描く。普通の惑星にありそうなものはあるが、それだけだ。よい土壌、適量の鉱物資源、それなりに豊かな動植物相。低木にかこまれた円形の草地では旅行者が好んで歌って踊る。しかし大きな特徴はない。

住民も平均的だ。哺乳類で、体格は大きすぎない。まじめで親切でおおらかな気質。社会的つながりはゆるやかで、争いなく暮らしている。

しいて特徴を挙げれば、その愛想のよさだろう。相手がおなじ種族でも、さまざまな星からの訪問者でも、言い争うことがめったにない。彼らは聞き上手だ。大人も子どもも目を丸くして拝聴し、頻繁にうなずき、すばらしいことを聞いたように顔をほころばせる。

ビンウォー人のこの性格を知った野心家たちは、それを利用しようと宇宙のあちこちから集まった。惑星と住民をすぐに言いなりにできると思ったのだ。ここには豊富な資源と住みやすい環境、そして多くの通商路が交差する良好な位置条件がある。

教育者、宣教師、政治家、革命家、報道レポーターが続々と集まった。天国のありさまを教えたり、それぞれの理想を説いたりした。ビンウォー人はそれらに一つ一つうなずき、心から称賛のため息をつき、新たな思想を受けいれた。こうして生まれた多数の改宗者を統治すべく、〝監督者〟が遠い惑星から送られてくることもあった。住民たちは一言も抗議しなかった。

はじめは意気揚々としていた外からの訪問者だが、やがて失望した。それどころかビンウォーに長居するほど失望は深まった。

じつは、住民は他星のプロパガンダを本当に受けいれたわけではなかったのだ。新しい信仰にうなずきながら、指示には従わない。新しい法体系を熱心に受けいれる顔をして、よその法律を無視することも熱心にやる。

野心的な征服者も、住民のこの態度のまえで打つ手がなかった。言行不一致は根深い矛盾ではなく、たんなる習慣だからだ。正面きって問えば、住民たちは困惑顔で答える。

「ええ、あなたの話は真実らしく聞こえます。でも世界には真実がたくさんある。そのうちの一つを知っているからといって、どうだというのですか？」

このような状況に業を煮やした一部の惑星は、ビンウォーを武力支配しようと試みた。しかしすぐに他の惑星が対抗し、力は拮抗した。そうやって対立はつねにビンウォーの大気圏外にとどまった。

そんなわけで、ビンウォーはよそ者だらけの惑星でありながら、自分たちの文化をよく残しているのだ。


ここまでの話はどうだい？

「おもしろいとも……そうではないともいえるわね。どうして宇宙じゅうから訪問者が集まる惑星ばかりなの？　へんよ。まるで動物園みたい」

そうだね。たしかにへんだと思う。そのせいで惑星ごとの特徴が消えていく。指紋がぬぐい去られるように。わかった、では正真正銘の地元住民の話をしてあげよう。

アミヤチとアイフオウー

いまも生粋の地元住民に支配されている惑星を二つ紹介しよう。どちらにも二種の知的種族が住んでいる。なのにどちらの種族も自分たちがその惑星の唯一の支配者だと思っている。

アミヤチは連星系をめぐっている。二つの恒星は明るい青色巨星と薄暗い白色矮星で、質量は同程度だが、直径と放射している電磁波が大きく異なる。そのためアミヤチはいびつな瓢簞《ひょうたん》のような軌道をめぐっている。二つの恒星の重力場がなす双曲放物面で複雑なワルツを踊る。

青色巨星のそばを通るときのアミヤチは長い夏になる。白色矮星のそばでは長い冬になる。夏には惑星は植物が生長し、繁茂し、急激に蔓を伸ばす。冬は大半が休眠し、耐寒性のわずかな草がひっそりと地面をおおう。

夏と冬それぞれで、アミヤチは異なる種族に支配される。一方は夏の鬱蒼とした森を駆け、もう一方は冬の不毛の大地を寂しく歩く。夏期アミヤチ人は蔓を編んだ家に住む。気候が寒冷化すると蔓は枯れて家は消える。冬期アミヤチ人は山奥に掘った洞窟に住む。気候が温暖化すると洞窟の入り口は生い茂る草と羊歯に隠れて見えなくなる。

夏期アミヤチ人は冬眠するときに液体を分泌して体を保護しつつ地下にもぐる。ウススという虫の一種は、この液体に刺激されて交尾をはじめる。ウススが増殖すると、アルドンという耐寒性の低木が生えてくる。この植物の地味な花の開花が引き金となって、冬期アミヤチ人は覚醒にむけた長くゆっくりとしたプロセスをたどりはじめる。

冬期アミヤチ人は、その季節の終わりに出産する。子は硬い膜に包まれて土中で成長する。成長にともなうイオン反応で土壌のpHレベルが変わり、植物の発芽と生長がうながされる。

それが夏の訪れを告げ、夏期アミヤチ人を目覚めさせる。

　このためアミヤチの二つの知的種族はおたがいの存在を知らない。それぞれの文明が依存しあい、コインの裏表の関係をなしていることに気づいていない。一方が一方を眠りから覚醒させ、復活させるという、神々の叡智を感じさせる活動に参加しているのに、自分が神々に呼ばれた子であることを知らない。

　アイフオウーではそこが正反対だ。この惑星の二つの知的種族とその文明は、おなじ地表に住むおたがいの存在をよく知っている。しかし似た種族という認識はない。相手に感情や論理や倫理があるとは思っていない。

　理由は単純だ。両種族は異なる時間系に住んでいるのだ。

　アイフオウーはかなり変わった軌道をめぐっている。自転軸の傾きが大きく、公転面近くまで倒れている。さらにその自転軸はゆっくりと歳差運動をしている。このため惑星表面は四つの領域に分かれる。赤道付近の細長い地域には自転による昼と夜がある。対して極地には自転軸の歳差運動による明期と暗期がある。極地の昼は赤道付近の昼より数百倍長い。ゆえに両地域に住む生物の時間感覚は数百倍ずれている。

　赤道アイフオウー人から見ると、謎めいた極地にはとても長い昼ととても長い夜がある。極地アイフオウー人から見ると、赤道地帯は光と闇がめまぐるしくいれかわる。赤道アイフオウー人は小柄で敏捷で、数十万人がコロニーで密集して暮らす。極地アイフオウー人は長い昼と長い夜に適応して代謝率が低く、その時間感覚にあわせて体が大きい。

赤道アイフオウー人が極地へ冒険や探検にやってくることがたまにある。彼らは巨木の森で迷い、仮設の家屋に遭遇すると登攀《とうはん》不能の崖だと思いこむ。逆に極地アイフオウー人が赤道地帯へやってくると、足もとの小さなものに気づかず、赤道アイフオウー人の家や畑をうっかり壊してしまう。両者はおなじ惑星に住みながら、まったくちがう世界で生きている。

赤道アイフオウー人は、極地の巨大生物に知性があるかもしれないとたまに推測する。しかし百年で一メートルくらいしか移動しないような動作の鈍い生物に、かりに知性があるとしても、単純で未発達にちがいないと考える。極地アイフオウー人も、赤道の生物に知性がある可能性をたまに考える。しかしため息をついて首を振り、一日で生まれて死ぬような矮小な生物に、まともな文明を経験できるわけはないと断定する。

アイフオウーの二つの知的種族は、学習、労働、愛、戦争をおなじプロセスで経験する。それぞれの歴史は二つの時間系にそって展開し、影響しあっている。しかし両種族はおたがいを知らない。結局のところ、だれもがその生を支配するものにしたがって宇宙を認識しているのに、そうとは気づかないのだ。

「ちょっと待って」きみはさえぎる。「こんなにたくさんの文明をどうして知ってるの？　アミヤチへ行ったのはいつ？　アイフオウーを見聞したのはどちらの時間系で？」

知ってるんだ。本当に知っている。行けばだれでもわかる。それが訪問者と地元住民のちがいだ。それこそが旅のいいところだ。
「そうなの？　それがあなたの旅する理由？」
イエスともノーともいえる。僕が旅する理由を知りたければ、旅にとても熱心な惑星の話をしてあげよう。

ルナジ

ルナジ人は宇宙一美しい自動車、船、飛行船、カタパルト旅客機をつくる。その複雑で洗練された乗り物は、ほかの惑星からの訪問者の想像を超える。そしてこの惑星のほかの産業の技術レベルをも大きく凌駕している。

直感的な人は、ルナジ人にとって旅が特別な意味を持つという結論に飛びつくだろう。しかし本当はもっと深い理由があって、そちらは理解が難しい。知的種族がなぜ一生を旅とその準備に費やすのか、ほかにもっと有意義なことをやらないのかという疑問が浮かぶ。その一見不合理な落ち着きのなさを多少なりと理解するには、彼らのライフサイクルを知る必要がある。

ルナジには大きな盆地が一カ所あり、そこは酸素濃度がまわりより高い。土壌は豊かで湿っている。小さな滝が流れこむ透明で美しい湖がある。四季折々の花が咲き、丸い実をたわわにつける果樹があり、そのあいだの柔らかな草地には七色の茸《きのこ》がはえる。ルナジ人はみなここで幼年期をすごす。この世界に自分たちが住み着いた経緯はだれも知らない。目を開けたときにはこの盆地にいた。

するとと自分たちの起源を知りたい、神の所在を探したいという欲求が一部に出てくる。やがて彼らは背が伸び、盆地をかこむゆるやかな傾斜の果てにある岩を登れるくらいになる。彼らは迷路のような深い森を歩き、傾斜を登って盆地の外へ出る。そのときの年齢は一定しない。成熟する年齢はまちまちだ。

盆地を出て、歩き、さまよい、探しつづけるが、なにもみつけられない。自分より先に盆地を出た人々に出会うが、彼らもまた探し、旅しつづけながら、自分たちの起源の謎に近づけていいない。ルナジ人の一生は長い移動だといえる。つねにさまよい、定住しない。船や自動車や飛行機をつくるのは、速く移動し、惑星の隅々と空の果てへ行き着くためだ。

そんなルナジ人の一部が、偶然に導かれて消えかけた道をたどり、荒野のなかの草地にたどり着く。そこには美しい銀色の花が咲き、えもいわれぬ芳香が漂っている。香りに陶然となった彼らは、これまでになくやさしい気持ちになる。そして初めて同胞に惹かれ、抱擁し、からみあい、放出と受容をおこなう。やがて小川のそばで出産し、子どもたちは川を流れて滝の下の盆地へ運ばれる。

両親は？　死んで泥の地面に沈むのみだ。

この単純なライフサイクルが、ルナジ人が旅しつづける根本的な理由だ。

イエンイエンニ

成長の話をしたので、いくつか続けよう。まずイエンイエンニだ。

イエンイエンニ人の年齢は一目でわかる。彼らは樹木とおなじく成長しつづける。毎年背が伸びる。つねに前年より背が高い。大人は子どもより数倍の背丈がある。若者は老人より一メートルくらい小さい。老人は人ごみのなかで頭と肩が上に出ている。まるで孤独にそびえる塔のようだ。

だからイエンイエンニでは、年の差を超えた友情というものはありえない。年齢差のある相手と話すのは苦行だ。長く会話するとおたがいに首と肩がこる。若者は見上げ、老人は見下ろしつづけなくてはいけない。そもそも年齢差のある相手と話す機会はあまりない。住む家の高さが異なるし、買い物するときも棚の高さがちがう。一方は相手のベルトしか見えず、もう一方は相手の顔が見えない。

イエンイエンニ人も無限に背が伸びるわけではない。ある朝目覚めると、身長がもう伸びていないことに気づく。それによって死期を悟る。しかし悲しくはならない。身長が伸びつづけるのは苦労も多く、みんな疲れている。いいかげんにやめたいと思っている。イエンイエンニ人が死ぬまでには長い時間がかかる。正確に測られたことがないので、どれくらいかわからない。そこで便宜上、成長が止まった日を死亡日として記録する。彼らにとっては視点の変化が時間の経過だ。成長が止まると時間も止まる。

イエンイエンニでもっとも高い家は一世紀以上前に建てられた。とても高齢の人がいて、毎年背が伸びるせいで、当時の高い建物でも天井に頭がつかえてしまっていた。その一人の老人を収容するためだけに、さらに高い建物が建てられた。建物の基礎は一つの公園をつぶすほどだった。この老人が死ぬと、長寿記録に並ぶ者はいなくなった。高い建物は内部を仕切って二階をつくり、博物館に転用された。

伝説では、老人は高層ビルの窓ごとに日記を残していたという。そのときの身長にあった高さの窓に日々の出来事を書いたようだ。その日記は、老人の死後、だれかが梯子《はしご》をかけて回収し、読んだ。しかしその日記はすでに失われている。

いまそこを訪れる者は、なにもない窓の奥をのぞきこんで、川をひとまたぎできる男はどんなふうに歯を磨き、食事をしたのだろうと想像するだけだ。

ティスアティとルティィカウルー

ティスアティとルティィカウルーは両極端だ。十万光年離れたこの二つの惑星は天と地ほどもちがう。正反対で、区別がはっきりしている。

ティスアティ人は普通の惑星の住民より小柄だ。皮膚がとても柔らかく、体形が急速に変わる。ここはラマルク進化論の世界で、遺伝子発現の容易さが頂点に達している――いや、頂点を通り越している。個体の短い一生のうちに大幅な進化が起きるのだ。

ティスアティ人は望みどおりに自分の体を変形させられる。登山家は腕がだんだん伸びて、しまいには体より両腕が長くなる。機械のオペレータは腕を五、六本はやして、たくさんの弁を一度に開閉操作できるようになる。町を歩くと、おなじ姿のティスアティ人は一人もいない。口が顔の半分を占めるほど大きかったり、ウエストが紐のように細かったり、球形の体が甲羅のような鱗でおおわれていたりする。個人ごとに変化するので、外見から親子関係を判別するのは不可能だ。それどころか、一定の時間が経過すると親が人ごみのなかで子をみつけるのも難しくなる。

とはいえ〝望みどおりに〟というのは正確ではない。すべてのティスアティ人が思い描いたとおりの姿になれるわけではない。彼らの自己像は曖昧な場合が多い。普段より一歩が大股だったり、だれかにぶつかったりして初めて、脚がまた三十センチ伸びたとか、背中に小さな棘の列がはえたと気づく。そうやって数年たつと、階段をひとまたぎで上れるほど脚が長くなったり、全身が硬く鋭い棘でおおわれた戦士になったりするわけだ。

だからティスアティ人は他の惑星の住民より慎重だ。用心深く話し、用心深く動く。寝るまえにおかしな顔をしたらそれが固定化するとか、醜いこぶができて取れなくなるとかの、不注意による失敗を恐れている。

では、ルティカウルーのにぎやかな通りに立ってみよう。ここでは一人一人の職業と日常生活が一目でわかる。この点はティスアティ人もルティカウルー人もひとしく同意するだろう。

ルティカウルー人もやはり外見の変化が大きい。陸上選手、歌手、彫刻家、思想家などでそれぞれ姿が異なる。ちがいは筋肉量、体形、体の大きさ、顔の造作などだ。この点はティスアティ人と変わらない。

しかしルティカウルー人の一生は、ティスアティ人と正反対だ。ルティカウルーはダーウィン進化論の惑星で、進化の方向を意図して変えることはできないとだれもが理解している。ルティカウルー人のゲノムは安定していて、ランダムな突然変異と自然淘汰の原則にしたがってゆっくりと変化するだけだ。ただしルティカウルー人は無性生殖するので、体細胞の遺伝的変異は継承され、発現しつづける。分裂と変異が起きた細胞は、適応した形質をそっくり次世代へ伝える。親にあらわれた変異はかならず子にも発現する。

だから鍛冶屋の息子は生まれつき力持ちで、時計職人の娘は生まれつき目がよく指先が器用だ。これらの差異は数千年のうちに蓄積されて、すでに種分化の水準に達している。職業ごとに独立した種族になっている。特定の職業が消滅しても、その特徴は発現し、進化しつづける。

これらの多様な種を一つにまとめているのは言語だ。共通語を持つことと染色体の本数がおなじであることが、おなじ起源を持つ証拠だ。逆にいえば、それ以外の共通点はない。彼らは他人の職業をうらやまない。猿が恐竜をうらやまないのとおなじ。いわゆる〝空の鳥、海の魚〟だ。町なかですれちがっても、おたがいを見ていない。

ティスアティ人が進化を何億回くりかえしても、それは本当の進化ではない。どれほど姿を変えても、新生児はかならず出発点にもどる。原始的な最初の姿から再出発する。ルティカウルー人は逆だ。個体は変化を経験しない。しかし悠久の時の流れのなかで見れば、それぞれが変化する曲線のなかの一点だ。

「嘘よ」きみは口をとがらせる。「一つの宇宙に二つの原理が共存するわけないわ」

そんなことはないさ。なんだってありうる。無数のステップを踏むうちに、それぞれは無意味でも、積み重なって一つのルール、あるいは原理になる。いまこの瞬間にきみが笑うか、顔をしかめるかで、未来が二つの道に分かれ、二つのルールができるかもしれない。でもこの瞬間のきみがそれを知ることはできないだろう？

「そうかしら」

きみは首をかしげ、しばし黙りこむ。

僕はきみを見て軽く笑う。きみはブランコを前後に揺らし、耳もとの髪をそよがせる。きみの疑問を解く鍵はもちろん生殖の理論だ。しかし味気ないその答えを話したいとは思わない。

いいかい、重要なのは話が真実かどうかではなく、信じるかどうかだ。物語の最初から最後まで、その方向を決めるのは話す舌ではなく、聞く耳なんだ。

チンカト

チンカトでもっとも重要なのは舌と耳だ。この惑星の住民にとって会話はたんなる暇つぶしではなく、生存のために必須だ。

チンカトは普通の惑星で、いくらか特殊なのは大気が濃いことだ。まったく光を通さず、地表は闇に包まれている。チンカトの生命は、温かく濃い深海の海流で生まれる。有機物が豊富で、泡立つ溶岩に温められている。チンカト人は惑星中心の熱からエネルギーを得ている。彼らにとっては海底火山の沸騰するクレーターが太陽であり、神々の住む場所であり、知恵と力の源泉だ。クレーターの外には有機物の糖があり、チンカト人は命の源としてそれを食べる。

チンカト人は目を持たない。光を感知する器官そのものがない。かわりに音で相手の位置を知る。〝聞く〟のも、〝見る〟のも耳だ。正確には、いわゆる耳は彼らにはない。全身で音を感じる。上半身には複数の台形隔膜があり、それぞれ異なる長さの毛が何千本も並んではえている。毛は特定の周波数で共振する。それぞれの台形隔膜が聞き取った音と位置の時間差から、音源の方向、距離、正確な形状まで脳で推測する。

だからチンカト人は一日じゅう休みなく話し、聞く。音で相手の存在を知り、自分の存在を知らせる。沈黙しない。沈黙は危険で、彼らはパニックを起こす。話しつづけることでおたがいの位置と生存を確認する。より大きな声で話そうと競う。目立つためにそうするしかない。

ときには発声器官に障害がある子が生まれてくることもある。そんな子はたいてい生存できない。大きく速い相手に衝突され、潰される。そして存在すら知られず消えていく。

「悲しい話だわ。あなたの話がだんだん短く、だんだん悲しくなっていくのはどういう悲しい？　僕の語る話が悲しいのか、きみの聞く話が悲しいのか。

わけ？」

「おなじことでしょう」

ぜんぜんちがう。たとえばある惑星には、一万種類の周波数で発声できるのに、ごくわずかな周波数帯しか聞き取れない住民がいる。声帯の広い能力に、耳の能力が追いついていないんだ。そのため話したことの一部しか聞き取れない。興味深いことに、聞き取れる周波数帯は人によって異なる。だからおなじ歌でも、千人いれば千とおりに聞いている。そしてそのことにだれも気づいていないんだ。

「また話をつくってるわ。そんな場所があるわけない」きみは唇を噛んで目を見開く。「これまでの話だって本当にそんな惑星に行ったのかどうか疑わしいわ。わたしの気晴らしのためのつくり話じゃないの？」

いとしいきみ、『オデュッセイア』の昔から遍歴の騎士は貴婦人への求愛にさいして遠隔の地の物語を聞かせるものだよ。どの話が本当でどの話がそうでないか区別できるのかい？　僕はマルコ・ポーロが東方の諸国を訪れたように、あるいはフビライ・ハーンがその広大な領土を馬でめぐったように、これらの惑星を旅した。すべてまばたきするあいだにね。本当にこれらの場所を訪れたのか、どこにも行かなかったのか、きみには判断できない。僕が話した惑星は宇宙のあちこちに散らばっているけど、ときどき一カ所に集まる。そう運命づけられていたようにね。

これを聞いてきみはくすくす笑う。

「わかったわ。あなたの話によってそれらの惑星は集められ、あなたが語ることでわたしの頭に集まったのね。そういうことでしょう?」

きみの楽しげな顔を見て、僕はため息をつく。とても小さなため息なので、僕の笑顔に不自然さは浮かばないはずだ。どう説明すればいいだろう。どうすればわかってもらえるだろう。話はなにも集めない。もともとばらばらの運命なのだ。

そうだよ。僕は静かに言う。僕らはここにすわって午後をすごし、話をする。それによって宇宙は僕らのものになる。でも僕がきみに話しているわけではないんだ。いまはきみも僕も語り手であり、また聞き手なんだ。

ジンジアリン

ジンジアリンは今日最後の話だ。短くてすぐ終わる。

ジンジアリン人の体は他の惑星の住民とまったく異なる。柔らかい風船か、宙に浮かぶクラゲのようだ。透明でふわふわしている。表面は薄い膜でおおわれ、細胞に似ている。二つの膜が接すると、融合して一つになる。

二人のジンジアリン人が出会うと、体の一部が一時的に融合し、体内物質の一部が混ざりあう。別れるときに、体内物質は再配分される。こんなふうなので、ジンジアリン人は肉体を重視していない。いまの自分の体に、道ですれちがった他人の体がどれだけはいっているか、わかっていない。自分は自分だと信じるだけで、体内物質の交換を気にしない。

この〝自分〟という感覚が幻想であることを彼らは気づいていない。二人が融合すると、もとの二人はそのとき存在しなくなる。融合した一人になる。そして分離したとき、二人の新しいジンジアリン人ができる。出会った前後でどれだけ自分が流出したのか知らず、自分は自分で変わっていないと信じている。


わかるかい？　僕がこれらの話を語り終え、きみが聞き終えたとき、僕はもとの僕ではないし、きみはもとのきみではない。この午後、僕らは一つに融合した。これ以後、きみは僕の一部を持ちつづけ、僕はきみの一部を持ちつづける。この会話をどちらも忘れてしまってもね。

「ジンジアリンはこの世界だと言いたいの？」

この世界？　どの世界だい？　いずれかの惑星が僕らとおなじなのか、僕らがいずれかの世界とおなじなのか。

これらの惑星の座標は尋ねないでほしい。その数字は宇宙最古の謎だ。きみの指のあいだの空気ともいえる。手を伸ばしてつかんでも、指を開くとなにもない。きみと僕と彼らはしばし出会い、ふたたび別れる運命だ。僕らは旅人にすぎない。意味の曖昧な歌をうたい、暗い空をさまよう。それだけだ。彼らの歌が聞こえるだろう。遠いそれぞれの星から届く風にのって。

折りたたみ北京

Folding Beijing

大谷真弓訳

1

午前五時十分前、老刀《ラオ・ダオ》は彭蠡《ペン・リー》を探しに行く途中、人通りの多い歩行者専用道路を渡った。

ごみ処理施設での勤務が終わったあと、老刀《ラオ・ダオ》はいったん家に帰り、まずシャワーを浴び、それから別の服を着た。白いシャツに茶色のズボン――彼が持っている唯一のきちんとした服だ。シャツの袖口は擦り切れているので、肘までまくり上げておく。老刀《ラオ・ダオ》は四十八歳、独身、自分の外見を気にする年齢はとうの昔に過ぎていた。家のなかの細かいことを口うるさく言う人間はいないので、何年もこの服を着つづけている。この服を着るたびに、帰ってからきちんとたたんで片付ける。ごみ処理施設で働いていると、こういうきちんとした服装が求められる機会はほとんどない。たまに、友人の子どもの結婚式に招かれるくらいだ。

しかし今日は、見知らぬ人に会うのだから、せめてきちんとした格好をしたかった。ごみ処理施設で五時間働いたあとで、体についた臭いも気になる。

仕事を終えたばかりの人々で、通りは埋めつくされていた。男も女もあらゆる露店に群がり、地元の野菜を丹念に選んでは大声で値段交渉をしている。食事客は屋台のプラスティック製のテーブルにぎゅうぎゅう詰めになってすわっている。屋台には食用油のにおいが染みついていた。人々は酸辣米粉《サンラービーフン》の丼に顔を突っこむようにして夢中で食べているので、白い湯気で頭が見えない。ほかにも山と積んだナツメとクルミを扱う店、頭上に吊るした塩漬肉の塊を売る店もある。今が一日でいちばんにぎわう時間だ——仕事が終わり、誰もが空腹で騒々しい。

老刀《ラオ・ダオ》は人混みのなかをゆっくりと進んだ。皿を運ぶウェイターが怒鳴りながら、人をかきわけていく。老刀《ラオ・ダオ》は彼の後ろをついていった。

彭蠡《ペン・リー》はこの通りに住んでいる。老刀《ラオ・ダオ》はアパートの階段をのぼっていったが、彭《ペン》は留守だった。隣人の話では、彼はたいてい市場が閉まる直前まで帰らないらしい。帰ってくる正確な時間はわからないという。

老刀《ラオ・ダオ》は不安になってきた。ちらりと腕時計を見る。もう午前五時になろうとしている。

彼は階段を下り、アパートの入口で待つことにした。すると腹を空かせたティーンエイジャーたちが、老刀《ラオ・ダオ》のまわりにしゃがんで、がつがつと食事を始めた。そのうちのふたりに、老刀《ラオ・ダオ》は見覚えがあった。彭蠡《ペン・リー》の家で二回ほど会ったことがある。少年はそれぞれ炒麵《チャーメン》か炒飯の皿を持っていて、二つの料理を分け合っている。二膳の箸が、刻んだ唐辛子のなかにまぎれこんだ滑りやすい肉の切れ端を探すうちに、二皿の料理は汚らしいありさまになっていく。老刀《ラオ・ダオ》はまた自分の前腕をかぎ、ごみの臭いがちゃんと消えているか確かめた。周囲のありふれた喧噪が、慣れ親しんだ雰囲気で彼を励ましてくれる。

「おい、向こうで回鍋肉《ホイコーロー》を一人前頼んだら、いくら取られるか知ってるか？」李《リー》という名の少年が言った。

「げっ！　砂を噛んじまった」丁《ディン》というがっしりした少年が片手で口を覆う。指の爪が真っ黒だ。「屋台のおやじから、金を返してもらわないと！」

李《リー》は無視してつづける。「三百四十元だぞ！　聞いてんのか？　三百四十元！　回鍋肉にだ！　じゃあ、牛肉の煮込みはいくらだと思う？　四百二十元だってさ！」

「どうしたら、そんなバカ高い値段になるんだよ？」丁《ディン》は頬を押さえたまま、もごもご言う。

「いったい、何が入ってんだ？」

ほかのふたりはそんな会話には興味を示さず、食べ物を皿から口へかきこむのに集中している。李《リー》は彼らをじっと見た。その熱い眼差しは少年たちを通りすぎ、その向こうの何かに注がれているようだった。

老刀《ラオ・ダオ》の腹が鳴った。あわてて目をそらしたが、もう遅い。空っぽの胃袋が底知れない深い穴になった気がして、体が震える。最後に朝食を食べたのは一ヵ月前だ。以前は、毎日朝食に約百元使っていた。ひと月で三千元になる。朝食抜きを丸一年つづけられたら、糖糖《タンタン》の幼稚園の二ヵ月分の費用を貯められる。

彼は遠くを見つめた――街の清掃トラックの列がゆっくりと近づいてくる。

老刀《ラオ・ダオ》は覚悟を決めはじめた。もし彭蠡《ペン・リー》が時間までに戻ってこなかったら、彼に相談せずにこの旅に出なければならない。そうなると旅はかなり危険で困難になるが、時間は絶対だ。もう行かなくてはならない。

横でナツメを売る女の大きな声に考え事を邪魔され、老刀《ラオ・ダオ》は頭が痛くなった。通りの反対側のはずれでは、行商人が売り物をしまいはじめ、人々は池を棒でかき回された魚のように散っていく。街の清掃員たちと喧嘩しようなどと考える者は誰もいない。行商人たちがいなくなると、清掃トラックが辛抱強く進んでくる。車両は普通、歩行者専用道路に入ることは許されていないが、清掃トラックは例外だ。ぐずぐずしている者は誰であろうと、力ずくでトラックに押しこまれてしまう。

ようやく、彭蠡《ペン・リー》が現れた。シャツのボタンも留めず、楊枝をくわえ、ときどきげっぷをしながらのんびりと歩いてくる。六十代の彭《ペン》は、だらしない怠け者になっていた。頬はシャー・ペイ犬のように垂れ下がり、常に不機嫌そうに見える。今の彼を見た人は、こんな印象を受けるかもしれない――腹を満たすことだけが人生の野望という負け犬。しかし老刀《ラオ・ダオ》は、まだ子どもの頃に、父親が若き日の彭蠡《ペン・リー》の偉業を語るのを聞いたことがあった。

老刀《ラオ・ダオ》は彭《ペン》のほうへ歩いていくと、挨拶されるより早く出し抜けに言った。「説明している時間はないが、第一スペースへ行かなくちゃならない。行き方を教えてもらえないか？」

彭蠡《ペン・リー》は唖然とした。第一スペースの話題を持ち出されたのは、十年ぶりだ。彼は楊枝の残骸——知らないうちに噛んで折っていた——を指でつまみ、数秒間黙っていたが、やがて老《ラオ》刀《ダオ》の不安そうな表情に気づくと、彼をアパートのほうへ引っぱっていった。「わしの家で話そう。どこへ行きたいにしろ、出発はそこからだ」

街の清掃員たちは人々に追いつきそうになっていて、人々は風に吹かれる秋の葉のように散っていく。「帰れ！　帰れ！　〝交替〟が始まるぞ」清掃トラックの上から誰かが叫んだ。

彭蠡《ペン・リー》は老刀《ラオ・ダオ》をアパート上階の自分の部屋に入れた。普通の公営住宅のワンルームには、家具が少ししかない。六平米のスペースに、トイレ、ミニキッチン、テーブルと椅子がひとつずつ、下部に衣類や細々とした物を収納できる引き出しがついた繭型寝台《コクーンベッド》。壁は水垢や足跡だらけで、でたらめに取り付けられたフックに上着やズボンやリネン類が掛かっているほかは、何もない。室内に入ると、彭《ペン》は壁に掛かった服やタオルを全部取って、ベッドの下の引き出しに押しこんだ。〝交替〟のあいだは、固定されていない物があってはならない。老刀《ラオ・ダオ》も以前はちょうどこんなワンルームに住んでいた。入るなり、室内に過去の名残が漂っているのを感じた。

彭蠡《ペン・リー》は老刀《ラオ・ダオ》をにらんだ。「理由を聞くまで、行き方は教えん」

すでに午前五時半だ。あと三十分しかない。

老刀《ラオ・ダオ》はざっと事情を説明した。手紙の入った瓶を拾ったこと、ダストシュートに隠れて第二スペースに出たこと、そこで使い走りを頼まれたこと、第一スペースへ行く決心を固めてここに教えを乞いに来たこと。すぐ行かなくてはならないので、時間がないこと。

「昨夜ダストシュートに隠れて、第二スペースに忍びこんだだと？」彭蠡《ペン・リー》は顔をしかめた。

「それじゃ、二十四時間待たねばならなかっただろうに！」

「二十万元、手に入るんだぞ？」老刀《ラオ・ダオ》は言った。「一週間だって隠れる価値がある」

「そこまで金に困っているとは知らなかった」

老刀《ラオ・ダオ》はしばらく黙っていた。「一年後には、糖糖《タンタン》が幼稚園に入る年になる。時間がないんだ」

幼稚園の費用を調べて、老刀《ラオ・ダオ》は衝撃を受けた。そこそこ評判のいいところへ入れるには、入園手続日の二日前から親が寝袋持参で並ばなくてはならない。父親と母親が交代で、ひとりが列に並び、もうひとりがトイレや軽い食事に行く。だが四十時間以上並んでも、わが子の入園が保証されるわけではない。富裕層が自分たちの子どものためにすでにほとんどの入園枠を買ってしまっているのだ。だからあまり裕福でない親たちは、列に並び、残されたわずかな入園枠をつかみとれることを祈るしかない。しかもこれはあくまで、そこそこの幼稚園の場合だ。本当にいいところなら？　並んだって無駄だ――入園の権利はひとつ残らず富裕層に売れてしまう。

老刀《ラオ・ダオ》は非現実的な希望を抱いているわけではなかった。ただ、糖糖《タンタン》が十八カ月の頃から音楽が大好きなのだ。街で音楽を耳にするたびに顔を輝かせ、小さな体を踊るようにくねらせたり腕をふったりする。そういうときの糖糖《タンタン》は特別にかわいい。老刀《ラオ・ダオ》は舞台照明に囲まれた糖糖《タンタン》を見つめているかのように目を細めた。どれだけ費用がかかろうと、音楽とダンスを教えてくれる幼稚園に糖糖《タンタン》を入れる。老刀《ラオ・ダオ》はそう心に誓っていた。

彭蠡《ペン・リー》は老刀《ラオ・ダオ》と話をしているあいだに、シャツを脱いで顔を洗った。〝顔を洗う〟といっても、わずかな水をぱらぱらと顔に跳ねかけるだけだ。水道はすでに遮断され、蛇口からはちょろちょろとしか水が出ない。彭蠡《ペン・リー》は壁から汚れたタオルを取り、ぞんざいに顔をふいてから、それもベッドの下の引き出しに押しこんだ。ぬれた髪が油じみて、てかっている。

「なぜ、そこまで必死になって働く？」彭蠡《ペン・リー》がたずねた。「実の娘でもなかろうに」

「その話をしている時間はないんだ。早く行き方を教えてくれ」

彭蠡《ペン・リー》はため息をついた。「わかっているのか？　捕まれば、罰金ではすまんのだぞ。何カ月も刑務所に放りこまれる」

「あんたは何回も第一スペースへ行ったことがあるんじゃなかったのか？」

「四回だけだ。五回目は捕まった」

「じゅうぶんすぎる経験だ。俺なら四回成功できたら、一回くらい捕まったってかまわない」

老刀《ラオ・ダオ》が頼まれた仕事は、第一スペースへ手紙を運ぶことだった——成功すれば十万元、もし返事を持って帰ることができたら二十万元が手に入る。もちろん非合法だが、誰も傷つかないし、正しいルートと方法を守っているかぎり、捕まる可能性は高くない。それに現金でもらえる。現金は重要だ。老刀《ラオ・ダオ》には、この頼みを引き受けない理由が見つからなかった。彭《ペン》蠡《リー》が若い頃に何度も第一スペースに忍びこみ、禁制品の密輸で相当の財を築いたことは知っていた。方法はあるはずだ。

午前五時四十五分。もう行かなくてはならない。

彭蠡《ペン・リー》はまたため息をついた。老刀《ラオ・ダオ》を思いとどまらせようとしても無駄なのはわかっていた。今でこそ年を取って何をするのもだるくて億劫だが、若い頃はどう感じていたか覚えているし、自分も老刀《ラオ・ダオ》と同じ選択をしたと思う。当時の彭蠡《ペン・リー》は刑務所へ行くことなど何とも思っていなかった。それくらい、どうってことはない。数ヵ月の時間を奪われて、何度かぶちのめされるだろうが、それに見合うだけの大金が入ってくる。どんなに痛めつけられても金の出所について口を割りさえしなければ、生き延びられる。公安部の出頭通告など、型通りの仕事にすぎない。

彭蠡《ペン・リー》は老刀《ラオ・ダオ》を裏窓へ連れていき、下の暗がりに隠れた細い道を指さした。

「まずは、このアパートの排水管をつたって下りていけ。フェルトの下に、わしが昔取りつけた足場がある。壁に張りついていけば、監視カメラには映らん。地上に着いたら、物陰に隠れながら端まで行け。そうすると亀裂が見つかる。見えるだけでなく、感触でもわかるだろう。その亀裂にそって北へ行け。忘れるな、北へ向かうんだぞ」

次に彭蠡《ペン・リー》は、〝交替〟で地面が回転するときに第一スペースに入る方法を説明した。地面が割れて持ち上がってくるのを待つ。そして高くなった地面の端に跳びついて、五十メートルほど断面を這い進むと、回転中の地面の裏側に到達する。そこを乗り越えて、東へ向かえ。すると草むらが見つかるから、地面が下がって閉じるときはその草むらにつかまるんだ。地面が閉じたあとは、草むらに隠れられる。

彭蠡《ペン・リー》の説明が終わってもいないうちに、老刀《ラオ・ダオ》はもう窓から半分身を乗り出し、すぐにも下りていける体勢になっていた。

彭蠡《ペン・リー》は老刀《ラオ・ダオ》をつかまえ、彼の足が最初の足場にしっかり着いているか確認した。「おまえの聞きたくないことを言わせてもらおう。わしは行くべきではないと思う。向こうは……それほどいいところじゃない。行けば、しまいには、自分の人生が意味のないつまらんものに思えてくるだろう」

老刀《ラオ・ダオ》はもういっぽうの足をさらに下へ伸ばし、次の足場を確かめた。体が窓枠に押しつけられて、苦しそうな声になる。「かまわない。自分の人生がつまらないものだってことくらい、第一スペースへ行かなくたってわかってる」

「気をつけるんだぞ」彭蠡《ペン・リー》は言った。

老刀《ラオ・ダオ》は彭蠡《ペン・リー》の指示どおり、手探りでできるだけすばやく下りていった。足場はとてもしっかりしている。上を向くと、彭蠡《ペン・リー》が窓辺で煙草に火をつけ、深々と吸いこんでいた。やがて彭蠡《ペン・リー》は煙草を消し、身を乗り出して、もっと何か言おうとするかに見えたが、結局何も言わずに自分の部屋に引っこんだ。閉められた窓が、かすかに光っている。

老刀《ラオ・ダオ》は、彭蠡《ペン・リー》が〝交替〟の直前にコクーンベッドにもぐりこむところを想像した。この街にあるほかの数千万台と同じように、彭蠡《ペン・リー》のコクーンベッドも催眠ガスを放出して、彼を深い眠りにつかせる。回転する世界に体を運ばれるあいだ、彼は何も感じることはなく、四十時間後の明日の夜まで目を開けることはない。彭蠡《ペン・リー》はもう若くない。もはや、第三スペースに暮らすほかの五千万人と変わらなかった。

老刀《ラオ・ダオ》はスピードを上げ、足場にほとんど触れずに下りていった。地面が近くなると、手を放して両手両足で着地した。さいわい彭蠡《ペン・リー》の部屋は四階で、そう距離はなかった。立ち上がり、湖畔の建物の陰を走っていく。草むらに亀裂が見えた。そこから地面が開くのだ。

ところが亀裂に着く前に、後ろからゴロゴロというくぐもった音がした。ときおり、カンという高い音も聞こえる。ふり向くと、彭蠡《ペン・リー》のアパートが真っ二つに割れていた。上半分が下へ折れ、老刀《ラオ・ダオ》に向かってゆっくりと、だが容赦なく近づいてくる。

少しのあいだ、ショックでまじまじと見つめていた老刀《ラオ・ダオ》は、我に返ると、地面の亀裂へ向かって全力で走り、その横に突っ伏した。

〝交替〟が始まった。これが二十四時間ごとに繰り返されているプロセスだ。世界が回転し始める。鋼鉄とコンクリートが折りたたまれ、きしみ、ぶつかる音が、工場の組立ラインがきしみを上げて止まるときのように、あたりに響き渡る。街の高層ビルが集まって巨大なブロックとなり、ネオンサインや入口の日よけやバルコニーなど外に突き出した設備は建物のなかに引っこむか、平らになって壁に皮膚のように薄く張りつく。あらゆる空間を利用して、建物は最小限の空間に収まっていく。

地面が上昇してきた。老刀《ラオ・ダオ》は、亀裂がじゅうぶん広がるまで待ってから、縞模様になった断面の端によじのぼって上がると、地面から突き出した金属の塊をしっかりつかんだ。亀裂が広がって地面が上昇するあいだに、老刀《ラオ・ダオ》は足だけでなく手も使ってどんどん進む。最初は足がかりを探りながら這い下りていたが、すぐに地面全体が回り始め——老刀《ラオ・ダオ》は空高く持ち上げられた——上と下が百八十度回転した。

老刀《ラオ・ダオ》は昨夜のことを考えていた。

ごみの山から恐る恐る頭を出し、彼はゲートの向こうから物音がしないか耳をそばだてた。発酵し、腐りかけたごみの臭いは強烈だった。油っぽく、生臭く、おまけに少し甘い。老刀《ラオ・ダオ》は鉄製のゲートにもたれた。外では、世界が目を覚まそうとしている。

上がっていくゲートの下に街灯の黄色い光が入りこんでくると、老刀《ラオ・ダオ》はすぐにしゃがんで、広がっていく隙間から外へ這い出した。通りはがらんとしていた。高いビルにワンフロアずつ照明が点灯していき、横からいろんな設備が突き出してくる。折りたたまれていたものが少しずつ広がっていき、壁からポーチが現れ、庇《ひさし》が回転しながらだんだん所定の位置へ下がり、階段が上や下へと伸びていく。道路の両側では黒い立方体がひとつまたひとつと割れて開き、なかの棚や台があらわになる。さらに立方体の上に出てきた看板がひとつにつながり、通りの両側から伸びてきたプラスティック製の日よけが中央で合わさって、商店街を形成した。だが、まるで夢のなかにでもいるかのように、街には人っこひとりいない。

ネオンサインが点いた。店の上に灯る小さなＬＥＤライトが、売り物を宣伝する文字を作っていく。新疆《しんきょう》産のナツメや中国北東部の拉皮《ラピ》（半透明の平たい麺）、上海のふすま入りパン、湖南省の塩漬肉。

その日一日、老刀《ラオ・ダオ》はこの光景を忘れられなかった。ここに四十八年住んでいるのに、こんなものは見たことがなかった。彼の一日はいつもコクーンベッドから始まり、コクーンベッドで終わる。その中間は仕事か、屋台の汚いテーブルと露店に群がって大声で値段交渉をする人々のあいだをうろついているかだ。何もないむきだしの世界を見たのは、これが初めてだった。


朝、離れたところから街を眺めれば——北京に入るハイウェイで待つトラック運転手は言う——街全体がたたまれたり広がったりするのが見える。

朝六時、トラック運転手たちはたいてい運転席から出て、ハイウェイの路肩へ歩いていく。トラックで寝苦しい夜をすごしてまだ眠い目をこすり、あくびをしながら挨拶を交わし、遠くの街の中心部を見つめる。ハイウェイはちょうど北京七環路の外側で分断され、北京六環路から内側で地面の回転が起こる。遠くからだと、海に浮かぶ島を眺めるように、完全に街全体が見えるのだ。

夜明け頃、街は折りたたまれて平らになる。超高層ビルはじつに謙虚な召使のように、頭が足につくまで従順にお辞儀をする。そしてまた開き、また折りたたまれ、首と腕をひねって隙間に収納する。さっきまで超高層ビルだった小さなブロックがもぞもぞと寄り集まり、緻密で巨大なルービックキューブとなって、深い眠りに落ちていくのだ。

その頃には、地面が回転しはじめている。一区画ずつ、地面が軸を中心に百八十度回転して、裏側の建物を表に出していく。次々に展開して高く伸びていく建物は、まるで青灰色の空の下で目を覚ます獣の群れのようだ。オレンジ色の朝日のなかに現れた島のような街は、開けて広がり、灰色の霧をまとって静かに立ち上がる。

　トラック運転手たちは、疲労と空腹を抱え、都市が生まれ変わる無限のサイクルに見とれた。

2

　折りたたみ式の街は三つのスペースに分かれている。片面は第一スペースで、人口は五百万人。彼らに割り当てられた時間は、午前六時から翌朝六時まで。その後、第一スペースは眠りにつき、地面が回転する。

　裏面は第二スペースと第三スペースだ。第二スペースの人口は二千五百万人で、割り当てられた時間は二日目の午前六時から午後十時まで。第三スペースには五千万人が暮らしていて、午後十時から午前六時までの時間が割り当てられている。そして第一スペースに戻る。時間は慎重に分配され、各スペースの人々を完全に分離している。五百万人が二十四時間を享受し、七千五百万人が次の二十四時間を享受するのだ。

地面の両面にある建造物の重量は同じではない。不均衡を是正するため、第一スペース側のほうが土が厚く、人や建物が足りない分を土に砂利を混ぜることで補っている。第一スペースの住人は、土が余計にあることについて、より豊かで深淵な遺産の所有を示す自然の紋章と考えていた。

老刀《ラオ・ダオ》は生まれたときから第三スペースで暮らしてきた。自分の置かれた実情は、彭蠡《ペン・リー》に指摘されるまでもなく理解している。ごみ処理施設の従業員で、二十八年間ごみを分別してきたし、これからも当分はそうしていくつもりだ。自分の存在意義も、皮肉からの究極の逃げ場も見つかっていない代わりに、人生で自分に割り当てられたつつましい場所にずっとしがみついてきた。

老刀《ラオ・ダオ》は北京で生まれた。父親もごみ処理施設の従業員だ。父親の話では、老刀《ラオ・ダオ》が生まれたとき、父親はその仕事についたばかりで、家族は丸三日もお祝いしたという。父親は元建設労働者で、仕事を求めて中国全土から北京にやってきた数千万人の建設労働者のひとりだった。彼は自分と同じような労働者たちと、この折りたたみ式の街を造った。一区画ずつ、古い街を変身させていったのだ。木造の家に群がるシロアリのように、過去の残骸を食いつくし、地面をひっくり返し、まったく新しい世界を建設した。ひたすら下を向いてハンマーを扱い、手斧をふるい、レンガをひとつひとつ積み重ね、空が見えなくなるまで高い壁を築いた。もうもうと舞う埃で視界がさえぎられ、労働者たちにはどれほど壮大なものを造ったかわからなかった。ついに完成した建造物が、彼らの前で生きている人間のように立ち上がったとき、労働者たちは怪物を生み出してしまったかのように、恐怖にかられて逃げていった。それでも落ち着いてくると、彼らも気づいた。将来こんな街で暮らせたら、どんなに誇らしいだろう。そして従順に勤勉にきつい労働に耐えながら、この街に残る機会をおとなしく探しつづけた。折りたたみ式の街が完成したら、八千万人以上の建設労働者が残りたがっているると言われていた。定住が許されるのは、最大でも二千万人だ。

ごみ処理施設での仕事を得るのは、簡単ではなかった。仕事はごみの分別だけだったが、志望者が殺到したため、厳しい選考基準が課されたのだ。応募条件は、体力があり、熟練した技術を持ち、洞察力に富み、物事をきちんと処理できる、勤勉で、悪臭や困難な環境を恐れない人物であること。求職者の波が寄せては引いていくなか、老刀《ラオ・ダオ》の父親は鋼《はがね》の意志で一本の細い葦のようなチャンスをすばやくつかみ、気づくと乾いた砂浜に打ち上げられた生存者になっていた。

それから二十年間、老刀《ラオ・ダオ》の父親はひたすら下を向いて、ごみと過密状態の放つすっぱい腐臭のなかで働いてきた。この街を造った彼は、この街の住人であり分解者でもあった。

折りたたみ式の街の建設は、老刀《ラオ・ダオ》が生まれる二年前に完了していた。彼はどこへも行ったことがないし、どこかへ行きたいと思ったことすらなかった。小学校を出て、中学校を出て、高校を出て、年に一度の大学入学試験を三回受け——すべて落ちた。そして結局、父親と同じく、ごみ処理施設の従業員になった。施設では、シフト制で午後十一時から午前四時まで五時間働く。何万人もの同僚と一緒に、機械的かつ速やかにごみを分別していく。第一スペースと第二スペースから出る生活ごみから、リサイクルできるものを選《よ》り分けたあと、焼却炉へ放りこむ。来る日も来る日も、ベルトコンベアに載せられて川のように流れてくるごみと向き合い、プラスティック容器に残った食べ物をこそげ落とし、割れたガラス瓶を取りのけ、使用済みの生理用ナプキンから薄いきれいなビニールシートをはがし、緑の線が入った再利用可能物資容器に詰めこむ。これが彼らの運命だった――単調な繰り返し作業をできるだけ速くおこなうことで、どうにか生計を立て、何時間も骨を折って働いては、セミの羽くらい薄い報酬を得る。

第三スペースには、二千万人のごみ処理施設従業員が住んでいる――夜の支配者たちだ。残る三千万人は服や食べ物や燃料や保険を売って生活しているが、ほとんどの人々はごみ処理施設の従業員こそ第三スペースの繁栄の基盤だとわかっている。派手なネオンに彩られた夜の街を歩くたび、残飯でできた虹の下を歩いているようだと老刀《ラオ・ダオ》は思う。こんな気持ちを他人に話すことはできなかった。若い世代はごみ処理の仕事を軽蔑している。若者たちはDJやダンサーの仕事を見つけたくて、ナイトクラブのダンスフロアで注目を集めようとする。衣料品店の仕事でも、ましな選択だろう――そういう仕事なら、彼らの手は薄い布地に触れることになり、プラスティックや金属を探して腐りかけたごみを引っかき回したりしないですむ。若者たちはもう、生き延びられるかという不安に脅かされてはいない。そんなことより自分の外見をはるかに気にしている。

老刀《ラオ・ダオ》は自分の仕事を嫌悪してはいない。だが第二スペースへ行ったときは、嫌悪されるのが怖かった。

前日の朝、老刀《ラオ・ダオ》は一枚の紙切れを持ってダストシュートからこっそり抜け出し、紙切れに書かれた住所をもとに、それを書いた人物を探しにいった。

第二スペースは、第三スペースから遠くない。地面の同じ面に位置していて、時間で区切られている。〝交替〟では、ひとつのスペースの建物が折りたたまれて地中に引っこみ、そのの建物の上部を土台にして、もうひとつのスペースの建物がひと区画ずつ地上に伸びてくる。ふたつのスペースの違いは、建物の密度だけだ。第二スペースが広がってから出ていくため、老刀《ラオ・ダオ》はダストシュートのなかで丸一昼夜待たなければならなかった。第二スペースへ行くのは初めてだが、そのことに不安はなかった。ただ、自分から腐った臭いがしないかだけが心配だった。

さいわい、秦天《チン・ティエン》は寛大だった。おそらく、あの紙切れを瓶に入れた瞬間から、どんな人間が現れるのかと心の準備をしていたのだろう。

秦天《チン・ティエン》はじつに親切だった。ひと目で老刀《ラオ・ダオ》が来た理由をさとり、彼を家のなかに引き入れて、熱い風呂を使わせ、自分のバスローブを差し出し、「あなただけが頼りなんです」と言った。

秦《チン》は大学所有のアパートで暮らす大学院生だった。三人のルームメイトがいて、四つの寝室のほかに、キッチンがひとつとバスルームがふたつある。老刀《ラオ・ダオ》はこんなに広いバスルームを使うのは初めてで、しばらく湯につかって、体についた悪臭を消したいと心から思った。だがバスタブを汚してしまうのを恐れ、タオルであまり強く肌をこすることはできなかった。バスタブの側面から出てくる泡に驚き、勢いのいい熱風で乾かされるのは落ち着かなかった。

入浴をすませると、秦天《チン・ティエン》からバスローブを受け取っていたものの、しばらくためらってからようやく身に着けた。自分の服を洗濯し、ついでに盥《たらい》に無造作に入れてあった数枚のシャツも洗っておく。仕事は仕事だ。誰にも借りを作りたくない。

秦天《チン・ティエン》は好きな女性に贈り物を届けたいと思っていた。ふたりが知り合ったのは、秦天《チン・ティエン》が国連経済局のインターンとして第一スペースへ行く機会をあたえられたときだった。彼女もそこで働いていたのだ。インターンの期間はわずか一ヵ月。秦《チン》は老刀《ラオ・ダオ》に語った。その若い女は生まれも育ちも第一スペースで、とても厳格な両親がいる。父親が娘と第二スペース出身の男との交際を許さないため、秦《チン》は通常の経路で彼女と連絡を取ることができない。彼は将来については楽観的だった――卒業後は国連の新しい若者向けプロジェクトに応募し、それに選ばれれば、第一スペースに働きにいくことができる。だが学位を取得するまであと一年残っていて、彼女が恋しくておかしくなりそうだった。そこで彼女のために、暗闇で光るバラの形のロケットを作った――これがプロポーズの贈り物だ。

「ぼくはシンポジウムに出席していたんです、ほら、国連の債務状況を話し合う討論会があるでしょう？　あなたも聞いたことがあるはずです……とにかく、そこで彼女を見てハッとなって、すぐ話しかけに行ったんです。彼女はＶＩＰの方々を席へ案内していました。ぼくは何をしゃべっていいかわからず、ただ彼女のあとをついて回っていました。そしてやっと、通訳を探しているふりをして、彼女に手伝ってほしいと頼んでみたんです。彼女はとても親切で、とてもやさしい声をしていました。ぼくはそれまで本気で女の子をデートに誘ったことがなかったから、わかりますよね、すごく緊張してしまって……。そのあと、付き合うようになってから、ぼくは出会ったいきさつを話して……どうして笑うんですか？　ええ、ぼくたちはデートしました。いえ、はっきりそういう関係だったとは言い切れませんが……でも、キスしました」秦天《チン・ティエン》も少し恥ずかしそうに笑った。「本当のことを話しているんですよ！　信じてないんですか？　まあ、自分でもときどき信じられなくなりますが。彼女は本当にぼくのことが好きだと思いますか？」

「わかるわけないだろう」老刀《ラオ・ダオ》は言った。「会ったこともないんだぞ」

秦天《チン・ティエン》のルームメイトのひとりがやってきて、にこにこしながら言った。「おっさん、なんでこいつの質問を真に受けてるんだよ？　本当に聞いてるわけじゃないさ。こいつはただ、こう言ってもらいたいだけなんだ。『もちろん、彼女は君に惚れているとも！　君はこんなに男前なんだから』」

「彼女はきっと美人なんだな」

「笑われたってかまわない」秦天《チン・ティエン》は老刀《ラオ・ダオ》の前を行ったり来たりしながら言った。「あなたも彼女に会えば、〝比類なき優雅さ〟とはどういうものかわかるでしょう」

秦天《チン・ティエン》は足を止めて、夢想にふけった。依言《イー・イエン》の口元を思い浮かべる。彼女の口元は、彼のお気に入りの部分だ。とても小さく滑らかでぽってりした下唇は、自然で健康的なピンク色に輝き、彼はやさしく噛んでみたくなる。彼女の首にもそそられる。あまりに細いので、ときどき腱が浮き上がって見えることもあるが、その筋さえまっすぐで美しい。白く滑らかな肌はブラウスの襟の下へと伸びていて、彼はブラウスの上から二つ目のボタンから目を離せなくなる。初めてキスしようとしたとき、彼女は恥ずかしそうに唇をよけた。だが彼は引き下がらなかった。ついには彼女もあきらめ、目を閉じてキスを返してくれた。依言《イー・イエン》の唇はとても柔らかく、彼は両手で彼女のウエストとヒップの曲線を何度も愛撫した。その日以来、彼は恋の国の住人となった。依言《イー・イエン》は夜の夢であり、彼が自分の手のなかで震えるときに見える光でもあった。

秦天《チン・ティエン》のルームメイトは張显《ジャン・シエン》といい、老刀《ラオ・ダオ》と話せる機会を楽しんでいるようだった。

張显《ジャン・シエン》は老刀《ラオ・ダオ》に第三スペースの生活についてたずね、しばらく第三スペースで暮らしてみたいと本気で考えていると言った。政府機関で出世の階段をのぼりたいのなら、第三スペースでの仕事の経験がかなり役立つと、アドバイスされたという。優秀な官僚は全員、第三スペースの行政官としてキャリアをスタートしてから、第一スペースに昇進している。このまま第二スペースに残っていれば、張显《ジャン・シエン》たちはどこへ行くこともなく、下っ端役人としてキャリアを終えることになる。張显《ジャン・シエン》の野望は最終的に国家公務員になることで、彼はそこへ至る正しい道を知っていると確信していた。だが、まず二年間は銀行で働いて、てっとり早く金を稼ぎたいと考えていた。そんな計画に、老刀《ラオ・ダオ》がとくに何も言わないのを見て、

張《ジャン・シエン》　显は老刀《ラオ・ダオ》に出世第一主義を非難されていると思った。

「現政府はあまりに非効率的で硬直している」張《ジャン・シエン》　显は急いでつけたした。「課題に対して対応が遅いし、制度改革にあまり希望が見えない。ぼくが政府で働けるようになったら、急速に改革を推し進めるだろう。無能な人間は誰であろうとクビにする」老刀《ラオ・ダオ》がそれでもたいした反応を見せないでいると、張《ジャン・シエン》　显はさらにつづけた。「公務員の候補者枠と昇進枠を広げるための働きかけもおこなうつもりだ。第三スペースからの志願者にも、門戸を開こうと考えている」

老刀《ラオ・ダオ》は何も言わない。張《ジャン・シエン》　显に反対しているのではなく、彼の話がとても信じられなかったからだ。

老刀《ラオ・ダオ》と話しながら、張《ジャン・シエン》　显はネクタイを締め、鏡の前で髪を整えていく。薄いブルーのストライプ柄のシャツに、鮮やかなブルーのネクタイ。ヘアスプレーが顔のまわりに降ってくるのを、目を閉じて顔をしかめてやりすごす。そのあいだ、ずっと口笛を吹いていた。

張《ジャン・シエン》　显は書類鞄を持って、銀行のインターンシップに出かけていった。秦《チン・ティエン》　天は午後四時まで授業があるので、自分も出かけなくてはならないと言った。出かける前に、老刀《ラオ・ダオ》が見ている前で五万元をインターネットで老刀《ラオ・ダオ》の口座に振り込み、残りは頼んだ仕事が成功してから振り込むと説明した。

「このために、しばらく金を貯めていたのか？」老刀《ラオ・ダオ》はたずねた。「君は学生だ、金銭的に苦しいだろう。なんなら、もっと少ない金額でいい」

「その心配はいりません。ぼくは財務顧問サービスの会社で有給のインターンをやっているんです。毎月、約十万元もらえるので、あなたに約束した合計報酬は、だいたいぼくの給料の二カ月分です。そのくらいは払えます」

老刀《ラオ・ダオ》は何も言わなかった。彼の普段の給料は、月に一万元だ。

「どうか、彼女の返事をもらってきてください」秦天《チン・ティエン》は言った。

「全力をつくすよ」

「腹が減ったら冷蔵庫から好きなものを食べて、〝交替〟までここで待っていてください」

老刀《ラオ・ダオ》は窓の外を見た。日光には慣れることができない。まぶしい白い光で、彼が慣れている黄色い光とは違う。太陽の下で見る道路は、第三スペースで見る道路の倍の広さに見える。これは目の錯覚だろうか。ここの建物は、第三スペースの建物ほど高くない。歩道は速足で歩く人々であふれ、ときどき小走りで人を押しのけようとする者がいて、前の人々まで走りだしたりする。誰もが走って交差点を渡ろうとしているようだ。男はたいてい西洋風のスーツを着用し、女はブラウスと短いスカート、首にはスカーフといういでたちで、手に持った硬い素材の小型バッグが有能できぱきした印象をあたえる。道路は車で渋滞し、交差点で信号待ちをしているあいだ、運転者が窓から顔を出して心配そうに前方を見つめている。老《ラオ》刀《ダオ》はこれほど多くの車を見るのは初めてだった。彼が慣れているのは、横をヒューッと通りすぎていく、乗客でいっぱいのリニアモーターカーだ。

正午頃、部屋の外の廊下で物音が聞こえた。老刀《ラオ・ダオ》は玄関ドアののぞき穴から外をうかがった。廊下の床が動くベルトコンベアに変わっていて、各部屋の玄関前に出されたごみ袋がベルトコンベアの上に押し出され、終点のダストシュートに捨てられていく。やがて霧のようなものが廊下に充満したかと思うと、石鹸の泡に変わって宙を漂い、それから水が床を洗い流し、つづいて熱い蒸気が噴き出した。

後ろの物音に驚いて老刀《ラオ・ダオ》がふり向くと、秦天《チン・ティエン》のもうひとりのルームメイトが自分の部屋から出てきたところだった。若者は無表情で老刀《ラオ・ダオ》を無視し、バルコニーの横にある何かの機械のところへ行く。いくつかボタンを押すと、機械が動き出した。ポン、ブーン、ギー。ようやく音が止むと、美味しそうなにおいが漂ってきた。若者は機械から熱い湯気の上がる料理の皿を取り出し、自分の部屋へ戻っていった。半分開いたドアから、若者の姿が見えた。床にすわり、毛布や汚れた靴下の山に囲まれて、壁を見つめながら食べている。壁を見ながら声を上げて笑ったり、ときどきメガネを押し上げたりしている。食べ終わると、皿を足元に置いて立ち上がり、壁のほうを向いて、見えない誰かと格闘しはじめた。もがき、荒い呼吸をしながら、見えない敵と取っ組み合っている。

第二スペースでの老刀《ラオ・ダオ》の最後の記憶は、〝交替〟前は誰もが自分でやっていた空気の浄化だった。アパートの窓から下を見ると、何もかもがあまりにも整然としていて、老刀《ラオ・ダオ》は少しうらやましくなった。九時十五分から、沿道の店が次々に明かりを消しはじめた。友人どうしのグループは飲んで赤くなった顔をして、レストランの前でさよならを言い、若いカップルはタクシーの横でキスをする。そして誰もが自宅へ帰り、世界は眠りにつく。

午後十時。老刀《ラオ・ダオ》は仕事のため、自分の世界へ戻った。

3

第一スペースと第三スペースを直接つなぐダストシュートはない。第一スペースからのごみは一連の金属製ゲートを通過して第三スペースに入ってくる仕組みで、ゲートはごみが通過したとたんに閉まってしまう。回転する地面をつたって裏側へ行くのはいやだったが、ほかに選択肢はなかった。

風が音を立てて吹きすさぶなか、老刀《ラオ・ダオ》はまだ回転中の地面を這って第一スペースへ向かった。地面から突き出た金属製の構造物につかまり、バランスを取ることと胸の鼓動を落ち着かせることに必死になっているうちに、ようやくこのもっとも遠い世界の縁を乗り越えることができた。全力でよじのぼったせいで眩暈《めまい》と吐き気がする。老刀《ラオ・ダオ》は胃のむかつきをこらえ、しばらく地面の上でじっとしていた。

起きたときには、すでに日が昇っていた。

そんな光景を見るのは初めてだった。太陽がだんだん空を昇っていく。深く澄んだ紺碧の空は、地平線のあたりをオレンジ色に縁どられ、ななめに細くたなびく雲に飾られている。近くの建物の軒が太陽をさえぎり、まぶしい光を背景にとりわけ黒々と見える。太陽が昇りつづけるうちに、空の青さは少し薄れるが、穏やかさと鮮やかさは増していくようだった。老刀《ラオ・ダオ》は立ち上がり、太陽へ向かって走った——あの薄れていく黄金色の断片をつかまえたい。揺れる木の枝のシルエットが浮かび上がる。老刀《ラオ・ダオ》の心は激しく動かされた。日の出がこんなに感動的なものだとは、想像したこともなかった。

しばらくすると、老刀《ラオ・ダオ》は速度を落として気持ちを落ち着かせた。彼は通りの真ん中に立っていた。両側は高い街路樹の並ぶ幅の広い緑地帯に縁取られている。周囲を見ても、建物はひとつも見当たらない。老刀《ラオ・ダオ》は困惑した。本当に第一スペースにやってきたのだろうか。彼は二列のがっしりしたイチョウ並木を見つめて考えた。

何歩か後ずさり、来た方向をふり返る。道路端に標識があった。携帯電話を取り出して地図を見る——第一スペースからライブマップをダウンロードすることは認められていないが、老刀《ラオ・ダオ》はこの旅に出る前にダウンロードして、いくつかの地図を保存してきたのだ。これから行くべき場所といっしょに現在地も突き止める。今立っているのは、大きな公園の横で、彼が出てきた継ぎ目は公園内の湖の隣にあった。

老刀《ラオ・ダオ》は人気《ひとけ》のない街を一キロほど走って、目的地のある居住区にやってきた。彼は低木の茂みに隠れ、遠くから美しい家を観察した。

八時半、その家から依言《イー・イエン》が出てきた。

秦天《チン・ティエン》の説明どおりじつに優雅だが、たぶんそこまで美しくはない。それでも、老刀《ラオ・ダオ》は驚かなかった。秦天《チン・ティエン》の表現どおりの美女など、存在するわけがない。さらに、秦天《チン・ティエン》があれほど彼女の口にこだわっていた理由もわかった。彼女の目と鼻はきわめて平凡だからだ。スタイルはよく、背が高く、華奢な骨格をしている。身に着けているのは、流れるようなスカートの乳白色のワンピースに、真珠がちりばめられたベルト。足元は黒いハイヒールだ。老刀《ラオ・ダオ》は彼女のところへ歩いていった。驚かさないように、正面から近づき、じゅうぶんな距離を置いて深々とお辞儀をする。

彼女はぴたりと立ち止まり、驚いて老刀《ラオ・ダオ》を見つめた。

老刀《ラオ・ダオ》は近づいて、ここに来た目的を説明し、秦天《チン・ティエン》の手紙とロケットが入った封筒を差し出した。

彼女は警戒の表情になった。「帰ってください」小声で言う。「今はお話しできません」

「いや……べつに話をする必要はない。ただ、この手紙を受け取ってもらいたいだけだ」

彼女は両手をかたく組んで、受け取るのを拒んだ。「今は受け取れません。帰ってください。本当に、お願いですから。いいですか？」彼女はハンドバッグから名刺を取り出して、老刀《ラオ・ダオ》に渡した。「正午にこの住所まで、わたしに会いにきてください」

老刀《ラオ・ダオ》は名刺を見た。上部に銀行の名前がある。

「正午に」彼女は言った。「地下のスーパーマーケットで待っていてください」

彼女がひどく不安がっているのがわかった老刀《ラオ・ダオ》は、うなずいて名刺をしまい、また低木の茂みに身を隠した。まもなく、家からひとりの男が現れ、彼女の横で足を止めた。男の年齢は老刀《ラオ・ダオ》と同じか、二歳くらい若く見える。長身で肩幅が広く、体に合ったダークグレーのスーツを着ている。太っているのではなく、がっしりした体形だ。顔立ちは平凡で、丸顔にメガネ、髪は横分けにしてきちんとなでつけてある。

男は依言《イー・イエン》の腰に手を回し、彼女の唇にキスをした。依言《イー・イエン》はしぶしぶキスを受け入れているように見えた。

老刀《ラオ・ダオ》にも、だんだん事情がわかってきた。

家の前にひとり乗りのカートが到着した。黒いカートには天蓋とふたつの車輪がついていて、テレビで見る昔の馬車や人力車に似ているが、カートを引く馬や人はいない。カートは停車し、前に傾いた。依言《イー・イエン》がカートに乗りこんで腰を下ろし、ワンピースのスカートを整えると、カートはまたまっすぐになり、見えない馬に引っ張られるようにゆっくりと安定した速度で動きだした。依言《イー・イエン》がいなくなると、今度は運転手のいない車が到着し、男が乗りこんだ。

老刀《ラオ・ダオ》はその場をうろうろした。何かが喉元まで来ているのに、言葉にできない。日向《ひなた》に立って、目を閉じる。きれいで新鮮な空気が胸を満たし、いくらか落ち着いた。

少しすると、老刀《ラオ・ダオ》は出発した。依言《イー・イエン》から渡された住所は、東へ三キロちょっと行ったところにある。歩道に人はほとんどおらず、片側四車線の車道を、まばらな車がぼやけて見えるほど高速で通りすぎていく。ときおり、二輪カートに乗った身なりのいい女たちが老刀《ラオ・ダオ》の横を通る。とても優雅な姿勢で乗っているので、まるでファッションショーの出演者のように見えた。誰も老刀《ラオ・ダオ》には目もくれない。木々はそよ風に揺れ、その木陰は上品な女たちから漂ってくる香水の香りに包まれているようだった。

依言《イー・イエン》のオフィスは西単《シーダン》の商業地区にあった。超高層ビルはひとつもなく、大きな公園のまわりに数軒の低い建物があるだけだ。それぞれの建物は独立しているように見えるが、実際は地下通路でつながったひとつの複合建築物の一部だ。

スーパーマーケットが見つかった。まだ早い。老刀《ラオ・ダオ》が入っていくと、すぐに小さなショッピングカートがついて回りはじめた。彼が棚の前で足を止めるたびに、ショッピングカートの画面に、その棚に並ぶ商品の名前、説明、カスタマーレヴュー、そして他のブランドの同じ種類の商品との比較が表示される。スーパーマーケットのすべての商品には、数種類の言語で書かれたラベルがついているようだった。食品のパッケージはどれも素晴らしく洗練されていて、小さなケーキとフルーツは客を魅了するように並べられている。

店内には警備員も店員もいないようだったが、老刀《ラオ・ダオ》はどの商品にも触れる勇気がなく、まるで危険な異国の動物であるかのように、商品から一定の距離を保った。

正午前になると、さらに客がやってきた。スーツ姿の男たちが店に入ってきて、サンドウィッチをつかみ、ドアの横のスキャナーの前でサンドウィッチをふり、急いで出ていく。ドア付近の目立たない隅で待っている老刀《ラオ・ダオ》には、誰も注意を払わない。

依言《イー・イエン》が現れた。老刀《ラオ・ダオ》が近づくと、彼女はちらりと周囲を見回し、何も言わずに彼を隣の小さなレストランへ連れていった。チェックのスカートを身に着けた二台の小型ロボットが出迎え、依言《イー・イエン》のハンドバッグを受け取ると、席へ案内してメニューを差し出した。依言《イー・イエン》はメニューの数カ所を押して注文を決め、メニューを返す。ロボットは向きを変え、車輪を動かして滑るように店の奥へ向かった。

依言《イー・イエン》と老刀《ラオ・ダオ》は黙って向かい合ってすわった。老刀《ラオ・ダオ》は封筒を取り出した。

だが、依言《イー・イエン》は受け取ろうとしない。「説明させてくれない？」

老刀《ラオ・ダオ》は封筒をテーブルの向こうへ押しやった。「まず、これを受け取ってくれ」

依言《イー・イエン》は封筒を押し戻す。「まず、わたしに説明させてくれない？」

「何も説明する必要はない」老刀《ラオ・ダオ》は言った。「俺がこの手紙を書いたわけじゃない。ただ届けにきただけだ」

「でも、戻って彼に返事を伝えなくてはいけないんでしょ」依言《イー・イエン》はうつむいた。小型ロボットが二枚の皿を持って戻ってきた。ふたりに一枚ずつだ。どっちの皿にも、何かの赤い刺身が二切れ、花びらのように盛り付けられている。依言《イー・イエン》は箸を取らない。老刀《ラオ・ダオ》も取らない。封筒は二枚の皿のあいだに置かれたまま、ふたりとも触れようとしなかった。「彼を騙したわけじゃないの。去年、彼と出会ったときには、わたしはもう婚約していた。彼に嘘をついてはいないし、わざと本当のことを隠していたわけでもない……。いいえ、やっぱり、嘘をついたことになるのかしら。ただ、それは彼が勝手に推測してそう思いこんだからだわ。彼は一度、呉聞《ウー・ウェン》がわたしを迎えにくるところを見て、君のお父さんかいって聞いたのよ。わたしは……わたしはちゃんと答えられなかった。わかるでしょ？　あんまり恥ずかしくて。わたし……」

依言《イー・イエン》はそれ以上何も言えなくなった。

老刀《ラオ・ダオ》はしばらく待った。「あんたらふたりのあいだに何があったかなんて、興味はない。俺にとって大事なのは、あんたにその手紙を受け取ってもらうことだけだ」

ずっとうつむいていた依言《イー・イエン》が、顔を上げた。「向こうへ戻ったら、わたしのために……彼に何も言わないでくれる？」

「なぜ？」

「彼の気持ちをもてあそんだだけだと思われたくないの。彼のことは好きよ、本当に。だから、すごくつらい」

「そういうことは、俺には関係ない」

「お願い、お願いだから言わないで……本当に彼が好きなの」

老刀《ラオ・ダオ》は少しのあいだ、黙りこんだ。「けど、結局は結婚しちまったんだろ？」

「呉聞《ウー・ウエン》はとても良くしてくれたの。わたしたちは数年間、付き合っていた。彼はわたしの両親とも知り合いで、わたしたちはずっと前から婚約していたの。それに、わたしは秦天《チン・ティエン》より三つ年上だから、彼はそれをいやがるんじゃないかと思って。秦天《チン・ティエン》はわたしのことを、自分と同じインターンだと思ってる。彼に本当のことを言わなかったのは、わたしの過ちだと認めるわ。なぜ最初にわたしもインターンだと言ってしまったのか、自分でもわからない。そのうち、本当のことを言うのがどんどん難しくなって。まさか、彼が本気になるなんて思わなかったの」

依《イー・》言《イエン》はゆっくりとこれまでの経緯を語った。実際は、彼女は銀行の頭取付き補佐を務めていて、秦《チン・》天《ティエン》に出会ったときは、すでに二年間銀行で働いていた。国連には研修で派遣されていて、例のシンポジウムでは手伝いをしていたのだった。夫はかなりの高収入なので、彼女が働く必要はないのだが、彼女は一日中家にいるのがいやだった。それで一日の半分だけ働き、半分の給料をもらっている。残りの半日は自由に過ごすことができる。彼女は新しいことを学んだり、新しい人に会ったりするのが好きだった。国連での数ヵ月の研修期間はとても楽しかった。彼女は老刀《ラオ・ダオ》に、自分のような既婚女性がたくさん半日勤務をしているのだと言った。実際、彼女が正午に退出すると、午後はべつの裕福な家庭の妻が頭取付き補佐として働くという。彼女は老刀《ラオ・ダオ》に言った——秦《チン・》天《ティエン》には真実を話していないけれど、彼を思う気持ちに偽りはない。

「それで」依《イー・》言《イエン》は新しく運ばれてきた熱い料理を、スプーンで老刀《ラオ・ダオ》の皿に取り分けた。「少しのあいだだけ、彼に言わないでほしいの。お願い……自分の口から彼に説明するチャンスをちょうだい」

老刀《ラオ・ダオ》は箸を取らなかった。かなり空腹だったが、これを食べてはいけないと思った。「それじゃ、俺まで嘘をつくことになる」

依《イー・》言《イエン》はハンドバッグを開けると、財布を取り出し、一万元札を五枚抜いた。それをテーブルに置き、老刀《ラオ・ダオ》のほうへ押しやる。「これは感謝のしるしよ。どうか受け取って」

老刀《ラオ・ダオ》はぎょっとした。こんな大きい額面の紙幣は見たことがなかったし、使う必要もなかった。彼はかっとして、ほとんど無意識に立ち上がっていた。依言《イー・イエン》の金の出し方は、老刀《ラオ・ダオ》から脅されるのを心配してのことに思えた。そんなものを受け取るわけにはいかない。ここの住人は第三スペースの住人をそんなふうに思っているのだ。

老刀《ラオ・ダオ》は、この金を受け取れば秦天《チン・ティエン》を裏切ることになる気がした。自分は秦天《チン・ティエン》の友人ではないが、それでも一種の裏切りに思える。老刀《ラオ・ダオ》は紙幣をつかんで床に投げ捨てて立ち去りたかった。だが、できない。もう一度、金を見る――五枚の薄い紙幣が、テーブルの上に壊れた扇のように広がっている。その金が自分におよぼす力を感じた。薄いブルーの紙幣は、茶色い千元札とも、赤い百元札とも違う。もっと意味深で、なぜかとても非現実的に見える。まるである種の誘惑のようだ。何度か紙幣を見るのをやめて立ち去りたいと思ったが、できなかった。

依言《イー・イエン》はずっとハンドバッグをひっかき回している。あらゆる物を取り出して、ついに内ポケットからさらに五万元を見つけると、すでに出した五枚に加えた。「これが、わたしの持っているお金全部よ。どうか受け取って、わたしを助けてちょうだい」少し間《ま》を置いて、つづける。「彼に真実を知られたくない理由は、自分が何をするかわからないからよ。いつか、彼と一緒になる勇気が持てるかもしれないし」

老刀《ラオ・ダオ》はテーブルに広げられた十枚の紙幣を見て、それから依言《イー・イエン》を見た。依言《イー・イエン》は自分が口にしたことを信じていない。彼女の声はためらいがちで、その言葉が偽りであることを示している。すべてを未来へ後回しにすれば、今は決まりの悪い思いをしなくてすむだろう。秦天《チン・ティエン》と駆け落ちする気はないが、彼に嫌われるのもいや。そこで自分の気持ちを楽にするために、可能性を残しておきたがっているのだ。

老刀《ラオ・ダオ》には彼女が自分自身に嘘をついているのがわかったが、彼も自分に嘘をつきたかった。彼は自分にこう言い聞かせた。〝俺は秦天《チン・ティエン》には何の義理もない。彼から頼まれた仕事は、手紙を依言《イー・イエン》に届けることだけで、それはやり遂げた。テーブルの上の金は、新たな仕事――秘密を守る約束――を表しているんだ〟。老刀《ラオ・ダオ》は待った。それからこう考えた。〝たぶん、いつか彼女は本当に秦天《チン・ティエン》と一緒になるだろうし、そうなれば、秘密を守った俺はいいことをしたことになる。それに、糖糖《タンタン》のことを考えないと。糖糖《タンタン》の幸せを考えなきゃならないのに、他人のことでかっかしている場合か？〟

気分が落ち着いてきた。老刀《ラオ・ダオ》は、すでに自分の指が紙幣に触れていることに気づいた。

「これじゃ……多すぎる」老刀《ラオ・ダオ》は自分の気持ちをいくらか軽くしたかった。「こんな大金は受け取れない」

「たいした額じゃないわ」依言《イー・イエン》は紙幣を彼の手に握らせた。「これはわたしの一週間分のお給料よ。心配しないで」

「けど……彼にどう言えばいい？」

「今は一緒になれないけれど、彼を好きな気持ちは本当だと伝えて。伝言を書くから、彼に渡してちょうだい」依《イー・》言《イエン》はハンドバッグからメモ帳――表紙にはクジャクが描かれ、ページは金色に縁取られている――を見つけ、ページを一枚破りとって書きはじめた。彼女の字は傾いた瓢簞《ひょうたん》のようだった。

老刀《ラオ・ダオ》はレストランを出ると、ちらりとふり返った。依《イー・》言《イエン》は席にすわって、壁の絵を見つめている。とても優雅で洗練された佇まいは、まるでそこから立ち去るつもりがないかのようだった。

彼は紙幣をポケットにねじこんだ。自分を嫌悪したが、金を握っていたかった。

4

老刀《ラオ・ダオ》は西単《シーダン》を出て、来た道を引き返した。くたくただ。歩道の片側にはシダレヤナギが並び、反対側にはアオギリが並んでいる。季節は晩春で、すべて緑に覆われていた。午後の太陽が老刀《ラオ・ダオ》のこわばった顔を暖め、虚ろな心を明るくしてくれる。

今朝の公園まで戻ってくると、この時間はたくさんの人々でにぎわい、二列のイチョウは堂々と立派に見えた。ときどき黒い車が公園に入っていく。園内のほとんどの人は、上質な布地で仕立てた体に合った西洋風のスーツか、黒っぽい色のスタイリッシュな中国風のスーツを着ていて、誰もが横柄な雰囲気を漂わせていた。外国人もいる。数人で話をしている人もいれば、離れたところから挨拶を交わし、笑いながら近くまで来ると、握手をして一緒に歩きだす人もいる。

老刀《ラオ・ダオ》はどこへ行こうか決めかねて、ぐずぐずしていた。通りには、それほど人が多くない。ここに突っ立っていれば、人目を引いてしまう。とはいえ、公共の場所ではどこでも場違いに見えるだろう。公園のなかに戻って、地面の亀裂の近くに行き、どこかの隅に隠れて仮眠を取りたかった。眠くてたまらないが、道端で居眠りするわけにもいかない。

公園に入る車は一時停止の必要がないようだと気づき、老刀《ラオ・ダオ》は自分も歩いて公園に入ってみることにした。公園の門に近づいたところで、そのあたりを警戒している二台のロボットに気づいた。車やほかの歩行者は警備ロボットの前を何の問題もなく通過したが、老刀《ラオ・ダオ》が近づいたとたん、ロボットたちは警告音を鳴らし、くるりと方向転換して彼のほうへ向かってきた。静かな午後に、その音はひどくうるさく聞こえた。近くの誰もがふり向いて彼を見る。

老刀《ラオ・ダオ》はあせった。このみすぼらしい服がロボットの注意を引いたのだろうか？　彼はロボットに小声で伝えようとした――スーツを公園に置いてきてしまったんだ。だがロボットは耳を貸さず、警告音をビービー鳴らして頭上の赤色灯を点滅させるのをやめない。園内を歩く人々が足を止め、泥棒か変わり者を見るような目で彼を見る。まもなく近くの建物から三人の男が現れ、こっちに走ってきた。老刀《ラオ・ダオ》は喉から心臓が飛び出しそうになった。逃げたかったが、もう遅い。

「どうしました？」先頭の男が声高にたずねた。

老刀《ラオ・ダオ》はどう答えていいか思いつかず、神経質に手のひらをズボンでぬぐった。

先頭の男は三十代で、老刀《ラオ・ダオ》に近づくと、ボタンくらいの大きさの銀色のディスクを老刀《ラオ・ダオ》の体のまわりで動かして検査した。そして疑わしげに老刀《ラオ・ダオ》を見た。まるで、老刀《ラオ・ダオ》の殻を缶切りでこじ開けようとしているかのような目だ。

「この男の記録はありません」彼は後ろの年配の男に身ぶりで示した。「連行します」

老刀《ラオ・ダオ》は公園から逃げようと走りだした。

二台のロボットが音もなく高速で彼の前に回りこみ、両脚をつかんだ。ロボットの手は手錠になっていて、老刀《ラオ・ダオ》の足首を簡単に拘束した。彼は足を取られて倒れかけたが、ロボットたちに支えられ、両腕がむなしく空を切った。

「なぜ逃げようとする?」若いほうの男が前に出て、老刀《ラオ・ダオ》をにらみつける。その口調はすっかり厳しくなっていた。

「あの……」老刀《ラオ・ダオ》は、頭がぶんぶんうなる蜂の巣になったような気がした。考えることができない。

二台のロボットは老刀《ラオ・ダオ》の脚を一本ずつつかんで持ち上げ、ロボットの車輪の横にある台に乗せた。そして平行に並んで老刀《ラオ・ダオ》を運び、近くの建物へ向かう。ロボットの動きはとても安定していてスムーズで、二台の動きがぴたりと合っている。遠くから見たら、老刀《ラオ・ダオ》はローラーブレードでスケートをしているように見えるだろう。ちょうど風火二輪に乗る哪吒《なた》（道教の少年神。足に風火二輪という火を噴く車輪を履いて移動する）のように。

老刀《ラオ・ダオ》は完全に無力だった。不注意だった自分に腹が立つ。いったいどうして、こんなに人の多い場所に保安対策がないなどと思ったのか？　眠気のせいで愚かな過ちをおかした自分を責めた。もう、おしまいだ。金を手に入れられないだけじゃなく、刑務所に送られてしまう。

ロボットは細い道をたどって建物の裏口までやってくると、停止した。後ろから三人の男が追ってきた。若いほうの男が年配の男と、老刀《ラオ・ダオ》の扱いをめぐって言い争っているようだが、声が小さくて老刀《ラオ・ダオ》には話の内容までは聞き取れない。しばらくすると、年配の男が来て、老刀《ラオ・ダオ》の脚からロボットの手をはずし、腕をつかんで階上へ連れていった。

老刀《ラオ・ダオ》はため息をつき、これも運命とあきらめた。

男は老刀《ラオ・ダオ》をある部屋に入れた。ホテルの部屋のように広々としていて、秦天《チン・ティエン》のアパートのリビングより広く、老刀《ラオ・ダオ》の借りている部屋の約二倍ある。室内の装飾は濃い琥珀色で、中央にキングサイズのベッドが置かれていた。ベッドの枕元の壁には、変化する色彩が抽象的な模様を描いている。半透明の白いカーテンがフランス窓を覆い、窓の前には小さなまるいテーブルとすわり心地の良さそうな椅子が二脚置かれている。老刀《ラオ・ダオ》は不安になってきた。この男は何者だ？　目的は何だ？

「まあ、すわってくれ！」年配の男は老刀《ラオ・ダオ》の肩をぽんと叩いて、ほほえんだ。「何も問題はない」

老刀《ラオ・ダオ》はいぶかしげに男を見た。

「第三スペースから来たんだろ？」年配の男は老刀《ラオ・ダオ》を椅子のほうへ引っぱり、すわるように身ぶりで示した。

「なぜ、わかったんだ？」老刀《ラオ・ダオ》は嘘をつけなかった。

「そのズボンだよ」年配の男は老刀《ラオ・ダオ》のズボンのウエストを指さした。「ラベルがついたままだろ。そのブランドは第三スペースでしか販売されていない。小さい頃、おふくろが親父にそのブランドのズボンを買っていたのを覚えていたんだ」

「旦那は……？」

「旦那なんて呼ぶ必要はない。あんたとそれほど年も違わないと思う。あんたはいくつだ？俺は五十二だ」

「四十八」

「ほらな、四つしか違わない」男は少し黙ってから、つけたした。「俺の名は葛大平《グー・ダーピン》。老《ラオ》葛《グー》と呼んでくれ」

老刀《ラオ・ダオ》は少し気を緩めた。老葛《ラオ・グー》は上着を脱ぎ、両腕を伸ばして凝りをほぐしている。そして壁の蛇口からグラスにお湯を入れ、老刀《ラオ・ダオ》に差し出した。老葛《ラオ・グー》は面長で、目尻と眉毛と頬が下がっている。メガネまで鼻の先から落っこちそうだ。髪は生まれつきの軽い巻き毛で、頭頂部に無造作に生えている。しゃべると、眉毛が上下に動いて面白い。彼は自分にお茶を淹れ、老刀《ラオ・ダオ》にもほしいかたずねた。老刀《ラオ・ダオ》は首を横にふった。

「俺ももともとは第三スペースの生まれなんだ」老葛《ラオ・グー》は言う。「俺たちは同郷なんだよ！

だから、そんなに警戒する必要はない。俺にもまだ少しは権限がある。あんたを当局に引き渡したりはしないよ」

老刀《ラオ・ダオ》は長いため息をついて、この幸運を静かに喜んだ。そしてこれまでの経緯を、老葛《ラオ・グー》に話して聞かせた。まず第二スペースへ行き、さらに第一スペースに来たことは話したが、依言《イー・イエン》から聞いた内容ははぶいた。老葛《ラオ・グー》には、ただ無事に手紙を届け、今は家に帰るために〝交替〟を待っているところだと伝えた。

老葛《ラオ・グー》も自分のことを話してくれた。第三スペースで育ち、両親は配達員として働いていたという。十五歳で士官学校に入り、その後陸軍に入隊した。軍ではレーダー技師として働いた。そこで仕事に励み、優秀な腕前を発揮し、好機にも恵まれて、最終的にレーダー部門の管理職に昇進し、階級は准将になった。名家の出身ではない彼にとっては、陸軍のなかで昇進できる最高の階級だ。

それから陸軍を退役し、第一スペースにある国営事業の業務支援をおこなう機関に就職した。会議のセッティングや、旅行の手配、さまざまな社交行事の調整をおこなう。仕事は事実上肉体労働だが、官僚との関わりがあり、調整や管理もしなくてはならないので、第一スペースでの居住を許されているのだ。第一スペースには、老葛《ラオ・グー》のような人間が相当数いる。料理人、医者、秘書、ハウスキーパーといった優秀な腕を持つ肉体労働者が、第一スペースの暮らしを支えるために必要なのだ。老葛《ラオ・グー》の勤める機関は重要な社交行事や会合を数多く手がけていて、彼はそこの責任者だった。

老刀《ラオ・ダオ》は、第一スペースに住んで働くことができるのは卓越した技術を持った人間だけだと知っていた。ここでは料理人さえ、その道の達人と言っていい。老葛《ラオ・グー》は相当優秀だったに違いない。陸軍で技術者として働いたあと、第三スペースからここまで上がってきたのだから、老葛《ラオ・グー》は〝肉体労働者〟と表現することで自分を卑下したのかもしれないが、

「ついでに昼寝をしていくといい」老葛《ラオ・グー》は言った。「夕食に何か持ってきてやろう」

老刀《ラオ・ダオ》はまだ自分の幸運が信じられず、なんとなく落ち着かなかった。だが、白いシーツとふっくらした枕の誘惑にはあらがえず、ほとんどすぐ眠りに落ちた。

目が覚めると、外は暗くなっていた。老葛《ラオ・グー》は鏡の前で髪を整えていて、ソファの上のスーツを指さし、老刀《ラオ・ダオ》に着替えるように言った。その後、老刀《ラオ・ダオ》のスーツの下襟《ラペル》に、かすかに赤く光る小さいバッジを留めてくれた――新しい身分証だ。

階下の開けた広いロビーは、混雑していた。何かの贈呈式が終わった直後らしく、出席者たちが数人ずつ集まっておしゃべりをしている。ロビーの端には、宴会場へつづく両開きのドアが開いている。分厚い二枚のドアは、赤紫色の革張りだ。ロビーには小さいスタンディング・テーブルがたくさん置かれていた。どのテーブルも白いテーブルクロスがかけられ、金色のリボンが下でクロスをまとめている。テーブルの真ん中には一本のユリの花を挿した花瓶があり、そのまわりにはクラッカーやドライフルーツといった軽食が用意されている。脇に置かれた長いテーブルでは、ワインとコーヒーが提供されていた。客はテーブルのあいだを歩きながらおしゃべりに興じ、お盆を持った小型ロボットたちが、彼らの足元を往復し

て空いたグラスを回収する。

老刀《ラオ・ダオ》は落ち着けと自分に言い聞かせながら、老葛《ラオ・グー》のあとについて楽しそうな雰囲気のロビーを抜け、宴会場に入っていった。すると、大きな垂れ幕が見えた――〝折りたたみ都市五十周年〟。

「これは何だ？」老刀《ラオ・ダオ》はたずねた。

「祝賀パーティーだよ！」老葛《ラオ・グー》は歩き回って、会場のセッティングを調べている。「小趙《シャオ・ジャオ》、ちょっと来い。もういっぺん、テーブルの席札を確認してくれ。こういうことに関しては、ロボットは信用できん。ときどき、融通のきかないことがあるからな」

宴会場には、中央に生花の飾られた大きな丸テーブルがびっしりと並んでいた。

その光景は、老刀《ラオ・ダオ》には非現実的に見えた。彼は会場の隅に立ち、巨大なシャンデリアを見つめた。それは頭上にぶらさがるまばゆい現実のようで、その周辺では自分は取るに足らない存在にすぎなかった。前方の演壇には演説台が設置され、その後ろのスクリーンには、変わりつづける北京の写真が次々に映し出されていた。おそらく航空機から撮影されたもので、北京の街全体をとらえている。夜明けと夕暮れの柔らかい光、濃い紫と青が入りまじる空、空を流れる雲、街角からのぼる月、屋根の向こうへ沈む太陽。それらの航空写真は、対称的に広がる昔の北京の街の壮大さを表していた。レンガ塀に囲まれた中庭や、北京六環路まで広がる緑豊かな大きい公園があるモダンな一角。中国風の劇場。日本風の博物館。ミニマリズム建築のコンサートホール。次に街全体を撮影した写真が現れた。なかには〝交替〟中の街の両面をとらえたものもある。地面が回転し、裏側に突き出た超高層ビルのまっすぐとがった輪郭が見えているもの。颯爽と仕事へ急ぐ人々。夜を照らして星を消し去るネオンサイン、そびえたつ共同住宅、映画館、美しい人々でにぎわうナイトクラブ。

だが、老刀《ラオ・ダオ》が働いている場所の写真は一枚もなかった。

彼は熱心にスクリーンを見つめた。建設中の折りたたみ都市の写真は登場しないのだろうか？　父親の時代の街をひと目見てみたい。老刀《ラオ・ダオ》が小さい頃、父親はよく窓の外のビルを指さして「あの頃、父さんたちはな……」で始まるお話を聞かせてくれた。窮屈な家の壁には一枚の古い写真が飾られていて、そこにはレンガを並べている父親の姿が写っていた。父親が何千回、いいや、おそらく何十万回も繰り返してきた作業だ。老刀《ラオ・ダオ》はその写真を見すぎて飽き飽きしてしまったと思っていたが、このときばかりは、レンガを積む作業員の姿をほんの数秒でもいいから見たいと思った。

老刀《ラオ・ダオ》は物思いにふけっていた。遠くから〝交替〟のようすを見たのも初めてだった。自分がいつすわったのか覚えていないし、いつほかの人たちが横にすわったのかもわからない。演説台で男がしゃべりだしたが、老刀《ラオ・ダオ》は最初の数分間は聞いてさえいなかった。

「……サービス業の発展にとって好都合です。サービス経済は人口の多さと密度に左右されます。現在、われわれの街のサービス産業は国内総生産《GDP》の八十五パーセントを占めており、世界の主要都市の一般的特徴と合致しています。他の重要な産業としましては、グリーン経済とリサイクル経済があります」老刀《ラオ・ダオ》は今や、完全に聞き入っていた。〝グリーン経済〟と

〝リサイクル経済〟は、ごみ処理施設でよく口にされる言葉で、壁にペンキで人間より大きい文字で書かれている。老刀《ラオ・ダオ》は壇上の人物をよく見た——白髪まじりの老人だが、意気盛んで元気にあふれている。「……今では、すべてのごみは分別処理されており、われわれはエネルギー保全と環境汚染の低減という目標を、予定より早く達成しました。系統的な大規模リサイクル経済を発展させ、電子廃棄物から抽出した希土類《レアアース》と貴金属のすべてを製造業で再利用し、プラスティックのリサイクル率さえ八十パーセントを超えています。リサイクル処理場は再処理工場に直結し……」

老刀《ラオ・ダオ》の遠い親戚に、北京から遠く離れたハイテク産業集中地域の再処理工場で働いている人がいる。そこは途方もない数の工業用の建物が建ち並ぶ地域で、すべての工場がそっくりな外観をしているという。機械はほとんど自動で、従業員の数はとても少ない。夜、集まった従業員たちは、人里離れた荒れ地に暮らす、減少していくばかりの部族の最後の生き残りになった気分になるという。

いつのまにか、またぼうっとしていた老刀《ラオ・ダオ》は、スピーチが終わったときの盛大な拍手で、ようやくとりとめのない物思いから現実に引き戻された。何の拍手かわからないまま、一緒になって手を叩く。スピーチを終えた老人は演壇を下り、主賓席の上座へ戻っていく。全員が老人に注目していた。

老刀《ラオ・ダオ》は呉《ウー・ウェン》聞の姿に気づいた。依《イー・イエン》言の夫だ。スピーチをした老人が席に着くと、呉《ウー・ウェン》聞は歩いた。呉《ウー・ウェン》聞は主賓席の隣のテーブルにいる。

ていってお祝いの乾杯をしてから、老人の関心を引くことを言ったようだった。老人は立ち上がって、呉聞《ウー・ウェン》と一緒に宴会場を出ていく。

興味を引かれた老刀《ラオ・ダオ》は、ほとんど無意識に席を立ってふたりを追った。老葛《ラオ・グー》はどこへ行ってしまったのだろう。ロボットたちが現れて、宴会の料理を出していく。

老刀《ラオ・ダオ》は宴会場を出て、受付ロビーに戻ってきた。離れたところから、さっきのふたりの会話を盗み聞きするが、話の断片しか聞き取れない。

「……この提案には、たくさんの利点があります」呉聞《ウー・ウェン》が言う。「ええ、設備を見ました……自動廃棄物処理……化学溶剤を使用してすべてを溶解・分解してから、再利用可能な物質をまとめて抽出する……衛生的で、非常に経済的……どうか、ご一考頂けないでしょうか？」

呉聞《ウー・ウェン》はずっと声をひそめていたが、老刀《ラオ・ダオ》には〝廃棄物処理〟という言葉がはっきり聞こえた。老刀《ラオ・ダオ》はもう少しふたりに近づいた。

白髪まじりの老人は複雑な表情を浮かべている。呉聞《ウー・ウェン》の話が終わっても、しばらく黙っていた。そして、ようやく口を開いた。「その溶剤は本当に安全なのか？　有毒物質による汚染の心配はないのか？」

呉聞《ウー・ウェン》は口ごもった。「現在のバージョンでは、まだわずかな汚染が発生しますが、彼らならきっと、ごく短期間で汚染を最小限に抑えられるはずです」

老刀《ラオ・ダオ》はさらに近づいた。

老人は呉聞《ウー・ウェン》を見つめて、首を横にふる。「そんな単純な話ではない。もし、わたしが君の計画を認め、それが実行されれば、重大な結果が待ち受けている。君の方法には、労働者が不要だ。仕事を失うことになる数千万の人々を、どうするつもりだ？」

老人は背を向けて宴会場へ戻っていった。呉聞《ウー・ウェン》はその場で茫然としている。ずっと老人のそばにひかえていた男――たぶん秘書だろう――が呉聞《ウー・ウェン》のところにやってきて、気の毒そうに言った。「あなたも戻って食事を楽しむといい。この仕組みについては、あなたも理解されているでしょう。雇用は最重要課題です。これまで似たような技術を提案してきた方はいないなどと、本当にお思いになりますか？」

彼らの話が自分に関わりのあるものだということは、老刀《ラオ・ダオ》にもなんとなくわかったが、いいことなのか悪いことなのかまではわからなかった。呉聞《ウー・ウェン》の表情は混乱から苛立ちへ、そしてあきらめへと変わった。老刀《ラオ・ダオ》は急に呉聞《ウー・ウェン》が気の毒になった――彼にも弱い立場に立たされるときがあるのだ。

不意に、秘書が老刀《ラオ・ダオ》に気づいた。

「新入りか？」

老刀《ラオ・ダオ》は驚いた。「え？　あの……」

「名前は？　新しいスタッフが入ったとは聞いていないが」

老刀《ラオ・ダオ》の心臓の鼓動が激しくなる。彼はなんと言っていいかわからず、襟に留めたバッジを指さした。まるでバッジがしゃべるか何かして、自分を助けてくれるとでも言うように。だが、バッジは何もしてくれない。老刀《ラオ・ダオ》の手が汗ばんできた。じっと彼を見つめる秘書の顔は、刻一刻と疑いの色が濃くなっていく。秘書はロビーにいた別の従業員をつかまえてたずねたが、従業員は老刀《ラオ・ダオ》を知らないと答えた。

秘書の顔は怒りですっかり険しくなっていた。彼は片手で老刀《ラオ・ダオ》をつかみ、もういっぽうの手で通信機のキーを叩いた。

老刀《ラオ・ダオ》の心臓が喉から飛び出しそうになったちょうどそのとき、老葛《ラオ・グー》の姿が見えた。

老葛《ラオ・グー》は急いで駆けつけ、上品な仕草で秘書の通信機を切った。そしてにこやかに秘書に挨拶し、深々とお辞儀をしてから説明した——今回は人手が足りず、別の部署の同僚に今夜の応援を頼まなくてはならなかったのです。

秘書は老葛《ラオ・グー》の話を信じたらしく、宴会場へ戻っていった。老葛《ラオ・グー》はこれ以上面倒を起こされないように、老刀《ラオ・ダオ》を自分の部屋へ連れていった。もし本気で老刀《ラオ・ダオ》の身元を調べようとする人間が現れたら、真実がばれてしまい、老葛《ラオ・グー》でさえ彼を守ってやれなくなる。

「あんたは宴会を楽しめないたちらしいから」老葛《ラオ・グー》は笑った。「ここで待っていてくれ。あとで食べ物を持ってくる」

老刀《ラオ・ダオ》はベッドに横になり、また眠りに落ちた。呉《ウー・》聞《ウェン》と老人の会話を頭のなかで再生する。自動廃棄物処理。それはどんな形をしているんだろう？　いいものなのか、それとも悪いものなのか？

次に目覚めると、美味しそうなにおいがしていた。老葛《ラオ・グー》が小さい丸テーブルに料理を並べ、壁のウォーミングオーヴン（主に料理の保温や食器の温めに使うキッチン機器）から最後の一皿を取り出している。老葛《ラオ・グー》はボトル半分の白酒《パイチュウ》まで持ってきていた。

「ふたりしか人のいないテーブルがあって、そのふたりが早く帰っちまったもんだから、ほとんどの料理は手もつけられていなかったんだ。だから、少しばかりもらってきた。多くはないが、味はいいはずだ。残り物を持ってきやがったと、悪く思わないでくれるといいんだが」

「とんでもない」老刀《ラオ・ダオ》は言った。「食べられるだけでありがたい。それに、うまそうだ！かなり高いんだろう？」

「宴会の料理はここの厨房で用意されたもので、売り物じゃない。だから、レストランで注文したらいくらぐらいするものなのか、俺にはわからん」老葛《ラオ・グー》はすでに食べ始めている。「持ってきたのは特別な料理じゃないから、そうだな、たぶん一万元か二万元じゃないか？二人分で三万元か四万元ってとこだろう。それ以上はない」

二口食べたところで、老刀《ラオ・ダオ》は自分がいかに空腹だったか気づいた。食事を抜くのには慣れていて、ときには丸一日食べずにすごすこともできた。そこまですると、抑えきれないほど体が震えるが、それに耐えることも学んだ。しかし今は、空腹感に圧倒されている。もっと速く咀嚼《そしゃく》したい。空っぽの胃袋の要求に、歯が追いつかない。老刀《ラオ・ダオ》は食べ物を白酒で流しこもうとした。酒は香り高く、喉をまったく刺激しなかった。

老葛《ラオ・グー》はのんびりと食べながら、老刀《ラオ・ダオ》の食いっぷりをにこやかに眺めている。

「そういえば」激しい空腹感がようやく少し収まると、老刀《ラオ・ダオ》はさっきの会話を思い出した。

「スピーチをしていた老人は誰なんだ？　なんとなく見覚えがある気がするんだが」

「しょっちゅう、テレビに出ているからな」老葛《ラオ・グー》は言った。「俺の上司さ。真の権力者だ——

——街の運営に関するすべての権限を握っている」

「さっき、ある男と自動廃棄物処理の話をしていたんだが、本当にそんなことをすると思うか？」

「どうだろう」老葛《ラオ・グー》は白酒をすすり、げっぷをした。「しないんじゃないか。まずは、なぜ今、手作業での処理を採用しているかを理解しなくちゃならん。二十世紀末当時、ここの状況はヨーロッパと似たようなものだった。経済は成長していたが、失業者数も増加していた。紙幣を増刷しても、問題の解決にはならなかった。経済はフィリップス曲線（賃金上昇率が高くなれば、失業率が低くなることを表す曲線）に従うのを拒否したんだ」

老刀《ラオ・ダオ》がぽかんとしているのに気づき、老葛《ラオ・グー》は笑った。「いや、忘れてくれ。どっちみち、こういう話はわからんだろう」

老葛《ラオ・グー》は老刀《ラオ・ダオ》とグラスをカチンと触れ合わせ、ふたりで白酒を飲み干し、お代わりをついだ。

「話を失業者数にしぼろう。それなら、あんたにも理解できるはずだ」老葛《ラオ・グー》はつづけた。

「人件費が上がりつづけ、機械設備費が下がりつづけると、ある時点から、人より機械を使うほうが安くなる。生産性の向上とともにＧＤＰも上がったが、失業率も上がってしまった。どうすればいいと思う？　労働者を守る政策を成立させるか？　福祉政策を強化する？　労働者を守ろうとすればするほど人件費は上昇し、雇用主にとって人を雇う魅力はますます失われる。今、この街を出て工業地域へ行けば、工場で働いている人間はほとんどいない。農業でも同じだ。大規模商業農場は広大な土地を保有し、すべてを自動化しているから、人はいらない。経済を成長させたい場合は、こういった自動化は必須だ——この国はそうやって欧米に追いついたんだ、覚えてるか？　発展していったのさ！　問題は、農場や工場を辞めさせた人々をどうするかだ。ヨーロッパでは、ひとりひとりの労働時間を強制的に減らすことで、雇用の機会を増やすという方針をとった。だが、これが経済の活力をだんだん奪っていった。わかるな？

　いちばんの方法は、一定の人口の活動時間を減らし、さらに彼らを常に忙しくさせておく方法を見つけることだ。わかるか？　そうだ、彼らを夜に押しこんでしまえばいい。このやり方には、もうひとつ利点がある。インフレの影響は、社会階層の最下層ではほとんど感じられない。ローンを組んで利子を払うことができる人々は、発行された金をすべて使ってくれる。ＧＤＰは上がるが、基本的な生活必需品のコストは上がらない。しかも、ほとんどの人々はそれに気づきもしない」

　老刀《ラオ・ダオ》は聞いていたが、老葛《ラオ・グー》の言っていることの半分しかわからなかった。それでも、その口調に冷たく厳しいものがまじっていることには気づいた。老葛《ラオ・グー》はまだ陽気な態度をとっているが、冗談めかした口調は、言葉の鋭さをやわらげて老刀《ラオ・ダオ》を傷つけないための方策にすぎない。あまり傷つけないようにしているだけだ。

「確かに、少し冷たく聞こえるだろうな」老葛《ラオ・グー》は認めた。「だが、真実だ。俺はここに住んでいるからというだけで、この場所を弁護しようとは思わない。とはいえ長年働いたあとでは、少々麻痺してくる。人生には変えられないものがたくさんあって、俺たちにできるのは、受け入れて耐えることだけだ」

老刀《ラオ・ダオ》にもようやく、だんだん老葛《ラオ・グー》のことがわかってきたが、どう言っていいかはわからなかった。

ふたりとも少し酔ってきて、昔の思い出を語りだした——子どもの頃に食べたもの、校庭での喧嘩。老葛《ラオ・グー》は酸辣米粉《サンラービーフン》と臭豆腐《チョウドウフ》が大好きだった。こういう料理は第一スペースでは手に入らないので、懐かしくてたまらないという。老葛《ラオ・グー》は、まだ第三スペースで暮らしている両親のことを話した。あまり頻繁に両親に会いに行くことはできない。なにしろ、毎回、特別な許可を申請・取得しなくてはならず、それはかなり厄介な作業なのだ。老葛《ラオ・グー》は、第三スペースと第一スペースを行き来する正規の手段がいくつかあることに触れ、少数の選ばれた人間だけが頻繁に行き来していると話した。そして自分の両親に持っていってほしいものがあると、老刀《ラオ・ダオ》に頼んだ。老葛《ラオ・グー》は両親のそばで面倒をみてやれないことを後悔していて、悲しく思っているという。

老刀《ラオ・ダオ》は孤独な子ども時代の話をした。うす暗いランプの明かりの下で、彼はひとりで埋立地のはずれをぶらぶらしてすごした当時のことを思い出した。

もう夜更けだ。老葛《ラオ・グー》は階下のイベントのようすを見に行かなくてはならなかったので、老《ラオ》刀《ダオ》を一緒に連れていった。ダンスパーティーはそろそろ終わるところで、疲れたようすの男や女が二、三人ずつ出てくる。老葛《ラオ・グー》の話では、起業家たちがもっともエネルギッシュで、朝までダンスをすることもざらだという。パーティーのあとのがらんとした宴会場は、散らかって汚れていた。まるで、長く大変な一日の終わりに化粧を落とした女のようだ。会場を掃除しようとしているロボットを見て、老葛《ラオ・グー》は笑った。「第一スペースが本当の顔を見せる唯一の時間さ」

老刀《ラオ・ダオ》は時間を確認した。あと三時間で〝交替〟だ。彼は考えを整理した——そろそろ、行こう。

5

スピーチをおこなった白髪まじりの老人は、宴会のあと、オフィスに戻って書類の整理をしてから、ヨーロッパとビデオ通話をした。真夜中になると、疲れを感じた。メガネをはずして鼻梁《びりょう》をさする。ようやく帰宅時間になった。彼はたいてい、真夜中まで仕事をするのだ。電話が鳴った。出てみると、秘書からだった。

会議のための調査チームから、トラブルの報告があったという。会議宣言の原稿に使用されている数値のひとつに誤りが見つかったため、調査チームが宣言を印刷し直すべきか指示を仰いできたのだ。老人はすぐに印刷のやり直しを許可した。非常に重要なものだから、正確でなければならない。この件の責任者は誰かとたずねると、秘書は呉聞《ウー・ウェン》主任と答えた。

老人はソファに腰を下ろして仮眠をとった。午前四時頃、ふたたび電話が鳴った。印刷の進行状況が思っていたより少し遅く、もう一時間かかりそうだという。

彼は立ち上がって窓の外を見た。何もかも静まりかえっている。暗い夜空にオリオン座の明るい星々がまたたいていた。

鏡のような湖面に、オリオン座が映っている。老刀《ラオ・ダオ》は湖岸にすわって〝交替〟を待っていた。

夜の公園を見つめながら、こんな光景を見るのも、たぶんこれが最後だろうと思っていた。べつに悲しくはないし、あとで懐かしくなるだろうと思っているわけでもなかった。ここは静かで美しいところだが、自分とは何の関係もない。うらやましいとも思わないし、怒りも感じない。ただ、この経験を忘れたくなかった。ここの夜間は、ほとんど明かりがない。第三スペースを昼間のように明るくするギラギラしたネオンのようなものは、ひとつもない。この街の建物は、眠りについて穏やかな寝息を立てているようだった。

午前五時、また秘書から電話がかかってきた。宣言は印刷し直して製本したものの、まだ印刷所にあるので、予定されている〝交替〟を遅らせるべきかどうか、という内容だった。

老人は即座に決断した。もちろん、遅らせなくてはならない。五時を四十分過ぎた頃、印刷された宣言が会議場へ運びこまれたが、まだそれを三千人分のフォルダーに収めなくてはならなかった。

老刀《ラオ・ダオ》の目にかすかな朝日が見えてきた。この時期は、六時前に太陽が昇ることはないが、地平線付近の空が明るくなるのは見える。

準備はできていた。老刀《ラオ・ダオ》は携帯電話を見た。六時まで、あと二分しかない。ところが奇妙なことに、〝交替〟が始まるきざしがなかった。たぶん第一スペースでは、〝交替〟さえ静かにスムーズにおこなわれるのだろう。

午前六時十分、宣言の最後の一部がフォルダーに収められた。

老人は止めていた息をふうっと吐き、〝交替〟開始の指示を出した。

老刀《ラオ・ダオ》は、ようやく地面が動き出したことに気づいた。立ち上がって、脚のしびれをふり払い、広がっていく亀裂の端へ慎重に近づく。亀裂の両側で地面が持ち上がると、老刀《ラオ・ダオ》は地面の端を乗り越え、足がかりになるところを探って、断面へ下りた。地面が回転し始める。

六時二十分、秘書からまた緊急の電話がかかってきた。呉聞《ウー・ウェン》主任が重要な書類をデータキーと一緒にうっかり宴会場に忘れてきたという。清掃ロボットに捨てられてしまう恐れがあるので、今すぐ回収に行かなければならない。

老人は悩んだが、〝交替〟を停止して元に戻すよう指示を出した。


老刀《ラオ・ダオ》がゆっくりと断面を這い下りていると、突然すべてがガクンと止まった。まもなく、地面がふたたび動きだした。だが、回転の方向が逆だ。亀裂がだんだん閉じていく。ぎょっとして、老刀《ラオ・ダオ》は出せるかぎりのスピードで断面をよじのぼった。両手も使って必死で地面を這い上がりながら、動作にも気をつけなくてはならない。

亀裂は思っていたより早く閉じた。老刀《ラオ・ダオ》がてっぺんに着いたちょうどそのとき、亀裂の両側がぶつかりあい、片脚の膝から下がはさまってしまった。土のおかげで脚がつぶれたり骨折したりすることはなかったが、がっちりとはまってしまい、何度やっても脚を引き抜くことができない。恐怖と痛みで、額に玉の汗が噴き出す。俺は見つかってしまったのだろうか？

老刀《ラオ・ダオ》は地面に突っ伏して、耳をすました。こっちへ走ってくる足音が聞こえる気がする。すぐに警官が現れて、自分を捕まえるところを想像した。警官たちは彼の脚を切断し、切り落とした足と一緒に刑務所に放りこむかもしれない。しかし、いつ正体がばれたのだろう？

草の上に寝そべっていると、朝露がひんやり冷たい。湿った空気が襟元や袖口から入りこんできて、老刀《ラオ・ダオ》の体を震わせ、気が緩まないようにしてくれる。彼は心のなかで秒数をかぞえながら、ただの機械の不具合であってくれと薄い望みにすがった。捕まったときの言い訳を考えよう。二十八年間、いかに正直に、勤勉に、こつこつ働いてきたかを訴えれば、少しは同情を買えるかもしれない。裁判にかけられるのだろうか？　運命が老刀《ラオ・ダオ》の目の前に不気味に迫っていた。

今や、運命は彼の胸に押し寄せていた。この四十八時間で経験したすべてのなかで、もっとも強く印象に残った出来事は、夕食での老葛《ラオ・グー》との会話だった。あのとき彼は、真実の側面に近づけた気がした。たぶん、そのせいで、運命の輪郭を垣間見ることができたのだろう。だがその輪郭はあまりにも遠く、冷たく、手の届かないものだった。真実を知ることに何の意味があるのか、老刀《ラオ・ダオ》にはわからなかった。いくつかの物事がはっきり見えたところで、それを変える力がないままなら、何の利点があるのだろう？　しかも彼の場合は、はっきり見えてすらいない。

運命は雲のようだ。一時的にそれとわかる形になっても、もっとよく見ようとする頃には、その形は消えている。老刀《ラオ・ダオ》は、自分がただの数字であることを知っていた。ただの平凡な人間で、自分と似たような五千百二十八万人のひとりにすぎない。そこまでの正確さが必要なく、ただ五千万人と表現するなら、自分は四捨五入で切り捨てられ、存在していないのと同じになる。塵《ちり》ほどの意味もない。老刀《ラオ・ダオ》は草をつかんだ。

六時三十分、呉聞《ウー・ウェン》がデータキーを回収した。六時四十分、呉聞《ウー・ウェン》は帰宅した。

六時四十五分、白髪まじりの老人は疲れきって、ようやくオフィスの小さいベッドに横になった。指示はすでに出してあり、世界の車輪がゆっくりと回り始めていた。透明カバーがリビングテーブルと机を覆い、すべてを固定する。ベッドから催眠ガスが放出され、周囲から柵が伸びてきたかと思うと、ベッドは空中に持ち上がった。地面とその上のすべてのものが回転するあいだ、ベッドは水に浮かぶ揺り籠のように水平に保たれる。

ふたたび〝交替〟が始まった。


絶望の三十分を過ごしていた老刀《ラオ・ダオ》に、またひと筋の希望が見えてきた。地面が動いている。亀裂が開くと、老刀《ラオ・ダオ》はすぐに脚を引き抜き、隙間がじゅうぶんに開いたとたん懸命に断面を進んだ。さっきよりもかなり慎重に動く。しびれていた脚に血のめぐりが復活すると、ふくらはぎがじんじんしてきた。まるで何千匹ものアリに嚙まれているかのようだ。老刀《ラオ・ダオ》は何度か転びそうになった。耐えがたい痛みに叫びそうになるのを、拳を嚙んで止めなくてはならなかった。転んでは、立ち上がり、また転んでは、ふたたび立ち上がる。持てる力と技を総動員して、回転する地面を懸命に歩きつづけた。

どうやって階段をのぼったのかも覚えていない。思い出せるのは、秦天《チン・ティエン》のアパートのドアが開いたとたん、気を失ったことだけだった。

老刀《ラオ・ダオ》は第二スペースで十時間眠った。秦天《チン・ティエン》は医学部の友人を見つけてきて、老刀《ラオ・ダオ》の傷の手当てをしてもらった。筋肉と軟組織に大きな損傷があるが、さいわい骨は折れていない。とはいえ、しばらく歩行困難になるという。

目を覚ますと、老刀《ラオ・ダオ》は秦天《チン・ティエン》に依言《イー・イエン》からの手紙を渡した。手紙を読む秦天《チン・ティエン》の顔を観察していると、その顔には喪失感と同じくらいの幸福感があふれてきた。老刀《ラオ・ダオ》は何も言わなかった。秦天《チン・ティエン》はこれから長いあいだ、あのわずかな希望に浸るのだろう。

第三スペースに戻ってきた老刀《ラオ・ダオ》は、一ヵ月も旅をしてきたように感じた。街はゆっくり目覚めようとしている。ぐっすり眠っていたほとんどの住人は、そろそろ前回の〝交替〟のつづきから生活を開始しようとしている。老刀《ラオ・ダオ》がいなかったことに気づく人間はいないだろう。

歩行者専用道路に物売りたちが露店を開くと、老刀《ラオ・ダオ》はすぐプラスティック製のテーブルにつき、一杯の炒麵《チャーメン》を注文した。そして生まれて初めて、細切りの豚肉を添えてもらった。一回だけのご褒美だ。

それから老葛《ラオ・グー》の家へ行き、老葛《ラオ・グー》が両親のために買っておいた二箱の薬を届けた。ふたりの年寄りはもう歩くことができず、ぼうっとした若い女が介護者として一緒に住んでいた。

老刀《ラオ・ダオ》は足を引きずりながら、ゆっくりと自分のアパートに帰った。廊下は騒々しく混沌としていて、いつもの朝の混乱が繰り広げられていた——歯を磨く者、トイレの水を流す音、喧嘩をする家族。周囲のどこを見ても、ぼさぼさの髪で着替えかけの恰好をした人ばかりだ。

エレベータが来るまで、しばらく待たなくてはならなかった。自分の部屋のあるフロアで下りたとたん、やかましい口論が聞こえた。隣に住むふたりの少女闌闌《ラン・ラン》と阿貝《アー・ベイ》が、家賃の集金にきた老婦人と言い争っている。この建物の部屋はすべて公営住宅だが、居住区域には家賃を回収する代理人がいて、各建物はもちろん、各フロアにも、副代理人がいる。老婦人は古くからの住人だった。やせてしぼみ、ひとり暮らしで、出ていった息子がどこにいるのかは誰も知らない。老婦人は常にドアを閉めきって、ほかの住人とあまり関わろうとしなかった。闌闌《ラン・ラン》と阿貝《アー・ベイ》は最近引っ越してきた住人で、衣料品店で働いていた。阿貝《アー・ベイ》が怒鳴り、闌闌《ラン・ラン》はそんな彼女を止めようとしている。阿貝《アー・ベイ》がふり向いて闌闌《ラン・ラン》に叫び、闌闌《ラン・ラン》は泣き出した。

「みんな、賃貸契約に従わなくてはいけないのよ」老婦人は、壁に設置されたスクリーンに流れるように映し出される文字を指さした。「わたしを嘘つき呼ばわりするのは、よしてちょうだい！　賃貸契約がどういうものか、わかっているのかしら？　ほら、ここにはっきりと書いてあるでしょう——秋と冬は、暖房費として十パーセントの追加料金が課されますって」

「ふん！」阿貝《アー・ベイ》は乱暴に髪をとかしながら、傲然とあごを上げて老婦人を見下ろした。「そんなよくある手に騙されるとでも思ってんの？　あたしたちが仕事に出ているあいだ、そっちは暖房を切ってるくせに。使ってない電気代を請求して、自分の懐に入れようって魂胆でしょ。あたしたちがそんな世間知らずだと思う？　毎日、仕事から帰ってくると、この部屋は氷の貯蔵庫みたいに冷えきってるのよ。引っ越してきたばかりのあたしたちなら、騙せるとでも思った？」

　阿貝《アー・ベイ》の声は冷たく鋭く、ナイフのように空気を切り裂く。老刀《ラオ・ダオ》は阿貝《アー・ベイ》を見た。その若い、決然とした、怒った顔を見て、とても美しいと思った。阿貝《アー・ベイ》と闌闌《ラン・ラン》は、老刀《ラオ・ダオ》が留守のとき、よく糖糖《タンタン》の面倒をみてくれるし、ときどき老刀《ラオ・ダオ》にお粥を作ってくれる。彼は阿貝《アー・ベイ》に怒鳴るのを止めてほしかった。こんなささいなことは忘れて、言い争いを終わりにしてほしい。彼女にこう言いたかった。女の子は黙って優雅にすわり、スカートで膝を隠して、かわいらしい歯並びを見せてにっこりしているものだ。そうすれば、人から愛される。だが、老刀《ラオ・ダオ》にはわかっていた。阿貝《アー・ベイ》と闌闌《ラン・ラン》が必要としているのは、そんなものではない。

　老刀《ラオ・ダオ》は内ポケットから一万元札を出し、老婦人に渡した。疲れで手が震えた。老婦人はぎょっとして、阿貝《アー・ベイ》と闌闌《ラン・ラン》も凍りつく。老刀《ラオ・ダオ》は説明するのはいやだったので、三人に手をふって自分の部屋へ帰った。

　糖糖《タンタン》は揺り籠のなかでちょうど目覚めようとしていて、眠い目をこすっていた。老刀《ラオ・ダオ》は糖《タン》糖《タン》の顔をじっと見つめた。疲れきった心がやわらぐ。彼はごみ処理施設の前で初めて糖糖《タンタン》を見つけたときのことを思い出した。糖糖《タンタン》の顔は汚れ、涙の跡がついていた。あの日、糖糖《タンタン》を拾ったことを後悔したことは一度もない。

　糖糖《タンタン》は笑って、唇をちゅぱっと鳴らした。俺は運がいい、と老刀《ラオ・ダオ》は思う。脚を負傷したが捕まらずにすんだし、なんとか金を手に入れて帰ってこられた。糖糖《タンタン》がダンスと歌を習って優雅な若い女性になるのは、どのくらい先のことだろう?

　老刀《ラオ・ダオ》は時刻を確かめた。仕事に出かける時間だ。

糖匪

タン・フェイ

Tang Fei

糖 匪《タン・フェイ》はスペキュレイティヴ・フィクションの作家で、様々なペンネームを使い〈科幻世界〉や〈九州幻想〉、〈今古奇幻〉などの中国の雑誌に作品を発表している。ファンタジイ、SF、おとぎ話、武侠小説を書いているが、ジャンルの境界を横断したり拡張したりする手法の方が好みという。彼女はまたジャンル批評家で、評論を〈経済観察報〉に寄稿している。

執筆していない時は、ドキュメンタリー写真家やダンサーとして活動している。中国のLGBTコミュニティの生活を撮った写真集は多くの注目を集めた。現在は世界各国で開催されたワールドコンのドキュメンタリーという数年がかりのプロジェクトに取り組んでいる。

英訳では、〈クラークスワールド〉と〈エイペックス〉に作品が掲載されている。「コールガール」はリッチ・ホートンの『二〇一四年版年間SF&ファンタジイ傑作選』*Year's Best Science Fiction & Fantasy, 2014 Edition* の収録作に選ばれた。

糖 匪《タン・フェイ》の物語の大半は安易なジャンル分類を拒む。シュールレアルなイメージと言葉遊びで大きな効果を上げつつ、話の意図に沿うなら読者をミスリードすることもいとわない。

北京在住だが隙あらば脱出を試みていて、自分のことをダークチョコレートと青チーズと上質のワインを特に好む美食家だと思っているとのこと。

（鳴庭真人訳）

コールガール

Call Girl

大谷真弓訳

1

窓から朝が入りこんできて、木々の香りの染みこんだ陰が、糖《タン》・小一《シャオイー》の体から緑の潮のように引いていく。潮の引いた後には、小一《シャオイー》のほっそりした裸体だけが、弱い朝陽に照らされている。

小一《シャオイー》は目を開け、起き上がって服を着ると、歯をみがいて口の端についた泡をタオルで拭く。そして鏡を見つめる。真剣な顔が、やがて十五歳らしい笑顔になる。頭上では、バラ色の壁紙の一部が天井から垂れさがっている。これで四カ所目だ。

うちは咲きほこる花でいっぱい、と小一《シャオイー》は思う。

「また配管から水もれしているんだわ」母親が言った。「壁に大きな染みが広がってるもの」

ふたりは一緒にすわり、たっぷりした朝食をとる——豆乳、卵、焼き包子《パオズ》、お粥。小一《シャオイー》は黙々と食べる。

出かける準備ができると、リュックから現金の束を出してテーブルに置いていく。母親は見ていないふりをして皿洗いに取りかかる。蛇口を大きくひねると、ほとばしる水の音が娘の足音をかき消す。

テーブルに置いたお金と母親の横を通りすぎ、小一《シャオイー》はドアを閉める。もう水の音は聞こえない。しんと静まりかえって、なんの物音もしない。

膝が震えてくる。

小一《シャオイー》は首から下げた銀のペンダントに手を伸ばす。犬笛のペンダントだ。

2

学校は街の反対側にあり、通学にはバスを三回乗り換えなくてはならない。

以前、李冰冰《リー・ビンビン》から、一緒に父親の車に乗っていかないかと誘われたことがある――ＢＭＷで送り迎えしてもらうのって、すごく快適だよ。

けれど、小一《シャオイー》は断った。バス通学なんてたいしたことじゃない。だいたい学校はひどく退屈で、べつのバスに乗っているようなものなのだ。どっちみちバスに乗らなくてはならないのなら、どこで乗るかなんてどうでもいい。もちろん、そんなことを冰冰《ビンビン》に言ったりはしない。基本的に、小一《シャオイー》はおしゃべりがきらいだ。あのとき以外は。

あれは学校ではできない。だから、学校はよけい退屈に思える。小一《シャオイー》は窓際のいちばん後ろの席につく。一日じゅう、そこにすわって物思いにふけっている。授業中も休み時間も、誰も小一《シャオイー》にはかまわない。

小一《シャオイー》に友だちはいない。誰も話しかけてこないし、見向きもしない。女子はグループを作りたがる。ひとつはおっぱいの大きいグループで、もうひとつは小さいグループ。たまに胸の豊かな子とぺちゃんこの子が仲良くなることもあるけれど、長続きはしない。

小一《シャオイー》はそんな女子たちとは違う。ブラをつけない。絶対に。そのせいで変わり者と思われている。そんなとき、みんなにあのことがばれた。小一《シャオイー》がどこへ行っても、急にみんなが押し黙る。けれど、小一《シャオイー》がその場から離れたとたん——まだ話し声は聞こえる距離にいるのに——また騒々しいおしゃべりが始まる。「ちょっと、今の、糖小一《タン・シャオイー》じゃない！」

そのとおり、糖小一《タン・シャオイー》だ。誰もどう扱っていいかわからない。ときどきしつこくつきまとう冰冰《ビンビン》がいなかったら、小一《シャオイー》の生活は完全に静かだっただろう。

「ねえ、今、李建《リー・ジェン》と丁蒙《ディン・モン》が仲いいって知ってる？」と冰冰《ビンビン》。

午前最後の地理の授業が終わったときだ。冰冰《ビンビン》が小一《シャオイー》の隣にすわって、しゃべりだした。ひとりでしゃべりながら、ときどき煙草を深く吸いこむ。そして煙草を吸い終わる頃には、もう黙っていられない。

「小一《シャオイー》、みんながあんたのこと陰で噂してるよ。あれ、ほんと？　相手はみんな、すごく年上の大金持ちって噂？　わたしのパパよりお金持ち？　一回いくらもらうの？」

小一《シャオイー》は頬杖をついて窓の外を眺める。カフェテリアの前の行列はどんどん長くなっていき、校門のアオギリまで達した。

ちょうどそのとき、校門の前に目立たない小型車が止まった。車のドアが開いても、誰も下りてこない。待っているのだ。小一《シャオイー》を待っている。

小一《シャオイー》はゆっくりと立ち上がり、大またで教室を出ていく。軽やかに足音を響かせ、正面から風を受けているかのように髪を肩越しになびかせて。

周囲ではなんの物音もしない。陽射しがナイフのように小一《シャオイー》の肩に切りつける。

3

「言われたとおり、違う車にしてきたよ。理由を教えてくれないか？　なにしろ……めずらしいことだから」

中年男は小一《シャオイー》のほうを向いてじっと見つめる。会うのは初めてだ。〈ダイハツ〉シャレードの狭い後部座席で、ふたりは窮屈に並んですわっている。女子生徒は紺のミニスカート、男は優雅な漢服姿。ときおりたがいの膝がうっかりぶつかっては、すぐ離れる。

運転席には、きちんとアイロンのかかった制服を着た運転手がいた。肩には銀の肩章、手には真新しい白い手袋をはめている。

「運転手がいる」小一《シャオイー》は顔をしかめた。

「ぼくはもう長いこと運転していないんだ」

小一《シャオイー》は窓の外の車の流れに目をやる——といっても、ぜんぜん流れていない。今日は金曜日で、渋滞は正午から始まる。そんなことはたいした問題じゃない。べつに急いではいない。男はハンカチを出して額の汗を拭く。シャレードのエアコンは故障中——キャデラックに慣れた人には不快だろう。

「どこへ行く？」男がたずねる。

「どこへも行かない」

「わかった。君がそれでいいなら」

彼らはいつも上機嫌で、小一《シャオイー》をペットのように扱い、憧れと軽蔑の混ざりあった感情を示す。実際に始める前は、みんな同じだ。

小一《シャオイー》は中年男に慎重な目を向ける。男の目は黒く、奇妙だけれど友好的だ。その目は小一《シャオイー》をとらえて離さない。

「あたしにどうしてほしい？」

「ほかの客にしていること」

「じゃあ、自分の望みがなんなのか、じっくり考えてこなかったのね」

男は笑う。「君が本当に満足させてくれるのか、わからなくて」

「欲張りさん」小一《シャオイー》はウィンクする。黒く長い睫毛が誘うように揺れる。

男の喉仏が上下に動く。小一《シャオイー》の体にまつわりつくシャツを見れば、ブラをつけていないことがわかる。

「さあ、始めましょう」

「車のなかで?」

小一《シャオイー》は手を伸ばし、男のまぶたを閉じる。その手は氷のように冷たい。

4

男は目を開け、あたりを見回す。何も変わっていない。シャレードはシャレードのままだ。道路は相変わらずの渋滞で、便秘の腸内のように動かない。

けれど、運転手が消えていた。

世慣れている男は、ここで冷静さを失ったりはしない。「評判どおりだ。ついに探していたものが見つかった気がする」

「脚を伸ばしていいわよ。スペースはたっぷりあるから」

男は勧められたようにする。両脚がゆっくりと前の座席を突き抜けていく。影のなかに脚を伸ばしたかのようになんの抵抗もない。男は体の力を抜いて後ろにもたれた。さらに心地よさに包まれる。すでに内金は払ったんだ、楽しまなくては。これも取引の一部だ。

男はもう長いあいだ、会員制クラブや上顧客向けサービスといった高級な娯楽では、満足できなくなっていた。この少女のような特別な体験をずっと探していた。ウェブサイトには、こう書かれていた――〝お話、売ります。特別で高価なお話。ほかに類のない体験ができます。必ず、おんぼろ自動車で来ること。充分な現金を用意してくること。何があっても、あたしとは二度と会えません〟。

右の人さし指が震える。用意は整った。男は期待に胸をふくらませる。だんだん、この少女の売り文句に嘘はないと思えてきた。

「準備はいいぞ」

小一《シャオイー》はうなずく。男が気づかないうちに、小一《シャオイー》は彼の向かいにすわっていた。運転席があるはずの場所で、肘掛け椅子にすわっている。

「もう一度聞くわ。何がほしい？」

「すでに何もかも持っている」

小一《シャオイー》は無言で男を見つめる。いきなり靴を脱ぎ、肘掛け椅子の上で正座すると、体を小さく丸めて柔らかい白い革に沈みこむ。「ちゃんと考えたら、教えて。ちなみに、料金は時間制よ」

この客は手強い。こっちをくたくたにさせる気だ。小一《シャオイー》は目を閉じて体力を温存することにした。

「そっちから特別なことを挙げてみてくれないか？　ぼくの持ってなさそうなものとか、経験のなさそうなことを？」

「お話よ」

「わかっている」

小一《シャオイー》は目を開けたが、姿勢は変えない。

「君はすごくいい、独特だ、と評判だ。しかし値段が高い。君のサービスを受けた人はみんな、言っている。君は……」男はずいぶん興奮した口調になっていることに気づいていない。ほかの車のクラクションが話をさえぎった。音ははるか遠くに聞こえる。男は何かがおかしいと感じ始めた。空気が薄い気がする。陽射しが強すぎる。耳のなかにはサラサラという音が充満している。ものの密度や濃度がよくわからない。ここはべつの世界だ。

男は立ち上がり、小さなシャレードの仄暗い輪郭の内側をぐるりと歩いてみた。一周するのに十分かかった。男には思いもよらないことだが、時間の経過速度は変えられるのだ。

男がまた腰を下ろすと、小一《シャオイー》は言った。「心温まる話をしてあげる」

「そういう話なら知っている。お涙ちょうだい《リキッド》ってやつだ。めそめそと感傷的で、涙と鼻水でぐしゃぐしゃにさせようとする。気に入らない」

「お話は液体《リキッド》じゃないわ」小一《シャオイー》は男をにらむ。

男が言い返すより早く、何かが膝の上に転がり落ちてきた。温かくてふわふわで、もぞもぞ動く――真っ白な子犬だ！　つぶらな黒い瞳。湿った鼻。しかも、ピンク色の舌を出して、指をぺろぺろなめてくる。

「お話は犬に似てるの」小一《シャオイー》は説明する。「呼べば、やってくる」

「どうやったんだ？」男は慎重に子犬を抱き、指に吸いつく子犬を見つめている。

「これよ」小一《シャオイー》は首から下げたペンダントを振ってみせる。

「犬笛？」

「使えるのは、あたしだけ。あたしが呼ぶと、お話がやってくる。お客さんはそのお話を連れて帰るってわけ」小一《シャオイー》は椅子の上で背すじを伸ばす。「で、そのお話、気に入った？」

男は子犬を見る。「ほかのを見せてもらおう」

5

「これはどう？　気に入った？」

男は首を横にふる。

小一《シャオイー》はさっと車内を見る。呼び寄せた犬でいっぱいだ。静かにおすわりして、期待のこもった目をしている。二十対以上の目が、無邪気に小一《シャオイー》を見つめている。

さっき呼んだばかりのロットワイラーが湿った鼻を手に押しつけてくる。小一《シャオイー》は上の空で犬の頭をなでる。寒いし、疲れた。この世界の感覚が、ぬれたシャツのように肌に貼りついてくる。

「ちょっと休むか？」だが、男の目はこう言っている——続けてくれ！　速く！　もっと速く！　自分の話がほしい！

小一《シャオイー》は立ち上がり、さっと男の手をつかんだ。

顔に風があたる。かいだことのない匂い。

空が回転し、古い祈りの歌が厳粛な響きでふたりを包む。

羊飼いがイトスギの葉で焚き火をしている。あたり一帯から集まってきたオオタカが、土埃を上げて舞い降りる。

老いた呪術師が震える声で歌い、ナイフと鉤を光るまで研ぎ上げる。生者は背中を丸め、死者は横たわって裸の胸をさらしている。オオタカは羽ばたいて飛び立ち、空に円を描いて甲高く鳴く。

かなたでは、目に見えるぎりぎりのところに、色鮮やかな旗が風にはためいている。

大きな空の下、ふたりは果てしない草原に立ち、まぶしい強烈な陽射しを浴びていた。

男は青ざめている。「いったい……」

「簡単に言うと、このお話は大きすぎるの。だからお話に来てもらうより、こっちから行くほうが早いってわけ」小一《シャオイー》は横へどいた。

男にもその犬が見えるようになった。猟犬だ。いや、厳密に言うと〝犬〟なんかじゃない。途方もなくでかい。大きく裂けた口に巨大な鼻。ナイフのように鋭い歯。犬はうずくまって動かず、ただ豊かな毛並みを風にそよがせている。その体を流れるのは、何千年もの時間。

その犬は過酷で厳しい自然の法則の化身。聖なる獣だ。

「気に入った？　この子はすごく高いわよ」

「この犬は連れて帰れるんだよな？」

「ええ、それだけのものを払ってくれるなら」

「かなり高額で、払うのは金だけじゃないんだったな？」

小一《シャオイー》は息をのんで、うなずく。

男は巨大な犬を見ている。犬はまだじっとしているものの、目の前にあるものすべてを傲《ごう》然《ぜん》と取りこんでいくようだ。結局、男は首を横にふった。「ほかには？」

「本当にまだ見たいの？」

男は何も言わない。その必要はなかった。

サーーー、サーーー。小一《シャオイー》の胸から風の音が聞こえてくる。とぎれることのない、かぼそい乾いた音は、砂時計のなかを落ちる砂の音のようだ。

6

どこを見ても、同じ。世界はひとつの物質だ。深い青からまぶしい光がきらめいている。

ふたりは海の底にいた。水は音もなく揺らいでいる。

小一《シャオイー》の髪とスカートが、海藻と一緒にゆらゆらと漂う。

男が口を開けた。泡は出ない。海の底では、呼吸する必要はない。

「これが最後のお話よ」

男の目はすぐ海に慣れたが、見回しても犬の姿は見えない。「犬はどこだ？」

「犬は便宜上の姿なの。そのほうが、お話を呼び寄せたり受け入れたりしやすいから。でも、ここで見えているのは、本来の姿。いえ、それも正確じゃないわね。この世界の本質は0と1で構成されていて、究極データベースの一部なの。この海はその本質を投影した幻。データの海は大きすぎて、犬の姿に圧縮するのはとても無理。でも、もちろん、犬と呼んでもかまわないわよ。お話の観点からすれば、不可能なことなんて何もないから」

小一《シャオイー》は言葉を切って、海水をひと口飲んだ。しょっぱくて、よけいに喉が渇く。「ここは長く存在している場所で、とても強力なの。あたしの処理能力じゃ、姿形を変えて呼び出すのは無理。できるのは……こっちが呼び出されることくらい」

「これまで、ほかの客をここに連れてきたことは？」

「ほとんどのお客さんは、もっと簡単に満足してくれる」

「ここに連れてきた客はどうなった？」

小一《シャオイー》はほほえむだけで、何も言わない。

1100110111――0と1の透明な流れが体のそばを通りすぎていくのが、男にも感じとれる。それは海底の無数の溝や穴に流れこみ、この場所を後にしていく。いつか、この古い源も干上がってしまうだろう。けれど、それは今ではない。男から見れば、永遠に先の話だ。

男は足を一歩、前に出してみた。海が震え、空が震え、空と海にあるすべてが震える。そのうち鳥が海面に飛びこんできたら、海の水を通して男にもその興奮と喜びが伝わってくるだろう。

「気に入った？」

「ああ」

「これはあなたが思ってるより相当高いわよ」

「だろうな」

「あたしが言ってるのは、これは持ち帰らせてあげられないってこと」

男は黙りこんだ。はるか北の方角では、海の一部が押し寄せる黒い流れとせめぎ合っている。もう、じっくり考えてなどいられない。「それなら、ずっとここにいる」

小一《シャオイー》は唇を噛んだ。そして長い沈黙の後、口を開いて声にならない言葉を発した。

オレンジ色の熱帯魚の群れが小一《シャオイー》と男のあいだに泳いできて、ふたりの顔をたがいから隠す。

ふたたび相手の顔が見えたときには、ふたりともほほえんでいた。

7

午後六時。ラッシュアワー。地下鉄の駅から人の波が吐き出され、店や通りや歩道橋を埋めつくす。

小一《シャオイー》はシャレードから出た。ここは現実の世界。夕日が明るく穏やかに輝いている。道行く人々は小一《シャオイー》をよけていく。

後ろには、長々と伸びる影。小一《シャオイー》は影をともない、やっとの思いでゆっくりと歩きだす。

首元に手をやり、犬笛に触れる。

彼らはちゃんといる。ずっと存在している。

あたしはひとりなんかじゃない。

小一《シャオイー》は泣かない。

程婧波

チョン・ジンボー

Cheng Jingbo

程婧波《チョン・ジンボー》の小説は銀河賞や科幻星雲賞をはじめ多くの賞を受賞しており、また中国の各種年間傑作選に選ばれている。ジャンル作家としては異例なことに、おそらく中国の主流文学で最も高名な文芸誌〈人民文学〉で作品を発表している。中国の成都在住で、児童向け書籍の編集者として働いている。

程《チョン》の物語は分類が難しい。彼女の物語では多層的で夢のようなイメージが、メタファーの論理と入り組んだ構文、喚起的で暗示的な表現によってつながっているのが特徴だ。思考から思考へ移り飛びながら、読者が池の波紋を渡っていくアメンボのように進むことを促す。こうした物語は読者にも翻訳家にも挑戦を突きつけるが、受けて立つだけの価値はある。

（鳴庭真人訳）

蛍火の墓

Grave of the Fireflies

中原尚哉訳

二月十六日　夏への扉を抜けて

雪止鳥《ゆきやみどり》が空にあらわれ、世界の混乱は深まりました。

好天を告げるはずの翼のはばたきが、大雪の再来のようにオレンジ色の空を埋めました。灰白色の羽がいっぱいに広がり、私の黒い瞳を真っ白に変えるほどでした。

二月十六日、私は光への道をたどる難民の列のなかで誕生しました。漆黒の瞳はいきいきと輝いていました。けれどだれも額にキスしにきません。まわりのだれもが重苦しいため息をついていました。私は顔を上げ、南へむかう灰白色の鳥の群れを見ました。鳴き声が空をおおい、翼は光をさえぎるほどでした。

南には夏への扉があります。浮遊する小惑星でつくられた天への道です。

難民の道を照らす大きな星の光はしだいに衰え、人々の顔には影が濃くなりました。私が昼の光を見たのは短時間で、すぐに初めての薄暮《はくぼ》がやってきました。仄暗いなか、秘密の花のような母の姿が浮かびました。

人類は時の流れを渡って、まっすぐに夏への扉をめざしていました。そのとき私たちの小さな惑星は、無限の宇宙のなかを一滴の露のようにこぼれ、惑星の残骸がなす平面へと落ちていました。

雪止鳥の鳴き声が変わりました。重力でちぎれた雲間を飛んでいた柔らかく脆弱な鳥たちが、ふいに未知の力にとらえられたのです。驚いた群れは一匹の巨大な電気鰻のように空いっぱいにのたうちました。それぞれの鳥が鰻の鱗のようでした。密集しているせいで翼端がときどき小さくぶつかります。その音が大きくはげしくなっていきます。引き離す力に抵抗しようと鳥たちはなおも密集します。摩擦で発生する火花が翼端から飛びます。見えない大きな手が群れの首を絞め、空の灰白色の電気鰻は痙攣して青い炎に包まれていきます。

ふいに、群れを空高く引き上げていた見えない力が消えました。電気鰻は雲間でもだえ、苦しむ鳥たちの落とす羽が火山灰のように降ってきます。羽の雪はやがて私たちの上に積もりはじめました。牛革の幕のすきまからはいりこみ、ガス灯の脂ぎったガラスに蛾のように張りつき、銅のたらいの水に固まって浮かび、私の眉や目の隅にひっかかりました。

牛車はゆっくりと進みます。母は灰と悲しみが雪のように降るなかで歌いました。そのやさしい声を聞きながら私は眠りました。母の目には牛車の外のようすが映っていました。燃える息苦しい空気のなかで何万台という牛車がそろって進みます。野山を越えていくわずかな人類。私たちが乗っているのとおなじ牛車が目の届くかぎり続く列。

一人の老人がこの牛車のまえに走り出てひざまずきました。

「星の光がまもなく絶えます」

言われずとも母は星のことを知っていました。老人が口を開くまえから暗い目をしていました。牛は目を黒布でおおわれていて騒がず進みます。それでも闇の帳《とばり》が下りたせいで異様な寒さを感じています。

舞い上がる砂埃が老人の言葉を呑み、はてしない夜闇が母の美しい底なしの瞳を呑みました。

老人は牛車の車輪から滑り止めの釘がはえていることに気づきませんでした。血は地に吸われ、黒いしみは夜に溶けました。私は眠りのなかで、車輪がなにかに乗り上げたように牛車が揺れたのを感じました。けれどその後はなにごともなかったように進みました。

母は歌いつづけました。白髯の高等神官は女王に面会しようとして死んだ、なぜなら不吉な知らせをたずさえていたからだと。

その日以来、雪止鳥を見たことはありません。

言い伝えによれば、私が生まれた日に小さな惑星は夏への扉を通り、雪止鳥の群れは扉の手前で死んだとされています。春を告げる鳥なのに、死とともに雪に変わりました。それは灰白色の羽で、青白い炎に包まれていました。

雪止鳥が南の空に消えた日、私たちは千三百一個の小惑星の壁である夏への扉を抜けて、死の庭へ出ました。

二月十九日　深紅の宇宙へのカーテンコール

私はロザマンドと呼ばれました。世界の薔薇という意味です。

世界はむしろ、しおれつつある薔薇です。この宇宙は冷えて、私たちの太陽のような古い恒星ばかりになっています。収縮し、熱を失い、年老い、小さくなって、最後は光さえ出さなくなります。縮んで薄暗くなった太陽には祈っても無駄です。迫りくる夜から逃げるしかありません。

千年前に九人の祭司が円卓をかこんで議論し、神々の意思を探りました。なぜ星々は急に年老い、死にはじめたのかという疑問の答えを求めました。

結局、祭司たちは満足な答えを得られなかったので、王は罰として彼らの首を刎《は》ねました。けれど、強い魔力を持つ祭司は生き延びました。二つの顔を持つ双面《そうめん》だったからです。二つめの顔はもつれた長髪に隠れ、だれも存在を知りませんでした。蛇のようにからんだ髪をかきわける勇気があれば、きつく結んだ口と大きく開いた双眸があらわれたはずです。首を献上せよと王から命じられたこの祭司は、諸刃の剣を抜いて前半分の顔を切り落とし、差し出しました。以後、彼は放浪者となって故郷から遠く去り、隠したほうの顔だけで生きていきました。

私たちが夏への扉を抜けて最初に到着した惑星である〈無重力都市〉は、この祭司の子孫がつくったとされています。消えゆく恒星を捨てた難民は、宇宙で最後にともった明かりへ蛾のように飛んでいきました。

　恒星が衰える理由はだれも説明できませんでした。私たちの先祖は古い予言にもとづいて、千年前に惑星の構造を変えて重力を調整し、方舟にしました。そしてまだ若いと思われる恒星へ落ち延びたのです。

　そして〈無重力都市〉に到着すると、故郷の惑星を捨てて移り住みました。千年飛んだ方舟はもう使えません。私たちが去ったあと、人類を生み育てた惑星は異星系の太陽に落下し、無数の露となりました。

　その年、私は六歳になりました。二月十九日は特別な日です。女王である母は私を白牛の背にすわらせました。そこから何千、何万という黒牛が臣民たちを乗せて洪水のように大地を動いていくのが見えました。

　遠く地平線に孤独にそびえる黄金の塔が見えました。難民の列は夕暮れまでにその下に着きました。塔もまた長く旅してきたらしい姿をしていました。背後には一直線の深い溝ができて、その底の肥沃な黒土からは焼け焦げたにおいが立ち昇っています。

　この塔は、ある種の連絡橋です。頭上で自転する暗緑色の惑星〈無重力都市〉の住民が伸ばしてくれたものです。二つの惑星の重力がこの日だけ完璧に釣りあい、この塔を登って新しい住み家へ移れるのです。

　遠くから二つの惑星の結合を眺めたらこんなふうに見えるでしょう。片方の惑星からはマッチ棒のような金色の棒が立っています。二つの惑星が自転するうちに、マッチ棒が反対の惑星の地表にぶつかり、溝を刻んで、やがて停止します。

けれど地上の目にはまるで神威の顕現です。雲のむこうに未来の住み家である穏やかな暗緑色の〈無重力都市〉が垣間見えます。そんな夢のような天界から巨大な黄金の塔が伸びてきて、地上にがっちりと突き刺さります。人々は歓喜で泣き叫びました。そして忙しく牛の蹄鉄を強力な磁石式につけかえ、車輪の釘に銀粉を塗り、穴だらけの牛革のテントに継ぎをあてはじめました。

牛車は優先順に並んで塔を登りはじめました。塔の基部からだいぶ離れたところで、私は裸足で走りだしました。草のあいだに点々と咲く花が見えます。風は遠い地面から吹いてくるようです。天と地のあいだから、ロザマンド、ロザマンドと呼ぶ声が聞こえたように思い、草葉の先に耳をあてました。惑星の呼び声かと思ったのです。

振りかえると、空はゆっくりと動き、地平線はすでに傾いていました。天から離れると塔は倒れ、やがて人々も私のように裸足で歩けるようになりました。

夜の帳が下り、全人類がこの天への道をたどっていきました。一人の女がうっかり炊事用のバケツを落としました。バケツは塔にそってガラン、ゴロンと音をたて、湿った黒い雲のなかに落ちました。雲の表面は波立っただけです。静かなので女の悪態がみんなに聞こえました。牛車の荷物は移動中に動かないように紐で縛られています。女がバケツにつながった紐を引くと、澄んだ水をいっぱいにいれたバケツが上がってきました。

暗い静かな夜のなかを進みました。前方には宝石のように輝く新しい都市。私たちのまわりには黄金の塔がつくる巨大な長い橋ときらめく星空。

　宇宙は舞台をゆっくりと隠す大きな緞帳のようでした。星は少なくなっています。私たちは足を速めました。

二月二十二日　〈無重力都市〉の魔術師

母だけは〈無重力都市〉を見ても泣きませんでした。

　塔から下りると、空はもとの位置にもどりました。地平線の傾きもなおりました。天の姿はだれの目にもはっきりしています。荒れ果てた惑星でした。

　母は最初の異邦人に会うと、まずこう言いました。

「王か、執政官か、酋長か……とにかくそういう人に取り次いでください」

　すると相手は答えました。

「ここにそんな人はいません。いるのは魔術師です」

　私たちは鉄製の機械人間のところへ案内されました。大地のまんなかに積まれたねじれた鉄塊の山のようでした。その左足から右足へ歩くのに五分かかり、右足から腰へよじ登るのに午後いっぱい費やしました。

　母はしゃがんで私と目をあわせました。

「聞きなさい、大切なロザマンド。私はなかにはいって魔術師と話します。あなたはここで待ちなさい。愛しいわが子、私が出てくるまでどこへも行ってはいけませんよ」

私はうなずきました。母は微笑み、額に軽くキスしてくれました。この別れをだれも見ていませんでした。そのせいでのちに、女王は〈無重力都市〉の毒茸《きのこ》を誤って食べて亡くなったなどといわれました。けれど母が巨大ロボットの肩に登って耳のなかへはいり、姿を消すのを私はこの目で見たのです。

故郷の惑星と母から捨てられ、忘れられた孤児となって六年。私は十二歳の気の強い少女になっていました。野薔薇《ワイルドローズ》と呼ばれていました。

新世界の〈無重力都市〉で、故郷の惑星にもあった植物をみつけました。とても長く伸びる蔓植物で、細い茎の先に薄く繊細な葉をつけます。私はそれにそって裸足で走るのが好きでした。茎を踏むと明るい黄色の液がにじみ出ます。すると風にのって、ロザマンド、ロザマンドと小さな呼び声が聞こえます。わたしは黒土に耳をつけて聞きました。故郷の惑星がこの新しい大地を通して呼んでいるのかと思いました。この六年の孤独は深く、血と骨に根をおろしていました。

呼び声を聞いて泥土に耳をあて、目を閉じると、母の顔が浮かぶこともあります。

「大切なロザマンド……」

母は微笑み、本当に世界の薔薇にするように額にキスしてくれます。けれど目を開けると、その姿はないのです。

あるとき目を開けて、ぎょっとしました。まだ少年くらいの若い男が頬をふくらませていたからです。首まで地面に埋まり、その顔はわたしの額すれすれにありました。水のように青い瞳の目がまばたきします。そよ風がその顔をなでていきます。私は立ち上がりました。

「あなたはだれ？」

「〈無重力都市〉の自由人さ」少年はうれしそうに答えると、まるで体を埋めている土などないように身軽に穴から這い上がりました。「きみはだれだい？」

私は茫然と彼を見ていました。少年は服の泥をはたいています。埋まっていた場所にはすでに花が咲いていていました。

「いや、あててみせよう。きみの名を」

少年は適当な場所を探してすわり、真剣な顔で私の名前を考えはじめました。

その光景は忘れられません。暁光のなかでぽつんとすわる少年のシルエット。顔は見えませんが、表情は想像できます。まわりには細い草が茂り、どこまでも広がっています。

やがて少年は言いました。

「やっぱり降参。今度はきみが僕の名をあててよ」

ところがすぐに空を見上げて、ぴしゃりと額を打ちます。

「いけない、ここへ来た用事を忘れてた。かわいいロザマンド、どこにいるんだい？」

そう呼びながら風のように走り去りました。私は両手を口にあてて、その背中にむかって叫びました。

「ロザマンドを知ってるの？」

「いいや」少年は遠くから答えました。「でもみつければわかるさ」

「なぜロザマンドを探してるの?」

少年はすでに地平線上です。

「客人だからね」

私はため息をつきました。その姿はもう見えません。

「私がそのロザマンドよ」

つむじ風が地平線のこちら側へ来て、目のまえにふたたび少年があらわれました。両手で髪をなでつけ、シャツの皺を伸ばして、儀礼的な辞儀をします。

「お会いできて光栄です、お……客さま」

「ところであなたはだれなの?」

「おたがいに相手の名前をあてられませんでしたね。ではあなたが本物のロザマンドなら、僕の真の名を教えましょう。〈無重力都市〉の魔術師です」

二月二十五日　薔薇の騎士

出会って六年後、〈無重力都市〉の魔術師はもう少年の外見ではなくなっていました。永遠の若さの秘密はその居城にあったからです。

私はあいかわらず荒れ地を裸足で走りまわるのが好きでした。そんな私に会うために、彼は頻繁に城から出てきました。おかげで私たちはいっしょに成長しました。

いま私は十八歳。彼は鉄の意志と強い肩を持つ騎士です。けれど私が初めて城にはいったのは十二歳のときでした。

城は地面にすわった無言のロボットです。膀胱は必要ないので、そこが正門になっています。なかにはいると、魔術師（当時はまだ少年らしさを残していました）は右手で私の手を握り、左手を広げて、ポンと炎をともしました。城内は真っ暗でした。

多くの壁画を通りすぎ、かぞえきれないほど絨毯を踏みました。階段を七回折り返したところで、銀の壺三個と水晶球一個につまずきました。魔術師の目と髪は左手の炎で明るく輝いていました。私たちが話すのはそれぞれの旅と道中の出来事についてばかりで、おたがいには興味がないふりをしていました。

そしてついに母をみつけました。虎皮の椅子にすわっていました。穏やかなその顔は、記憶とすこしも変わっていません。

「よく顔を見せて、お嬢さん」母は言ったあとに、私がだれか気づいて驚きました。「いったいどうしたの？」

魔術師が手を叩いて、左手の炎を消しました。すると大広間の暗い天井に無数の光点があらわれました。星、あるいは蛍のようでした。

光をともした彼は母に言いました。

「女王陛下がここにいらしたのは短時間ですが、外の彼女は六年すごしたのです」

「どんな魔法を使ったの⁉」

母は私を抱き締めてから、押し返して私の両腕をしっかりと握り、まじまじと観察しました。私は困惑して目をあわせられませんでした。

魔術師は言いました。

「千年前、私の先祖の一人が夏への扉を通ってきました。彼は魔術と妖術を駆使してこの永遠の若さの城を築きました。生きているものも死んだものも、このなかでは時の流れの浸食を受けません。私は城の外ですごした短いあいだに、幼い姿からこのように成長しました」

母は闇のなかで話しました。星のような光は額を照らしても、瞳は輝かせませんでした。女王は惑星がこの逃亡者の子孫の所有であることを認め、彼を〈無重力都市〉の最初の騎士に任じました。

この比類ない称号を授与したことは、六年後に報われました。騎士は城の奥で埃だらけの銀の鎧をみつけ、それをまとって、虎皮の玉座にすわる女王に会釈しました。

「私をロザマンドの騎士にしてください。王女はそろそろ騎士をしたがえてよいお年頃です」

私は暗がりに隠れ、仔鹿のように目を丸くしていました。

「なぜですか？」母は尋ねました。

「彼女には騎士が必要だからです。それはただの騎士ではなく、私であるべきです。そして私は貞淑な貴婦人の騎士になる必要があります。それはただの貴婦人ではなく、彼女であるべきです」

「では、その騎士は王女になにができますか？　騎士は王女の真の求めがわからないでしょう。また王女自身もわからないでしょう」

かつて幼かった〈無重力都市〉の魔術師は、いまや長身で勇敢な騎士となり、震えてこれを聞いています。冷たくこわばったその影は長く、細く、震えて、いまにも飛んでいきそうです。

やがて騎士は口角を上げて、高い玉座にある相手に答えました。

「彼女の心にはその瞳とおなじ暗い孤独があります。私はそこに永遠の光をもたらしましょう」

そう言うと、騎士は振りかえらずにこの暗い城から去りました。

残された女王は永遠への恐怖から怒り狂いました。

「星々は消えつつあるわ。消えない光を持ち帰るなんて無理よ！」

星々は消えつつある。消えない光を持ち帰るのは無理……。

それでも裸足の王女は暗がりに隠れ、期待に胸をふくらませていました。

二月二十八日　いくつかの頭蓋骨

私はうんざりしていました。

何年たったのかわかりません。六年？　六十年？　もしや六百年？　二月二十八日はそんな宙ぶらりんの期間の最後の日でした。終わりは崖のように突然、宇宙を二つに割るほど暴力的にやってきました。

人類の女王は城内で狂っていきました。時の流れに浸食されるのは耐えられない一方、頭上の渡り鳥を見送る木のように忘れられて日々がすぎていくことにも耐えられないのです。城の広間をいつも歩きまわりました。永遠の命をたもつこの場所から出る気はなく、さりとて不変の日々は楽しくないのです。

もうその顔に秘密の花は浮かんできません。大広間の天井で輝く永遠の星空は、青白い顔の双眸のまわりに二つの暗い影をつくります。かつて輝いていた黒い瞳は、長い、長い、とても長い無変化の日々のせいで、ついに輝きを失って闇と同化してしまいました。

この城を築いた男について私は考えました。片方の顔を切られた偉大な祭司は、どこへ行ったのでしょうか。

外の世界で大雨が降っているときに、私は藁束に火をともして城内でかくれんぼをして遊びました。埃の積もった部屋を次々と通り抜けました。本を開こうとすると火明かりの下でページが塵に還りました。時の流れに多少は冒されているのでしょうか。そのなかに、遠い昔にここに住んでいた王女の日記がありました。羽根ペンごしに真情が吐露されていました。

オイルランプを持っていくこともありました。ゆらめく光が壁に影をつくり、だれかの顔に見えることもありました。薔薇色の紙張りの提灯に蠟燭をともしていくこともありました。光はまたたいて消えそうでした。

晦冥《かいめい》の城をさまよいながら探検しました。長い廊下の奥に人影が見え、かすかな小声が聞こえることがありました。すぐ闇と静寂に消えてしまいます。それは母でした。私とおなじくさまよい、探していたのです。

やがて私たちは一つの部屋に導かれました。初めてはいる部屋でした。城が築かれた遠い昔のまま室内は新しくたもたれていました。そのベッドに母がすわっていました。海芋《かいう》の花の色をした蚊帳のなかで、幽霊のようにすすり泣いていました。豪華な部屋は床まで届くカーテンが吊られ、その色は血がしたたるように鮮やかな赤でした。

私は近づいて蚊帳をめくりました。まず二つの虚ろな眼窩がありました。亡骸です。遠い昔に亡くなっていました。

探索ゲームは終わりました。謎の答えが出ました。亡骸はかつて有名だった人です。生き延びた祭司、〈無重力都市〉の建設者、強い魔力を持つ双面の男。その首から指輪が紐で吊られています。気づいて私は驚きました。

私も生まれたときからよく似た指輪を首から下げているのです。

その指輪の内側には秘密が彫られています。千年前に母が失った恋人の名前です。彼は王国一の崇敬を集める祭司でした。しかし王女と恋に落ち、彼女の寝室で愛をかわしました。怒った王は九人の祭司全員をとらえて首を刎ねよと命じました。処女を失った王女は銅鏡のなかに閉じこめられました。本来ならべつの王国の王子に嫁がせ、いずれ臣民と夫君から愛される女王になるはずでした。

私はこの話を古い本で読みました。けれど封印された伝説の王女が、母だとは知りませんでした。双面の祭司は恋人に別れを告げる機会がないまま、片方の顔を切り落として兵士に渡し、夏への扉を通って逃亡しました。千年後に銅鏡から目覚めた王女は、その代の王の妃となり、やがて女王として臣民を統べました。母の心をつかめずじまいだった父は、私が生まれたときにはすでにいませんでした。そして母の治世に恒星衰退の災厄がはじまり、女王は千年前に恋人がたどった道へと臣民を率いていったのです。

あの祭司は母を待つために時間から隔絶した城を築きました。それでも母はまにあいませんでした。

日記には祭司の千年の苦しみが書かれていました。その羽根ペンには母の口が宿り、毎日話すようになりました。私が読んだ日記は、じつは祭司が妄想のなかで母との会話を記録したものだったのです。

そしてついにある日、祭司は待ちつづける焦燥と恍惚のなかで、みずからの心臓を切り裂きました。流れ出たのは真っ赤な孤独で、彼はこの暗い城で果てたのです。

祭司は千年を費やして星を一つ一つ消していきました。母は千年かけて光を残す最後の星へ逃げてきました。母が来ることを祭司はわかっていましたし、彼が待っていることを母はわかっていました。祭司が片方の顔を切り落としたときになにも告げる機会がなかったにもかかわらず、二人ともわかっていたのです。

母は真実を知っていました。亡骸の虚ろな眼窩に残酷きわまりない結末を見ていました。

以来、母はこの古く巨大で空虚な城をさまよう実体のない幽霊になりました。私が見聞きした影やささやきは空想にすぎなかったのです。

暗い情熱でもって光のまえで踊る幽霊になり、永遠の地獄から出ようとしない母が、私はようやく理解できました。星が次々と消えていくのを、母はだれよりもよろこんでいたのです。闇がその目を洪水のようにおおうとき、母と愛した男は生命と時間の岸でともに消えるのです。

この途方もない恋を理解したいま、私は本当の孤児になりました。今度こそ母と惑星から捨てられました。

私は城の冷えた床に横たわり、間近な死が訪れるのを待ちました。

宇宙に浮かぶ青い水の惑星に帰った気がしました。私のまわりには細い草がはびこり、どこまでも広がっています。私は草葉の先に耳をあてます。草のあいだに点々と花が咲いています。死が近いとわかりました。死のまぎわには人生の美しい場面が次々と浮かぶそうです。たくさんの花が咲き、雨が降り、真っ赤な提灯が森のなかで輝くのを見ました。伝説があらわれては消えます。若い顔、細いのに強靭な草。〈無重力都市〉の魔術師が見えました。銀の鎧は最高峰の雪と氷で磨かれ、深海の水に濡れ、砂漠や沼や人類の都市遺跡や猛獣の楽園で彼を守りました。空へ伸びる塔をよじ登り、私を捨てた惑星を追い、不死の恒星を求めました。そのはてに鎧はへこみ、壊れ、穴だらけになりました。魔術師の長く細い影が目のまえの冷たい床に伸びてきます。薔薇の騎士の帰還です。

見えるのはその目だけです。ほかは苦難の旅をした鎧に隠れています。栗色の髪が白く変わっているのも見えません。銀の鎧の内にある傷から風と土のにおいが漂います。

騎士は私に近寄り、左手を広げました。そこには黒真珠があります。

真珠から出た細い糸をつまんで引っぱりはじめました。黒真珠は手のなかでくるくるとまわります。なるほど、小さな糸玉のようです。糸はいくらでも出てきます。この永遠の夜の城では糸もまた無限のようです。

やがて私は床から抱き起こされました。それまでは騎士が無言なので、弱った私は母とおなじ実体のない影、二人目の生きた幽霊になって城をさまよっている気がしていました。

彼は左手でわたしの手を包み、握らせました。そして右手でわたしの指のあいだから残りの糸を引き出しました。そのときようやく自分がまだ生きていることがわかりました。

握った手から何千本、何百万本という光線が洩れ出てきます。宇宙でもっともまばゆい光です。握り拳いっぱいの蛍の光です。

〈無重力都市〉の魔術師は本当に星のかけらを持ってきたのです。こんな輝きは見たことがありません。自分の生と死が見えます。火山灰のように羽が降り、雪止鳥の遠く澄んだ声が聞こえます。その雪が降ったのは夏への扉のむこう側だったのに、いま夜闇のように私の目に降り積もっています。

騎士が額にキスしました。光と熱が鎧を溶かします。何千本、何百万本という光線が二人をつらぬきます。

髪も目も、肌も臓器も光で溶けました。唇も額ももうありません。体は溶けて一つになりました。抱きあう二つの骨です。

遠い未来にべつの探検者がやってくるでしょう。膀胱の位置にあるロボットの入り口を壊し、城内にはいるでしょう。そして永遠に輝く奇妙なひとかたまりの骨をみつけるはずです。「何万年も昔に逃亡した祭司にちがいない」と一人が言うでしょう。

他の探検家たちは長い議論の末に意見をまとめ、恒星が消えていく理由を公表するでしょう。〝赤色巨星は自重をささえきれずに破滅的な重力崩壊を起こし、やがて中心核への燃料が尽きて死ぬのだ〟と。

城を完全に捜索するのは無理でしょう。永遠の星のかけらに探検家の多くは目をやられるはずです。不思議な骨を詳しく調べることもできません。千秒も直視できないはずです。

祭司は、愛する女がたくさんの難民を率いてくるところを一目見てわかるように、宇宙の明かりをすべて消しました。騎士は、消えない炎が私の黒い瞳の孤独をいやせるように、星のかけらを持ち帰りました。母は夜と、私は昼と一体になったわけです。

私たちの輝く墓には永遠の炎がともされています。

劉慈欣

リウ・ツーシン

Liu Cixin

劉慈欣《リウ・ツーシン》は中国SFを代表する声として広く知られている。銀河賞を一九九九年から二〇〇六年まで連続八年、二〇一〇年にさらに一度受賞、科幻星雲賞を二〇一〇年および二〇一一年に受賞している。

本業のエンジニアのかたわら――二〇一四年まで彼は国家電力投資集団に勤め、山西省娘子関の発電所で働いていた――劉《リウ》は趣味でSF短篇を書き始めた。しかし〈三体〉シリーズの長篇の刊行によってその人気は飛躍的に高まった（第一巻『三体』は二〇〇六年に〈科幻世界〉に連載されたのち、二〇〇八年に単行本として刊行された）。異星人の侵略と人類の星々への旅立ちを描く叙事詩的な物語であるこのシリーズは、毛沢東時代に地球外知性とのコミュニケーションをひそかに確立しようとする軍の試みから始まり、（文字通り）宇宙の終焉で幕を閉じる。トー・ブックスは〈三体〉シリーズの英訳を二〇一四年十一月から出版し始め、拙訳の第一巻『三体』は二〇一五年のヒューゴー賞を受賞し、この賞を受賞した史上初の翻訳長篇となった。トー・ブックスは続篇の二冊『暗黒の森』［原題：黒暗森林］、*The Dark Forest*（ジョエル・マーティンセン訳）、『死の終わり』［原題：死神永生］、*Death's End*（拙訳）の英訳も刊行している。

劉《リウ》の作品は一般に「ハードSF」の定義に該当し、アーサー・C・クラークのような作家の系譜に属する。そうした理由から彼を「古典的」な作家と呼ぶ者もいるが、一方で彼の物語はロマンスや科学の壮大さ、自然の秘密を解き明かす人類の奮闘に重点を置いている。

本書では劉《リウ》の短篇を二作収録した。「円」は『三体』から抜粋した章の改作。劉《リウ》の想像力の一端がうかがえる。「神様の介護係」はまた違う一面を見せ、一回り大きな法則に支配された宇宙における中国文化のヒューマニスティックな価値に深い関心を寄せている。

（鳴庭真人訳）

円

The Circle

中原尚哉訳

397円

秦の首都咸陽《かんよう》、紀元前二二七年（注1）

荊軻《けいか》は、絹布の巻き物の地図を低く長い卓子の上でゆっくりと広げた。

卓子のむかいにいる秦の政《せい》王は、敵国の山河があきらかになるのを見て、満足げにため息をついた。荊軻は燕王の降伏のしるしを献上するために来ていた。地図に描かれた田野、道路、市街、城砦を見るぶんには落ち着いていた。しかし広大な領土を実際に見たときは、無力感を覚えずにいられなかった。

荊軻が巻き物を開き終えたとき、きらりと金属が光って、鋭利な短刀があらわれた。正殿の空気が瞬時に凍りついた。

王の侍臣は三丈（約十メートル）以上離れており、そもそも武器をたずさえていなかった。衛兵はさらに遠く、正殿の階段下に控えている。王の安全のための措置だが、刺客には逆に有利だった。

政王は落ち着きはらっていた。短刀を一瞥して、冷静な目を鋭く荊軻にむけた。注意深い王の目は、短刀のむきを見て取っていた。王のほうにはその柄がむき、刃は刺客自身にむいている。

荊軻は短刀を手にとった。正殿の全員が息を呑んだ。しかし政王は安堵の息をついた。荊軻の手は切っ先を持ち、王には柄をむけていた。

荊軻は短刀を捧げ持ち、深く低頭した。

「陛下、これでわたしを殺してください。燕の太子丹《たん》からお命を奪えと命じられました。主君の命令には背けませんが、王を深く敬う気持ちから実行もできません」

政王は動かなかった。

「陛下、軽く突いていただければけっこうです。この短刀には毒がたっぷり塗られています。すこし刺せば絶息します」

政王はすわったまま片手を挙げて、正殿へ殺到しようとする衛兵たちを制した。そして表情を変えずに言った。

「殺さずとも安心である。言葉を聞いて、そなたが殺意を持たぬことがわかった」

荊軻は短剣の柄をさっと右手で包んだ。切っ先は自身の胸にむけたままで、自害する姿勢だ。

政王は冷たく続けた。

「そなたは学者だ。死ぬのは浪費である。その知と才でわが軍を助けよ。どうしても死にたいなら、まず朕のために事を為してからにせよ」

そして手を振って荊軻に退出を命じた。

燕からの刺客は短刀を卓子におき、低頭したまま正殿から退がった。

政王は立ち上がり、正殿の外に出た。空は青く晴れ渡り、そこに夜が残した淡い夢のように、白い月が浮かんでいた。

政王は、階段を下りる途中の刺客を呼び止めた。

「荊軻、昼に月が見えることはよくあるのか？」

刺客の白い式服がまばゆい白光を照り返した。

「太陽と月が同時に空に昇ることはめずらしくありません。月の暦でいうと毎月四日から十二日までは、天気さえよければ昼のいずれかの時間に月が見える可能性があります」

政王はうなずき、つぶやいた。

「なるほど、めずらしくないわけか」


二年後に、政王は荊軻を呼んで謁見した。

荊軻が咸陽の宮殿に到着すると、正殿から三人の官吏が衛兵の手で連れ出されているところだった。職位の記章を剝がされ、冠もない。二人の顔は血まみれで衛兵に引っ立てられて歩いている。三人目はもはや恐怖で歩けず、左右から衛兵にかかえられている。うわごとのようにつぶやいているのは政王への命乞いだ。〝薬〟という言葉も何度か聞こえた。三人とも死罪を宣告されたらしい。

荊軻が参内すると、政王はなにごともなかったかのように上機嫌だった。連行される三人の官吏をしめして、説明がわりにこう言った。

「徐福《じょふく》が東の海からもどらぬのだ。となると、だれかが責任を負わねばならぬ」

徐福は方士で、東の海のむこうの三神山へ行って不老不死の霊薬を持ち帰ると主張した。政王は多数の船に三千人の童男童女と、不死の秘術を知る仙人へ贈る宝物を山と積んであたえた。しかし船団は三年前に出港したきり音沙汰がなかった。

政王は手を振って不愉快な話題を打ち切った。

「そなたはこの二年間にいくつも驚くべき発明をしたな。新式の弓は旧式の倍も飛ぶ。新工夫の発条《ばね》をそなえた戦車は荒れた地形でも減速せずに乗り越える。新たに設計した橋は半分の材料でより頑丈になっている。感心したぞ。どこからそんな発想が出てくるのだ?」

「天の理《ことわり》にしたがえば、為せぬことはありません」

「徐福もおなじことを言ったが」

「陛下、僭越ですが、徐福は詐欺師です。空虚な瞑想をいくらくりかえしても宇宙の秩序は理解できません。あのような輩に天の声は聞こえません」

「天の声とはどのようなものか」

「数学でございます。数字と図形こそ天からこの世に送られる言葉です」

政王はなるほどとうなずいた。

「おもしろい。では、そなたがいま研究しているのはなんだ」

「陛下のために天の言葉をよりよく理解しようと努めております」

「進捗はあるか？」

「はい、それなりに。宇宙の秘密が詰まった宝物庫の扉のまえに立った気分になることもしばしばです」

「天はどのようにその謎を伝えるのだ？　さきほど天の言葉は数字と図形であると申したが」

「とりわけ円です」

政王の困惑顔を見て、荊軻は筆を所望して許された。そして低い卓子に広げた絹布に円を一個描いた。円規《コンパス》もほかの製図道具も使っていないのに、完璧な円に見えた。

「陛下、人間の手になる物体をのぞいて、自然界で真円を見たことがおありですか？」

政王はしばし考えた。

「あまりないな。鷹の目をしげしげとのぞきこんで、とても丸いと思ったことはあるが」

「そうですね。ほかにも、ある種の水生動物が産む卵や、水滴と葉がつくる断面などがいい例でしょう。しかし厳密に測ってみると、いずれも真円とはいえません。ここに描いた円もそうです。どれほどきれいな円に見えても、肉眼では判別できない誤差や不完全さがあります。実際には真円ではなく楕円にすぎません。わたしは長らく真円を追い求めてきました。そして、それは地にはなく、天にのみ存在するとわかったのです」

「ほう？」

「陛下、屋外へおいで願えませんか」

荊軻と政王は正殿の外へ出た。この日も好天で、快晴の空に月と太陽が同時に見えた。荊軻はその空を指さした。

「太陽と満月はいずれも真円です。地上にはない真円が空にはあります。一個ならず二個も。それが空のもっとも重要な性質です。その意味するところはきわめて明確です。天の秘密は円のなかにあるのです」

「しかし円は形として単純すぎるのではないか。直線をのぞけばこれほど複雑さを欠いた形もないぞ」

政王はそう言ってきびすを返し、正殿にもどった。

荊軻はあとを追った。

「その単純な外見に深遠な謎が隠れているのです」

低い卓子にもどると、荊軻はふたたび筆をとって絹布に四角を描いた。

「この四角をご覧ください。長辺は四寸、短辺は二寸です。天の声はこの数字にもあらわれます」

「どのようにだ?」

「長辺と短辺の比は二であると」

「朕をからかっておるのか?」

「滅相もありません。これは単純な例です。次はこれです」

荊軻はべつの四角を描いた。

「今度は長辺が九寸、短辺が七寸です。ここにはもっと豊かな天の声があらわれています」

「見たところ単純そうだが」

「ちがいます、陛下。この長辺と短辺の比は、一・二八五七一四二八五七一四二八五七一四……となります。〝二八五七一四〟という並びがくりかえすのです。どこまで計算しても正確には決まりません。それでも天の声は明快で、多くの意味が読みとれます」

「おもしろい」

「では次に、天からあたえられたもっとも謎めいた図形である円をご覧いただきましょう」

荊軻はさきほどの円に、中心を通る直線を描きいれた。「円周と円の直径の比は三・一四一五九二六とはじまり、数字が無限に続きます。しかし、どこまでいってもくりかえしはあらわれないのです」

「くりかえさないのか？」

「くりかえしません。天と地のあいだをおおう巨大な絹布をご想像ください。円周率の数字を蠅の頭ほどの小さな字で、ここから空の果てまで書いて、またもどって次の行をはじめるとします。そうやっても数字に果てはなく、またくりかえしはあらわれません。陛下、この無限の数列に宇宙の謎があるのです」

政王の表情は変わらないが、目が輝いた。

「その数字を求めたとして、天の伝言をどう読みとるのだ？」

「方法はいろいろあります。たとえば数字を座標として扱えば、新しい図や形を描けます」

「どんな図になる？」

「わかりません。宇宙の謎を描く絵になるかもしれませんし、論文や、もしかしたら一冊の本になるかもしれません。しかしまず円周率を充分な桁数まで出すことが重要です。おそらく数万桁、あるいは数十万桁まで計算することが、意味を理解するために必須でしょう。現状でわたしが計算したのはやっと百桁ほどで、隠れた意味を探るにはまったくたりません」

「百桁？　たったそれだけか？」

「陛下、このわずかな桁数まで計算するのに十年以上かかりました。円周率を計算するには、円に内接する多角形と外接する多角形を求める必要があります。多角形の辺が増えるほど正確になり、桁数も伸びますが、一方で計算の手間が飛躍的に増え、進まなくなるのです」

政王は円とそれを横断する直線をじっと見た。

「不老不死の秘密もここから発見できるか？」

荊軻の声は浮き立った。

「もちろんです。生と死は、天が地にあたえた基本則の一つです。ゆえに生と死の謎はこの伝言にふくまれるはずです。不老不死の秘密も同様に」

「ならば円周率を計算せよ。二年で一万桁を計算せよ。さらに五年で十万桁を求めよ」

「それは……不可能です！」

政王は長い袖を打ち振り、卓子の絹布と墨と筆を床に払い落とした。

「そのために必要なものがあるなら、なんでも申せ」そして荊軻を冷たくにらんだ。「しかしかならず期限までに計算を為し遂げよ」

　五日後に、政王はふたたび荊軻を召し出した。ただし今回は咸陽の宮殿ではなく、王が領地をめぐる行幸の列に呼び寄せた。さっそく政王は計算の進捗を荊軻に尋ねた。

　荊軻は低頭して答えた。

「陛下、この種の計算ができる数学者を全土から集めましたが、八人がやっとでした。わたしをいれて九人です。必要な計算量から推測すると、死ぬまで計算しても、求められる円周率はせいぜい三千桁ほどです。二年ではどうがんばっても三百桁にしかなりません」

　政王はうなずいて、しばらく同道するように荊軻に命じた。行列はやがて高さ二丈ほど（約六メートル）の花崗岩の石碑のもとへ来た。石碑は頂上に穴をうがたれ、牛革をよった太い縄を通して、巨大な振り子のように木製の構造物から吊られている。石碑の平たい底面は、おおむね地面に立った人の頭の高さにある。石の表にはなにも彫られていない。

　政王はこの宙づりの石碑をしめして話した。

「よいか。期限までに計算を為し遂げられれば、これはそなたの偉業をたたえる石碑になる。地面に建てて、数々の業績を彫ればよい。しかしもし計算を終わらせられなかったら、これはそなたの屈辱の碑となろう。その場合も地面に建てるが、そなたをこの下にすわらせてから縄を切る。すなわち墓石となる」

荊軻は目を上げて、視界を埋めるほど巨大な宙づりの石を見た。雲が流れる空を背景にしているせいで、黒い石塊はよけいに威圧的に見えた。

荊軻は王にむきなおった。

「この命はかつて陛下にお赦しいただいてあるものです。たとえ期限内に計算を終えようと、陛下のお命を狙った罪は消えません。ゆえに死は恐れません。あと五日、考える猶予をください。それでも妙案が浮かばなければ、従容として石碑の下に座しましょう」


四日後に、荊軻は謁見を願い出て、即座に許された。円周率の計算は王の頭のなかで最重要の課題になっていたからだ。

「その顔からすると、妙案が浮かんだようだな」

王は笑みとともに言った。荊軻はすぐに答えた。

「陛下は初めに、必要なものがあるならなんでも申せとおっしゃいました。お約束はいまも変わりませんか？」

「もちろんだ」

「では王の軍隊から三百万の兵をお貸しください」

数字を聞いても王は驚かなかった。眉をすこし上げただけだ。

「どのような兵だ？」

「現在軍務についている一般兵で充分です」

「知っていると思うが、朕の兵のほとんどは読み書きができぬぞ。二年間で複雑な数学を教えこむのは難しい。まして計算をやりとげるのは無理だ」

「陛下、どれほど愚鈍な兵でも一時間もあれば覚えられることをやらせます。実演してごらんにいれますので、いま兵を三人お貸しください」

「三人だと？　それだけでいいのか？　三千人でもすぐに用意できるぞ」

「三人でけっこうです」

政王は手を振って兵を三人呼んだ。みな若い。秦の兵らしく、機械のように忠実に動く。

「諸君の名は知らない」荊軻は二人の兵の肩を叩いた。「きみたち二人には数字の入力を担当してもらうので、それぞれ〈入力一〉、〈入力二〉と呼ぶ」最後の兵をしめして、「きみには数字の出力を担当してもらう。そこで〈出力〉と呼ぶ」

そして必要な位置に動かした。

「こうだ。三角形に並べ。頂点に〈出力〉、底辺の両端に〈入力一〉と〈入力二〉が立て」

「楔形攻撃陣形と命じたほうが早いぞ」

政王はにやりとして荊軻を見た。

荊軻は六本の旗を用意していた。白三本、黒三本で、三人の兵に白黒一本ずつ持たせた。

「白は数字の零、黒は一をあらわす。よろしい、ではよく聞け。〈出力〉、きみはうしろむきになり、〈入力一〉と〈入力二〉にむきあえ。そして二人がどちらも黒旗を上げたら、きみも黒旗を上げろ。それ以外の場合は白旗を上げろ」

荊軻は指示をくりかえして、三人の兵によく理解させた。そして大声で命令しはじめた。

「でははじめよう！　〈入力一〉と〈入力二〉はどちらでも好きな旗を上げていい。よし、上げろ！　よし。また上げろ！　上げろ！」

〈入力一〉と〈入力二〉は旗を三回上げた。一回目は黒と黒。二回目は白と黒。三回目は黒と白だった。〈出力〉は毎回正確に反応し、黒旗を一回、白旗を二回上げた。

「よくできた。陛下、とても賢い兵たちです」

政王はわけがわからないという顔だ。

「それくらい、ばかでもできるだろう。いったいこれでなにをやろうというのだ？」

「この三人の兵が構成しているのは計算機構の構成要素の一つで、わたしは論理積《AND》門《ゲート》と呼んでいます。門《ゲート》への入力がどちらも一なら、出力結果も一です。しかしどちらかの数字が零の場合、すなわち零と一、一と零、零と零のときは、出力結果は零になります」

荊軻は政王が内容を頭にいれるのを待った。王は気乗りのしないようすで言った。

「まあいい。続けよ」

荊軻は三人の兵にむきなおった。

「ではべつの要素をつくろう。〈出力〉、きみは〈入力一〉または〈入力二〉が黒旗を上げたら、黒旗を上げろ。出力が真になる場合は三つある。黒と黒、白と黒、黒と白だ。白と白を見たら、きみは白を上げろ。わかったか？　よし、きみは優秀だ。ゲートが正確に機能するにはきみが肝心だ。努力すれば報いがあるぞ。ではやってみよう。上げろ！　よし、また上げろ！　また上げろ！　完璧だ。陛下、この要素は論理和門《ORゲート》というものです。二つの入力のどちらかが一なら、出力も一になります」

さらに荊軻は三人の兵を使って、否定論理積門《NANDゲート》、否定論理和門《NORゲート》、排他的論理和門《XORゲート》、否定排他的論理和門《XNORゲート》、三状態門《トライステートゲート》をつくった。最後に二人の兵で、もっとも単純な否定門《NOTゲート》をつくった。この場合は、〈出力〉は〈入力〉が上げたのと反対の旗を上げる。

荊軻は政王にむかって低頭した。

「以上、すべての計算要素を実演しました。三百万の兵が習得すべき技術はこれだけです」

政王はまったくわからないという顔で言った。

「このように単純で子どもじみた遊びで、どうやって複雑な計算をしようというのだ」

「陛下、この宇宙の複雑なものも、じつは単純な要素の積み重ねでできています。単純な要素を大量に集め、適切に組み立てることで、きわめて複雑な能力を発揮します。三百万の兵がいれば、ただいま実演した門《ゲート》を百万個つくれます。それらを陣形に配置すれば複雑な計算が可能になります。わたしはこの発明を計算陣形と呼んでいます」

「これでどうすれば計算できるのか、まだわからぬ」

「具体的なやり方は複雑です。ご興味がおありなら、あとで詳しくご説明いたします。とりあえず、この計算陣形は数字の考え方と記述の新方式にもとづいていることをご理解ください。この方式で必要な数字は、白旗と黒旗に対応する零と一、この二つだけです。しかしこの零と一であらゆる数字をあらわせます。また計算陣形は単純な要素を使って大きな数字を扱うことで、全体として高速な計算を実行できます」

「三百万はわが軍の全兵力にひとしい。しかし、あたえよう」政王はいわくありげにため息をついた。「急げ。老けこんだ気分だ」


一年がすぎた。

ふたたび太陽と月がいっしょに空に昇った快晴の日。政王と荊軻は高い石の壇上に立っていた。背後には王の侍臣が並んで控える。壇の下では、秦軍三百万の兵が一辺十里（約五キロメートル）の方陣を組んでいる。午前の光に照らされた兵たちは、三百万の兵馬俑のように微動だにしない。しかしそばへ飛んできた鳥の群れは、殺気を感じ取ってあわてて飛び去った。

荊軻は王に言った。

「陛下の軍は優秀でございます。きわめて短期間のうちに、かくも複雑な訓練をこなしました」

政王は長剣の柄に手をおいた。

「全体は複雑でも、一人一人の兵の動作は単純きわまりない。わが軍の日頃の軍事訓練にくらべればなにほどでもない」

「では陛下、大命を拝したく存じます」

荊軻の声は興奮で震えた。

政王はうなずいた。衛兵が駆け寄り、王の長剣の柄を持ってあとずさりはじめた。青銅の剣はとても長く、補助なしには鞘から抜けない。衛兵は膝を屈し、抜き身の剣を捧げ持った。政王はその剣を空にかかげて声をあげた。

「計算陣形をつくれ！」

陣鼓が打ち鳴らされた。壇の四隅におかれた青銅の大釜から轟然と炎が上がる。そのそばに立つ軍人たちが方陣にむかって声をそろえて命じた。

「計算陣形をつくれ！」

壇の下の方陣でさまざまな色がうごめき、移動しはじめた。複雑で緻密な回路の模様があらわれ、全体に広がっていく。十分後には、軍は百平方里（約二十五平方キロメートル）の計算陣形に整列しなおした。

荊軻は陣形をしめして解説した。

「陛下、この陣形を〈秦一号〉と名付けました。ご覧ください、中心にあるのは核となる計算要素の集まり、中央処理小陣形です。精鋭の兵たちで構成されています。図面をご参照いただければ、周囲の小陣形もわかります。高速保存《クイックストレージ》小陣形、後入先出記憶《スタックメモリー》小陣形などがあります。そのまわりのきわめて規則的に整列した集団は記憶《メモリー》小陣形です。これを構成するにあたってはさすがに兵が不足しました。しかしさいわいにもこの要素に求められる動作はとても単純なので、それぞれの兵により多くの色の旗を持たせました。これで二十人分の仕事を一人でこなせるようになりました。これによって記憶容量が増加し、円周率の計算手順を走らせるのに必要最小限を満たせました。陣形全体の外周をめぐる無人の通路もご覧ください。

あそこでは軽騎兵が命令を運びます。この機構の重要な通信線であり、構成部門間の情報のやりとりをになっています」

二人の兵が、人の背丈ほどもある大きな巻き物を運んできて、政王のまえで広げた。巻き物が最後まで開くとき、壇上の人々は数年前に宮殿で起きた事件を思い出して息を詰めた。しかしあのときのような短刀はあらわれなかった。広げられた大きな絹布には蠅の頭ほどの小さな記号がびっしりと書かれている。あまりに細かいため、壇の下の計算陣形を見るときとおなじくめまいがしそうだった。

「陛下、円周率計算のためにわたしが開発した手順には序列があります。ご覧ください——」荊軻は壇の下の計算陣形をしめした。「——待機している兵の陣形を、硬件《ハードウェア》と呼びます。対してこの布に書かれているのは、計算陣形にいれる魂のようなもので、軟件《ソフトウェア》と呼びます。硬件《ハードウェア》と軟件《ソフトウェア》の関係は、古琴と楽譜のようなものです」

政王はうなずいた。

「よろしい。はじめよ」

荊軻は両手を頭上にかかげて、おごそかに宣した。

「大王陛下の命により、計算陣形を始動する！　機構の自己点検！」

石の壇から半分下がったところに立つ兵の列が、手旗信号を使って命令を反復した。たちまち三百万の兵による陣形で小旗が打ち振られた。まるで湖面が波立ち、きらめくようだ。

「自己点検完了！　初期化進行を開始！　計算手順を読み込み《ロード》！」

主通信線の軽騎兵が計算陣形のなかへ駆けこみ、忙しく往復しはじめた。主通路はたちまち逆巻く川のようになった。川は無数の支流に分かれて、部門ごとの小陣形にはいっていく。黒旗と白旗の波が重なって大波となり、陣形全体に広がった。中央処理小陣形がとくに忙しく、まるで着火した木屑のようだ。

ふいに、燃料がつきたように中央処理小陣形の動きが鈍り、まもなく止まってしまった。そこを起点に周囲にも停滞が広がっていく。まるで湖が凍っていくようだ。ついに計算陣形全体が停止し、ごく一部の要素がちかちかと無限循環の動作をくりかえすだけになった。

「閉塞《ロックアップ》しました！」

信号担当の将官が報告した。誤作動の原因はすみやかに特定された。中央処理小陣形の状態記憶単位のなかで門《ゲート》の一つが誤った動作をしたのだ。

「機構を再起動《リスタート》！」荊軻は自信を持って命じた。

「待て」政王は剣の柄に手をかけた。「誤作動した門《ゲート》を交代させ、それを構成していた兵らの首を刎ねよ。以後、誤作動には同様の処置をする」

数人の騎兵が抜刀して方陣に駆けこんだ。不運な三人の兵は殺され、新たな兵が配置された。壇上からは中央処理小陣形にできた三つの血の海がいやおうなく目を引く。

荊軻は機構を再起動した。今度はうまくいった。十分後には兵たちは円周率計算の手順をこなしはじめた。方陣全体で旗が波打ち、長い演算処理がされていった。

政王は壮大な眺めをしめした。

「まことに興味深い。一人一人のふるまいは単純そのものだが、集まると複雑な知性があらわれている」

「陛下、これは機械が機械的に動いているだけです。知性ではありません。下々の兵はただの〝零〟です。陛下のような人物がそのまえに立って〝一〟を加えることによって、全体が意味を持つようになります」

荊軻は卑屈な笑みで答えた。

政王は尋ねた。

「円周率を一万桁まで出すのにどれほどかかるか？」

「十カ月ほどでしょう。順調に進めばもっと早いかもしれません」

すると王翦《おうせん》(注2)将軍が歩み出た。

「陛下、ご用心ください。通常の軍事作戦においてもこのような開けた場所で全軍を一ヵ所にまとめるのは危険です。ましてこの三百万の兵は丸腰で、持っているのは信号旗のみ。計算陣形は戦闘の構えではないため、攻撃されればきわめて脆弱です。これだけ密集した兵を整然と退却させるには、平時でも丸一日かかりますし、まして攻撃を受けたら退却は不可能です。陛下、敵国から見たこの計算陣形はまさにまな板の上の鯉です」

政王は答えず、荊軻に目をむけた。荊軻は低頭して言った。

「王将軍のおっしゃるとおりです。この計算を進めるかどうか、慎重にご判断ください」

荊軻はこれまでになく大胆な挙に出た。顔を上げて、政王に視線をあわせたのだ。政王はすぐにその意味を察した――これまでの成果は〝零〟にひとしいものです。陛下ご自身が不老不死を求め、〝一〟を加えることによってのみ、意味を持つのです……。

「将軍は心配しすぎだ」政王は軽んじるように袖を振った。「韓、魏、趙、楚はすでにわが軍門に降った。残るは燕と斉のみ。しかしいずれも率いるのは愚王だ。民は疲弊し、国は崩壊寸前で、わが国の脅威にはなりえない。放っておいても、円周率の計算が完了するまでにこの二国は自壊し、大国の秦に降伏してくるだろう。ただ将軍の用心にも理はある。計算陣形からやや離れたところに警戒線をもうけ、燕と斉の動向監視をさらに強めるとしよう。これで安全だ」

長剣を空にかかげて、おごそかに宣した。

「計算はやり遂げる。そう決した」

計算陣形は一ヵ月間順調に稼働した。結果は予想以上だった。計算された円周率は二千桁を超えた。兵たちが動作に慣れ、荊軻も計算手順を改良していけば、将来はもっと速度が上がるだろう。三年もあれば十万桁の目標に到達できそうだ。

計算開始から四十五日目の朝は、濃霧だった。計算陣形は白くかすみ、壇上からは全体がまったく見渡せない。陣形のなかの兵も周囲の五人くらいしか見えなかった。

しかし計算陣形の稼働は霧程度に影響されないように設計されており、止まることはなかった。霧のなかで大声の命令が飛び、主通信線を駆ける軽騎兵の蹄の音が響く。

しかし計算陣形の北端の兵の耳には、べつの物音が届きはじめていた。初めは聞こえたり消えたりで、気のせいかとも思えた。しかししだいに音は大きく、連続した轟きになった。まるで霧の奥で遠雷が鳴っているようだ。

それは何千頭もの馬の蹄の響きだった。強力な騎兵軍団が北から計算陣形に近づいている。頭上にひるがえるのは燕の旗幟。騎兵は隊列を乱さないように速度を控えていた。急ぐ必要はない。

計算陣形の端まであと一里（約五百メートル）に迫って、ようやく騎兵軍団は突撃を開始した。前衛が陣形に突入したときでも、秦兵は敵の姿がろくに見えていなかった。この序盤の突入で数万人の秦兵が騎馬の蹄にかかって死んだ。

そのあとの展開は戦闘ではなく、たんなる虐殺だった。燕軍の司令官は戦前から実質的な抵抗はないと予想していた。大量殺戮を効率よく実行するために、騎兵は戟《げき》や矛《ほこ》といった伝統的な武器を使わず、長剣や釘歯棍棒を装備していた。燕の数十万の重装騎兵は死の雲となり、文字どおり鎧袖一触で秦兵を倒していった。

計算陣形の中心部を警戒させないよう、燕の騎兵は静かに行動した。人ならぬ機械のように殺していった。それでも秦兵の断末魔の叫びは抑えようもなく、霧をついて遠く広く聞こえた。

ところが計算陣形の秦兵は、外の騒ぎに惑わされず計算要素としての任務に専念するように、死の恐怖とともに訓練されていた。さらに濃霧のせいもあって、計算陣形の大部分は北側からの攻撃に気づかなかった。死の領域は徐々に、着実に陣形を侵食していった。地面は血でぬかるみ、累々たる死体でおおわれる。それでも陣形はあいかわらず計算に没頭していた。ただし、誤りが全体で増えていた。

騎兵軍団の第一波のうしろには、燕軍の十万以上の弓兵隊が控えていた。長弓で計算陣形の中心部を狙う。たちまち数百万本の矢が嵐のように襲い、ほとんどが的を貫いた。

ここにいたってようやく計算陣形の隊列は崩れはじめた。敵襲の報は混乱に拍車をかけた。主通信線の軽騎兵は敵出現の情報をもって駆けたが、主通路をふさがれたため、あわてて兵の密集した区画を突っ切ろうとした。そのせいで多数の秦兵が味方の蹄にかかって命を落とした。

計算陣形の東、南、西側はまだ攻撃されておらず、そのあたりの秦兵は算を乱して逃げはじめた。情報がなく、指揮系統が寸断されているため、退却は遅々として進まず混乱した。目的を失った計算陣形は、まるで濃度と粘度の高いインクのようだった。水に溶けず、縁から細い糸のようににじみ出すだけだ。

東へ逃げた秦兵は、斉軍の整然たる隊列に行く手をはばまれた。斉軍の司令官はすぐには攻撃させなかった。歩兵も騎兵も堅固な防衛線を守り、逃げてくる秦兵を誘いこめと命じられていた。そして充分に囲いこんでから殺戮をはじめた。

絶体絶命で戦意もない秦軍にとって、活路は南西しかない。数十万の武器すら持たない男たちが濁流のように平原に流れ出た。しかしまもなくその行く手も第三の敵にはばまれた。匈奴《きょうど》の獰猛な騎兵軍だ。まるで狼が羊の群れを狩るように秦軍を殲滅していった。

殺戮は正午になっても続いた。強い西風がようやく霧を払い、広い戦場が白日の下にさらされた。

燕、斉、匈奴の各軍は、あちこちで包囲網をつくって秦軍の残党を追いこんでいた。三軍の騎兵は秦兵にくりかえし突撃し、負傷兵やわずかな逃亡兵は歩兵が掃討した。火で追い立てた雄牛の群れや投石器を使って効率よく残党狩りが進められた。

日が暮れ、屍山血河の戦場にようやく悲しげな法螺貝が吹き鳴らされた。秦軍の最後の残兵は三カ所で包囲されるのみになっていた。

夜は満月が昇った。冴えざえとした白い月光が地上の殺戮を無機質に照らし、死体の山も血の海も液体のような静謐な光で包んだ。殺戮は夜どおし続き、終わったのはようやく明け方だった。

大国秦の軍は一兵残らず消えた。


一カ月後に斉燕連合軍が咸陽に入城し、政王を捕縛した。これにより秦国は滅亡した。

政王の処刑日に選ばれたのもまた太陽と月が同時に昇る日だった。紺碧の空に雪片のような月が浮かんでいた。

荊軻のために用意された石碑はまだ空中に吊られていた。政王はその下にすわり、燕の死刑執行人が牛革の綱を切るのを待った。

処刑見物の野次馬のなかから、荊軻が歩み出た。白ずくめの衣をまとい、政王のまえに出て低頭した。

「陛下」

「そなたの心はつねに燕の刺客だったのだな」政王は顔を上げずに言った。

「はい。しかし、王のお命を頂戴するだけでは不足でした。軍を壊滅させる必要がありました。数年前のあのとき陛下を刺し殺しても、秦は強勢なままでした。明敏な軍師の助言を受け、経験豊富な将軍に率いられる百万もの秦軍は、変わらず燕を滅ぼしうる脅威だったはずです」

政王は生前最後の問いを発した。

「朕が気づかぬまにあれだけの大軍を送りこむとは、どんな策をもちいたのだ？」

「計算陣形の訓練と試験運用をしている一年間に、燕と斉は三本の隧道《トンネル》を掘ることに専念しました。いずれも全長百里（約五十キロメートル）におよび、騎兵が通れるだけの幅がありました。哨兵に気づかれず、無防備な計算陣形のそばに連合軍を出現させたこの策は、わたしの発案です」

政王はうなずいた。あとは口をつぐみ、瞑目して死を待った。監吏の命令に従って、死刑執行人が小刀を口にくわえて石碑の架台をよじ登りはじめた。

政王は隣に気配を感じて、目を開いた。隣には荊軻が座していた。

「冥途へお供します。この巨石が落ちれば、二人分の石碑になるでしょう。陛下とわたしの血と肉がまじり、多少はお慰みになるかと存じます」

「なぜそんなことをする？」政王は冷ややかに訊いた。

「死にたいのではありません。燕王から死刑を命ぜられたのです」

政王の唇に笑みが浮かび、すぐに風のように消えた。

「そなたは燕のために大事を為し遂げ、燕王以上に勇名をはせた。ゆえに燕王はそなたの野心を恐れた。当然の帰結だな」

「それもありますが、主たる理由はべつにあります。燕独自の計算陣形の創設を燕王に奏上したのです。これが処刑を命ぜられた直接の理由です」

政王は荊軻にむきなおった。その目には心からの驚きがあらわれている。荊軻は続けた。

「疑われるかもしれませんが、真に燕の国益を思っての提案でした。たしかに秦での計算陣形は陛下の不老不死への執着を利用して国を滅ぼす謀《はかりごと》でした。しかし大発明だったのも事実です。あの演算能力をもってすれば、数学の言葉を理解し、宇宙の謎を解き明かすことが可能でした。新時代が開かれたはずです」

死刑執行人が架台の頂上に到達し、石碑を吊る縄のまえに立った。小刀を手に最後の命令を待つ。

遠くのきらびやかな天蓋の下から眺める燕王が、手を振って執行に同意した。監吏は大声で死刑執行を命じた。

そのとき荊軻は、夢から覚めたようにかっと目を見開いた。

「天啓を得たり！　計算陣形に軍隊は不要。人さえ不要だ。論理積《AND》、否定《NOT》、否定論理積《NAND》、否定論理和《NOR》などの門《ゲート》は、機械部品によって構成しうる。この部品はきわめて小さくできる。これを組み合わせれば機械式の計算陣形ができる！　いや、もはや計算陣形の名はそぐわない。計算機械だ！　お聞きください、陛下！　お待ちを！」

荊軻は遠くの燕王にむかって叫んだ。

「計算機械です！　計算機械です！」

死刑執行人が縄を切った。

「計算機械です！」

三度目に叫んだのが、荊軻の最期の息になった。巨石が落ち、大いなる影が瞬時に世界を閉ざした。政王はみずからの命の終わりを見た。しかし荊軻が見たものは、新時代の幕開けをしめす曙光があえなく消えるさまだった。

（注1）この物語の舞台は中国の戦国時代で、秦、斉、楚、魏、趙、燕、韓の七国が相争っている。秦の政王はのちに他六国を倒して中国を統一し、秦王朝を開く。政王は、中国の最初の皇帝を意味する始皇帝の名で知られることになる。

（注2）政王が敵の六国を攻めるさいに重用した四人の将軍の一人。史実の王翦は、燕（荊軻の出身地）、趙、楚を滅ぼした。

神様の介護係

Taking Care of God

中原尚哉訳

1

神のせいで秋生《チウション》一家はまたしても大騒ぎだった。

朝はまだ平穏だった。西岑《シーセン》村のまわりの畑は人の頭の高さに朝靄が薄くかかり、まるで白い紙をかぶせたようだった。絵のように閑静な田園風景。曙光がさしこみ、今年最初の結露が短命ながら鮮やかにきらめく……。

そんな美しい朝を、神がだいなしにした。

いつもより早起きした神は、台所にはいって自分で牛乳を温めた。神介護時代がはじまってから、牛乳市場は活況を呈していた。秋生《チウション》の家でも乳牛を一万元強で買って、搾った牛乳は近所をまねして水で薄めて売った。薄めない牛乳は自家消費用だ。

牛乳が温まると、神は鍋ごと居間へ運んでテレビを見はじめ、コンロのプロパンガスを止めるのを忘れた。

秋生《チウション》の妻の玉蓮《ユリエン》は牛舎と豚舎の掃除からもどってきて、家じゅうにガスのにおいが充満していることに気づいた。タオルで鼻をおおって台所へ駆けこみ、コンロを消すと、窓を開けて換気扇のスイッチをいれた。

「このぼけ老人！　家族全員をあの世行きにする気？」

玉蓮《ユリエン》は居間で怒鳴った。

一家は神を介護しはじめてから台所にプロパンガスを導入した。秋生《チウション》の父親はプロパンより練炭のほうがすぐれていると反対した。その反対材料が増えたわけだ。

神はいつものように申しわけなさそうに首をすくめ、箒のように長い白髯を膝下まで垂らして悄然と立った。失敗を自覚している子どものような、こびる笑い顔だ。

「ぎ……牛乳が温まったから鍋をどかしたんじゃ。火は勝手に消えると思って……」

階段を下りてきた秋生《チウション》は言った。

「ここは宇宙船の船内じゃない。なんでも手動なんですよ。自動機械が手とり足とりやってくれるわけじゃない。知能のない道具をこちらが考えて使う。そうやって生きる糧を稼ぐんですよ」

「わしらだって努力しとるさ。そもそも、だれのおかげで……」神はぶつくさ言った。

玉蓮《ユリエン》がタオルを床に投げつけた。

「その〝だれのおかげで……〟ってのをやめて。聞きあきたわ！　そんなにご立派なら、よそへ移ってもっと従順な子孫に介護してもらえばいいでしょ！」

「もういい、忘れよう。飯にしよう」

秋生《チウション》はいつも仲裁役だった。

兵兵《ビンビン》が起きてきた。階段を下りながらあくびをする。

「ママ、パパ、神がひと晩じゅう咳をするから、うるさくて寝られないよ」

すると玉蓮《ユリエン》がたしなめた。

「あんたはましょ。あたしたちの寝室は神の隣なんだから。いつもうるさいって怒鳴ってるわよ」

それをきっかけに、神はまた咳きこみはじめた。お気にいりの遊びを一心不乱にやるように咳をする。

玉蓮《ユリエン》はそんな神をしばらくにらんで、ため息をついた。

「八世代で最悪の運命だわ」

ぷんぷん怒ったまま朝食を用意しに台所へ行った。

神は一家といっしょに静かに朝食の席についた。粥一杯と野菜の漬け物、そして饅頭《まんとう》を半分食べた。そのあいだも玉蓮《ユリエン》のとげとげしい視線が注がれる。怒っているのはプロパンガスの一件か、それとも一家の食料が消費されることか。

食べ終えた神はそそくさと席を立ち、テーブルを拭いて台所で皿洗いをはじめた。玉蓮《ユリエン》は台所の外に立って大声で指示する。

「油で汚れてない椀に洗剤を使わないで。ただじゃないのよ。あんたの介護費なんて雀の涙しかもらってないいんだからね！」

言われるたびに神は低い声で了解の意をしめした。

秋生《チウション》と玉蓮《ユリエン》は畑に出た。兵兵《ビンビン》は学校へ行った。この時間になってようやく秋生《チウション》の父親が起きてきた。ねぼけまなこで階段を下りて、粥を二杯食べると、パイプで煙草を吸いはじめた。そしてようやく神がいることに気づいた。台所に怒鳴る。

「おい、じじい。皿洗うのやめて、こっち来い。一局つきあえ」

神はエプロンで手をぬぐいながら台所から出て、秋生《チウション》の父親にへこへこと頭を下げた。中国将棋を指すのだが、彼の相手は骨が折れる。勝っても負けても不愉快な結末になるのだ。

神が勝てば秋生《チウション》の父親は怒り出す。くそったれ！　まったく失礼な野郎だぜ、こんちくしょう！　てめえは神だぞ。おれに勝ったってなんの自慢にもならねえだろう。ちったあ気を使えよ！　この家に長く住まわせてもらってるくせに！

しかし神が負けても秋生《チウション》の父親はやはり怒るのだ。くそったれ！　おれは半径五十キロで最高の将棋指しだ。てめえに勝つのは赤子の手をひねるより簡単なんだよ。手加減してほしいってのか？　まったく失礼千万だな！

いずれにせよ結果はおなじだ。秋生《チウション》の父親は盤をひっくり返し、駒が散乱する。父親は癇癪持ちで有名だ。神はその八つ当たりの標的にされる。

しかし秋生《チウション》の父親は根に持たない性格でもあった。神が盤をもどして拾った駒を黙って並べなおすと、またすわって次の一局を指しはじめる。そして最後はおなじことのくり返しだ。それを数回やって、二人とも疲れたころにちょうどお昼時になる。

神はそこで席を立って野菜を洗いはじめる。神は料理が下手なので、さすがの玉蓮《ユリエン》もやらせない。しかし野菜は洗わせる。秋生《チウション》と玉蓮《ユリエン》が畑からもどってきたときにもし野菜洗いが終わっていないと、玉蓮《ユリエン》の罵声が響くことになる。

神が野菜を洗っているあいだに、秋生《チウション》の父親は近所へ遊びに出かけた。神にとっては一日でもっとも平和な時間だ。庭に敷かれた煉瓦のひび割れに日光が差しこみ、神の記憶の深いところまで明るく照らされる。すると神はしばらく手を止めて立ちつくし、思いにふける。やがて畑から帰ってくる近所の村人の物音を聞いてわれに返り、あわてて野菜洗いの続きをはじめるのだ。

神はため息をついた。どうしてこんなことになってしまったのだろう。

ため息をつきたいのは神ばかりではない。秋生《チウション》も、玉蓮《ユリエン》も、秋生《チウション》の父親もおなじだ。地球に住む五十億の人類と二十億の神に共通のため息だった。

2

はじまりは三年前のある秋の夕方だった。

「来て来て！　空におもちゃが浮いてるよ！」

兵兵《ビンビン》が庭で叫んだ。秋生《チウション》と玉蓮《ユリエン》はあわてて家から飛び出した。おもちゃというか、おもちゃのような形の物体がたしかに空を埋めていた。

物体は天穹に均一に浮かんでいる。夕暮れ空にあって、すでに地平線に沈んだ夕日を浴びて満月のような明るさで輝いている。そのせいで地表は昼間のように明るくなった。全天から光が来るので影ができない。まるで手術室で使う無影灯で全世界が照らされているようだ。

物体がはっきり見えるので、大気圏内にあるのだろうとだれもが思った。しかしじつはきわめて巨大な物体なのだとあとでわかった。約三万キロメートルも離れた静止軌道に浮いているのだ。

出現した宇宙船は合計二万一千五百三十隻。空に均一に広がり、まるで地球を包む薄皮のようだ。この最終位置にすべての船がいっせいに到着するには複雑な操船が必要だった。均一な配置は、質量の偏りによる異常な潮汐現象で地上の生命に危険をおよぼすことを避けるためらしい。すくなくとも宇宙人が地球に害意を持っていない証拠であり、人類はいくらか安心した。

それから数日間、宇宙人とコミュニケーションをとろうという試みは失敗しつづけた。いくら呼びかけても沈黙しか返ってこない。

一方で地球は夜のない惑星になっていた。二万隻以上の宇宙船が太陽光を反射するので、地球の夜の側は昼のように明るくなり、逆に昼の側は船の巨大な影に日差しをさえぎられた。異常な眺めのせいで人類は心理的に追いつめられた。そのせいで、地球上でべつの奇妙な現象が起きはじめても最初はだれも関心を払わなかった。すくなくとも天穹の宇宙船団と結びつけて考えなかった。

　世界じゅうの大都市に高齢の浮浪者があらわれはじめたのだ。姿はみなおなじ。かなり年をとっていて、白い長髯長髪に、白い長袍《チャンパオ》。その髯と髪と袍が薄汚れるまえは、まるで雪男の集団のようだった。特定の人種ではないらしく、むしろあらゆる人種的特徴が混じっていた。国籍や姓名をしめす書類を持たず、本人も経歴を説明できない。

　そしてとても訛った現地の言葉で、おなじ内容を通行人に小さく訴えつづけた。

「わしらは神じゃ。この世界の創造主への恩返しだと思って、食べ物をめぐんでくださらんか」

　こんな高齢浮浪者が一人二人いるだけなら、痴呆のホームレスとして一時宿泊所や保護施設に収容して一件落着だっただろう。しかし同様の高齢浮浪者が男女あわせて数百万人もあらわれたとなると、話がちがってくる。

　高齢浮浪者は半月後に三千万人を超えた。ニューヨーク、北京、ロンドン、モスクワ……。あらゆる大都市の街頭にあらわれ、徘徊し、交通をじゃました。都市の本来の住人より彼らのほうが目立つ場合もあるほどだ。

　なにより恐ろしいのは、彼らが判で捺《お》したように、「わしらは神じゃ。この世界の創造主への恩返しだと思って、食べ物をめぐんでくださらんか」とおなじセリフを言うことだ。

　ここにいたってようやく人類は、空の宇宙船から、この招かれざる客に注意を移しはじめた。その頃あちこちの大陸で大規模な流星雨が観測されていた。美しい流れ星が多数見られたあとには、決まって多数の高齢浮浪者がその地域にあらわれた。詳しく調べると、驚くべき事実があきらかになった。高齢浮浪者たちはみんな空から、つまりあの宇宙船から来ていたのだ。

彼らはまるでプールに飛びこむように一人ずつ大気圏に飛びこむ。そのとき着ているのは特殊フィルム製の宇宙服だ。大気との摩擦熱で宇宙服の表面は溶けるが、フィルムは熱を遮断しつつ、また降下速度も減じた。減速は四Gを超えないように注意深く設計されており、高齢浮浪者の体でも耐えられた。着地寸前で速度はほぼゼロになる。ベンチから跳び下りる程度の衝撃だが、それでも捻挫する者が少なくなかった。着地と同時にフィルムは燃えつき、跡形なく消える。

流星雨は続き、地表に降り立つ浮浪者は増えつづけた。その数は一億人に迫った。

各国政府は一人ないし複数の代表を送って対話を試みた。しかし浮浪者たちは、〝神々〟に序列はなく、全体を代表できる者はいないと答えた。そこで国連で緊急特別総会が開かれ、英語をそれなりに話せる高齢浮浪者の一人をタイムズスクエアから会議場に連れてきた。

初期に地表に降りてきた一人らしく、その長袍は汚れて穴だらけだ。白い長髯はモップさながらに泥まみれ。頭上に光輪はなく、かわりに飛びまわる蠅が数匹。粗末な竹の杖をついてよろよろと円卓に歩き、世界の指導者たちの注目が集まるなかでよっこらせと着席した。事務総長を見上げて、高齢浮浪者に特有の子どもっぽくこびる笑い顔になる。

「いやあ……その……朝食がまだなのじゃ」

そこで朝食が運ばれた。全世界が注視するなかで、飢えた老人はむさぼり食い、ときどき喉に詰まらせながら、トースト、ソーセージ、サラダをたちまち腹におさめた。大きなコップの牛乳を飲みほして、ふたたび純真そのものの笑みを事務総長にむける。

「ええと……その……ワインはないかの。ちょっぴりでいいんじゃ」

グラスワインが運ばれてきた。老人は飲んで満足げにうなずいた。

「昨晩はお気にいりの地下鉄の格子蓋の上を、あとから来た連中にとられてのう。あったかい風が吹き上がって極楽だったんじゃが。しかたなしに新しい寝場所を探してあの広場《スクエア》へ行ったんじゃ。ワインを飲んでようやく関節が生き返って、むずむずしてきたわい。おい、あんた……ちょいと背中をマッサージしてくれんか？　軽くでいいから」

事務総長は老人の背中を揉みはじめた。高齢浮浪者は首をゆらゆらさせ、気持ちよさそうに声を漏らした。

「いやいや、手間をとらせてすまんの」

そこでアメリカ大統領が質問した。

「あなたはどこから来たのですか？」

高齢浮浪者は首を振った。

「所在地を固定するのは幼年期の文明じゃよ。惑星も恒星も不安定で千変万化するもの。移動してこそ文明じゃ。成長して青年期にはいるまでにも何度か引っ越しを経験して、悟るのじゃ。惑星環境より宇宙船の密閉環境のほうがよほど安定しているとな。そのときから宇宙船を故郷とし、惑星は一時滞在の場所にすぎなくなる。こうしてあらゆる文明は成熟期までに宇宙飛行技術を獲得し、あとは宇宙をあちこち飛びつづける。宇宙船こそ故郷じゃ。どこから来た？　船じゃよ」

　老人はそう言って、泥で汚れた指で頭上をさした。

「あなたがたは何人いるのですか？」

「二十億人じゃ」

「あなたの正体は？」

　事務総長の問いにはわけがあった。彼らは人間そっくりなのだ。

「何度も言わせるな」高齢浮浪者はめんどくさそうに手を振った。「わしらは神じゃ」

「ご説明願えますか」

「わしらの文明——ひとまず神文明と呼んでおこうか——これは地球誕生よりはるか昔から存在しておった。神文明は老境にはいると、生まれたての地球に生命の種を植えつけた。そして亜光速で旅をして時間を早回しにした。地球の生命が適切な段階まで進化した頃にもどってきて、新しい種を導入した。わしらの先祖の遺伝子をもとにした種族じゃ。さらに天敵を根絶やしにして、地球の進化を慎重に誘導し、自分たちによく似た新しい文明種族を育てたんじゃ」

「証拠を見せていただけますか」

「お安いご用じゃ」

半年かけて裏付け調査がおこなわれた。宇宙船からは、地球に最初に植えつけられた生命の設計図と原始地球の映像が送られ、人類を驚愕させた。高齢浮浪者の指示に従って地殻の大深度を発掘すると、地球の生物圏を数十億年にわたって監視し、操作してきた驚異の機械群が発見された。

ここに至って認めざるをえなくなった。すくなくとも地球生命に関して、この〝神々〟はたしかに神なのだと。

3

三度目の国連緊急特別総会で、事務総長は人類の代表としてついに肝心かなめの質問を発した。

なぜ地球へ来たのか、だ。

「その質問に答えるには、まず文明の概念を正確に理解せねばならん」神は長髯をなでた。「ちなみに彼は半年前に第一回の緊急特別総会で話したのとおなじ神だ。「文明は時間がたつとどうなると思う？」

事務総長は問いに答えた。

「地球文明は急速な発達段階にあります。対応できないほど大きな自然災害に遭遇しないかぎり、無限に発達を続けられるでしょう」

「不正解じゃ。考えてみよ。どんな個人も幼年期、青年期、中年期、老年期をへて、やがて死に至る。恒星もおなじじゃ。宇宙の万物はおなじプロセスをたどる。宇宙そのものもいつか滅びる。文明だけ例外？　そんなわけがあるか。文明もいずれ老いて死ぬ」

「具体的にどうなるのですか？」

「文明が老いて死ぬ過程はそれぞれ異なる。人間も死ぬときは、異なる病気にかかったり、たんに老衰だったりするじゃろう。神文明における最初の老化の徴候は、個人の極端な長命化じゃった。その頃には神文明の個人の寿命は地球年で四千歳まで伸びていた。二千歳をすぎると思考はすっかり硬化して創造性を失う。そんな連中が権力の中枢を握るのじゃから、若い連中は頭角をあらわさないし成長しない。そのせいで文明が老いていった」

「そのあとは？」

「文明老化の第二の徴候は、機械のゆりかご時代じゃ」

「どういう意味ですか？」

「その時代では、機械はわしら創造主に依存しなくなった。みずから動き、みずから整備し、みずから開発した。自動機械はわしらの欲求をすべて満たした。物質的欲求だけでなく心理的欲求もじゃ。生存のための努力は必要なくなった。機械に養われるわしらは、快適なゆりかごにはいった赤子のようなものじゃ。考えてもみよ。原始地球のジャングルが無尽蔵の果物と簡単に食料になるおとなしい動物ばかりじゃったら、猿から人間への進化が起きたと思うか？　機械のゆりかごはそんな快適なジャングルじゃ。わしらは科学も技術もしだいに忘れていった。文明は野心や創造性を失い、怠惰で空虚になった。そうなれば老化は加速する。おまえさんらが見ておるのは絶息寸前の神文明じゃよ」

「では……その神文明が地球へ来た目的を教えてください」

「わしらにはもう家がない」

「でも……」事務総長は天を指さした。

「宇宙船は老朽化した。地球をふくめた自然環境より宇宙船の人工環境のほうが安定しているのはたしかじゃが、それでも船は古くなった。想像を絶するほど古い。古色蒼然とした部品は壊れ、量子効果の長年の蓄積でソフトウェアはエラーだらけ。システムの自己修復、自己整備機能には克服不能な障害が増えた。船内の生活環境は悪化の一途。個人に配給される生活必需品は減る一方。いまではただ生きとるだけじゃ。大小の船に分かれた二万余りの都市の空気は汚染と絶望に満ちておる」

「解決策はないのですか？　船の部品を交換するとか、ソフトウェアをアップグレードするとか」

　神は首を振った。

「神文明はすでに終末期じゃ。二十億人の男女はみんな三千歳を超えておる。最近の数百世代は安楽な機械のゆりかごで一生をすごしてきた。あらゆる科学技術は忘却のかなた。何千万年も自律動作してきた船を修理する能力はわしらにない。それどころか、技術を学んで理解する能力もおまえさんらより劣る。いまのわしらは電球の配線をつなぐことも、二次方程式を解くこともできん……。船はあるとき、故障で完全停止する日が近いと宣告してきた。劣化した推進系が出せる速度はもはや亜光速とはいえん。光速の十分の一で漂流しとるだけじゃ。生態系維持システムも機能不全を起こしかけておる。機械にはもう二十億人の生命を維持する能力がない。どうにかしなくてはいかん」

「いずれこうなることはわかっていたのでしょう？」

「もちろんじゃ。二千年前に船は警告してきた。だからそのとき地球に生命の種を植えつけた。老後のそなえとしてな」

「二千年前……ですか？」

「そうじゃ。もちろん船内時間での話じゃぞ。おまえさんらの時間系では三十五億年前。ちょうど地球が冷えはじめた頃じゃ」

「疑問があります。技術を失ったとのことですが、生命を植えつけるのにも技術が必要では？」

「なに、惑星上で生命進化のプロセスをスタートさせるだけなら、なんということはない。種を蒔けば、あとは勝手に生命は増えて進化していく。そのためのソフトウェアは機械のゆりかご時代以前からあった。プログラムを開始すれば、あとは機械が勝手にやってくれる。生命を惑星いっぱいに増やし、文明を発達させるのに本質的に必要なのは、時間じゃよ。数十億年のな。亜光速で飛べれば時間は無限にあるが、神文明の船にその速度はもう出せん。

速度と時間があれば、ほかの惑星にも文明と生命の種を蒔けたし、選択肢があったじゃろう。しかし低速の罠に落ちたわしらには夢のまた夢よ」

「つまり、老後を地球ですごしたいと」

「そうじゃ、そうじゃ。創造主に対する子孫の義務を感じて、どうかわしらを受けいれてほしい」

神は杖によりかかり、各国首脳に頭を下げようとした。ぶるぶる震えるせいであやうくつんのめりそうになった。

「地球でどのように暮らすつもりですか？」

「一ヵ所に集まって住むのなら、宇宙にとどまって死ぬのと変わりない。希望は、おまえさんらの社会と家族に溶けこむことじゃ。神文明も幼年期には家族を持っておった。幼年期はかけがえのない時代じゃ。人類文明はまだ幼年期じゃし、わしらもそこにもどって温かい家族のなかで余生をすごしたい。それが一番の幸福じゃ」

「しかし二十億という人数です。地球のすべての家族が一人ないし二人の神を受けいれなくてはいけない」

事務総長がそう言うと、会議場はしんと静まった。

「そうじゃ、そうじゃ。世話をかけてすまん……」

神は頭を下げつづける。事務総長と各国首脳のほうは目を見かわす。神はさらに言った。

「もちろん、ただでとは言わん」

杖を振ると、新たな二人の白い長髯の神が会議場にはいってきた。銀色の金属製トランクを左右から重そうに持っている。

「これは高密度情報保管装置じゃ。神文明が科学と技術のあらゆる分野で獲得した知識が系統的に保管されておる。これがあればおまえさんらの文明は一足飛びに進歩できる。悪い話ではなかろう」

事務総長と各国首脳は色めき立って金属製トランクを見た。

「神の介護は人類の責任です。もちろん各国に個別に相談が必要ですが、基本方針としては……」

「世話をかけてすまん。世話をかけてすまん……」

神は目に涙をためて頭を下げつづけた。

会議場から出た事務総長と各国首脳は、国連本部ビルの外に神が何万人も集まっていることに気づいた。白い海のように頭を揺らし、なにやらつぶやいている。事務総長は耳を澄ませて、その内容をやっと理解した。地球のさまざまな言語でこう言っているのだ。

「世話をかけてすまん。世話をかけてすまん……」

4

二十億人の神々が地球に降りはじめた。特殊フィルム製の再突入スーツで次々と大気圏に飛びこむ。そのせいでしばらくは昼でも色とりどりの明るい火の軌跡が空に見えた。着地した神々は十五億世帯の家庭めざして散っていった。

神々の科学技術知識を得た人類は、一夜にして楽園に到達できるかのような未来への夢と希望にあふれていた。そんな浮かれ気分にのせられて、どの家族も神の到着を待ち望んでいた。

その日の朝、秋生《チウション》と家族とほかの村人たちは、西岑に割り当てられた神々を迎えるために村の入り口に立っていた。

「いい天気ね」玉蓮《ユリエン》は言った。

ただ晴れているという意味ではない。宇宙船が一晩で姿を消して、どこまでも広い空がもどってきたのだ。

結局、人類は宇宙船内にいれてもらえなかった。人類の希望に神々はとくに反対しなかったが、宇宙船のほうが乗船許可を出さなかった。地球から送られた各種の原始的な探査機に対しても同様で、扉は固く閉ざされたままだった。最後の神々が大気圏に飛びおりると、二万隻を超える宇宙船はいっせいに軌道を離れた。とはいえ遠くへは行かず、小惑星帯にとどまった。

老朽化したとはいえ、古くからのプログラムはまだ機能している。その唯一の任務は神々に奉仕することだ。ゆえに近傍にとどまり、神々の求めがあればすぐに駆けつけるだろう。

役場のある町から二台のバスが到着した。乗ってきたのは西岑村に割り当てられた百六人の神々。秋生《チウション》と玉蓮《ユリエン》は家族の一員となる神と初めて顔をあわせた。夫婦は両側から神の両脇をやさしくささえ、明るい午後の日差しのなかをわが家へ案内した。兵兵《ビンビン》と秋生《チウション》の父親も笑顔で続いた。

「神様……じゃなくて、神おじいちゃん」玉蓮《ユリエン》は神の肩に頭を乗せて、太陽のように明るく笑った。「いただいた技術のおかげで、すぐにも真の共産主義が実現すると聞きましたよ！あらゆるものが必要に応じて受け取れるようになり、お金はいらなくなるって。ほしいものをお店からもらって帰ればいいらしいわ」

神は微笑み、白い長髪を揺らしてうなずいた。そして訛りの強い中国語で答えた。

「そうじゃな。実際には、〝必要に応じて受け取る〟だけでは文明の基本需要しか満たせん。わしらが提供した技術は、想像を超えるほど豊かで快適な暮らしを実現させるはずじゃ」

玉蓮《ユリエン》は花が咲いたようにほがらかな笑顔になった。

「あら、そんな！〝必要に応じて受け取る〟だけで充分よ！」

「そうだな！」秋生《チウション》の父親も強く同意した。

秋生《チウション》は神に訊いた。

「ぼくらも永遠に生きられるようになりますかね？」

「わしらとて年をとらずに永遠に生きられるわけじゃない。おまえさんらより長生きなだけじゃ。この老いぼれた姿を見てみい！　人間が三千年も生きたら死体同然の姿になるじゃろうな。個人の寿命が長すぎると文明は滅びる」

すると秋生《チウション》の父親もまけじと笑って言った。

「いや、三千年も生きなくていい。三百年で充分だ。しかしそうなったら、おれはまだ若者のうちだな。もしかするとあっちも……。うわっはっは」

その日の村はまるで新年を迎えたようにお祝い一色だった。どの家族もごちそうを用意して神を歓迎した。秋生《チウション》の一家も例外ではない。

秋生《チウション》の父親は老酒《ラオチュウ》を何杯も飲んで酔い、神をほめたたえた。

「あんたはすごいなあ！　たくさんの生き物をつくりだすとは、まるで方術だ！」

神もかなり飲んだが、酔ってはいなかった。手を振って答える。

「いやいや、方術などではない。これは科学じゃよ。生物学が充分に発達すると、機械を組み立てるように生命をつくれるようになる」

「そうかい。しかしあんたはまるで俗界に下りてきた神仙だ」

神は首を振った。

「そんな霊的存在なら完璧な仕事をするじゃろう。しかし実際は、この惑星の生命を創造するときに失敗があった」

「あたしたちを創造するときに失敗を？」

玉蓮《ユリエン》は目を見開いて訊いた。彼女にとっての生命の創造とは八年前の兵兵《ビンビン》の妊娠と出産だ。その過程で失敗などしようがない。

「失敗はいくつもあったぞ。比較的最近の例をあげると、世界創造ソフトウェアのエラーで地球環境を適切に分析できず、その結果、恐竜のような生物が出現してしもうた。巨体で適応力の低いできそこないじゃ。最後は人間を進化させるために絶滅させた。

もっと最近の例では、古代エーゲ文明が滅亡したあとじゃな。世界創造ソフトウェアは地球の文明が確立したと判断して、監視と微小介入をやめてしもうた。ゼンマイ時計が動くままに放置するようなもんじゃ。これが次の失敗を招いた。たとえば、古代ギリシア文明の拡大は許すべきじゃったし、マケドニア王国の征服戦争と続くローマ帝国の征服戦争は抑止すべきじゃった。どちらもギリシア文明を受け継いだが、ギリシアで準備した発展の方向はゆがんでしもうた……」

秋生《チウション》の家族には理解できない歴史の講義だったが、みんな拝聴した。

「その後、地球には二大勢力があらわれた。中国の漢とローマ帝国だ。古代ギリシア文明のときとちがって、この二大勢力を隔離してべつべつに発展させたのはまずかった。全面的に接触させるべきじゃった……」

「その〝中国の漢〟てのは、漢王朝のことかい？　項羽と劉邦の時代の？」ようやく秋生《チウション》の父親の知っている話が出てきた。「〝ローマ帝国〟ってのはなんだ？」

「おなじ時代の外国だよ。とても大きな国だったんだ」息子の秋生《チウション》が説明した。

秋生《チウション》の父親はいぶかしげな顔になった。

「清の時代に外国がやってきて、おれたちはこてんぱんにやられたんだぜ。なのにもっと昔に戦うべきだったってのか？　漢の時代に？」

神はそれを聞いて笑った。

「いやいや、あの当時なら漢とローマ帝国の力は互角だったはずじゃよ」

「ろくでもねえ。そんな二強がぶつかったら大戦争になる。屍山血河だ」

神はうなずき、紅焼肉《ホンシャオロー》に箸を伸ばした。

「じゃろうな。しかし東洋と西洋のこの二大文明が出会い、強烈な火花が散ることで、人類は大幅に進歩したはずじゃ……。ああ、この失敗がなければ、いま頃地球は火星に植民し、探査機は惑星間ではなくシリウスのむこうまで飛んでいたじゃろうな」

秋生《チウション》の父親は老酒の杯をかかげて称賛した。

「神々はゆりかごで科学を忘れたと聞いたが、なんの、あんたはもの知りだな」

「哲学、美術、歴史などをかじっておくと、ゆりかごで退屈しないのじゃ。といっても一般常識程度で、本格的な学問じゃない。いまでは地球の学者のほうが深い思索をするほどじゃ」

神が人間社会に迎えられて最初の数カ月は蜜月だった。神は人間と調和して暮らした。かつての神文明の幼年期にもどったように、ひさしぶりの温かい家族生活を満喫した。想像を絶する長寿の最晩年をすごすにはいい場所だった。

秋生《チウション》一家の神も、美しい中国南部の村で平穏な暮らしを楽しんだ。竹林にかこまれた池に毎日釣りに出かけ、村の老人とおしゃべりし、将棋を指し、おおむね愉快にすごした。なかでも最大の楽しみは黄梅劇《こうばいげき》と呼ばれる地方歌劇の公演を鑑賞することだった。劇団が村や町にやってくると、かならず全公演を観に出かけた。

お気にいりの演目は、『梁山泊と祝英台』だ。一公演ではあきたりず、劇団を五十キロ以上先まで追いかけてかならず数回の公演を観た。秋生《チウション》は町に出たときに同演目のビデオディスクを買ってきてやった。神は何度もくりかえし観て、しまいには劇中歌の一部を上手に歌えるまでになった。

ある日、玉蓮《ユリエン》は神の秘密に気づいて、秋生《チウション》と義父に耳打ちした。

「神おじいさんは、歌劇を見終わるとかならずポケットから紙片を出して、それを見ながら劇中歌を口ずさむのよ。さっきちらっと見たら、写真だったわ。しかも若い美人が写ってる」

その晩も神は『梁山泊と祝英台』をかけた。そして懐から若い美女の写真を出して鼻歌を歌った。秋生《チウション》の父親はこっそり近づいて声をかけた。

「神じいさん、そいつは昔の……ガールフレンドかい？」

神はびっくりして、あわてて写真を隠した。そして子どものようなつくり笑いを秋生《チウション》の父親にむけた。

「あはは。まあな。二千年前の恋人じゃよ」

玉蓮《ユリエン》は聞き耳を立てながら顔をしかめた。二千年前ですって？　神の高齢ぶりは気持ち悪くなるほどだ。

秋生《チウション》の父親は写真を見たがったが、神がいつになく隠すので、無理じいはしなかった。神の思い出話を聞くのにとどめた。

「当時はわしも彼女も若かった。彼女は機械のゆりかご暮らしに満足しないごく少数の一人じゃった。そして宇宙の果てまで探検に行く壮大な遠征計画を立ち上げた。いや、あまり深く考えんでいい。理屈は難しいからな。とにかく彼女は、この遠征によって、機械のゆりかごで惰眠をむさぼる神文明を覚醒させたいと願っていた。むろん、絵に描いた餅にすぎなかった。ともかく、彼女はわしの同行を望んだ。しかしわしには勇気がなかった。宇宙の無限の荒野が怖かった。なにせ旅は二百億光年以上になる予定じゃった。結局、彼女は一人で旅立った。しかし二千年後のいまも、彼女を忘れられん」

「二百億光年だって？　こないだの説明だと、光の速度で二百億年かかるって意味だろ？　いやはや、遠すぎる！　今生の別れとかわりない。神じいさん、その子のことは忘れな。二度と会えねえぜ」

神はうなずいてため息をついた。

「そもそも相手だっておばあさんだろう？」

神はきょとんとした顔を上げて、首を振った。

「いやいや、こういう長旅だから遠征船は亜光速で飛んでおる。じゃから彼女は若いまま。老いたのはわしだけじゃ。宇宙の広大さはなかなか理解できんじゃろうな。おまえさんらが考える〝永遠〟は、時空間における一粒の砂にすぎん。それを理解も実感もできんというのは、ある意味でさいわいじゃよ」

5

神と人類の蜜月は長く続かなかった。

人々は当初、神々からもらった科学資料に歓喜した。これで一夜にして夢を実現できると考えた。いっしょに提供されたインターフェース装置のおかげで、保管装置から膨大な情報を取り出すことに成功した。情報は英訳され、不公平を避けるために世界各国にコピーが配布された。

しかしこの神の技術は、すくなくとも今世紀中は実用化は無理とわかった。たとえば、現代の科学技術情報を持って古代エジプトへタイムトラベルすることを想像すれば、受け取る人々の困惑が理解できるだろう。

石油資源の枯渇が迫る人類にとって、エネルギー技術は最優先で獲得したかった。しかし神のエネルギー技術は、いまの人類には参考にならないと科学者も技術者も認めざるをえなかった。神のエネルギー技術は物質‐反物質の対消滅を基盤にしている。かりに必要な材料をすべてそろえて、対消滅炉と発電装置を製造できたとしても（今世代中にはとうてい不可能だが）、稼働させようがない。なぜなら炉の燃料である反物質は、深宇宙から採掘するしかないからだ。神の資料によると、もっとも近場の反物質供給源は銀河系とアンドロメダ銀河のあいだで、五十五万光年もかなただ。

亜光速による恒星間飛行技術も科学の全分野を総動員するものだった。そして、神々が開示した理論と技術の大半は人類の理解力を超えていた。基礎理論を習得するのにも、人類最高の学者たちが半世紀はかかりきりになるだろう。

核分裂制御の知見についても科学者たちは資料をあさった。しかし期待は裏切られ、どこにも書かれていなかった。これも当然といえば当然だ。いまの人類のエネルギー科学の書物に、木の枝で火を熾す方法など解説されていないのとおなじだ。

情報科学や（人間の長寿を研究する）生命科学の分野でも同様だった。最先端の研究者でも神の知識は理解不能だった。神の科学と人類の科学のあいだには橋渡しが困難なほどの隔絶があるのだ。

地球に来た神に教わるわけにもいかない。国連に招かれた神が話したとおり、いまの神には二次方程式すらろくに解けない。小惑星帯を漂流する宇宙船は人類の呼びかけに反応しない。つまり人類は、小学一年生でいきなり博士課程の教科書を読まされ、指導教官はつかない状態なのだ。

一方で地球の人口はいきなり二十億人増加した。増えたのは高齢者なので、生産性はなく、大半が病気がちだ。これは人類社会に前例のない重荷になった。どの政府も神を介護する世帯にかなりの額の補助金を出した。健康保険制度やその他の公共インフラは破綻寸前となり、世界経済は崩壊の危機にさらされた。

神と秋生《チウション》一家の和気藹々《あいあい》とした関係も崩れた。神は空から降ってきた厄介者と見なされはじめた。家族が神を嫌う理由はそれぞれだった。

玉蓮《ユリエン》の理由がもっとも即物的で、問題の本質に近かった。一家は神のせいで貧しくなったのだ。神も家族のなかで玉蓮《ユリエン》をもっとも恐れた。舌鋒鋭く、ブラックホールや超新星のごとく神を忌み嫌うからだ。真の共産主義の夢がついえると、玉蓮《ユリエン》はしきりに神を責めるようになった。あんたが来るまでうちは豊かに、不自由なく暮らしてたのよ。あの頃はよかった。いまは最低。なにもかもあんたのせいよ。こんなぼけ老人に居座られて大迷惑だわ……。玉《ユリ》蓮《エン》はこんなふうに毎日暇さえあれば神を面罵した。

神は慢性気管支炎を患っていた。治療費はさほど高額ではないが、それでも通院が必要でつねに一定の出費をしいられた。とうとうある日、玉蓮《ユリエン》は秋生《チウション》が神を町の病院に連れていくのをやめさせ、薬を買うのもやめた。これを知った村の共産党支部の書記が、秋生《チウション》の家へやってきた。書記は玉蓮《ユリエン》に言った。

「家族で養っている神の医療費は払ってくれないといかんよ。病院の医師の話では、慢性気管支炎を放置すると悪化して肺気腫になるというじゃないか」

玉蓮《ユリエン》は書記にむかって声を荒らげた。

「だったら村か政府であいつの医療費をもってくださいよ。こっちだってお金がないんですから」

「玉蓮《ユリエン》、神介護法で少額の医療費は家族の負担と決まっているんだ。政府が支給する介護費にその分もふくまれている」

「あれっぽっちの介護費じゃたりないわ！」

「その言い方は正しくないな。きみたち一家は介護費を受給しはじめてから、乳牛を買い、プロパンガスに切り替え、新しい大型カラーテレビを買ったではないか。なのに神を医者に診せる金がないというのか？　この家ではきみの意見が絶対だそうだな。そこではっきり言っておく。今回はきみの面子に配慮してやるが、いつもとはいかないぞ。次にここに来るのはわたしではなく、県の神介護委員だ。ただではすまないぞ」

玉蓮《ユリエン》はやむなく神の医療費支払いを再開した。かわりに、ますます神にきつくあたるようになった。

あるとき神は玉蓮《ユリエン》に言った。

「そう心配せんでいい。人類は頭がよくて吸収も早い。せいぜい百年で、神の知識の簡単な部分は人類社会に応用できるようになるじゃろう。すると生活は楽になる」

玉蓮《ユリエン》は皿を洗いながら、振りかえりもせずに言った。

「冗談じゃないわ。〝百年〟？　〝せいぜい〟？　自分がなにを言ってるかわかってるの？」

「百年くらいあっというまじゃ」

「あんたにとってはね！　人間はそんなに長生きじゃないのよ。百年後にあたしは骨さえ残ってないわ。こっちが知りたいのはね、あんた自身があと何年生きるのかよ」

「わしはもう余命いくばくもない。あと三、四百年生きられたら御の字じゃの」

玉蓮《ユリエン》は皿の山を床に落とした。

「そんなのもう〝介護〟といえないわ！　あんたの介護にあたしの一生が費やされるどころか、息子も孫も、十世代あとの子孫まで犠牲になるなんて。早く死んでよ！」

秋生《チウション》の父親は、神を詐欺師だと考えていた。じつはこれについてはかなり広く疑われていた。神の科学資料を人類の科学者がいまだに理解できない以上、裏付けはないも同然だ。神は人類を壮大なペテンにかけているのではないか。この疑惑を補強する材料はいくらでもあると秋生《チウション》の父親は考えていた。

ある日、彼は神にこう言った。

「おまえはとんでもないペテン師だな。面倒だから正体をあばくことはしねえが、おれはそんな手口にひっかからねえぞ。孫だってひっかからねえんだ」

手口とはなんのことかと神は尋ねた。

「簡単なところから指摘してやる。人間が猿から進化したことは科学で証明されてるだろう？」

神はうなずいた。

「より正確には原猿からじゃがな」

「となると、神が人類を創造したとは言えない。だって、人類を創造するなら最初からいまの姿につくるはずだ。まず原猿からつくって、しちめんどくさい進化の過程をたどらせる理由がない。理屈にあわねえ」

「人間は赤子として生まれ、成長して大人になるじゃろう。文明も原始国家から発達する。経験を積む過程はかならず必要じゃ。じつをいうと、人類のもととして植えつけたのはもっとはるかに原始的な種じゃよ。猿はそこからかなり進化した段階じゃ」

「わざとらしい言い訳をしやがって。よし、もっと明白な嘘があるぞ。こいつには孫が最初に気づいたんだ。地球に生命が誕生したのは三十億年前だと科学者は言ってる。認めるか？」

神はうなずいた。

「おおむね正しい推測じゃ」

「だったら、おまえは三十億歳か？」

「おまえさんらの時間系ではそうじゃ。しかし宇宙船内の時間系では、わしはまだ三千五百歳じゃ。宇宙船は亜光速で飛ぶので、船内の時間の流れはおまえさんらよりずっと遅くなる。もちろん船団から一部の船が抜けて減速し、地球へ生命の進化を調整しにもどることはあった。しかし時間はさほどかからん。すぐに亜光速で飛ぶ船団にもどって、ふたたび時間の流れを飛び越えていく」

「でたらめだ」秋生《チウション》の父親は軽蔑的に言った。

秋生《チウション》は割りこんで解説した。

「父さん、それは相対性理論というやつだよ。すでに科学で証明されてるんだ」

「相対性だと？　おまえまでおれをだまそうってのか？　そんなわけあるか。時間は胡麻油じゃねえんだ。流れる速さが変わったりしねえ。おれはまだボケてねえぞ。てめえは本を読みすぎてばかになってる！」

「時間の速度が変わることは証明できるぞ」神は謎めいた表情で、あの二千年前の恋人の写真を出した。それを秋生《チウション》に渡す。「よく見て、細部を憶えておけ」

その写真は一瞬で秋生《チウション》の脳裏に刻まれた。一目見ただけで忘れられなくなった。写真の女にはほかの神々とおなじく、さまざまな人種的特徴があった。明るい象牙色の肌と、歌うようにいきいきとした双眸。秋生《チウション》はたちまち心を奪われた。神の女。つまり女神だ。その美は第二の太陽。まばゆくて人間には直視できないほどだ。

「なによ、よだれ垂らしそうな顔して！」

見とれている秋生《チウション》の手から、玉蓮《ユリエン》が写真を奪った。しかし嫁が見るまえに義父が横取りした。

「見せろ」

秋生《チウション》の父親は老いた目を写真すれすれに近づけた。そして目の保養とばかりにそのまま動げすむ目でしばらく見たが、やがて台所へ立っていった。

「うるさい。老眼鏡がねえんだ」

秋生《チウション》の父親は顔を写真にくっつけるようにしている。玉蓮《ユリエン》はそんな義父に唇をゆがめ、さ

「ずいぶんしげしげと見るんですね？」

玉蓮《ユリエン》は軽蔑的に言った。

かなくなった。

神は秋生《チウション》の父親の手から写真を取り上げた。父親の手は名残惜しそうに写真からしばらく離れなかった。神は言った。

「細部をよく憶えておくんじゃ。明日のこの時間にもう一度見せるからな」

翌日、父も息子も口数が少なかった。心ここにあらずであの若い女のことを考えていた。玉蓮《ユリエン》はますます機嫌が悪い。

ようやく約束の時間になった。秋生《チウション》の父親にせかされるまで神は忘れていたらしい。二人が一日じゅう思い出しては恍惚としていた写真を取り出し、まず秋生《チウション》に渡した。

「ようく見ろ。どこかに変化がないか？」

「どこも変わってないけど」秋生《チウション》はしげしげと見て、やがてなにかに気づいた。「あ、口の開き方がすこし狭くなってる！　ほんのわずかだけど。ほら、口の隅のあたり……」

「恥ずかしくないの？　よその女をそんなにしげしげと見て」

玉蓮《ユリエン》がまた写真を奪った。しかし例によって義父に横取りされた。

「見せろ――」秋生《チウション》の父親は眼鏡をかけて写真をためつすがめつした。「うん、たしかに口の開き方が狭くなってるな。しかしほかにもおまえが気づいてない、あきらかな変化があるぞ。髪のここだ。昨日より右へなびいてる」

神は秋生《チウション》の父親から写真を回収した。

「これは写真ではない。テレビじゃ」

「テ……テレビ？」

「そうじゃ。宇宙の果てへむかう遠征船からの生中継を受信しておる」

「生中継？　サッカーの試合みたいな？」

「そうじゃ」

「じゃあ、この女は……生きてるのか！」

秋生《チウション》は驚愕した。玉蓮《ユリエン》の目もクルミのようにまん丸くなっている。

「そうじゃ、彼女は生きている。ただし地球での生放送とちがって、この映像にはタイムラグがある。遠征船はいま八千万光年かなたにいるので、ラグも八千万光年。つまり、いま見ているのは八千万年前の彼女の姿じゃ」

「そんなに遠くからの信号を、こんな小さなもので受信できるのかい？」

「このような超長距離宇宙通信には、ニュートリノや重力波が使われる。その信号を宇宙船で受信し、増幅して、あらためてこのテレビに配信しておるんじゃ」

「なんと……すばらしい！」

秋生《チウション》の父親が本気で称賛した。すばらしいのがこの小型テレビか、それとも映っている若い女のことかはっきりしない。どちらにしても、彼女が〝生きている〟と聞いて、秋生《チウション》も父親もますますこの女神に惚れこんだ。秋生《チウション》はもう一度小型テレビを見せてもらおうとしたが、神は拒否した。

「どうしてこんなに動きが遅いんだい？」

「時間の流れる速度が異なるからじゃよ。ここの時間系から見ると、亜光速で飛ぶ遠征船のなかの時間の流れはきわめて遅い」

「じゃあ、彼女は……話をできるの？」玉蓮《ユリエン》が訊いた。

神はうなずき、テレビの裏側のあるスイッチを操作した。すぐに音が出てきた。女の声だが、音は変化しない。まるで歌手が歌の最後の音符を長く伸ばしているようだ。神は愛情をこめた目で画面を見た。

「彼女は話している途中じゃ。もうすぐ〝愛している〟と言い終える。単語一つに一年以上かかる。三年半かけて、いまようやく最後の〝る〟じゃ。完全に言い終えるまであと三カ月はかかるな」

神は手もとのテレビから顔を上げて、庭のむこうの蒼穹を見た。

「そのあとも話は続く。死ぬまでに聞き終えたいものじゃ」

兵兵《ビンビン》はわりと長く神とのいい関係を続けた。神自身もやや子どもっぽいところがあり、人間の子どもと話したり遊んだりするのが好きだった。

しかしある日、兵兵《ビンビン》は神がはめている大きな腕時計をほしがった。神は断固として拒否した。その腕時計は神文明と通信するための道具で、ないと仲間とのつながりを絶たれてしまうのだという。

玉蓮《ユリエン》は嫌みったらしく言った。

「ほうら、やっぱり。いまだに自分の文明と種族のことが大事なのね。あたしたちを本当の家族だと思ってない証拠よ！」

それ以来、兵兵《ビンビン》は神と遊ばなくなった。それどころかいたずらで困らせるようになった。

6

家族のなかで神への敬意と孝行心をいまだにしめすのは、秋生《チウション》だけだった。秋生《チウション》は高卒で読書家だ。大学入学試験に合格して遠くの大学へ行った連中をのぞけば、村一番のもの知りだった。しかし家では立場が弱かった。なにごとも妻に言われたとおりにし、父親の命令に従った。妻と父親の指示が対立すると、隅にすわりこんで泣いた。こんな弱虫なので、家庭内で神の立場を守ってやることはできなかった。

神と人類の関係はどんどん悪化して、ついに修復不能になった。

神と秋生《チウション》の家族が決裂したきっかけは即席麵事件だ。ある日の昼食前、玉蓮《ユリエン》が紙箱を手に台所から出てきて、昨日箱買いした即席麵がもう半分なくなっているのはいったいどういうことだとみんなに尋ねた。

すると神が小さな声で答えた。

「わしが持っていったんじゃ。川むこうに住んでる仲間にやった。食料がほとんどないようじゃったから」

川むこうというのは、家出した神々が集団生活をしている場所のことだ。

最近は村内で神への虐待が頻発していた。ある乱暴な夫婦は神を殴打、罵倒して、さらに食事を抜いた。その神は村のそばを流れる川で自殺をはかったが、さいわいにみつかって止められた。

この事件は大々的に報じられた。県ではなく都市の警察が来て、中央電視台と地元テレビ局のレポーターが押し寄せた。夫婦は手錠をかけて連行された。神介護法によれば、神虐待罪は十年以上の実刑だ。この法律は世界共通で、刑期もおなじに設定されている。

この事件後、村内の家々は用心深くなって、人目のある場所での神への虐待は控えられた。しかし神と村人の関係はいっそう悪化した。その結果、一部の神が家出し、その例は続々と増えていった。いままでは西岑村の神の三分の一近くが割り当て先の家を出ていた。宿なしの神々は川むこうの空き地に集まり、貧しく原始的な生活をしていた。

ほかの地域や国々でも状況はおなじだった。大都市の街頭にふたたび寄る辺ないホームレスの神々があふれはじめた。急速に増えたその数は三年前の悪夢を思い出させた。世界は神々と人間であふれ、非常事態になっていった。

「ずいぶん気前がいいのね、この老いぼれ野郎！　この家の食料を減らすばかりか、外で配るなんて！」

玉蓮《ユリエン》は声高にののしりはじめた。秋生《チウション》の父親はテーブルを叩いて神に怒鳴った。

「ばか野郎！　出ていけ！　川むこうの神が大事なら、てめえもいっしょに暮らせばいいじゃねえか」

神はしばらく黙って考えていた。やがて立ち上がり、狭い自分の部屋へもどって、わずかな荷物をまとめた。そして竹の杖をついてゆっくり玄関から出て、川のほうへ歩いていった。

秋生《チウション》は食卓につかなかった。隅にうずくまり、うつむいて黙っている。

「のろま！　さっさと食べなさいよ。午後は町へ買い出しに行くのよ」

玉蓮《ユリエン》は怒鳴った。それでも夫が動かないので、そばへ行って耳を引っぱった。

「離せよ」

秋生《チウション》は言った。大声ではなかったが、玉蓮《ユリエン》は驚いて離した。夫のこんな暗い表情を見たのは初めてだった。

秋生《チウション》の父親は投げやりな調子で言った。

「ほっとけ。食いたくないやつはばかだ」

「神がいなくなって寂しいの？　だったら追いかけて、あんたも川むこうの空き地でいっしょに暮らせばいいじゃないの」

玉蓮《ユリエン》は秋生《チウション》の頭をつつきながら言った。

秋生《チウション》は立ち上がり、二階の寝室へ行った。神とおなじように荷物をまとめると、かつて都会への出稼ぎで使ったダッフルバッグに詰めて背負い、家を出た。

「どこへ行くのよ！」

玉蓮《ユリエン》は叫んだ。しかし秋生《チウション》は答えない。玉蓮《ユリエン》はさすがに不安そうな声でまた叫んだ。

「いつ帰ってくるの？」

「もう帰らないよ」秋生《チウション》は振り返らずに答えた。

秋生《チウション》の父親が家から追ってきた。

「なんだと！　もどってこい！　頭がおかしくなったのか。いったいどうしたんだ。嫁と子はともかく、父親まで捨てるのか？」

秋生《チウション》は立ち止まったが、振り返らなかった。

「なぜあんたを大事にしなきゃならないんだ？」

「なにを言っとる。おまえの父親だぞ。育ててもらった恩があるだろう。おまえの母親は早く死んだ。おまえと妹を育てるのに苦労したんだ。正気にもどれ！」

秋生《チウション》はようやく振りむいて父親を見た。

「ぼくらの先祖の先祖の先祖の創造主を、あんたは家から追い出した。だったら、あんたの老後の世話をする義務もぼくにはないだろう」

そう言って秋生《チウション》は去った。玉蓮《ユリエン》と義父は茫然と立ちつくして見送った。


秋生《チウション》は古い石のアーチ橋を渡って、神々のテントへ歩いていった。紅葉が散り敷いた空き地の草のあいだで、数人の神が鍋で煮炊きしていた。白い長髯と鍋から上がる白い炊煙が昼の日差しを浴びて、まるで古代神話の風景のようだ。

秋生《チウション》は自分の神をみつけて、強い口調で言った。

「神おじいさん、行こう」

「あの家にはもどらんよ」

「ぼくももどる気はないよ。いっしょに町へ行って、妹のところにしばらく厄介になろう。それからぼくは都会へ出稼ぎに行く。仕事が決まったら部屋を借りていっしょに住もう。一生おじいさんの介護をするよ」

神はその肩をやさしく叩いた。

「おまえさんはいい子じゃ。しかしわしらはもう行くよ」

そう言って腕時計を指さした。すべての神の腕時計で赤い光が点滅していることに、秋生《チウション》はようやく気づいた。

「行くって、どこへ?」

「船へもどるんじゃ」

神は空をしめした。天を仰いだ秋生《チウション》は、二隻の宇宙船が浮かんでいることに気づいた。青空にくっきりと見える。一方が近く、形も輪郭も大きい。もう一隻は後方にいるらしく、小さく見える。

さらに驚いたのは、手前の宇宙船が細い蜘蛛の糸のようなものを垂らしている光景だ。宇宙から地球へ伸びている。わずかになびき、日があたって、明るい青空のなかで稲妻のように輝いている。

「宇宙エレベータじゃ。すでに大陸ごとに百基以上が設置されておる。あれに乗って船にもどる」

秋生《チウション》はあとで知ることになるが、宇宙船が静止軌道から宇宙エレベータを下ろす場合、外方向の宇宙へ大きな質量を出して釣り合いをとらなくてはならない。もう一隻の宇宙船はその役目をしていた。

空の明るさに目が慣れた秋生《チウション》は、遠くに銀色の星がいくつもあるのに気づいた。それらの星は整然と並び、巨大な行列構造をなしていた。神文明の二万隻の宇宙船が小惑星帯から地球へもどってきたのだ。

7

二万隻の宇宙船がふたたび地球の空を埋めた。二カ月間に各地の宇宙エレベータをカプセルが昇降し、地球に短期間住んだ二十億人の神々を運び上げた。宇宙カプセルは銀色の球だ。遠くから眺めると蜘蛛の糸についた露の滴に見える。

西岑村の神々が去る日、全村民がお別れに集まった。だれもが神にやさしくした。彼らが村に来た一年前を思い出す光景だ。これまでの神への虐待や軽蔑がなかったかのようだ。

村の入り口に二台の大型バスが停まった。一年前に神々を乗せてきたのとおなじバスだ。百人以上の神はこれで最寄りの宇宙エレベータへ行き、カプセルに乗る。かなたに見える銀色の糸は、実際には数百キロ遠方にある。

秋生《チウション》一家も自分たちの神を送ってきた。途中はみんな黙りこくっていた。村の出入り口に近づいたところで、神は足を止めて杖によりかかり、一家に一礼した。

「ここまででよい。一年間世話してくれてありがとう。きみたち一家のことは忘れんよ」

そして大きな腕時計をはずして、兵兵《ビンビン》に渡した。

「進呈しよう」

「でも……これからほかの神と通信するときに困らない？」兵兵《ビンビン》は訊いた。

「仲間と宇宙船に乗ってしまえば、なくても困らん」神は笑って答えた。

秋生《チウション》の父親は寂しげな顔で言った。

「神じいさん、船は老朽化しとるんだろう？　長くはもたん。どこへ行くんだ？」

神は長髯をなでて穏やかに言った。

「どこでもいい。宇宙は無限じゃ。どこで死のうと変わりない」

玉蓮《ユリエン》は急に泣きだした。

「神おじいさん、あたし……いつもつらくあたっていたわ。長年の不満を全部ぶつけていた。

秋生《チウション》の言うとおり、良心のかけらもない態度で……」持ってきた竹籠を神の手に押しつけた。

「今朝茹でた卵よ。旅の途中で食べて」

神は籠を受けとった。

「ありがとう」

卵を一個とって殻をむき、おいしそうに食べはじめた。白い髯に黄身の粉がつく。食べながら話した。

「地球へ来たのは、長生きしたいからではないんじゃ。すでに二、三千年も生きてきて、いまさら死など怖くない。ただ、おまえさんらと暮らしてみたかったんじゃよ。人類の生きる情熱、創造性、想像力を感じられて楽しかった。神文明から消えてひさしいものじゃからな。わしらの文明の幼年期を思わせた。しかしこれほど大きな厄介を背負わせてしまうとは予想せなんだ。謝る」

兵兵《ビンビン》が泣きながら言った。

「行かないで、おじいちゃん。これからはいい子になるから」

神はゆっくりと首を振った。

「おまえさんらの待遇が悪くて去るわけじゃない。わしらを受けいれ、いっしょに住まわせてくれただけで充分じゃ。しかしある理由から、もうここにとどまることはできん。それは、神が哀れな存在に見られておるからじゃ。同情されておる。みじめに思われておる」

神は卵の殻を捨てた。顔を上げ、白髪をなびかせて空を見る。青空のむこうのきらめく星の海を透かし見るようだ。

「神文明は人類に哀れまれるものではない。おまえさんらは知るよしもないが、偉大な文明だったのじゃ。堂々たる時代を築き、多くの偉業をなした。

銀河系時代一八五七年には、銀河中心に多数の恒星が加速しながら落ちていくのを天文学者が発見した。銀河中心で発見ずみの超巨大ブラックホールに、これほど大量の恒星が呑みこまれたら、発生する放射線で銀河系の全生命は死滅すると考えられた。

そこでわしらの先祖は銀河中心をかこむ星雲遮蔽壁を築いた。直径一万光年という途方もない大きさじゃ。おかげで銀河系の生命と文明は生きながらえた。なんと壮大な建築計画か！　完成まで千四百年以上かかった……。

その直後に、アンドロメダ銀河と大マゼラン雲の連合軍が銀河系侵攻をくわだてた。神文明の恒星間艦隊は十万光年を飛び、アンドロメダ銀河と天の川銀河の重力均衡点で侵略軍を迎え撃った。最終決戦では両軍の大半の艦船が入り乱れ、太陽系とおなじ大きさの渦巻き星雲を形成した。

決戦終盤に神文明は重大な決断を下し、残りすべての軍艦と民間船をこの渦巻き星雲に投入した。質量が大幅に増加したことで、重力が遠心力を上まわった。艦船と乗員乗客からなるこの星雲は中心にむかってつぶれ、恒星化した！　重元素の比率が高かったせいで、この恒星は誕生直後に超新星爆発を起こし、アンドロメダ銀河と天の川銀河のあいだの暗黒空間であかあかと輝いた！　このようにわしらの先祖は勇気と自己犠牲でもって侵略者を撃退し、天の川銀河を生命の安息の地として守ったのじゃ……。

神文明はたしかに老いたが、だれが悪いのでもない。文明の老化は避けられん。だれもが年をとる。おまえさんらもな。決してみじめではない」

秋生《チウション》は畏怖をこめて言った。

「あなたがたにくらべると人類はちっぽけです」

「そう言うな。地球の文明はまだ赤子にすぎん。これから急速に成長するはずじゃ。おまえさんらが創造主の栄光を受け継ぎ、伝えてくれると期待しておる」

神は杖を捨てて、兵兵《ビンビン》と秋生《チウション》の肩にそれぞれ手をおいた。

「最後に話しておきたいことがある」

「理解できるかどうかわかりませんが、話してください。拝聴します」と秋生《チウション》。

「まず、この岩の塊から脱出しろ！」

神は宇宙にむかって両腕を広げた。白い長袍が船の帆のように秋風をはらむ。

秋生《チウション》の父親が困惑顔で訊いた。

「脱出して、どこへ行くんだ？」

「まずは太陽系内のほかの惑星。次はほかの恒星系じゃ。理由などない。飛び去ることをめざして全力をつくせ。遠ければ遠いほどいい。その過程では金もかかるし、人も死ぬじゃろう。それでもここから出なくてはいかん。文明が生地《せいち》にとどまるのは自殺行為じゃ！　宇宙に出よ。新世界を、新しい故郷を探せ。春雨の滴のように銀河じゅうに子孫を増やせ」

「憶えておきます」

秋生《チウション》は答えてうなずいた。しかし秋生《チウション》自身も妻も父親も、神の言葉を本当に理解してはいなかった。

「よろしい」神は満足げに息をついた。「次は、ある秘密を教えよう」青い瞳で家族の一人一人を見まわす。その視線は寒風のように冷たく、全員が震えあがった。「おまえさんらには兄弟がいる」

秋生《チウション》一家はすっかり困惑して神を見た。しばらくして秋生《チウション》だけが神の言葉の意味を理解した。

「ほかにも地球を創造したということですか？」

神はゆっくりとうなずいた。

「そうじゃ。ほかの地球とほかの人類文明をな。ここのほかに三つある。いずれも近く、二百光年以内。ここは第四地球で、末っ子じゃ」

「ほかの地球にも行ったの？」兵兵《ビンビン》が訊いた。

神はうなずいた。

「ここへ来るまえにほかの三つの地球へ行って、受けいれを頼んだ。そのなかでは第一地球がましじゃった。科学資料だけ手にいれて、わしらを追い払った。

それに対して第二地球は、わしらを百万人人質にとって、身代金がわりに宇宙船を要求した。千隻を譲ったが、やつらは操縦できなかった。人質から操縦を教わろうとしたが、船は自律型なので人質も教えられない。結局、人質は全員殺された。

第三地球は三百万人を人質にとり、第一地球と第二地球にそれぞれ宇宙船数隻を突っこませろと要求した。それらの兄弟星と長きにわたって戦争状態にあったからじゃ。もちろん反物質燃料を使うわしらの宇宙船が一隻でも惑星に衝突すれば、そこの全生命は死滅する。じゃから拒否した。するとまた人質は全員殺された」

秋生《チウション》の父親が怒って叫んだ。

「なんて孝行心のない子どもだ！　罰してやれ！」

神は首を振った。

「この手で創造した文明を攻撃はせんよ。四兄弟のなかでおまえさんらが一番よかった。ゆえにこうして話しておる。ほかの三兄弟は侵略的じゃ。愛も倫理もない。想像を絶するほど残酷で冷血じゃ。じつは創造した地球は当初六つあった。二つはそれぞれ第一地球と第三地球とおなじ星系にあり、いずれも兄弟星に滅ぼされた。ほかの三つの地球が残っているのは、星系が異なり、距離が壁になっているからにすぎん。それら三つの地球は、この第四地球の存在をすでに知っておる。正確な座標もな。じゃから急げ。滅ぼされるまえに滅ぼせ」

「そんな、怖い！」玉蓮《ユリエン》が言った。

「心配しすぎる必要はない。ほかの三兄弟は進歩しているといってもまだ光速の十分の一しか出せん。行動範囲は母星からせいぜい三十光年。存亡を賭けた競争はこれからじゃ。亜光速飛行技術をだれが最初に獲得するか。時間と空間の牢獄から脱出する方法はこれしかない。この技術を最初に手にいれたものだけが生き延びる。遅れた者は死あるのみ。宇宙の生存競争じゃ。子どもたちよ、時間はかぎられておるぞ。努力せよ！」

秋生《チウション》の父親は震えながら訊いた。

「この星の学者や権力者はそれを知ってるのかい？」

「知っとる。じゃがあてにするな。文明の将来は個人の努力にかかっておる。おまえさんのような庶民にもはたすべき役割はある」

秋生《チウション》は息子に言った。

「聞いたか、兵兵《ビンビン》。勉強しろよ」

「亜光速で宇宙を飛べるようになって、兄弟星の脅威をとりのぞいたら、もう一つ緊急の課題がある。好適な環境の惑星をみつけて、生命の種を植えつけるんじゃ。バクテリアや藻類のような単純で原始的な種をここから運べばよい。あとは放置しても進化する」

秋生《チウション》はもっと質問したいことがあった。しかし神は杖を拾って歩きはじめた。家族はついていった。バスにはもうほかの神々が乗りこんでいる。

神は思い出したように足を止めた。

「ああ、秋生《チウション》。おまえさんの本を何冊かもらっていくぞ。かまわんじゃろう？」包みを開いて秋生《チウション》に見せた。「高校の教科書じゃ。数学、物理、化学など」

「いいですよ、持っていって。でもなんのために?」

神は荷物を包みなおした。

「勉強じゃよ。まずは二次方程式から。まだ老い先は長い。暇つぶしが必要じゃ。それに、わからんぞ。もしかしたら宇宙船の反物質エンジンを修理できるようになるかもしれん。そうしたらまた亜光速で飛べる」

秋生《チウション》は興奮して答えた。

「そうですね。また時間を飛んでいけるようになる。べつの惑星をみつけて文明を育て、老後の介護をさせられるかもしれない」

神は首を振った。

「いやいや、そうではない。もう老後の介護がほしいとは思わん。死ぬべきときが来たら死ぬさ。最後の望みをめざして勉強するんじゃ」

神はポケットから例の小型テレビを取り出した。画面には二千年前の恋人の姿があり、〝愛している〟の最後の〝る〟をまだ発音している。

「もう一度会いたいんじゃ」

「いい望みだが、夢のまた夢だろう」秋生《チウション》の父親が言った。「考えてみろよ。光の速さで二千年前に旅立ったんだぜ。どこにいるのかわかりゃしねえ。たとえ宇宙船を修理できても、どうやって追いつく?　光より早く飛ぶのは不可能なんだろう?」

神は杖で空をしめした。

「この宇宙では、忍耐さえあればなにごとも不可能ではないんじゃ。可能性は小さくてもゼロではない。宇宙が大爆発で誕生したという話はしたな。しかしいまは重力のために膨張速度は低下しつつある。いずれ膨張は収縮に転じる。わしらの宇宙船が亜光速で飛べるようになれば、無限に加速して無限に光速に近づくことができる。こうすれば時間を無限に跳び越えて、ついには宇宙が終わるときにたどり着ける。

その頃には宇宙は小さく縮んでおる。兵兵《ピンピン》が遊ぶボールより小さいほどじゃ。すると宇宙の万物は一体になる。彼女とわしも再会できる」

神の目から一粒の涙がこぼれ、朝日を反射する玉となって長髯の上をころげ落ちた。

「宇宙が『梁山泊と祝英台』のラストシーンの墓石になるわけじゃ。彼女とわしは墓から飛び立つ二羽の蝶になる……」

8

一週間後に最後の宇宙船が地球から去った。神は去った。

西岑村に静かな暮らしがもどってきた。

その夕方、秋生《チウション》一家は庭で腰かけて星空を眺めた。晩秋で、畑の虫の音も絶えている。足もとの枯れ葉を秋風が鳴らす。風はやや冷たい。

玉蓮《ユリエン》がつぶやいた。

「あんなに高いところを飛ぶなんて。きっと風が強くて冷たいでしょうね――」

「あそこでは風は吹かないんだよ」秋生《チウション》が教えた。「宇宙だから空気がない。でも、とても寒いのは本当だ。本によると〝絶対零度〟らしい。どこまでも暗くて、視界をさえぎるものはなにもない。悪夢より恐ろしいところさ」

玉蓮《ユリエン》は思わず泣いた。しかし言葉で涙を隠そうとした。

「神は最後に話を二つしたでしょう。三兄弟の話はわかったけど、ほかの惑星にバクテリアを植えつけろという話もあったわよね。あれはどういう意味？」

「おれはわかったぜ」

秋生《チウション》の父親が言った。きらめく星空の下で、ずっと愚かだった頭に初めて天啓が訪れていた。星空を仰ぐ。生まれたときから頭上にあった星というものを、あらためてしげしげと見た。するとこれまでになかった感覚が血管を満たした。偉大ななにかにふれた気がした。異質なものとの出会いに核心を揺さぶられた。星の海を見ながらため息をつき、言った。

「人類もそろそろ老後の介護係を用意しとけってことさ」

エッセイ

Essays

ありとあらゆる可能性の中で最悪の宇宙と最良の地球：三体と中国ＳＦ

The Worst of All Possible Universes and the Best of All Possible Earths: Three-Body and Chinese Science Fiction

劉慈欣《リウ・ツーシン》　Liu Cixin

鳴庭真人訳

"The Worst of All Possible Universes and the Best of All Possible Earths: Three-Body and Chinese Science Fiction" by Liu Cixin. *Tor.com*, May 7, 2014.

数年前、『三体』という奇妙なタイトルのＳＦ小説が中国に現れた。全三巻からなり、シリーズ全体を〈地球の過去の記憶〉［地球往事三部曲］という。第一巻『三体』（公式英訳では『三体問題』*The Three-Body Problem*）に続き、続篇の二巻『三体Ⅱ　黒暗森林』、『三体Ⅲ　死神永生』が刊行された。しかし、中国の読者は習慣的にシリーズ全体を〈三体〉と呼んでいる。

　サイエンス・フィクションは中国では大して敬意を払われないジャンルだ。批評家は長い間このカテゴリーに関心を寄せることなく、ジュヴナイル文学の一種として片付けてきた。〈三体〉のテーマ——異星人の地球侵略——は無視されるとまではいかないが、めったに論じられることはない。

　そのため、この本が中国で広範な関心を集め、多くの議論を刺激した時には誰もが驚いた。〈三体〉のために費やされたインクとピクセルの総量は、ＳＦ小説としては前代未聞のものだ。

　いくつか例を挙げよう。中国でのＳＦ小説の主な消費者は高校生から大学生だ。しかし〈三体〉はなぜかＩＴ起業家の注目を集めた——ウェブ上のフォーラムでもそれ以外の場所でも、彼らはこの本の様々なディティール（例えばフェルミのパラドックスへの回答である宇宙の「黒暗森林理論」や、異星人による太陽系への次元削減攻撃など）を中国ウェブ企業間の苛烈な競争のメタファーと受け取って議論を重ねた。続いて、〈三体〉はいつもリアリズム小説で占められていた中国の主流文学界の注目を集めた。〈三体〉は文芸界に突如現れた怪物のようなもので、文芸評論家たちは困惑しながらも無視できないと感じていた。

　この本は科学者やエンジニアにすら影響を与えた。宇宙論学者で弦理論専門の物理学者・李淼《リー・ミャオ》は『三体の物理学』［三体中的物理学］という本を書いた。多くの航空宇宙産業のエンジニアがファンになり、中国の航空宇宙産業の当局までわたしにコンサルティングを依頼してきた（わたしの小説の中では中国の航空宇宙産業の上層部はひどく保守的で狭量なため、原理主義者の士官が新たな思想を広めるために大量暗殺をやむなく実行するという描写をしているにもかかわらず、である）。この手の反応はアメリカの読者にはおそらくおなじみだろうが（例えば『スタートレックの物理学』*The Physics of Star Trek* やＮＡＳＡの科学者とＳＦ作家がよくチームを組むことなど）、中国ではいまだかつてなかったことであり、一九八〇年代に行われたＳＦを抑圧する公的政策とは隔世の感がある。

　ウェブ上では、ファンが作曲した〈三体〉の歌や映画化を切望する読者の声がいくつも見つかる——中には他の映画をつぎはぎして偽の宣伝動画を作ったことでトラブルになった者もいた。中華微博《ウェイボー》では——ツイッターに似た中国のマイクロブログサービス——〈三体〉の登場人物を元にしたアカウントが数多くあり、アカウント所有者は登場人物になりきって、小説内のストーリーを拡張した現時点の出来事について投稿している。こうした仮想上の存在を根拠に地球三体協会《ETO》——異星人の侵略者と内通している人類の裏切り者たちによる架空の組織——はすでに存在していたと憶測をめぐらせる者もいる。中国最大の国営テレビ放送局である中国中央電視台がＳＦを題材とした一連のインタビュー番組を組んだところ、スタジオの百数名の観客が突然「人類の専制を打倒せよ！　世界は三体のもの！」と小説の一節の引用を唱和しだした。二人の司会者は完全に面くらって途方に暮れていた。

　もちろん、こうした出来事は一世紀にわたる中国ＳＦの歴史におけるつい最近の事例にすぎない。

＊

　中国ＳＦは二十世紀の変り目に生まれた。ちょうど清王朝が破滅の淵にさしかかっていた時期である。当時、中国の知識人たちは西洋の科学とテクノロジーに興味を抱くと同時に魅了され、こうした知識こそ国を貧困や弱体化、全体的な後進性から救う唯一の希望と考えていた。科学を普及させ、また考察するために多くの著作が記され、その中にＳＦ作品も含まれていた。失敗に終わった戊戌の変法（一八九八年六月十一日〜九月二十一日）の主導者の一人である著名な学者・梁啓超《リャン・チーチャオ》は「新中国未来記」［新中國未來記］と題したSF短篇を書いている。その中で彼は想像上の上海万国博覧会を描いているが、この構想は二〇一〇年に実現した。

たいていの文学ジャンルと同様に、中国でのSFは道具主義者の目的意識に沿い、実際的な目標に奉仕しなければならなかった。誕生当時、SFは植民地の収奪から解放された強い中国を夢見る中国人のためのプロパガンダの道具だった。そのため清朝末期から中華民国初期のSF作品はほぼ例外なく強く繁栄した先進的な中国、世界に征服されるのではなく敬われる国家という未来を描いていた。

一九四九年の人民共和国の成立後、SFは科学知識を普及させるための道具となり、その主な対象読者は子どもだった。こうした物語の大半はテクノロジーを中核に据え、ヒューマニズムはほとんど加味されず、単純化した登場人物と基本的な、幼稚とすらいえる文芸技法で成り立っていた。長篇小説でも火星軌道より外側を探求したものはほとんどなく、時代も大半が近未来に限定されていた。これらの作品では、科学とテクノロジーはつねに肯定的な力として示され、科学技術の進歩した未来はつねに輝いていた。

この時期に出版されたSFの研究で、興味深い考察がある。共産主義革命からまだ間もないころ、政治と革命的熱狂は日常生活のあらゆる面に浸透し、日々呼吸する空気そのものが共産主義的理想のプロパガンダで満ち満ちているようだった。こうした文脈から、SFもまた未来の共産主義的ユートピアの描写でいっぱいだろうと予想するかもしれない。ところが実際には、この種の作品は一作も見つかっていない。事実上、共産主義をテーマとしたＳＦ短篇は、思想を称揚する単純なスケッチまで含めて皆無だったのだ。

一九八〇年代になると、鄧小平の改革開放政策の影響で、西洋ＳＦの中国ＳＦへの影響がより顕著になった。中国ＳＦの作家や批評家は「サイエンス」と「フィクション」のどちらを志向するか議論し始め、最終的にフィクション側が勝利を収めた。この議論は後年の中国ＳＦの発展の方向性に大きく寄与し、ある意味で西洋のニューウェーブ運動に対する中国からの遅い返信とみることができる。ＳＦはようやく科学の普及という目標に奉仕する単なる道具という運命から解き放たれ、新たな方向へ発展することができた。

一九九〇年代中盤から現在にかけて、中国ＳＦはルネッサンスを迎えている。新たな書き手とその新鮮なアイデアは前世紀とほとんど関連をもたず、また多様化が進んだことで明確に「中国的」といえる特徴を失い始めた。現代の中国ＳＦはより世界ＳＦに近くなっており、例えばアメリカの作家が探求している様式やテーマに対応するものは、中国ＳＦの中にもすぐに見つかるだろう。

面白いのは、前世紀の中国ＳＦの大半を支えていた科学に対する楽観主義がほぼ完全に消滅してしまったことである。現代のＳＦはテクノロジーの進歩に対する疑念や不安を強く反映し、こうした作品で描かれる未来は暗く不確かだ。輝く未来がときおり姿を見せても、そこに至るのは苦難に満ちた遠回りな道を経たあとである。

＊

〈三体〉の刊行当時、中国SFの市場は不安なほど落ち込んでいた。長年SFがジャンルとして周縁に追いやられてきたことで、読者層は小さく内輪化していた。ファンは自分たちを島の一部族になぞらえ、外部の人間に誤解されていると感じていた。作家はなんとか部族以外の読者を引きつけようと、キャンベル流の「SF原理主義」を捨ててこのジャンルの文芸としての質やリアリズムを向上させなければならないと感じていた。

〈三体〉の最初の二巻はこの方向の努力を示している。第一巻ではかなりの部分で文化大革命期が舞台となっているし、第二巻の未来の中国には現在と似た社会的・政治的制度がまだ残っている。これらは読者の現実感を強め、SF的要素に現在という土台を与えようという試みだった。その結果、出版社もわたしも刊行前の時点で第三巻をほとんど諦めていた。物語が進展していったことで、第三巻を現在のリアリティに位置づけるのは不可能となり、遠未来の宇宙の彼方の一角を語らざるを得なくなった——そして中国の読者はそういったものに興味を持たない、というのが双方の一致した見解だった。

出版社とわたしの到達した結論は、第三巻が市場で成功することはありえないので、既存のSFファン以外の読者を取り込もうとするのは諦めるのが最善というものだった。かわりにわたしは、ハードコアのSFファンと自認する自分自身が心地よい「純粋な」SF小説を書くことにした。そうして自分自身に向けて書いた第三巻には、多次元宇宙と二次元宇宙、人工ブラックホールとポケット宇宙が詰め込まれ、時間線は宇宙の熱死まで伸びていた。

そして心底驚いたことに、シリーズ全体の人気につながったのは、このＳＦファンにだけ向けて書かれた第三巻だったのである。

〈三体〉の成功経験はＳＦ作家と批評家に中国ＳＦと中国の再評価を迫った。彼らは中国の読者の思考パターンの変化を無視していたことに気付いたのだ。近代化が加速度的に進んだことで、新世代の読者はもはや親世代のように狭い現在に思考を囚われることなく、未来や広く開かれた宇宙に関心を抱くようになった。現在の中国はＳＦ黄金時代のアメリカに少し似ており、そこでは科学とテクノロジーが未来を驚異で埋めつくし、大いなる危機と可能性がともに提示されている。この豊かな土壌がＳＦの成長と繁茂につながっている。

＊

ＳＦは可能性の文学である。われわれの住む宇宙もまた無数の可能性の一つだ。人類にとって、よい宇宙も悪い宇宙もあるだろうが、〈三体〉が描くのはありとあらゆる宇宙の中で最悪のケース、人類の生存にとって思いつく限りもっとも過酷で暗澹とした宇宙だ。

しばらく前、カナダの作家ロバート・Ｊ・ソウヤーが中国に来訪し、〈三体〉について対談した折、わたしがそうした最悪の宇宙を選んだのは中国と中国の人々の歴史的経験のせいだとした。カナダ人である彼は人類と地球外知性の将来的な関係について楽観的だとも語った。

わたしはこの分析には同意しない。前世紀の中国SFでは宇宙は親切な場所で、たいていの地球外知性は友人か教師として登場し、神のごとき忍耐と寛容さでわれわれ迷える羊の群れに正しい道を指し示した。例えば金涛《ジン・タオ》の「月光島」［月光岛］は文化大革命を経験した中国人の精神的トラウマを地球外知性が癒やす話だった。童恩正《トン・エンジョン》の「遥かなる愛」［遥远的爱］は人間と異星人のロマンスを痛切かつ壮大に描いている。鄭文光《ジョン・ウェングワン》の「鏡の中の地球」［地球的镜像］では人類があまりに道徳的に退廃しているので、優しく道徳的に洗練された異星人ははるかに優れたテクノロジーを持つにもかかわらず、怯えて逃げ出す羽目となった。

しかしこの宇宙における地球文明の立場を評価するなら、人類は現在のカナダよりも、ヨーロッパの植民者が到来する前のカナダ地域の先住民の方にはるかに近いのではないだろうか。五百年以上前、何百人という人々が十以上の語族を代表する言語をそれぞれ話し、ニューファンドランド島からヴァンクーヴァー島までの土地に居住していた。彼らが異質な文明と接触した経験は〈三体〉での描き方にずっと近いと思われる。ジョージ・イラズマスとジョー・サウンダースの論文「カナダ史：先住民の視点」の史実の解説は忘れがたい。

わたしが〈三体〉であらゆる可能性の中から最悪の宇宙を書いたのは、われわれが最良の地球を求めて努力できると願うからである。

引き裂かれた世代：
移行期の文化における中国ＳＦ

The Torn Generation:
Chinese Science Fiction in a Culture in Transition

陳 楸 帆《チェン・チウファン》　Chen Qiufan

鳴庭真人訳

さる三月、わたしは広州で花地文学賞の授賞式に参加した。デビュー長篇『荒潮』がジャンルＳＦ小説首位の名誉にあずかったためである。〈花地〉は中国で最も発展した省の首都で発行されている、発行部数が世界最大級（百万部以上）の新聞の一つ〈羊城晩報〉の別冊だ。この賞はまた『荒潮』が受賞した（科幻星雲賞に続く）二番目の文学賞でもある。元グーグル社員としては、例のめったに押されることのないボタンを使いたいところだ——「I'm feeling lucky!」。

花地文学賞は地方政府とメディアの共同事業で、お察しの通り何から何までお役所式で飾り立てられている。式典自体、政府の講堂で開かれた。珠江のナイトツアーに連れ出された受賞者たちに、主催者は両岸の壮麗なポストモダン建築を興奮気味に指差した。しかし受賞者の一人、著名なリベラル派のオピニオンリーダーで画家の陳丹青《チェン・ダンチン》は、文化大革命のさなかに広州を訪れた子供時代を追想していた。

「こっちからあっちまで」と陳《チェン》は腕で夜を一薙ぎしていった。「木という木から死体がぶら下がっていたよ」わたしたちが彼の示した方に目をやると、そこにあったのはマンハッタンで見かけるのと何ら変わりない、ライトアップされた商業施設の摩天楼だけだった。「若者はいつの時代も先頭にいる」

受賞者中の最年少として——一九八〇年以降生まれはわたしだけだった——わたしは敬われている年長者に教えを請う機会を得た熱心な生徒の役を演じた。「わたしたち若い世代に何かアドバイスはありますか？」

陳 丹 青《チェン・ダンチン》はしばらく紙巻きタバコを考え深げに吹かし、それからいった。「八語で伝えよう——『傍観し、最善を望め』」

わたしは無数のネオンライトの反映を見つめながらこの八語に思いを巡らせた。短い船旅はすぐに終わり、川の水面は闇の中に消えた。陳《チェン》の言葉には多くの知恵がこめられているのだろうと思ったが、その言葉が放つシニカルな価値観は政府が推進する〝中国の夢《チャイニーズ・ドリーム》〟の精神とどうにも合わないのだった。

一九六〇年代生まれの中国SFの作家・韓松《ハン・ソン》の目には、一九七八年以降に生まれた中国人は「引き裂かれた世代」に属していると映る。韓松《ハン・ソン》の観点は興味深い。彼は中国で最も力のある国営報道機関・新華社通信の社員でありながら、同時に『地鉄』や『高鉄』などの非凡な長篇小説の作者でもある。これらのシュールレアリズム小説では、高速で走る列車内の自然の秩序が進化の加速や近親相姦、人肉食などの異変によって崩れ去る。批評家は「この地下鉄内の世界は社会の爆発的な変化を反映しており、極度に加速した発展を遂げた中国の現実のメタファーなのだ」と語っている。

　広く読まれた最近のあるエッセイの中で、韓松《ハン・ソン》はこう書いている。「下の世代はわれわれの世代よりもずっと大きく分裂している。われわれの若い頃の中国は差といっても平均とそう変わりなかったが、当代では新人類が登場してきたことで、中国は加速度的にほころびている。エリートも貧乏人も等しくこの事実に向き合わなければならない。思い描く夢から実際の生活まで、あらゆるものが引き裂かれている」

　新華社のジャーナリストとして、韓松《ハン・ソン》はたいていの人より広い視野を持っている。彼の指摘によれば、たまたま生年月日によって世代として一くくりにされた若い人々は、その実、価値観もライフスタイルも非常に多岐にわたり、万華鏡の中のビーズのようだという。

　わたしの同世代にはフォックスコンの労働者として、来る日も来る日も生産ラインで同じ動作を繰り返す、ロボットと区別がつかない人がいる。しかしまた、裕福で共産党の重職にある公務員の子女もいて、小皇帝として贅沢を生まれついてのものと考え、人生のあらゆる利点を享受している。何百万という安定した給料を進んで放り出して夢を追う起業家もいれば、一つの事務職の募集のために容赦なく蹴落とし合う何百人もの最近の大卒もいる。アメリカ流のライフスタイルを崇拝するあまり、人生唯一の目標がアメリカへの移住となった「外国かぶれ」もいれば、外国人嫌いで民主主義を中傷し、自分たちの希望をすべて中国がより強く成長することに託した「五毛党」もいる。

これだけの人々をすべて同じラベルでくくるのは不合理というものだ。

わたし自身を例に取ろう。わたしは中国南部の小都市で生まれた（人口：百万人ちょっと）。生まれた年に、同市は鄧小平政権下の四つの「経済特区」の一つに指定され、発展を促す政府の特別政策から全面的に恩恵を受け始めた。そのため子供時代は比較的物質面で恵まれ、進歩的な教育を受け、情報も以前より開放された環境で過ごした。わたしは「スター・ウォーズ」や「スタートレック」を見て、多くの古典SFを読むようになった。アーサー・C・クラークやH・G・ウエルズ、ジュール・ヴェルヌのファンになった。彼らに触発されて、十六歳の時に初の短篇を出版した。

しかしわたしの住むところから七十キロも離れていない小さな町では――行政上、同じ市の管轄内だった――まるで違った生活が支配的だった。人口二十万以下のこの町には、その多くが家族経営も同然の工場からなる三千二百以上の業者がおり、電子廃棄物リサイクルの中心地を形成していた。毒性の高い電子廃棄物が世界中、おもに先進国からここに輸送されてくる――たいていは違法だ――そしてろくに訓練も受けていなければ防護もない労働者がそれらを手作業で処理して、再利用可能な金属を取り出す。一九八〇年代後半から、この産業は何人もの億万長者を生み出すほどになったが、同時にこの町を広東省全体でも有数の汚染地域に変えてしまった。

この対照的に分断された社会という経験がわたしに『荒潮』を書かせた。この小説は今世紀の三〇年代という近未来を想像して描いている。電子廃棄物のリサイクル事業をもとに建造された中国南部の島「硅島《シリコン》」は、汚染によってほとんど居住不可能な場所となっている。そこでは有力な地元の一族、中国の他の地域からやってきた出稼ぎ労働者、そして国際資本主義を象徴するエリートたちが支配権を求めて争う、激しい駆け引きが続いていた。若い出稼ぎ労働者で「ゴミ人」の少女・米米《ミーミー》は激しい虐待の果てにポストヒューマンとなり、抑圧された出稼ぎ労働者の反乱を率いるようになる。

韓松《ハン・ソン》はわたしの小説をこう評した。「『荒潮』は中国に入った亀裂を、中国と他の世界を隔てる裂け目を、そして様々な地域、様々な年齢集団、様々な血縁集団を引き裂くほころびを映し出している。これこそ若い人々に理想主義の死を感じさせる未来だ」

実のところ、わたしは中国の未来が絶望と憂鬱に満ちているとは思っていない。わたしが書いたのは移行期の中国の苦しみについてであり、これが次第によい方向へ変化していくことを願っている。サイエンス・フィクションはわたしの価値観とわたし自身を表現する美学の伝達手段なのだ。

わたしの見解では、「もし～ならどうなる」がＳＦの本質だ。ありのままの現実を起点に、作家はもっともらしく論理的に一貫した条件を適用して思考実験を進めていき、登場人物やプロットを想像上の超現実まで押し上げることでセンス・オブ・ワンダーと未知の感覚を喚起する。現代中国の不条理な現実に向き合った時、作家はＳＦという手段なくして究極の美や究極の醜さといった可能性をじゅうぶんに探求し、表現することはできないのである。

一九九〇年代以降、中国の支配階級はプロパガンダ機構を通じてイデオロギー的な幻想を熱心に触れ回ってきた——いわく、発展（GDPの増加）はすべての問題を解決するのに十分となった。しかしこのプロパガンダは失敗し、はるかに多くの問題が生まれた。全人民にこのイデオロギー的暗示をかける過程で、物質的な豊かさに至上の価値を置く「成功」の定義が、若い世代の人生と未来の可能性を思い描く力を削いでしまったのだ。これは一九五〇年代と六〇年代生まれの人々がとった政治判断の悲惨な結果だが、この結果を彼らは理解しなければ責任を引き受けようともしない。

最近、わたしは中国最大のウェブ企業の一つで中級マネージャーとして働き、一九八五年以降、時にはなんと一九九〇年以降に生まれた若者の集団を統括している。日々の交流の中で、なにより彼らに感じることは人生に対する疲弊感と成功への不安だ。彼らは急上昇する不動産価格に、汚染に、自分たちの子供の教育に、老いた両親の医療に、成長とキャリアの機会に頭を悩ませている——中国の多大な人口がもたらす生産性の増大が一九五〇年代から七〇年代に生まれた世代にばかり消費されることで、後には低下した出生率と高齢化した人口に苦しむ中国が残され、彼らが背負った重荷は年々重くなり、やがて夢も希望も色あせていく——そう危惧している。

一方で、国が支配するメディアはこんなフレーズで溢れかえっている。「中国の夢《チャイニーズ・ドリーム》」、「中国人民の再起」、「偉大なる国の日の出」、「科学の発展」……個人の感じる落伍感と喧伝された国家の繁栄の間には越えることのできない亀裂が横たわっている。その結果が両極端に分かれた人々だ——一方は政府に反射的に反抗し（時にはその「理由」が何かも分からずに）、政府の見解を一切信じない人々。他方にはナショナリズムに閉じこもることで自分の運命を握っている感覚を得ている人々。この両者は定期的にインターネットで炎上合戦を引き起こす。まるでこの国が未来に対して唯一無二の真の信念しか持てないかのように。物事は黒か白のどちらかで、人は味方か敵のどちらかだというように。

人類の歴史をもっと高みから見下ろせるほど身を引いたなら、社会がユートピアを設立したり、発明したり、作り出したりするのが見えるだろう――それは完璧な、想像上の未来のスケッチだ――そしてその後、不可避的にユートピアは崩壊し、理想は裏切られ、ディストピアに変わる。その過程はニーチェの永劫回帰のように、何周も何周も繰り返される。「科学」はそれ自体人類によって作られてきたユートピア幻想の最たるものの一つだ。決して反科学の道を取るべきだといっているのではない――科学がもたらすユートピアは科学が自らを価値中立な、客観的な試みと装っている事実によって複雑化しているということだ。しかしわたしたちは今日科学の実践の裏側にはイデオロギー的な駆け引きや権力と権威をめぐる争い、利益という動機が隠れているのを知っている。科学の歴史は資本の分配や流れ、あるプロジェクトへの支持とそれ以外への不支持、戦争への需要で繰り返し書き直されている。

ミクロな幻想が波しぶきのように弾けては新しく生まれる一方、マクロな幻想は揺るがない。ＳＦは次第に科学への幻想が解けていく過程の副産物だ。その言葉で読者へ科学に対する何かしらの洞察をもたらす。その洞察は肯定的にもなれば疑惑と批判に満ちることもある

——生きている時代次第だ。現代中国は移行段階にある社会で、そこでは古い幻想が崩壊しながら新たな幻想はいまだ生まれてきていない——それが亀裂と分断、混乱と混沌の根本的原因なのである。

一九〇三年、中国史におけるまた別の革命の時代、新しきが古きを置き換えていく中で、現代中国文学の父・魯迅はこう書いた。「中国人民の進歩は科学的小説ではじまる」彼はSFを科学の精神で国を奮起させ、残存する旧弊な反啓蒙主義を一掃するための道具とみていた。百年以上のち、わたしたちが直面している問題ははるかに複雑で、科学的な解決では制御できそうもない。しかしそれでもSFはかすかな可能性をこじ開けられるとわたしは信じている——引き裂かれた世代が再び手を取り、それぞれの理想と思い浮かべる中国の未来を平和裏に共存させ、お互いに耳を傾け、意見を一致させ、ともに歩むという可能性を。

たとえそれが取るに足らない、緩慢でためらいがちな一歩だとしても。

中国ＳＦを中国たらしめているものは何か？

What Makes Chinese Science Fiction Chinese?

夏笳《シア・ジア》　Xia Jia

鳴庭真人訳

二〇一二年の夏、わたしはチャイコン7（第七十回シカゴ世界SF大会）の中国SFのパネルにいた。参加者の一人がわたしと他の中国の作家たちに尋ねた。「中国SFはどう中国的なのですか？」

これはそうそう簡単に答えられない質問で、皆の回答も様々だった。しかし確かなのは、この一世紀くらいの間「中国ＳＦ」は現代中国の文化と文学においてかなり独特の地位を占めてきたということだ。

ＳＦの想像力の源――巨大な機械装置、新種の移動手段、世界旅行、宇宙探査――これらは工業化、都市化、グローバリゼーションの成果で、近代資本主義に端を発している。しかしこのジャンルが二〇世紀初頭にはじめて翻訳経由で中国に紹介された時、大半は近代なるものへの幻想や夢、「中国の夢《チャイニーズ・ドリーム》」の確立のために使われる素材として扱われた。「中国の夢《チャイニーズ・ドリーム》」とはここでは現代における中国国家の再興を指しており、それはまた中国人民の夢の再構築を実現するための必須条件でもある。言い換えれば、中国人はいにしえの文明という五千年の夢から覚め、民主的で自由で繁栄した、近代的な国民国家となる夢を抱いて再出発しなければならない。その結果、中国での最初期のSF作品は、有名な作家・魯迅の言葉を借りれば、「思考を改良し文化を補佐する」文学的ツールと考えられていた。一方では、こうした初期の作品は「西洋／世界／近代」の模倣に基づく科学や啓蒙、発展の神話として、「現実」と「夢」の狭間を橋渡ししようとした。しかし他方で、歴史的な文脈からくる限界はこれらの作品に根深い中国的な性質を負わせ、「夢」と「現実」の間の亀裂の深さを強調する結果となった。

　こうした初期の作品の一つが陸士諤《ルー・シーアル》『新中国』［新中國］（一九一〇）だ。主人公は長いまどろみの後、一九五〇年の上海で目を覚ます。周囲を見回した彼は進歩的で繁栄した中国を目にし、これらはすべて蘇漢民《スー・ハンミン》博士という人物の努力の賜物と教えられる。蘇博士は外国で学び、「医心薬」と「催醒術」の二つを発明した。これらの発明で、精神的混乱と阿片の幻惑に陥っていた人々は即座に目を覚まし、政治改革と経済的発展という一大事業に着手する。中国国家は再興し、さらに西洋が自分たちでは克服できなかった悪弊をも乗り越えられた。作者の考えでは、「欧州の起業家は心底利己的で、他者の苦しみを一顧だにしない。そのために共産主義政党の成長を促してきた」という。しかし蘇博士の医心薬の発明によって、全中国人は利他的になり、「誰もが自分以外の幸福を自分の責任ととらえる――実質的にすでに社会主義が達成されているため、共産主義者に今さら悩まされることはない」のである。

人民共和国の成立後、中国ＳＦは社会主義文学の一支流として、科学知識を普及させると同時に、未来への美しい計画を描き、それを成し遂げるよう社会を鼓舞する責任を担わされた。例えば作家の鄭文光《ジョン・ウェングワン》はかつてこういった。「ＳＦのリアリズムは他のジャンルのリアリズムとは別物だ——対象読者が若者なので、リアリズムに革命的理想主義を染み込ませるのだ」この「革命的理想主義」は、根源で近代化という大きな物語への中国人の信仰や熱狂とつながっており、終わらない発展や進歩への楽観主義と国民国家の建設にかけた無制限の情熱を体現している。

　革命的理想主義の古典的な例が鄭文光《ジョン・ウェングワン》の「共産主義のための奇想曲」［共产主义畅想曲］（一九五八）である。この物語は一九七九年の天安門広場で開かれた人民共和国の創設三十周年の式典を描いている。「共産主義の建設者」たちは広場を横断して行進し、科学的達成を母国に見せつける。宇宙船「火星一号」、海南島と本土をつなぐ巨大な堤防、あらゆる工業製品を海水から合成する工場、さらには天山山脈の氷河を溶かして砂漠を豊かな農地に変える人工太陽……こうした驚異を目の当たりにして、主人公は叫ぶ。「ああ、こんなすばらしい光景が科学とテクノロジーによって実現するんだ！」

　文化大革命によって課されたしばしの沈黙ののち、近代的な国民国家建設への情熱に一九七八年、再び火がつく。葉永烈《イエ・ヨンリエ》の『小霊通未来へ行く』［小灵通漫游未来］（一九七八）は子供の目を通した未来都市の魅力的な情景が詰まった短い本で、中国におけるＳＦの新たな波の先駆けとして初版で百五十万部発行された。逆説的ながら、鄧小平の改革開放期に実際に近代化が進むにつれ、中国SFからこうした未来への熱狂的な夢は次第に姿を消していった。読者も作家もロマンティックで理想主義的なユートピアから抜け出し、現実へ戻ってきたようだった。

一九八七年、葉永烈《イエ・ヨンリエ》は「夜明けの冷たい夢」［五更寒梦］と題した短篇を発表する。上海のある寒い冬の夜、主人公は暖のない家で眠れずにいる。数々の壮大なSF的空想が彼の心を満たす。地熱による暖房、人工太陽、「南極と北極の逆転」、さらには「上海をガラス製ドームで覆って温室化」。しかし、懸念点という形で現実が割り込んでくる。提案したプロジェクトが認可されるだろうか、必要な資材とエネルギーをどう調達するか、潜在的な国際紛争、などなど――あらゆる想像図が結局は実現できないとして却下される。「現実と空想という名の恋人たちは千里も隔てられている！」この距離と落差が共産主義の空想から目覚めた中国人の不安と苦悩を表していると推察できるだろう。

一九七〇年代の末期から、ヨーロッパとアメリカのSF作品が大量に中国で翻訳出版され始めたことで、長年ソヴィエトの子供向け科学読み物の影響下にあった中国SFは突然自分たちが停滞し周縁化している現状に気づいた。「中国‐西洋」、「発展途上‐先進」、「伝統‐近代」という二元的な対立に加えて、ふたたび国際秩序に参入したいという願望に後押しされ、中国のSF作家は長年支配的だった科学普及の道具というあり方から脱却しようとした。彼らは中国SFを発展途上で抑圧された幼い状態から、成熟した現代の文学表現の様式へと急速に成長（あるいは進化）させたいと願った。同時に、論争が巻き起こった。作家と批評家は内容と表現の面で国際的水準に近づく方法を議論する一方で、中国ＳＦに固有の「国民的性質」を模索し、グローバル資本主義の中に「中国」をふたたび位置づけようとした。中国の作家は西洋のＳＦのテーマや形式を模倣し参照しながら、同時にグローバル化した世界の中で中国文化の地位を築き、そしてそこから人類が共有する未来への想像力に参加しなければならなかった。

一九九〇年代に冷戦が終わり、中国のグローバル資本主義への統合が加速したことで社会の変動が進行した。この変動は究極的に社会生活のあらゆる側面に市場原理が適用されることを強要し、とりわけ経済的合理性による伝統への衝撃と破壊は顕著だった。ここでの「伝統」は中国山村部の旧来の生活と、この国が過去掲げていた平等を志向する社会主義的イデオロギーの両方を含んでいる。そのため、中国が大変動を経験する中で、ＳＦは近代化という未来の夢を離れ、いっそう混迷を深める社会的現実に歩み寄っていった。

ヨーロッパとアメリカのＳＦはその想像の原動力と題材を西洋の政治的・経済的な近代化における歴史的経験から得ており、高度に寓意化した形を通じて、人類が自分たちの運命に抱く不安や希望を夢や悪夢へと昇華している。様々な設定やイメージ、文化的コード、語りの技法を西洋のＳＦを通じて取り入れることで、中国ＳＦの作家は次第に主流文学や他の人気文芸ジャンルに比肩する、ある程度の閉包と自律性を有する文化領域と象徴空間を構築してきた。この空間で、徐々に成熟してきた形式はいまだ象徴秩序でじゅうぶん捉え切れていない種々の社会的経験を吸収し、一連の変容と統合、再組織化を経て新たな語彙や文法となる。この意味で一九九〇年代から現在までの中国SFは、グローバリゼーション時代の国家のアレゴリーとして読むことができる。

全般的に、中国のSF作家は特定の歴史的条件と対峙している。一方では、資本主義の危機を乗り越える代替手段としての共産主義が失敗したことは、資本主義文化の危機がグローバリゼーションの進展にともない、中国人民の日常生活でも顕在化していることを意味する。他方で、中国は経済改革と発展のための重い代価からくる一連のトラウマを越えてなんとか経済的に好調を続け、国際的にも再興してきている。危機と繁栄が同時に存在することで、作家たちの間では人類の未来に対する幅広い見解が生まれている——ある者は悲観主義を取り、抗えない潮流に対して無力だと信じている。またある者は人類の創意工夫が最後には勝利すると願っている。人生の不合理さを皮肉げに観察する者たちもいる。中国の人々はかつて科学とテクノロジー、夢見る勇気に後押しされて西洋の先進国に追いつくと信じていた。しかし西洋のSFと文化的産物が人類の憂鬱な運命という想像力で埋め尽くされている今の時代、中国SFの作家と読者はもはや「われわれはどこに行くのか?」を答えのある質問と考えることはできない。

現代の中国SF作家は内部に無数の差異を抱えたコミュニティを形成している。こうした差異は各作家の年齢、出身地、職業的バックグラウンド、社会階層、イデオロギー、文化的アイデンティティ、美学、その他の領域を体現している。しかし注意深く彼らの作品を読み解くことで、彼らの間に(わたし自身を含め)まだ共通性を見出すことができる。わたししたちの物語は主に中国の読者に向けて書かれている。わたしたちが気にかけ深く考える問題は、この小区画を共有するわたしたち全員が向き合っている問題だ。これらの問題はやがて千通りもの複雑な経路で人類全体の集合的運命とつながっていく。

西洋ＳＦを読む時、中国の読者は人類という現代のプロメテウスが、自らの運命——それもまた自身の生み出したもの——に抱く不安と希望を発見する。おそらく西洋の読者もまた中国ＳＦを読むことで、中国の近代化を追体験し、新たな別の未来を想像するきっかけにできるだろう。

中国ＳＦは中国に関する物語ばかりではない。例えば馬伯庸《マー・ボーヨン》の「沈黙都市」はオーウェルの『一九八四年』へのオマージュであり、同時に冷戦後に残された見えない壁の描写でもある。劉慈欣《リウ・ツーシン》は「神様の介護係」で文明の拡大と資源の枯渇という一般的な主題を、中国の地方の村を舞台にした倫理をめぐるドラマの形で探求した。陳楸帆《チェン・チウファン》の「沙嘴《シャーズイ》の花」はサイバーパンクの陰鬱な雰囲気を深圳付近の海岸沿いの漁村にまで広げ、その「沙嘴」という架空の村をグローバル化した世界の縮図とも病状とも取れる形で描いた。わたし自身の「百鬼夜行街」は巨匠たちによる作品——ニール・ゲイマンの『墓場の少年』、ツイ・ハークの「チャイニーズ・ゴースト・ストーリー」、宮崎駿の映画で脳裡をよぎったイメージを取り入れている。わたしの見るところ、これらまったく異なった物語も共通のあるものを語っており、中国の幽霊譚とＳＦの間に生まれる緊張関係が同じアイデアを表現するまた別の手法をもたらすのだ。

サイエンス・フィクションは——ジル・ドゥルーズの言葉を借りれば——つねに「生成変化」の状態にある文学、既知と未知の、魔法と科学の、夢と現実の、自己と他者の、現在と未来の、東洋と西洋の境界で生まれる文学であり、境界が変化と移動を行うにつれて自らを刷新する。文明の発展を突き動かしてきた好奇心が、わたしたちにこの境界を越え、偏見とステレオタイプを打ち払い、その過程で自己認識と成長を補完せよと急き立てる。

この重大な歴史的局面にあって、わたしは現実を改革するには科学とテクノロジーだけでなく、人生がよりよくなるはずだとわたしたち全員が信じることもまた必要だという確信をいっそう強くしている。そしてもし想像力と、勇気と、積極性と、連帯と、愛と、希望と、わずかばかりの他者への理解と共感があれば、成し遂げられるということも。一人一人が生まれながらに持ったこれらの貴重な資質は、おそらくＳＦがくれる一番の贈り物でもある。

解　説

作家　立原透耶

待ちに待った中国ＳＦアンソロジーの翻訳である。本書（*Invisible Planets: Contemporary Chinese Science Fiction in Translation*, 2016［看不见的星球］）は、『紙の動物園』などで著名な作家であるケン・リュウ（中国名は劉宇昆《リウ・ユークン》。一九七六〜）が編纂・英訳し、米出版社Ｔｏｒ Ｂｏｏｋｓから二〇一六年に刊行された。リュウが厳選した現代中国ＳＦ界を代表する七名の作家の十三篇を収録している。ケン・リュウは中国で生まれ、子供の時にアメリカに移住し、英語で小説を書いて次々と大ヒットを飛ばし、世界中で様々な賞（ネビュラ賞、ヒューゴー賞、ローカス賞……おっと日本の星雲賞も！）を総なめにする一方、中国語で書かれたＳＦを英語に翻訳し中国ＳＦを世界に紹介するという翻訳家としての大変貴重な一面も備えている。

もともとは陳《チェン・》楸《チウ》帆《ファン》がケン・リュウのホームページに発表されていた英語の短篇小説を読んで感動し、中国で彼の作品を紹介すべく奮闘したのが中国ＳＦとケン・リュウの出会いだったという。二〇〇九年、雑誌〈科幻世界〉九月号にて「愛のアルゴリズム」、「1ビットのエラー」が訳載され、中国国内でリュウはたちまち注目を浴びる。さらに、まるでそれに返礼するかのごとく、ケン・リュウは二〇一一年から続々と中国ＳＦを英語に翻訳し紹介するようになる。この功績により、中国ＳＦは瞬く間に世界中へ広がっていった。ケン・リュウが初期に翻訳した陳楸帆《チェン・チウファン》「麗江《リージャン》の魚」はすぐれた英訳ＳＦ作品に贈られるＳＦ＆ファンタジイ英訳作品賞を二〇一二年に受賞している。ケン・リュウは精力的に創作・翻訳の両面で活躍し、特に翻訳においては、彼なくしては「中国ＳＦの世界化」はなかったのではないか、と思わせる多大な影響力を誇っている。彼の翻訳の特徴としては、「英語圏の読者に理解しやすいように翻訳されている」という点が挙げられる。中国語・英語それぞれの言語能力・文学的才能が、遺憾なく発揮されているのだ。

ケン・リュウによって翻訳された中国ＳＦは、その英訳をベースにして日本語、フランス語、イタリア語、スペイン語……と各言語で翻訳出版されている。リュウは本書にその抜粋が「円」として収録されている劉慈欣《リウ・ツーシン》『三体』を英訳し、それがアジア人初、翻訳書としても初のヒューゴー賞長篇部門を受賞、また同じく彼が英訳した本書収録の郝景芳《ハオ・ジンファン》「折りたたみ北京」もヒューゴー賞ノヴェレット部門を受賞するという快挙を成し遂げた。ケン・リュウは今や中国圏のＳＦファンの間では、テッド・チャンと並ぶ世界的な中国系作家の代表であるだけでなく、ケン・リュウ以前・以後で中国ＳＦの翻訳事情が全く異なる、あたかも神のような翻訳家であるといえよう。果たしてケン・リュウ以外の誰がこんにちのような中国SFの国際化を成し遂げることができたであろうか。

『三体』のヒューゴー賞受賞により、中国ではSFが国家戦略の一つとして取り上げられるようになり、「折りたたみ北京」の受賞で一気にそれが加速。例えば二〇一七年には成都市が「SF都市宣言」を行い、SF関連の施設を充実させる計画などを立てているようである。

蛇足だが、二〇一七年春にケン・リュウは横浜で開催されたSFコンベンション「はるこん」にゲスト・オブ・オナーとして訪日した。その際、筆者が中国SFの日本での普及に苦戦していると伝えると、「僕もそうだった。最初はどれだけ持ち込んでも誰も中国SFに興味を持ってくれなかった。わかるよ、最初は本当に大変なんだ。でも、諦めずに努力し続けてやっと中国SFが世界に認知されるようになった」と彼に中国語で励まされたのはいい思い出である。とはいえケン・リュウだからこそなし得た偉業だと思うのだが……。

以下、掲載順に作家を紹介したい。なお各作品の扉裏にもケン・リュウによる紹介があるため、なるべくそちらとは重ならない情報をお伝えしたい。

陳楸帆《チェン・チウファン》（スタンリー・チェン。一九八一〜）は日本でも〈SFマガジン〉で「鼠年」（〈SFマガジン〉二〇一四年五月号掲載）と「麗江《リージャン》の魚」（〈SFマガジン〉二〇一七年六月号掲載）の二作が翻訳されており、うち「鼠年」は二〇一四年度のSFマガジン読者賞海外部門を受賞している。中国のウィリアム・ギブスンと呼ばれ、若手SF作家の代表の一人である彼は、長篇『荒潮』も英訳版の刊行が控えている。実際にIT関係の会社で働き、現在はかなりの重要なポストにつきながら、小説を書くだけではなく、評論やエッセイなども手がけ、積極的に国内外でのSFの発信に努めている。中国SFの団体においても中心人物として、様々な活動に従事しながら、二〇一六年のSFセミナーでは海外ゲストとして来日。その際に飲んだ日本酒をえらく気に入ったとのこと。その後も、IT関連の仕事ですでに何回も訪日しているのだという。

夏笳《シア・ジア》（一九八四～）も陳楸帆《チェン・チウファン》と同世代のいわゆる「八〇后」（八〇年代生まれ）の、中国SFを代表する一人である。大学では物理学、大学院ではメディア論を専攻し、その後文学を研究、SF研究で博士号をとり、現在は中国の大学で教鞭を執っている。彼女は中国では「美女SF作家」と呼ばれアイドル的な人気を誇り、原作・脚本・出演・監督を務めて映画を撮ったことがある。既訳短篇は「カルメン」（〈SFマガジン〉二〇〇七年六月号掲載）。一見、ハードSFに見えない作風が持ち味だが、本人はつねに「ちゃんとハードSF要素が含まれている」と主張しており、事実、柔らかな表現と読みやすさで見落としがちな科学的アイデアはもっと注目されても良い点である。なお中国人で初めてイギリスの雑誌〈ネイチャー〉に小説が掲載されたことでも知られている。本名の王瑶《ワン・ヤオ》では学術的なSF研究を行なっており、学生たちにSFをテーマとした授業も行なっている。

馬伯庸《マー・ボーヨン》（一九八〇～）は非常に器用な作家で、あらゆるジャンルの作品を高水準で発表、どの分野でも高い評価を受けている。本書に掲載された「沈黙都市」は中国本土で発表されたものを英語版のために手直ししたということで、かなり微妙な問題まで深く掘り下げて描かれているものを読むことができる。先日たまたま彼のジュブナイル冒険架空歴史小説『龍と地下鉄』［龍与地下鉄］という作品（代表作の一つ）を読む機会があったのだが、あまりに面白く、あまりにワクワクして、続きが気になってページを繰るのももどかしい思いをした。その作風の幅広さ、古典への豊かな知識など、日本でもかなり人気の出そうな作家といえよう。

郝景芳《ハオ・ジンファン》（一九八四〜）は先述のとおり、本書に掲載されている「折りたたみ北京」（ケン・リュウ訳）によって二〇一六年にヒューゴー賞を受賞した。彼女は物理学を専攻し、その後、経済学を専門に研究した。そのせいか、彼女の作品はしっかりしたハードSF的知識に裏付けされた設定と、複雑な社会・人々を描くのに長けている。二〇一六年に発表された『1984年に生まれて』［生於一九八四］は、彼女自身の誕生した年であると同時にジョージ・オーウェル『一九八四年』へのオマージュにもなっている。純文学とSFの境目にあるような、とてつもなく素晴らしい名作である。こういった作風について、彼女は、二〇一七年十二月、中央大学文学部主催のシンポジウムにおいて「ジャンルにとらわれるつもりはない。今後も偏って書くつもりはなく、純文学もSFも書きたい」と発言している。なお「折りたたみ北京」は韓国系アメリカ人の監督が映画化を予定しているそうである。また「折りたたみ北京」は長篇における一章分にあたり、最終的には一冊の本としてまとめる予定とのこと。

糖匪《タン・フェイ》は作家、エッセイスト、評論家、写真家、ダンサーで、編集もやっているというマルチな才能の持ち主。過去に日本ＳＦ大会に参加したことがあり、日本通である。作品は幻想味の強い、独特な感性を持ったものが多い。彼女はアイデアが浮かぶと一気呵成に短時間で書き上げるタイプだとか。既訳短篇に「世間」（〈聴く中国語〉二〇一七年九月号）がある。本書に掲載された「コールガール」はイギリス、オーストラリアなど各地で紹介され、英語圏で高い評価を受けている。ワールドコンにも積極的に参加するだけでなく、堪能な英語を生かしていつも世界中を飛び回っている。

程婧波《チョン・ジンボー》（一九八三〜）は幻想的で美しい世界観を持つ作品が多く、ファンタジイや児童文学、ＳＦや青春小説などを執筆している。特徴的なのはその華麗で緻密な文章表現。中国語原文のあまりの美しさには思わず息が漏れる。既訳短篇は「白色恋歌」「青梅」（ともに〈聴く中国語〉二〇一七年十一月号、十二月号）がある。日本文化に造詣が深く、日本を舞台にした、切なく鋭い、刹那の青春を切り取った幻想小説『食夢貘・少年・盛夏』という長篇がある。

劉慈欣《リウ・ツーシン》（一九六八〜）は二〇一五年ケン・リュウ訳『三体』（第一部）で、翻訳ものとして初のヒューゴー賞を受賞した。ヒューゴー賞受賞以前から『三体』は中国では絶大な人気を誇り、ＳＦの枠を超えて多くの読者に支持されており、受賞を機に社会現象の一つとなった。また、二〇一九年七月に第一部が早川書房からハードカバーで出版されたが、これも瞬く間に十万部を突破し、日本においても『三体』は一つの大きなうねりとなって押し寄せている。日本で受け入れられたのは、「日本人が考える中国のＳＦ」という予測を良い意味で裏切った点にあるのではないだろうか。つまり、日本人は「中国のSFイコール社会問題」とつなげて考えがちであるが、彼の描く世界は広大かつ普遍的である。宇宙規模でいとも容易に人類を破滅させるかと思えば、身近な水資源の問題をテーマに楽観的な結末のSFを描いたりもする。インタビューにおいても、彼は何度も「科学の未来を信じる」といった発言を繰り返している。彼の作品には社会的な問題も歴史的な痛みも描かれてはいるが、それ以上に途轍もない視野で、人類を超えたところから世界を眺めている、そんなところが魅力なのではないだろうか。本書に掲載された「円」は『三体』の一部分で、独立した作品としても際立っているが、このような作品はもはや「奇想天外」としか評しようがない。彼はハードSFの旗手として名高いが、歴史や文学など幅広い分野に造詣が深く、作品自体の文学性も高い。この点もSFファン以外にも熱烈に受け入れられた理由なのかもしれない。なおオバマ前大統領が、現役時に愛読書の一冊として『三体』を挙げたのは有名で、二〇一七年にはついに訪中したオバマ前大統領と劉慈欣が対面するという一幕もあった。既訳短篇に「さまよえる地球」(〈SFマガジン〉二〇〇八年九月号)、『三体』部分訳(〈ラジオ　レベルアップ中国語〉二〇一四年一月号)などがある。

ベテランから中堅、新人まで大量に質の良いSF作家たちを輩出し続けている中国SF、今後も要注目だ。

初出一覧

「鼠年」〔鼠年〕"The Year of the Rat"
〈科幻世界〉二〇〇九年五月号／〈F&SF〉二〇一三年七／八月号

「麗江の魚」〔丽江的鱼儿们〕"The Fish of Lijiang"
〈科幻世界〉二〇〇六年五月号／〈クラークスワールド〉二〇一一年八月号

「沙嘴の花」〔沙嘴之花〕"The Flower of Shazui"
『少数派報告』（二〇一二）／〈インターゾーン〉二〇一二年十一／十二月号

「百鬼夜行街」〔百鬼夜行街〕"A Hundred Ghosts Parade Tonight"
〈科幻世界〉二〇一〇年八月号／〈クラークスワールド〉二〇一二年二月号

「童童の夏」〔童童的夏天〕"Tongtong's Summer"
〈最小说〉二〇一四年三月号／*Upgraded*, 2014

「龍馬夜行」［龙马夜行］"Night Journey of the Dragon-Horse"
〈小说界〉二〇一五年二月号／本書初出

「沈黙都市」［寂静之城］"The City of Silence"
〈科幻世界〉二〇〇五年五月号／〈ワールド・SF・ブログ〉二〇一一年十一／十二月

「見えない惑星」［看不见的星球］"Invisible Planets"
〈新科幻〉二〇一〇年二～四月号／〈ライトスピード〉二〇一三年十二月

「折りたたみ北京」［北京折叠］"Folding Beijing"
〈文藝風賞〉二〇一四年二月号／〈アンカニー〉二〇一五年一／二月号

「コールガール」［黄色故事］"Call Girl"
〈エイペックス〉二〇一三年六月

「蛍火の墓」［萤火虫之墓］"Grave of the Fireflies"
〈科幻・文学秀〉二〇〇五年七月号（二〇一四）／〈クラークスワールド〉二〇一四年一月

「円」［圓］"The Circle"
Carbide Tipped Pens, 2014

「神様の介護係」［贍养上帝］"Taking Care of God"
〈科幻世界〉二〇〇五年一月号／〈パスライト〉二〇一二年四月号

「ありとあらゆる可能性の中で最悪の宇宙と最良の地球：三体と中国ＳＦ」"The Worst of All Possible Universes and the Best of All Possible Earths: Three- Body and Chinese Science Fiction"
〈Ｔｏｒ．ｃｏｍ〉二〇一四年五月

「引き裂かれた世代：移行期の文化における中国ＳＦ」"The Torn Generation: Chinese Science Fiction in a Culture in Transition"
〈Ｔｏｒ．ｃｏｍ〉二〇一四年五月

「中国ＳＦを中国たらしめているものは何か？」"What Makes Chinese Science Fiction Chinese?"
〈Ｔｏｒ．ｃｏｍ〉二〇一四年七月

本文の中国語についてのルビは、立原透耶氏に監修をいただきました。

（編集部）

本書は、二〇一八年二月に早川書房より新☆ハヤカワ・SF・シリーズ『折りたたみ北京　現代中国SFアンソロジー』として刊行された作品を文庫化したものです。

ケン・リュウ短篇傑作集2

もののあはれ

The Paper Menagerie and Other Stories

ケン・リュウ
古沢嘉通編・訳

巨大小惑星の地球への衝突が迫るなか、人類は世代宇宙船に選抜された人々を乗せてはるか宇宙へ送り出した。宇宙船が危機的状況に陥ったとき、日本人乗組員の清水大翔は「万物は流転する」という父の教えを回想し、ある決断をする。ヒューゴー賞受賞の表題作など、第一短篇集である単行本版『紙の動物園』から8篇を収録した傑作集

ハヤカワ文庫

ケン・リュウ短篇傑作集3

母の記憶に

Memories of My Mother and Other Stories

ケン・リュウ
古沢嘉通・他訳

不治の病を宣告された母は、わたしを見守り、残された時間をともに過ごすためにある選択をする……。母と娘の絆を描いた表題作、肉体を捨てて意識をアップロードした家族を見送った人々を描く「残されし者」など、最注目作家ケン・リュウによる第二短篇集である単行本版『母の記憶に』から9篇を収録した傑作集。

ケン・リュウ短篇傑作集4

草を結びて環《たま》を銜《くわ》えん

Memories of My Mother and Other Stories

ケン・リュウ
古沢嘉通・他訳

揚州大虐殺のなかを強く、しなやかに生きた遊女を描いた表題作、恐るべき巨大熊を捕らえに満州に赴いた探検隊が目にする悪夢「烏蘇里羆（ウスリーひぐま）」、生き生きと動く投射映像〝シミュラクラ〟の発明者の男と娘の相克をめぐる星雲賞受賞作「シミュラクラ」など、単行本版『母の記憶に』から全7篇を収録。

ハヤカワ文庫

SFマガジン700【海外篇】

山岸 真・編

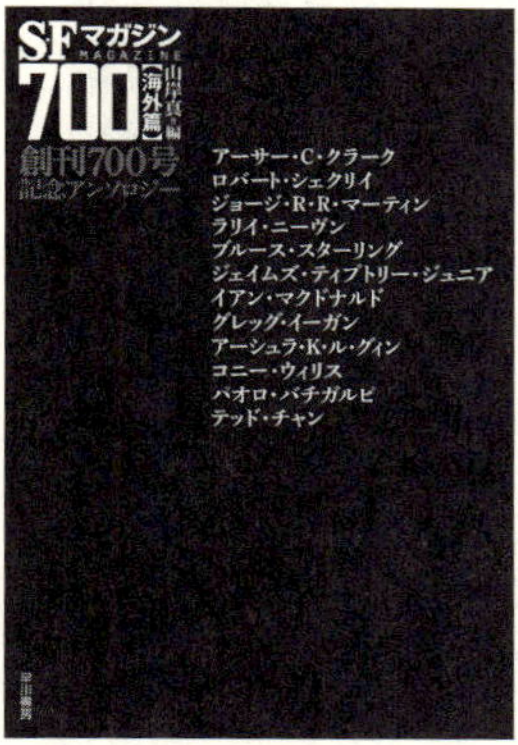

〈SFマガジン〉の創刊700号を記念する集大成的アンソロジー【海外篇】。黎明期の誌面を飾ったクラークら巨匠。ティプトリー、ル・グィン、マーティンら各年代を代表する作家たち。そして、現在SFの最先端であるイーガン、チャンまで作家12人の短篇を収録。オール短篇集初収録作品で贈る傑作選。

ハヤカワ文庫

HM=Hayakawa Mystery
SF=Science Fiction
JA=Japanese Author
NV=Novel
NF=Nonfiction
FT=Fantasy

折《お》りたたみ北京《ぺきん》
現代中国ＳＦアンソロジー

〈SF2253〉

二〇一九年十月 十五 日　発行
二〇二一年三月二十五日　四刷
（定価はカバーに表示してあります）

編　者　ケン・リュウ
訳　者　中《なか》原《はら》尚《なお》哉《や》・他
発行者　早川　浩
発行所　株式会社　早川書房

郵便番号　一〇一 - 〇〇四六
東京都千代田区神田多町二ノ二
電話　〇三 - 三二五二 - 三一一一
振替　〇〇一六〇 - 三 - 四七七九九
https://www.hayakawa-online.co.jp

印刷・株式会社精興社　製本・株式会社川島製本所
Printed and bound in Japan
ISBN978-4-15-012253-9 C0197

本書は活字が大きく読みやすい〈トールサイズ〉です。